西望張愛玲之

那時煙花

西嶺雪◎著

【推薦總序】

令人眼睛一亮：西嶺雪及她的「西望張愛玲」三書

著名文化評論家 陳曉林

很久沒有讀到過令人眼睛爲之一亮的天才型作品了。所以，當我首次看到西嶺雪的小說時，那種意外驚喜的感覺，迄今難以忘懷。更何況，她已寫出了那麼多動人心弦的精采作品，足供任何有鑒賞力的閱讀者大快朵頤！

我自己的本業也與文字脫不了關係，而且閱讀範圍頗爲廣泛與多元，從經典文學到通俗小說，從歐美排行榜到華文新創作，均有涉獵的興趣，在文化界一干朋友圈中，向來以廣收博覽見稱。但即使以我這樣常自命對文字、文章、文學作品已非常挑剔的人，在看到西嶺雪揮灑自如而又清麗絕俗的「展演」時，竟會放不下書來，一冊又一冊地追著瀏覽。我不得不承認：西嶺雪的作品有其特殊的魅力。

最初，我是因一個偶然機緣讀到西嶺雪所寫「前世今生」長篇小說系列中的《尋找張愛玲》，深覺以張愛玲其人其事爲題旨的作品雖已汗牛充棟，其中且不乏一流名家精意覃思的傑作，但以創作構想之奇巧、行文敘事之曲折，以及對張愛玲在感情上投入之熱切和專注而言，此書實屬超軼群倫，戛戛獨絕。後來，進而看到她上窮碧落下黃泉，全面蒐羅與張愛玲生平相關的資料而撰成傳記文學《張愛玲傳奇》，以及揣摩張愛玲家族及上海灘當年情事而寫成的長篇言情故事《那時煙花》，更爲張氏有此異代知己而慶幸不已。

一代才女張愛玲能獲後世才女如西嶺雪者這般傾心，一連爲她寫了不同文體的三部作品（即「西望張愛玲」三書），部部皆有獨立且獨到的文學價值；如此交互輝映，將來殆可傳爲華人文學史的佳話。

但我後來才知悉，西嶺雪的身世遭際、家族命運、文學興趣和淵源、寫作志業和成名，與張愛玲竟似有某種平行對映的軌跡。例如，她們都自幼嗜讀《紅樓夢》，到了熟極而流的地步，所以行文運筆，輒予人柳暗花明的意趣；她們都洞察了紅塵男女的情愛，在生死纏綿之外，亦有其世俗或虛幻的面向，故而筆下常隱含悲憫與諷喻；但一面以哲學高度透視無常的世態與人生，另一面她們自己卻仍能熱情地擁抱生活，且對時尚、華服、美景、食饌皆有非常敏感的品味和興趣。

筆名顯然取自杜甫詩「窗含西嶺千秋雪」，身爲擁有眾多粉絲的現代美女作家，並是月銷量上百萬本的女性流行雜誌主編，卻標示了如此鮮明的古典意境。事實上，古典文化的意象、掌故與境界，融入在悲歡離合、真幻莫測的戀愛傳奇中，既有悠遠而雅致的「門道」，又有後現代、多聲部的「熱鬧」——這正是西嶺雪作品的魅力所在。

「誰信京華塵裡客，獨來絕塞看明月」，我個人的寫作風格偏向雄渾與犀利，但對西嶺雪雅致而旖旎的創作成就卻時感心嚮往之。為此專程搭機到西安向她約稿，簽下她的長篇作品廿餘部，除「西望張愛玲」三書外，包括「前世今生」系列、「清宮三部曲」、「紅樓夢三續書」等，將逐部引介給台港及海外華文讀者。我深信，西嶺雪的才華與功力，必將獲得來自廣大讀者的熱烈喜愛，以及來自文化界、媒體界的高度評價！

【推薦序】

在這裏，你將會隨著她的視線，撥開時空的迷霧，將張愛玲看得清晰。

那本有關張愛玲的傳奇裏，是相惜
——評作家西嶺雪作品《那時煙花》

專欄作家 **楊皓**

西嶺雪用了近一年的時間為此書取名。

她用了「煙花」這個詞，短暫輝煌，卻絢麗燦爛——這是她對張愛玲最煢煢的蒼涼的一生的評價。仰望夜空於凝視歷史，張愛玲用自己的生命和回憶化做一抹璀璨，帶給無數讀者以追思的美好。而對西嶺雪來說，追思美好的人和美好的字，是因為她深知，美好，總會稍縱即逝，就像煙花一樣。

這是一個很特別的現象——「那時煙花」，本來只是西嶺雪杜撰的書名，但後來成為了一個流行語，形容一種懷舊的空氣，被廣大讀者和作者們頻繁運用。只是，很少有人知道它的出處。而那些知道的人，總覺得看了這四個字，也就看懂了西嶺雪，亦觸摸了張愛玲。她和她，是遠遠低隔著冥冥的兩生花，相悅成疾。

卻，因爲最懂得，所以最慈悲。

她和她，比一般作家更孤傲，遠離人群，避開世故，寡淡到幾近荒蕪，故文字充滿了自憐和荒涼——這是她們的底色。

你且看她的傳奇和她的流言，與她的沉香屑、傾城之戀，再看她的人鬼情、紅樓夢，一切的一切都是指向虛無；她和她的故事裏的美麗與憂愁、憧憬與失落、耀眼與孤獨、風情與氣韻……均是悲觀而敏銳的感嘆。

她生活在上世紀二〇年代的舊上海，雅致的庭院，幽微的花香——她在靈魂裏行走，追逐著那個腳步，聆聽著那女子的清冷的讀書聲；

她居住在河邊的弄堂，陰霧迷離——她遊蕩在時光的永巷，日夜奔徙；

她的愛情荊棘遍佈，舉步維艱——她的愛情已果，經典，卻將她定住，不願再妄意纏綿；

她赤腳站在黃昏的霞光裏，淒戚瑟歟——她倚伴著孤寂的冷風，戰戰兢兢；

……

因此，《那時煙花》裏的訴說，是抽絲般的間離，更是骨肉似的糾結。

一個女人對另一個女人的欣賞，亦或愛，說到底是對自己的摹刻。就如同玫瑰吝惜玫瑰，菊花哀嘆菊花一樣。它們的一生，用於尋找，終因本質是相同的，好似渾然天成。

這，大概也是《那時煙花》的內容和特色了吧！

你會看到人們熱鬧、擁擠，然而陌生、隔閡，溝通充塞著幻覺與煙幕；你也會看到親熱和敷衍的外表下掩藏著仇恨、嫉妒、鄙視和猜忌的內裏；這是張愛玲的故事，更是西嶺雪的故事，以及她家族裏那些女人的故事。心是迷失的，是孤單的，即使人聲鼎沸，也永遠有著異鄉人的悽楚。

她和她，仍然是張淡淡的，看不出悲喜的一張臉。

只有慈悲的凝望，才能憑弔她的蒼涼。

在西嶺雪的眼中，張愛玲是一個魅惑而幽綴的人，只是，她們的距離，遙遠而無望。與其說這是一本以張愛玲為原型的故事或傳奇，不如說這是西嶺雪自己家譜的另類摹描，有著臨水照影之意。

由此，西嶺雪交付了自己的身家，拋盡了她的愛恨情愁、喜怒哀樂，寫絕了她的前因後果、欲念嗔癡。

未及掩卷，你便能理解她的虛脫，好比一個演員一旦扮演了自己，就再無角色可塑一樣。

讓西嶺雪遇到張愛玲，是件可悲的事。張愛玲已在含笑的淒涼中離開，而西嶺雪，卻要繼續在同一片海上漂泊。

望得再遠，也不見盡頭，好比夢的邊境線。

而，也唯有這般最慈悲的凝望，才能憑弔這最無望的蒼涼。

而，也唯有這般最無望的蒼涼，才能催生這最旖旎的傷花，怒放。

我們堅信，她會是那海上的一朵蓮花，終將在某日，悄然地綻放。

【自序】

緣起

西嶺雪

每本書都有它自己特定的命運，緣起、創作、完成、出版，全然不由自己。

就像百川歸海，中間的曲折浪花可以略有不同，可是最終目的早已既定，除非半路夭折。

寫這本書的時候，手頭原有寫作計劃，是三部關於現代都市白領生活的中長篇，而且催得很急。可是忽然地，那一日，迫不及待，無法自制，要中斷所有的計劃，不顧一切寫下這書的開頭，騙自己說：就一個星期，抽出一個星期時間寫三四萬字不會影響大局吧？

是在那樣一種情不自禁的寫作衝動下動筆的，可是一開篇，整個人便是著魔，筆下出現的，不是一個人的故事，而是一個家族的故事，這樣的陣仗，已經不可能用幾萬字來敷衍。

冥冥中是誰的手在指引我？

寫到一半時，開始感覺累，覺得後悔，因為寫來寫去，都覺不是上海而是北京。我的老家是北京，上海，只去過兩次，加起來統共不到一個月，並不熟悉，況且，我書中寫到的，還是半個多世紀前的上海。

不是沒想過放棄。

可是，就在這個時間裡，母親千里迢迢地自大連來西安探我，是她，這時代最後的貴族，清楚地以自己的經歷向我展示了舊中國三四十年代沒落大家族的生活畫卷。

寫作忽然變得容易。

黃裳、黃坤、黃乾、黃鐘、黃家風、黃家騏、黃家秀，乃至趙依凡、韓可弟、柯以、蔡卓文……每個人物都變得如此親切，呼之欲出。

沒有一位大師可以比生活真相更具點睛之筆。

我真切地觸摸到了那個時代的脈搏，感受到了我書中女子的眼淚。

並不是我在描繪她們，而是她們在教我敘述。

塵埃落定之前，沒有人可以知道筆的去向。往往是人物已經做出了某種命運的選擇，我才會恍然大悟，爲她感慨或嘆息。

漸漸沉迷在那個時代的故事裡，茫然不知身之所在。

直到寫作完成，仍久久不能回到現實中來。

書稿的第一位讀者，是媽媽，讀到中間時，她痛哭失聲，要調整兩天才能接著讀下去。閱讀過程中，她一再問我：這件事你怎麼可能知道？這個細節是真實發生過的，我以前同你講過嗎？

沒有。她沒有對我說過。但我就是知道。當我的筆運行到那一步時，我便知道了，那個人會有那樣的命運。母親說，她在看小說的時候感到這是她自己的家族史，裡面很多的場景及細節描寫甚至對白，都是在她的兒時真切發生過的——也許這便是天意，也許那時煙花總是大同小異，又也許，是來自血液中的遺傳。

我常常說寫作是一件借屍還魂的工作。母親的話讓我再一次相信這點。於是我爲本書取名《那時煙花》。都是那個時代的故事了，絢麗，短暫，傷感，而稍縱即逝。

感謝本書出版過程中花了心力的朋友，他們讓我有機會終於可以把它捧到了你們面前——我的讀者，這時代最艷的繁花！

但願，你們真的可以看到，這一朵煙花！

目錄

一 阿芙蓉的誘惑

1

上海，午後。一座亭台重疊的歐式院子裏，丁香樹靜靜地散發著香氣，陽光透過樹葉篩落一地細碎的金屑。女孩和男孩坐在樹蔭裏讀書。

「……丫環的聲音未落，已進來了一位年輕的公子：頭上戴著束髮嵌寶紫金冠，齊眉勒著二龍搶珠金抹額……項上金螭瓔珞，又有一根五色絲條，繫著一塊美玉。黛玉一見，便吃一大驚，心下想到：『好生奇怪，倒像在哪裡見過一般，何等眼熟至此！』」

這是女孩子稚嫩的聲音，那裏面有一種超乎年齡的平和與沉靜，雖只有八歲，可是聲音裏已經有歲月沉澱的況味。是美的，但是冷，過分地有板有眼，如行雲流水，雖則瀟灑，然而寂寞。

「寶玉早已看見多了一個姊妹，便料定是林姑媽之女，忙來作揖。廝見畢歸坐，細看形容，與眾各別：兩彎似蹙非蹙籠煙眉，一雙似泣非泣含情目。態生兩靨之愁，嬌襲一身之病……寶玉看罷，因笑道：『這個妹妹我曾見過的。』」

這讀的是《紅樓夢》第三回寶黛初會的一章。那似乎不該是一個八歲女孩子的課外讀物。但是她喜歡，甚至熱愛，無論懂與不懂，懂得多少，她總之是願意去讀它，一遍又一遍，從童年，至成長。只是，在她八歲的時候，還並不知道，《紅樓夢》真的會影響她的一生。

男孩子托著腮在傾聽，可是不大認真。身體是靜的，然而眼神猶疑。他比他的姐姐小了整整一歲，但是比他姐姐生得美，一張溫順甜美的面孔，一頭微微鬈曲的頭髮，長睫毛，大眼睛，小嘴，完全是依照西方洋娃娃的版本製造出來的，也正像所有的洋娃娃一樣，有一張瓷質的臉，光潔，但是蒼白。

女孩和男孩一個讀，一個聽，兩張天使的臉，一樹芬芳馥郁的花樹，有蜂在花間忙碌地飛舞，卻只有讓一切更顯得靜，像一幅西洋油畫，而且是義大利文藝復興時期關於宗教的那種聖經圖畫。如果不是屋子裏突然傳出的吵鬥聲，以及瓷器摔碎的聲音，真會讓人覺得這裏是畫中的天堂。

可是爭吵聲把一切打破了。

一個女人在撒潑地號哭，另一個女人在抖著聲音質問：「你騙我！你說你都改了我才回來的。可是你還是賭，還是抽大煙，還是養著她。你說，現在怎麼辦？她走，還是我走？」

男人無言以對，便只有摔東西，花瓶，鏡子，茶杯，清脆的破碎聲一陣接著一陣，讓人的心也隨著那聲音一次次體味破碎。

女孩的朗讀停止下來，同男孩無言相望。他們的眼中有一種瞭然的神情，司空見慣，無可奈何。只是，同樣的惶懼與忍耐，寫在女孩子臉上是漠然，寫在男孩臉上卻是茫然。但他們總之在一起經歷著，承受著，忍耐著，直到忍無可忍的一天。

男孩問：「姐，媽媽是不是又要走了？」

女孩沒有回答。

她無法回答。八歲的她，再早慧，也無法預知命運的答案。

然後，朗讀聲繼續下去。依然平靜，但是過了一會兒，有淚從她臉上流淌下來。

2

黃二奶奶趙依凡女士今年三十二歲，可是樣子看起來頂多廿三。這不但是因爲她長得好，更因爲她時髦。

晴空滿月一般的臉龐，配著燙得捲向一邊的愛司頭，有個名堂叫做「雲遮月」，修得又彎又細的長眉雖然無論怎樣蹙起，也不會像煙籠春山，一雙眼睛卻是當之無愧的星含秋水，下面是黃種人罕有的筆直削挺的鼻子，本來已經輪廓分明更用西洋唇膏塗得嬌豔欲滴的唇，下巴略嫌豐滿有餘稜角不足，所以衣領總是壓得很低，露出雪白的脖頸，頸上掛一串珍珠項鏈，珠子顆顆飽滿圓潤，緊身夾襖，大篷裙，都是從歐洲帶回來的時新洋裝，當她坐在鋼琴旁，微微仰起頭唱英文歌曲，長髮披拂一旁，忽地一甩，露出臉兒來，恰似「雲破月來花弄影」，美得比香煙廣告上的明星還要炫目。

即使在兒女的眼中，她也是高貴而遙遠的，遙遠至不可企及。

她有著顯赫的出身，穿著華麗的衣裳，說著道地的英文，並且擁有最進步的的理論和觀念。這樣的女子，是無法想像她會安靜地守在一個滿清遺少家中，坐在一大群姨太太和鴉片煙的氤氳氣息中做少奶奶的。可是偏偏她丈夫的家裏就只有這些個東西：煙床、賭客、姨太太、小腳的老媽子、還有古董經紀。

已經完全沒有進項，單靠變賣祖宗田產坐吃山空了，可是二爺黃家麒仍然一味地沉迷於收集古董、叫堂會、捧戲子，樂此不疲。眼看著洋錢像流水一樣花出去，只換得一個浪子哥兒的名聲，仍不知節制。有什麼是過不去的煩惱呢？只要還有阿芙蓉的安慰。

腿疊腿半倚半躺在鴉片煙榻上，一手舉著煙槍吞雲吐霧，一手抱著個新得的內畫琺瑯煙壺摩挲把玩，榻旁坐著穿紅綾小襖綠羅裙的歌妓，侍候抽煙並彈琵琶唱曲兒助興——這就是黃二爺最常見的扮相，也是黃二奶奶最無法忍受的場景。

他們的爭吵是從結婚頭一年就開始了的，隨著女兒和兒子的出生日益升級，終至不可調和。

「你到底對將來有什麼打算？難不成還等著溥儀重新登基賞你個內閣大臣做做不成？大清國倒了十幾年了，你還做夢呢！女兒兒子一個叫『皇上』，一個叫『皇帝』，虧你想得出！」

對於諸如此類的諷刺，黃二爺充耳不聞。他自然知道愛新覺羅氣數已盡，可是也不願意承認民國的開始，他到底是前朝賜姓的「隨旗」子弟，名門正道的宅門出身，怎麼肯降尊紆貴到民國政府裏討個一官半職。況且，所有他可能做的那些職位，諸如某部文員某局秘書之類，點頭哈腰一個月積下來的薪水尙不夠他一次打茶圍的用度，又何必去受那個委屈呢？不錯，家業是不如以前了，可是也還沒到拋頭露面托缽乞討的份兒上。至少，這口鴉片也還抽得起，也就沒什麼好計較的。

於是，他照樣聲色犬馬，照樣招朋聚賭，也照樣逛八大胡同捧京戲名旦，甚至在妻子臨盆前夕大張旗鼓迎娶第三個姨奶奶進門，夫人趙依凡終於忍無可忍，當年年底即丟下尙在襁褓之間的幼子小帝，與小姑子黃家秀相偕遠遊——名義上是出國留學。

出國留學！廿六歲的少奶奶，兩子之母，這樣的身分！黃二爺氣得很，也沒面子得很，索性將北京的往事一筆勾銷，闔家老小一股腦兒搬到上海去，遠離了那班親戚朋友，也就遠離了議論和嘲笑。

依凡走的那天，是個陰雨天。從此黃二爺一生都憎恨陰雨天。

無奈到了上海之後，幾乎一年四季都是這樣的日子。淅瀝迷濛地，像一首冗長而單調的練習曲，無情無緒地從頭彈到尾，欲斷不斷地，又從頭再彈一遍，無情無緒地重新來過。

沒有終了。

陰雨的日子裏，黃二爺唯一可做的就只有吸煙，或者招一群酒肉朋友將屋子塞滿，儘量弄得有聲有色，使他忘記在北京的失敗，忘記那件發生在同樣的陰雨天裏的不愉快的事。

那已經是六年前的事。

如今，太太回來了，可是戰爭依舊，一點兒也沒有好轉。黃二爺深深地嘆息。

可是黃二奶奶趙依凡只有更嘆。

依凡女士從出國後，年齡就好像沒有長過，非但如此，她的日月簡直是往回走的，一年更比一年年輕，走的時候是個廿六歲的少婦，回來的時候倒像個雙十年華的少女了。

美貌和學識都讓她不能夠再忍受黃家行屍走肉的隔絕生活，她不要再看到那成堆的鏽跡斑斕散發著霉味兒的古董，不要看到那個來自八大胡同，極力遮掩也仍舊掩不去一身風塵氣的三姨太，更不要再看到那些不知什麼動物骨頭做成的骰子和沉重的樟木牌桌。她要揮散那朦朧不清的煙霧，要打碎那些半明不暗的煙燈，要衝破那種懶散沉舊的秩序，可是她採取的手段，卻只是和丈夫一樣，比拚著砸杯子，砸傢俱，結果砸碎的，只有自己已經瀕臨破裂的婚姻和兒女童年的幻想。

那簡直是一個受到詛咒的噩夢，只有結束，沒有醒來。

3

太陽轟隆隆地滾下山去，黃昏一點點地臨近了。

書上的文字漸不清晰。連黃裳的聲音也漸次朦朧起來。

「晴雯道：『二爺送手帕子來給姑娘。』黛玉聽了，心中發悶，『做什麼送手帕子給我？』因問：『這帕子是誰送他的？必是上好的，叫他留著送別人罷，我這會子不用這個。』晴雯笑道：『不是新的，就是家常舊的。』林黛玉聽了，越發悶住，著實細心搜求，思忖一時，方大悟過來，連忙說：『放下，去罷。』晴雯聽了，只得放下，抽身回去，一路盤算，不解何意。」

這是已經跳讀到《紅樓夢》第三十四回寶玉贈帕。黃帝不解：「寶玉為什麼要送舊手帕給林姑娘？」

「帕子是用來給林妹妹擦眼淚的。」

「為什麼要送給林妹妹擦眼淚？」

「那是他的心意。」

「什麼心意？」

「安慰林姑娘，讓她不要哭。」

「林姑娘為什麼要哭？」

「女孩子的眼淚總是多的，因為心事多。」

「什麼心事？」

黃裳看著弟弟。八歲的女孩子和七歲的男孩，在心智上簡直有天壤之隔。她不再回答，也答不明白。好在黃帝也並不執著追問。姐弟倆就靜靜地在樹下對坐，好像天地之間，只有這一小片樹蔭才是他們的庇護，才最安全可信。

晚霞還沒有褪盡，然而星子已經迫不及待地從雲層後一點點探出頭來，月亮也有了一個淺淺的影子，可是沒有光，好像那不是真正的月亮，而只是月亮的殼。或者，是月亮還在梳妝，而月影子只是不分明的銅鏡，未待打磨。等月亮梳洗好了，轉過頭來，才可以真正看到她的光華。

許久，仍然是黃帝先打破沉默：「該亮燈了。」

負責各房燈火的小廝已經站在燈燭下等候，但是管家還沒有喊號令，他們照例是不可以擅自行動的。

黃帝很喜歡看燈火齊明的一剎那，彷彿世界在忽然間就換了另一個樣子，燈的開關一閃一合，就可以把黑夜重新變成白晝，這是顛倒乾坤的一項壯舉，黃帝每晚最愛的遊戲。

好容易看到管家胖胖的身體終於出現在大廳的門口了，黃帝立刻跑過去，牽著管家的衣角，挺直腰背，和著他的聲音一式一樣地高喊：「各、房、掌、燈——」

那是十分輝煌的一幕。彷彿聲音本身具有某種魔力，未待落地，各房各院的燈忽然就齊刷刷地亮了，有明晃晃白得耀眼的電汽燈，也有宅門口懸著的寫著「黃」字的大紅綢布燈籠，同時花園草地上也東一簇西一簇亮起幽幽的小燈泡，如同綠野仙蹤裏的童話世界。

黃帝笑起來，意猶未盡，又圍著花園跑著喊了好幾遍「各房掌燈」，直到嗆咳起來，才回到姐姐身旁站住。只有在這種時候，他才真正像一個七歲的男孩子，有著小男孩特有的淘氣與稚氣，除此以外，因為長年生病的緣故，他被大人要求著要安靜守禮，溫聲慢語，整個就是一個瓷娃娃，輕拿輕放，慢條斯理。

緊隨著亮燈之後的連鎖反應，是另一件有關民生的更緊要的大事，黃帝毫不遲疑地想起來：「姐，我餓了。」

黃裳這時早已把自己挪到燈光明亮的甬道口，繼續看《紅樓夢》，聽到問話，抬起眼不經意地說：「林媽等下會來找你的。」

林媽是弟弟的保姆，一個小腳伶仃的皖北鄉下女人，這會兒正一聲不出地貼在廚房牆上聽壁腳。姐姐黃裳的保姆崔媽坐在她旁邊捏團子，她略有點耳背，總是漏掉關鍵的句子，忍不住不時小聲地問：「說什麼呢？那位主兒說什麼呢？」從她豎起的三個指頭可以知道，「那位主兒」指的是三姨太賽嫦娥。

林媽向後搖一搖頭，示意崔媽放低聲些，一邊撇著嘴說：「還不是說那些？說二老爺娶她進門時答應過這個那個的，賴著不肯走唄。」

「嘖嘖！太太聽著這些可不要氣死？」

「都是老爺荒唐！要我說，那窯姐兒長得也不怎麼樣，早該攆出去了。進門這麼多年也生不下一男半女，就想跟太太爭？成天妖裏妖調的，讓人哪隻眼睛看得上？看那走路的樣子，就不像好東西。」林媽說著扭了兩扭，誇張地模仿著三姨太的水蛇腰。

崔媽忍不住笑起來：「就是，比老爺新認的乾女兒白小姐差遠了，第一次見，我還以爲是女學生呢。」

「什麼乾女兒，唬人呢，還不是……嘻嘻，聽說現在的上海小姐都時興打扮作女學生的樣子，說是客人給錢會格外大方。」

「嘖嘖，你這都是打哪兒聽來的？」

「還用打哪兒聽？老爺的那些客人，哪天來聊的不是這些？前兒個還商量著重辦花國選美呢，說要捧白小姐做大總統。」

「噓，這話可別讓太太聽見。」

「還怕聽見？早都人人盡知了。他們兩個坐馬車，白小姐戴著長穗子紗帽兒，老爺揮著個司迪克，繞著整個外灘招搖，生怕人看不見。聽說老爺還作了好多讚美那白小姐的詩發在報紙上，替她做宣傳呢。」

「喲，那不是同在北京捧戲子時一樣的？」

「你以為呢！也不要面孔！」

「不要面孔！」

「哼，有錢人的事！」

「有錢人！」

只有在這種時候，林媽和崔媽是親密的，和諧的，志同道合的。主人的爭吵讓她們由衷地發出「有錢也不一定有幸福」的哲學感慨，當她們這樣相對嘆著談著的時候，她們就成了兩個哲人，天地間最心平氣和寬容智慧的思想者。於是那些平日間小零小碎的矛盾和嫌隙都消失無蹤了，她們空前地團結，肝膽相照，親密無間，而且自覺責任重大，簡直大到「天欲將降大任於斯人」。因為那忙於爭吵的夫妻倆無暇再顧及到孩子，這照顧幼童的重任便只有落到她們的頭上，而她們，這兩個天下間最正義善良的俠之大者，責無旁貸，義不容辭。並且，從心底裏說，她們兩個都是從北京老宅帶過來的舊僕，打小兒看著姐弟倆長大的，對義子的感情也的確比趙依凡還要來得親切些。

通常總是崔媽先歸於正題：「就苦了孩子，可憐，真可憐哪！」她嘴裏說著的時候，手裏一忽兒也不停下：將煮熟放涼的一鍋糯米飯捏成一隻隻小團，再把肉糜放進米團裏捏攏，等一下還要將這糯米肉團子放在蛋汁裏滾過，再放進油鍋裏煎熟。這叫合肥丸子，是她的家鄉菜，黃裳最愛吃了。

林媽應著：「就是，弟弟該餓了。光知道自己吵，孩子也不管，要不是幸虧了我們，早晚把兒子餓死。」

她是家中唯一男孩的保姆，自覺要比女孩的保姆地位尊貴，因此即使是在推心置腹的時候，亦不忘話裏話外時時提著「弟弟」兩個字，似乎這樣會加重自己的話的分量，顯得更加名正言順。

而那「幸虧了」她才沒有「餓死」的弟弟，已經「啪噠啪噠」地從外面跑了進來，小聲要求著：「林媽，我餓了。」

「可憐，真可憐哪！」崔媽便又感慨一遍。而林媽順手從她剛剛煮好的雞蛋碗裏取了一隻蛋遞給黃帝：「先拿這個吃著充充饑，飯一下下就好，告訴姐姐，今天咱們吃肉丸子。」

黃帝思索一下，得寸進尺：「有松子糖吃嗎？」

林媽也思索一下，豪氣地應承：「有，崔媽做丸子，我做松子糖。」

所謂「松子糖」，就是將松子仁舂成粉，攙入冰糖屑，做法無疑比糯米肉丸子簡單得多。黃府的規矩，二爺夫妻的飯和少爺小姐是分開的，而少爺小姐的飯雖然同時開，卻是分別做，由她同崔媽各管各事，但是今天，這樣一個特殊的日子，她有更重要的事要做，就是「聽壁腳」。而崔媽，也認爲這特殊日子裏的特殊分工理所當然，對崔媽的自說自話絲毫不以爲忤，反而很有興致地，又叮囑弟弟一句：「是你姐姐最愛吃的合肥丸子呀，問她高興不？」

弟弟滿足了，害羞地笑一笑，屁顛顛跑了出去，果真當成一件大事那樣報告給姐姐：「崔媽說，她今天給你做丸子，你高興吧？」

姐姐盯著天邊一點點收斂消逝的晚霞和漸漸光明清潤起來的月亮，眼神嚴肅，隔了一會兒，忽然很莊重地，發誓一般地說：「將來長大了，我會對崔媽好！」

二　離婚

1

黃家麒的親妹子、趙依凡的密友、三小姐黃家秀來訪的時候，二爺和二奶奶還沒升帳。

傭人眨著眼小聲說：「昨晚又吵了，睡得好晚。」

家秀皺皺眉，想說什麼，可是犯不著對個下人抱怨，末了只略點點頭，揮手叫進去通報一聲，自己且順腳兒拐到西院私塾外站一站。

黃裳和黃帝已經吃過水煮蛋在上早課了，正同先生彙報功課，齊齊背誦著：「清商隨風發，中曲正徘徊。一彈再三嘆，慷慨有餘哀。不惜歌者苦，但傷知音稀。願爲雙鴻鵠，奮翅起高飛。」

姐弟倆同聲同氣，可一個朗朗上口，一個含混其辭，彷彿大弦小弦嘈嘈切切錯雜彈。

不用說，那口齒清晰的是黃裳，濫竽充數的自然是黃帝。

老先生扶著眼鏡點頭嘆著：「黃裳，你要是個男孩子，擱在過去是可以中狀元的。」

可是黃裳不是男孩子，現在也沒有狀元。太多的如果，構成了這時代與個人命運的不可能。家秀聽著，忍不住就嘆了一口氣。

黃裳被驚動了，抬起頭來驚喜地叫一聲「姑姑」，飛跑過來，將頭偎在家秀的胳膊上。

家秀愛憐地撫著侄女的頭，誇獎說：「已經背到古詩十九首了，真能幹。」

「姑姑聽見了？」

「聽見了。先生說你會中女狀元。」

黃裳並不羞澀，仰起臉來微笑，眼裏有小小的星在閃亮：「我不想中狀元，只想上學堂，當女學生。」

家秀點點頭，她今天來，正是應依凡之邀，與哥哥談判黃裳的求學問題的。可是黃家麒一向堅持私塾教育的，肯拿出這筆錢讓女兒上學堂嗎？她的心裏可是一點把握也沒有。

黃裳已經一心把她當救星，滿臉渴望，熱切地望著她。她自小就同這個姑姑親，尤其因爲姑姑和媽媽是一同去留學，又一同回來的，就更讓她有一種錯覺，好像姑姑是媽媽的一部分，是又一個媽媽。

黃帝卻只將一隻手指含在嘴裏，向這邊張望著，猶豫著要不要走過來。

姐弟倆只差了一歲，可是智商好像隔了十年。家秀搖搖頭，她一直不大喜歡這個侄子。事實上，她沒有喜歡過黃家的任何一個男丁，包括她的父親和哥哥。

據說爺爺曾經倒是個人物，否則也掙不下黃家這偌大家業。可是那也只存在於傳說中。黃家秀還沒出生的時候，爺爺已經做了古。而從她落地起，眼中所見到的黃姓男人，不是花天酒地的紈袴子，就是錙銖必較的守財奴。就好像她的大哥和二哥，同父異母，性情各異，然而沒出息倒是如出一轍的。只不過表現在一個一味斂財，而另一個揮金如土罷了。

爺爺死後，因爲家麒和家秀兄妹倆年齡尙小，母親又去得早，家產都把握在大哥黃家風和大媽黃陳秀鳳手上，一角一毫的用度都要畢恭畢敬向大房申請。直到家麒結婚，他們才正式分了家。但是黃家風仍扣住一大堆祖宗翎毛冠戴不放，說服飾既不是田地也不是貨幣，不能算做家產。但是那時候舊命服已經相當值錢，尤其五品以上翎毛冠戴的價值超過一般的明清古董瓷器，送到當鋪裏是可以做鎭店之寶的。家麒和家秀自然不允，最後鬧到打官司。

訴訟本來是對自己這方有利的，可是後來卻不知怎麼的，家麒私下裏同大房做了妥協，答應不追究了。他畢竟是男丁，又是二房長子，既然他出面具結撤銷告訴，家秀也就沒理由再堅持下去。爲了這件事，家秀同二哥幾乎翻臉，最後乾脆連同嫂子離家出走，雙雙遠洋留學去。

說起來，家秀還是家麒的原媒。那時候，交際貧乏而生性浪漫的富家少女，常常會有一種可愛的模糊的同性戀情結，家秀對依凡就是這樣，認爲這唯一的朋友學問好性情好相貌好，總之無處不好。女孩子對待心愛的東西總是忍不住要占有，自己無法占有，就借助親戚兄弟來幫忙——依凡其實是家秀先介紹給哥哥，雙方點頭同意了，其後才由兩家長輩出面談判，邀媒換帖。所以黃家麒和趙依凡的婚姻是帶一點自由戀愛的味道的，過程雖然遵循老式婚姻的規矩，序曲卻是開放而文明的。

可惜的是，金童玉女的外表最終抵不了同床異夢的侵蝕。大概是青年時代錢財被大哥扣得太緊了，一旦結了婚分了家，黃家麒有了自由調度金錢的權力，就立刻揮霍無度起來。不上三年，提籠遛鳥，熬鷹賭馬，乃至捧戲子逛窯子擲骰子吸泡子，凡敗家的玩意兒黃二爺可謂無所不會，無所不精。先是將家生子兒的丫環楚紅收房做了小，接著八大胡同的頭牌姑娘兒賽嫦娥也領進了門。

結果，是家秀將嫂子帶進家門，最終卻也是由家秀陪著嫂子離開了中國。留洋六年中，家秀未嘗沒有幾分後悔，畢竟血濃於水，一方面她認爲好友依凡天生就應該是萬綠叢中一點紅，是天上一輪才捧出，人間萬姓仰頭看的；可另一方面，每當嫂子接受新男朋友邀請出門赴約，雖然往往由她同行，確證並無逾規之舉，心下卻仍不免對哥哥有幾分歉意。所以依凡剛剛流露出幾分想回國探望兒女的口風，她已迫不及待地催促成行。在她，始終是抱著生活會更好的念頭，以爲哥哥到上海後，多少會比在北京時好一些的，會改掉舊毛病。

可是沒想到，「薔薇薔薇處處開」的滬上，處處開放的，不只是薔薇，還有種種比之北京更加絢麗更加多彩的誘惑。黃二爺的舊毛病沒改，新毛病倒又添了許多，最大的不同，只不過是從過去的捧戲子變成了今天的捧交際花罷了。女明星卻是碰不到邊的。上海的女演員同北京的女戲子不同。戲子再出色，也只是名伶，不是明星，始終娼優並舉，提不高身價。女明星卻不同，大多女學生出身，色藝俱佳，學貫中西，非「財」貌雙全人士不容問津，一般的名商富賈也都還不放在眼中。像黃二爺，雖然有錢也還不多，又賦閒在家，手上沒有實權，他想巴結女明星，女明星卻還看不上他呢。

這一度成爲了黃二爺心頭最大的一根梗刺和最勇的一項抱負，爲了雪恥，他甚至曾經約同幾個玩友計畫弄電影，可是一無經驗二無背景三無能力，弄了半天，錢賠進去許多，電影的影子一點沒見著，諸般花錢費時的玩意兒倒是學全了。

有時候家秀簡直要佩服自己的二哥，有本事私下買通時間大神，在上海的洋租界裏一模一樣打造出一個北京的大宅門來，過著完全與時代脫節的遺少生活；另一面打開門時，又可以嚴絲合縫地融入上海的軟紅十丈，毫不被動地捲進聲色犬馬中去依舊做個城市的寵兒。

門裏是北京，門外是上海，絲毫不亂。

而無論是北京還是上海，黃二爺的社會活動永遠晚於社會半個節拍，可是娛樂交際，卻又永遠舞蹈在時代浪潮的最高峰，是頂尖兒上的那一朵浪花。可也不過是一朵浪花兒罷了，家秀知道哥哥是翻不出什麼真正的波濤來的。

這樣想著，家秀忍不住又嘆了口氣，一路穿過花園繞回到正樓後門去，正看到二姨太楚紅坐在門檻上剝杏仁。蒼白的手浸在早春涼寒的水中，倒有了一點血色，映著已經薄薄蓋住碗底的剝好的杏仁，粉嫩得透明。

楚紅是黃家老僕的家生女兒，打小兒侍候過家秀的，家秀對她多少有幾分同情，便走過去打個招呼。楚紅看到她，露出慣常的謙卑笑容，細聲招呼：「姑奶奶來了，姑奶奶好早。」又掇過小板凳兒讓坐。

家秀哪裡肯坐，只擺擺手說：「你也早……這麼早就做茶？」

楚紅點點頭：「不知怎麼的，今年的杏仁兒特別澀，前夜泡上，到了早晨皮還緊著，很不容易剝下來。」

「爲什麼不用開水燙一下？那樣就容易剝得多了。」

楚紅笑著：「您不知道，二爺說，開水泡會傷了杏仁的藥性，只有用冷水，才又能去苦又保得住杏仁的原味兒。」

家秀「哼」了一聲，正想再說，忽然一回，看到三姨太賽嫦娥穿花拂柳地來了，腳步輕悄地，一隻手猶捏著蘭花指，這卻是家秀生平最厭的一個人，不想照面，趕緊一轉身，逕自繞過主樓向客廳走去。

黃家的大客廳在主樓一層，藍椅套配著紅地毯，暗花的壁紙上懸著銀質的燈具，輕紗窗簾，落地檯燈，一架巨大的鋼琴靠牆擺放，上面插著時令鮮花，與對面的木質壁爐相映成趣，整個擺設充滿歐洲風情。

家秀剛剛坐定，已經聽到哥哥的咳嗽聲。她並沒有站起問候。打小兒她對這個哥哥就有幾分輕視，現在更看不上他的種種行徑。她不禁又想起自己的一對侄兒侄女。黃家的孩子，好像都生錯了性別。女孩各個優秀，男子卻多半無能。

是黃家麒先露面，可是他身後的二奶奶趙依凡先出聲招呼：「家秀，好早。」

家秀也含笑招呼：「依凡，早。」她們是朋友，一直名字相稱，除非年節家會，向來不慣「小姑」、「嫂子」那一套，認爲俗而老土。家秀對依凡的青春秀麗一直是羨慕不已的，可是今天，她驚異地發現，數天不見，好友憔悴許多，似乎把在歐洲偷到的那幾年青春都在上海加倍地償還了回去——真應了那句話：一日不見，如隔三秋。而最讓她震驚到難以置信的，是依凡的眼角竟有一團瘀青！

家秀的眼光電一樣地射向哥哥。

黃家麒的神情卻只是淡然：「你來了。怎麼也不叫他們倒茶？」

家秀不悅：「我可不是來喝茶的。」

「那就是來吵架的了？」黃二爺蹺起一條腿，先發制人：「我勸你，我們家的事你少管，女孩子家東奔西跑的，有家不回，偏鬧著在外面租房子住，小心做壞了名聲，一輩子都不要想嫁出去。」

「如果嫁人的結果是像依凡這樣，一輩子不嫁也罷。」家秀反唇相譏。

「喲，這是怎麼說的？三小姐怎麼一大早就這麼大火氣呀？」人未至而聲先到，不消說，這是那位著名的三姨奶奶來了。流蘇長裙，掐金坎肩，滿頭珠翠插得好像隨時要登臺做戲，才只四月天，她已經忙不迭將一柄羽毛團扇在胸前搖來蕩去，「三小姐，你哥哥身體不好，生不得氣，你可……」

黃家秀不待她說完，早已戟手指住她發作起來：「你給我閉嘴！你算什麼東西？也敢來教訓我？」

「管她什麼東西，你也得叫一聲嫂子！」黃家麒冷冷地打斷，「家秀，打狗也要看主人。這怎麼說也是我的家，三姨也是我的人，這屋裏有你站的地方，就有她站的地方，她想說什麼，你可擋不住。」

2

家秀氣得臉都白了：「我說你怎麼長本事學會動手了，原來是這個東西調唆的。好，我今天就當著你這個主人打回狗給你看一看。」

「你敢！」

「你看我敢不敢！」

眼看著就要動起手來，趙依凡忙上前按住小姑：「家秀，這不是吵架的事，今天要你來，本來是說你侄女的事兒。可是現在我想告訴你，咱們有做朋友的交情，可是沒有做親戚的緣分，我已經決定了，要同你哥哥離婚。」

「離婚？你想都不要想！」黃家麒咆哮，「你鬧出國，鬧留學，鬧了多少笑話？我沒有同你計較，你倒得意起來了，越發不知天高地厚，想離婚？哼，我不簽字，看你怎麼離，你就算離得了這個家，也一輩子給我背著黃太太的名義，別想再嫁！」

黃家秀不認識地看著哥哥，想不出這當年出了名的風流才子怎可以淪落至此，口角態度一如市井無賴。再看趙依凡，她似乎對此種無賴行徑早已司空見慣，只是猛回頭，冷冷地望住丈夫，一字一句從牙縫裏擠出：「你不簽字，我就告你！」

3

無論黃二爺怎麼樣的不情願，婚還是照離了，因爲依凡請的是一位留英律師，不僅有最好的口才，還有極高的地位。他對二爺說：根據趙依凡臉上的青傷和黃家秀的佐證，二爺的行爲已經構成犯罪。如果他不肯簽字離婚，那麼就要當庭爲自己虐待婦女的罪責進行答辯求恕。

而二爺是絕不肯拋頭露面丟人現眼的，於是只有答應簽訂分居手續，但正式離婚，是一直拖到三四年後才辦理完畢，成爲黃家家族史上的第一次離婚壯舉。

對於這件事，二爺其後的自嘲說法是：「算什麼呢？已經這樣了，拖下去大家沒意思。再說，溥儀爺不是也同文繡娘娘離婚了嗎？」好像他的離婚是一種配合，是上行下效，對前朝的最後一次跟進。

他既然把離婚提升到了一個這樣的高度，別人自然也就不好再說什麼了。留在北京的大伯黃家風同太太黃李氏每每議論起這件事來，便悻悻道：「說老二荒唐，還屬這次最出圈兒，倒是幸虧分了家，不然連我面上也不好看。」

不過這些都已經是後話。在當時，黃家風卻是強烈反對的，激烈的程度甚至比黃家麒還有過之而無不及。他將北京碩果僅存的所有黃姓家族的人都召集起來，連七十多歲的太叔公也不放過，又專程派人到上海接了黃家麒一家來，全部都安排住在黃府老宅，寧可賠上吃喝也要把這件事審理清楚。

黃裳姐弟當年離京的時候只有三四歲，都還是不知好歹的年紀，如今隔了四年再回到自己的出生地，只感覺似是而非，印象十分含糊，好像隔了一春再來的燕子，覺如初次見，卻是舊相識。

老宅裏的亭臺樓閣統統飛簷斗角，雕梁畫棟，因其雕刻精緻華美如繡花，本地人送個雅號叫做「繡花樓」。以前黃二爺住在這裏的時候，常喜歡在家裏叫堂會，到今天黃裳一踏進這繡花樓來，耳邊彷彿還聽到那一陣緊似一陣的鼓點子聲。

但自分家後，多處庭院空置，閒草叢生，盛況已不復當年，多了分荒涼衰敗的意味，過去園中種滿玉蘭、海棠、牡丹，取其「玉堂富貴」之意，黃裳四歲的時候已經懂得爲牡丹剪枝捉蟲，然而如今只存活了玉蘭，開著一樹碩大無葉的白花，只有更見寂寞。黃帝還在草叢裏發現一隻野兔，大呼小叫地追了許久，直追得黃家風的臉色也不好看起來。

舊時黃二爺一家居住的後跨院被重新收拾出來，但只得兩間主臥室，一間給二爺，一間給依凡和家秀。黃裳姐弟，則跟著黃老大的孩子住。

黃家風共有三個兒女，大兒子黃乾是庶出，由姨太太在小公館裏生了抱回黃家來養的，自小跟著黃李氏喊娘，對自己的親娘反而陌生，現正留洋日本，擇定明年回國，要娶肅親王側妃的十七格格過門，連黃道吉日也定下了，就是明年春節；大女兒黃坤、小女兒黃鐘都是大太太黃李氏所生，今年一個十八歲，一個十歲，也都訂了娃娃親，只等在家養到一定年月，便嫁去婆家的。黃坤的婆家姓陶，祖上和黃家老爺子同殿稱臣的，現居大連，同黃坤訂親的是陶家老五，現和黃乾一起去了日本，約好明年一道回來成親的；黃鐘的婆家姓畢，開綢緞莊的，雖然名頭沒另外兩家響亮，卻是殷實人家。

故而黃家風躊躇滿志，逢人說起他的三個兒女便道：「《紅樓夢》裏有四大家族，可是空架子，良莠不齊，不作數的；我這三個兒女他日結了親，個個非富則貴，四家子的力量團結起來，才真是呼風得風喚雨得雨，才是真正的四大家族了。」好像兒女都是自己的一盤高利貸賬目，只等他日放出去，不愁不連本帶利收回來，包賺不賠。

反觀二弟黃家麒的子女，黃裳是個女孩子，雖然聰明，卻生性倔強，又疏於母親管教，養成一種自行其是的怪脾氣；而黃帝天生的少爺胚子，病病歪歪，唯唯諾諾，看著就不像有什麼大出息的樣子。因此黃家風越發覺得自己對二弟有責任，離婚與否，關乎黃家氣數大事，不可輕忽的。

照黃李氏的安排，原說黃鐘住到黃坤的房間去，黃裳領著弟弟住在黃鐘的屋裏。可是到了晚上，黃鐘怎麼也不肯回房，鬧著說要給黃帝講故事，要講足「一千零一夜」，於是只好臨時安排黃裳跟黃坤睡了。

黃坤是個漂亮的女子，因爲知道自己要嫁的是留洋學生，便格外注意自己的言表是否夠時髦夠文明。她一直覺得自己一家和二叔調錯了位置，應該他們留在北京而自己去上海的。上海，那是一個多麼絢麗的城市啊，一切最撩人的誘惑都集中在那裏了：長著四隻腳的浴盆，留聲機，上色照片，穿旗袍的舞女，舞女的電燙捲髮，賽璐珞的梳子，生髮水，霜淇淋和奶油蛋糕，還有比京城名旦還要紅的電影明星……聽說那裏的男人也是擦著香水的，女人的妝也不像京裏那樣一味的紅，而是擦得雪白，白裏又透著粉，眉毛描得細細的，彎在眼睛上，像兩隻月牙兒……卸妝梳頭的時候，黃坤對黃裳說：「你媽媽的頭型挺漂亮的。」言下十分羨慕。

黃裳原本同這個堂姐很隔閡，但是聽到她稱讚自己的母親，便不由地親近起來，驕傲地說：「她彈鋼琴的樣子才好看。」

於是兩人攀談起來，主題一直扣著穿戴打扮不放。黃裳一個八歲的女孩子，於這些本不在意的，可是因爲談的是自己母親，觀察格外仔細，興致便也盎然，從母親的香水手帕到她常用的英文字眼，一一細細地說給堂姐。

黃坤聽得十分仔細，時不時打斷話頭詢問一兩個細節，諸如那香水是什麼牌子的，「馬愛疙瘩」（MY GOD）是什麼意思等等。爲了表示回報的意思，也爲了增加談興，她翻出了許多零食，攛掇著黃裳邊吃邊說；又帶黃裳溜進父親的書房，偷了一大摞黃裳想要的書籍出來，有本據說專門寫來影射官場人物的小說《孽海花》，說是黃家的祖先也在裏面，黃裳如獲至寶，只恨自己所知不多，不能對贈書恩人傾心以報。

而另一間，黃鐘和黃帝玩得也是熱火朝天。黃鐘在家裏年齡最小，比哥哥姐姐差了十來歲，平時寂寞得很。如今平空多了一個小三歲的弟弟出來，又長得大眼睛小嘴巴，畫片裏洋娃娃一樣，簡直不知道該怎麼疼愛他才好。又見這位弟弟年齡雖小，見識卻多，常常在上海大醫院裏出出進進的，連外國大夫也見過，更覺驚奇，便向他學習醫生聽診、護士打針這些學問，兩個人一個裝病人一個裝大夫玩起看病遊戲來，只覺比過家家好玩一百倍。

可是到了家審這天，那種祥和友愛的氣氛突然就不見了。

4

家審安排在祠堂進行。烏黑雕花的松木八仙桌上，排列著數不清的牌位，都是黃家的列祖列宗，人死了，靈位還在，像一隻隻冷眼，監視著活著的人——自己的路已經到了頭，可是後輩的路還長，但終點不過是這祠堂，遠兜遠轉，總得走回來，跑不了。

一排排的靈位前面，坐著已經半死的黃家老太太黃陳秀鳳，原本是極厲害的一個人物，可是前幾年得了一場中風，如今已經半身不遂，人的魂兒是早已歸位到祠堂中來了，肉體卻還賴在世上，給兒子虛張聲勢地助著威。

黃老太太旁邊，坐著太叔公，也已經年逾古稀的人了，從一坐下便「喀喀」地咳，捧著一隻泥金紫砂茶壺，嘴對嘴兒呼嚕著，喝一口便咳幾聲，人嘴和壺嘴卻始終沒離開過，使得看著的人堵心，究竟不知道那是一隻茶壺還是痰盂。

再下面，便是男左女右、黑鴉鴉或站或坐一屋子的黃家人，連黃鐘黃帝幾個小孩子也各有位置，單命趙依凡跪在地中央。

依凡昂然不肯下跪，鐵青著臉說：「要審我，除非法庭上見，你們沒有資格私設公堂。」

黃家風的妻子黃李氏先叫起來：「老太太，太叔公，你們聽聽，聽聽這說的是什麼話？連黃家的祖宗也不認了！這裏可供著先人的牌位啊，她頭也不磕一個，禮也不行一個，進了祠堂門還這麼趾高氣揚的，我倒不懂了，這是誰家的規矩？咱們黃家媳婦兒裏面，可沒有一個這樣的。」

老太太黃陳秀鳳自然是不會說話的，太叔公也只是對著壺嘴兒嗚嚕著不知是咳是吐，到底聽沒聽清誰也說不上，而黃李氏卻已經拿腔作勢地叫起來：「太叔公，您說啥？叫家風做主？也是，他是咱們黃家長門長孫，現在這裏除了您和婆婆就是他，他也該跟老輩人學著當家主事兒了。要是他說得不對做得不妥，你們再在一旁指點著。」

到了這會兒黃家秀才明白，原來黃老大處理老二離婚案是虛，要借著這個因頭重振家威、爭族長的名頭才是實。前幾年，因爲苛扣古書、分家不公的事，族裏人傳得沸沸揚揚，說他欺負幼弟，逼使離家，於大房名上頗不好聽，如今，黃家風是專門報這一箭之仇，順便向人們表白一番，他這個當大哥的，並非一心爲了自己，族裏有事，他還是熱心參與，主持公道的。

家秀忍不住就冷笑了一聲，閒閒地問：「那麼大哥說說，這件事兒您倒要怎樣處理呀？」

黃家風見問，先不慌不忙地撣撣袍膝，又端起八寶蓋碗茶來，用茶蓋逼著杯沿抿了口水，再吐出茶葉，這才緩緩說：「三妹這樣問，自然是有意見，倒不妨先說說看，你覺得應該怎麼處理？」

「怎麼處理也都是別人家的事兒，是二哥和二嫂兩口子的事兒，依我說，不論是我還是大哥，都是外人，沒什麼理由對人家夫妻倆說三道四。大哥看呢？」

黃家風想不到家秀居然這樣立場分明，一時倒不好駁回，只「哼哼」兩聲，卻拿眼睛看著周圍人。

又是黃李氏先得了令，趕緊聲援：「妹子這話說得不妥了，怎麼是攙和人家的事兒呢？這可是黃家的事。是黃家的事，就要由黃家人來做主，這裏坐著的，都是黃家人，不是外人，如果二弟他們小倆口關起門來吵吵鬧鬧呢，只要不出了格兒，都算他們自己家的事兒，我們是犯不著說三道四；可是現在他們鬧到要離婚啊，離婚？咱們黃家祖祖輩輩誰聽說過？這趙家的姑娘進了黃家的門兒，就是黃家的媳婦兒，生是黃家人死是黃家鬼，怎麼竟要離婚呢？可不要把先人的臉都丟盡了！」

黃李氏這裏囉囉嗦嗦只管說了一車的話，那裏趙依凡早已忍無可忍，忽然抬起頭來冷冷地說：「我沒有丟任何人的臉，丟臉的，是那些抽大煙、逛窯子、當日本狗、賺無良錢、沒心沒肺沒廉恥沒原則的敗家子兒。」

黃家風的臉猛地煞白了，頃刻轉爲血紅。這抽大鴉、逛窯子還好說，旗人子弟哪個沒有點花草癖好？可是這當日本狗、賺無良錢，卻避無可避、明白無誤，獨獨指的是他一個了，因爲前不久他剛剛接了差使，在日本駐京大使館裏做個文官，負責翻譯聯絡之務。那時距離一九三一年的「九一八」事變還差著三年，全民抗日尚未開始，但日本人對中國的侵略企圖已是司馬昭之心，路人皆知。作爲清貴後裔，因抱著「不食周粟」之心，便在民國政府出任官職也不情願的，更何況給日本人做事？說什麼也要被人瞧不起。趙依凡的話，可謂正中要害，黃家風猛地一拍桌子：

「什麼話？反了！反了！家麒，你怎麼說？」

黃家麒無所謂地看著這場鬧劇，雖然他才該是劇碼的男主角，可是在他心中，卻有一種奇怪的感覺，彷彿一切與他無關。無論離不離都好，他只希望人們趕緊放開他，讓他去抽一筒。這個早晨已經在祠堂耽得太久了，他實在想念那煙燈那煙榻，只有在那其中，才有他所要的安逸舒適。另一面，他自小受這個大哥管制，如今看他當眾擺足了威風，卻又丟足了面子，心裏未嘗沒有一種痛快的感覺。因此只模稜兩可地說：「大哥說，大哥看吧。」

而黃帝已經被那驚堂木般的一拍嚇住了，忽然「哇」一聲啼哭起來，林媽忙忙捂住他嘴：「少爺別哭，小帝別哭，大人說事兒呢。」黃帝卻已經奔跑過來拉住媽媽：「媽媽我怕，我們走吧，我想吃松子糖。」

於是這場氣氛莊嚴的家審便在小少爺黃帝關於松子糖的哭鬧聲中，虎頭蛇尾地結束了。

三　黃家的女人們

1

聖瑪利亞女中坐落在白利南路一座高聳的西式建築裏，同聖約翰大學附中一樣，同屬當時滬上最著名的兩大美國基督教會學校。環境幽雅，學生也優雅，個個都像修女似，除了遵循中國規矩裏的「笑不露齒，裙必過膝」，還要嚴格執行美國宗教教育的清規戒律，早晚祈禱，定期懺悔。

有人形容說：「在聖瑪利亞女中裏，是一隻雄性蒼蠅也看不到的。」

但是另一面，女孩子們被訓練得如此循規蹈矩，卻不過是爲了將來可以嫁到一個好人家，找到一位好丈夫。因爲在他們的課程表裏，除了天文和物理，還有烹飪和剪裁。

而能夠就讀聖瑪利亞女中的學生，家庭出身大多非富則貴，她們當然不是爲了到這裏來學習一技之長，以備將來貢獻於社會的，那就自然只有貢獻給家庭了。所以同時她們還要學習禮儀，著裝，吃西餐，跳交際舞，甚至怎樣做好一個宴會的女主人。

女人所有的努力都是為了男人，包括學習怎樣拒絕男人。所以又有一種說法是：「聖瑪利亞女中的文憑，就是女兒最好的陪嫁品了。」

但無論如何，這裏是向以管理嚴格治學嚴謹而出了名的。因為忍受不了校規的苛刻和功課的重壓，幾乎每年都會發生學生中途退學的情形。而黃裳卻能夠始終如一，年年奪冠，獲取校方頒發的獎學金。

黃裳得以順利地升學，是趙依凡和黃家秀努力周旋的結果。

六年前，趙依凡兩袖清風地離開了黃家，唯一的條件就是要求黃家麒一定要送女兒進最好的西式學校，並負責一切教育費用。然後，就又在一個淫雨霏微的早晨再次離開了家，不久更離了國。走之前，黃家麒卻又留戀起來，來到家秀門上求依凡回心，說：「我知道你恨我抽大煙蓄姨太太，我以後都改了便是。」

然而依凡已經心灰意冷，決絕地道：「結婚十幾年，我聽你發這些宏願也不知聽了多少次，可是你總未當真改過。一個女人的愛中，總要有幾分敬的成分在內，然而日積月累地，你早已消耗盡了我對你的最後一分尊重。我們分開，是兩個人的解脫，綁在一起，卻是一塊兒下沉，誰也活不成。」

這話說得太過刻薄絕情，黃家麒恨她在妹子面前不給自己留半分情面，發起狠來：「好，我就看你怎麼飛得天高地遠，有本事，一輩子不要回來。」一甩手走了，從此連家秀也生分起來。

家秀不免替依凡擔心，流著淚問：「你為了儘快離婚，連贍養費也不要，以後可怎樣生活呢？」

依凡答：「賣古董。」

接著她說，「我們的家庭出身是我最痛恨的桎梏，可是我也只有借助它的餘蔭來過活。」

所以依凡一生都不快樂。因爲她總是與自己不喜歡的人事打交道，根本她自己就是來自她所不喜歡的世界，並始終生活在其中的。即使她去了外國，遠渡重洋，那一切她痛恨的事物仍然存在於她的血液之中，到老，到死，永遠不肯放過她。

後來黃裳每回憶到這一段，就替母親不值。因爲她親眼看到三姨太離開家時，是怎樣成箱成櫃地搬走家產的。

可是父親說，那是休妻，同離婚不同，是要補償，要付贍養金的。這使黃裳益發糊塗，難道休妻是比離婚更光榮的一回事麼？或者妾的地位比之原配正妻還要尊貴？

但有一點她是篤定的，那就是母親犧牲了許多，而這一切都是爲了她。

母親在臨走之前，辦妥黃裳所有的入學手續，並親手將她領進高小學堂。以後多年間，每每來信，總要詢問有關黃裳的升學事宜。

本來黃家麒最終到底肯不肯拿出這一筆錢來，大家心裏都沒有把握。姑姑家秀不止一次對她說：「爲了你，我有時真想嫁人算了，嫁個闊佬，好讓他拿一筆學費出來。」

但是不久黃孫聯姻的事情提到議程上來，黃家麒既要再娶，便不由對前妻多少有一點愧疚，也巴不得女兒離開家遠遠的，這才痛快答應了黃裳就讀昂貴的寄宿學校聖瑪利亞女中。

黃裳知道機會來之不易，力逼自己要發奮圖強。教英語的摩訶修女每每提到她，總是說：「蜜絲黃真是上帝的傑作，是我見過的最潔白的羔羊。」

可那又怎麼樣呢?當年私塾先生也對自己讚不絕口的，可是自己當不了女狀元;如今這「最潔白的羔羊」的美麗稱號對自己有什麼幫助嗎?她還不是照舊被同學瞧不起?

只爲，在這所著名的貴族學校裏，她卻連一身真正屬於自己的衣服也沒有。

她所有的衣裳，都是繼母孫佩藍賞賜的、自己做姑娘時代的舊衣裳，肥大而過時，像一件件情味曖昧的準古董。說新自是不新，說舊卻又不夠舊，無論怎樣滾金線打絲條，只是令人覺得土，覺得尷尬。而且因爲壓在箱底裏有了年代，整個浸淫著一種脫不去的樟腦味，在那樣青澀初開的年代裏，更加使一個少女無地自容。

有一年冬天，崔媽不知哪裡得了兩隻蛾繭，隨手給了黃裳做玩具。黃裳因聽說絲綢這種東西便是自蠶絲化來的，倒也有些興趣，拿著玩了一會兒，便順手收進箱子裏。每次開箱子取換衣服時，看到兩隻繭，便又取出把玩一回，箱子蓋蓋上，也就轉身忘了。誰知到了隔年春天，一日剛剛打開箱蓋來，忽地飛出兩隻蛾子來，撲楞楞直撞到臉上去，驚得她一跤跌倒，叫出聲來。崔媽連忙開了窗戶，將毛巾又撲又趕地，引那兩隻蛾飛出屋去。然而窗臺上桌角上都已沾滿了蛾身的鱗粉，東一搭西一搭，灰撲撲毛絨絨，看在眼中，有種說不出的膩味。

從那以後，黃裳每每想起那些壓在箱底的繼母的舊衣，便會想起那兩隻蛾子來，只覺身上到處都沾了灰蛾的粉塵，黏膩的，污穢的，十分令人不快。

後來黃裳經濟自主後養成奇異的戀衣癖，喜歡自己設計衣裳，並且務求穿得奇裝異服、路人瞠目才罷，也許，就是因爲那時被穿衣問題困惑了太久留下的後遺症。

2

說起三姨太的走，那是由於黃家麒新娶的太太孫佩藍的能耐。

按說佩藍女士也是名門之後，樣子也還時髦爽利，大方臉，削下巴，很乾淨俐落的一個人，可是聞說脾氣不大好，又染上阿芙蓉癖，所以三十好幾了還待字閨中。可是她那樣的出身又不容她過於下嫁，一來二去地，便給二爺做了填房。

據孫佩藍後來說，那是聽了媒人的調唆，是欺騙。原本不知道黃家人口有那樣廠煩囉嗦的，要不，才不肯輕易進門。

媒人是怎樣「欺騙」孫佩藍的，黃裳並不知道，可是媒人對父親黃家麒的那一番說辭，卻是由保姆崔媽一五一十地重複了給她聽——

「說是相貌好學問好性情也好，就是心高了些，說一定要嫁個八旗子弟的。可是上海旗人少得很，又都勢利，這才耽擱了。聽說了你父親的才名，十分羨慕，認爲最情投意合的，所以巴巴的托人寫了帖子來。你知道老爺的脾氣，最聽不得三句好話，當時就眉開眼笑地，說蒙千金不棄，泰山抬愛，小侄哪有謙遜之禮，自是一切全憑泰山主持。哎小姐，這泰山是誰？可是當地的響亮人物！老爺對他好生敬重的。」

說得黃裳笑起來。頃刻卻又煩惱不已。關於後母的種種傳說，她從中外故事裏都讀到了不少，沒想到終有一天這故事會落到自己身上，讓自己做了故事中那受苦受難的女主角。她把這掛慮對姑姑說了，姑姑也無法，只勸說：「那是大人的事，總不成叫你父親就此不娶，不老不小的，屋裏沒個女人也不成話。」

黃裳想說，怎麼沒女人，家裏不是還有兩個姨奶奶嗎？可是她終究沒問。雖然不大清晰，可是她也多少知道點，姨太太是不能算人的，同傭人、同家裏的汽車一樣，都只是一種需要，一種排場。

後來孫佩藍進了門，第一件事便是重申秩序，建立聲威。自己端坐在大堂裏，召集了全家老小，命令全體跪著聽訓，長篇大論地說：

「以前這家裏沒個主事的，由得你們作威作福，沒大沒小，把少爺小姐都帶得沒了規矩。這都不去說他了，實在是沒人管教。但是現在，既然有我在這裏，斷乎不許再有烏七八糟的事情發生。有誰眼中沒有主子，不要說是有頭臉的管家姆媽，就是三五代的老人，也都說不得了，統統該罰則罰，到時候可不要說我不敬老不給面子，別以爲我是新進門的就拉不下臉來。」

下人們吃了新奶奶的下馬威，大氣兒也不敢出一聲。崔媽和林媽私下裏小聲嘀咕：「以前只道太太厲害，現在才知道太太其實是傻，一味兒地講究什麼文明秩序，恨不得手把手兒給每個人上課教字。看看這一位，那是實打實地搶權，說動手就動手，說攆人就攆人的，哪裡用得到講？」

從此黃裳姐弟便跟著遭起殃來，隔三岔五地被挑個錯兒罰飯罰站的。黃裳雖然自小母親不在身邊，可也是呼奴喚婢錦衣玉食地長大，何時受過這樣的苦楚，又生性倔強不服輸的，免不了便同繼母時有口角。孫佩藍以她不尊長輩爲由，動輒請出家法來，大行教育之功。黃家麒因是新婚燕爾，正同新夫人如膠似漆的，又聽她說「我新進門，若是不早早立下規矩來，以後這繼母難為，就更沒站腳的地了」，便一切都交她做主，哪裡管得了兒女死活。

一次黃裳學校裏要做手工，向孫佩藍討白布白線。孫佩藍老大不情願地嘟噥著：「念得個洋學校，又貴又囉嗦，不好好講學問，倒要學什麼針線。要學針線，家裏女傭不有的是，哪個指點不得，還用到外國學堂裏去學？」取了一塊縫抹布打補丁用的粗白布和一捲縫被褥的粗白線出來。

黃裳搖頭，另要取細白布細白線，孫佩藍火了：「細白布？細白布是上好的東西，要做衣服來穿的，是給你當抹布學針線糟蹋的？小孩子家的玩意兒，要用什麼細白布？不當家不知柴米貴，有粗的用已經不錯了，你看看那貧苦人家，粗白布的衣服不知道有沒有一件兩件，你倒想拿細白布來做手工？整天在學堂裏學來學去，難不成學的就是糟蹋東西?!」

黃裳饒是細布沒討到，倒挨了一頓罵，回到學校裏，因為粗布粗線不襯手，手工難免比別人粗，被嬤嬤翻得好大白眼，又被周圍同學笑。從此便同繼母更加生分起來，躲在學校裏能不回家便儘量不回來，打不起躲得起，只不同孫佩藍照面便是。

而黃帝還是老辦法，隔三差五裝病躲事。風聲鬆的時候在家裏裝病，風聲緊了則乾脆躲到醫院裏，便沒病的時候也多半是蒼白沉默的，風吹倒的樣子，讓孫佩藍雖然看著他一肚子火，卻不便認真發作，畢竟是家裏唯一的男孩子，身分同黃裳不盡相同，不能太苛刻了他。

但是黃孫佩藍雖然潑辣，卻自有一樣深得黃二爺心思處，就是她同二爺一樣，也是位多年的老煙槍，練得一手燒煙泡的好手藝。這一刻的溫柔已經抵得過其他時候萬種的潑辣。每當煙燈之下，煙榻之上，兩人對面而臥，一邊吞雲吐霧一邊東拉西扯的時候，二爺就覺得新二奶奶同自己分外地親，簡直親成了一個人。對她所要所求無有不允。本來嘛，天地間她只有他這麼一個人，他也只有她這麼一個人，兩個人的世界也只有一張煙榻那麼大，其餘又有什麼可計較的呢？

因此這當家的大權便一天比一天更落實到二奶奶手中，到後來，索性連二爺用錢也要伸手向二奶奶討了。但是只要二奶奶的煙錢給的及時，二爺對於其他一切都還好商量。不論二奶奶做什麼，他總之是相信她是爲了他好，不是要存心苛扣他。

況且，二奶奶苛扣的也只是賭資和二爺在外面「花」的錢，至於其他的，他們兩個在吃喝玩樂的藝術上倒是很有共同心得的，不僅有「同榻之好」，且都喜歡吃外國進口的罐頭蘆筍，喝鴨舌湯，喜歡新鮮轎車。女兒學鋼琴繳學費的錢沒有，可是舊車換新車的錢剛剛好。都是二奶奶打牙縫兒裏一點一滴省儉出來的。二奶奶可真是好，真是賢慧。黃二爺心滿意足。

所以黃二奶奶提出要三姨太走路的時候，黃二爺幾乎連個絆兒都沒打就同意了。

那天是個陰雨天，也是在煙榻上，黃二奶奶燒著煙，同二爺面對面躺在榻上過癮，一邊聊些北京的舊事。家麒自然免不了吹牛，把自己摘花高手、弄粉行家那套本領吹噓起來，誇說當年在八大胡同自己是如何如何地受歡迎，龜奴們每每見了自己遠八里路就迎出來，常常爲了搶自己的生意當街打架，又他嫖妓有時忘記帶銀子，姑娘們倒貼也願相就等等。

孫佩藍撇著嘴說：「都說你有眼光，摘了八大胡同的花魁，可是我眼裏看去，那三姨太長得也不怎麼樣。」

家麒駁道：「誰說的?那是現在她老了，殘花敗柳，擱在從前，才叫水靈呢，真個名副其實，是個『賽嫦娥』。又唱得一口好曲兒，梆子、京戲、崑曲、小調，又是鼓、琴、琵琶、簫，樣樣來得，算做色藝雙絕呢。」

他只顧替自己爭面子，卻不顧忌諱，大誇起賽嫦娥來，怎能叫孫佩藍不聽得心頭火起，酸溜溜道：「依你說得這樣好，我倒想見識見識。」

家麒一時興起，便當真命人叫了三姨太來助興，立在煙榻旁調弦唱曲子。

賽嫦娥自己平時給二爺唱曲邀寵倒是常事，便在從前，給一整桌的男客唱曲助興也是妓家本分，可就是從來沒在女人面前調過弦開過口，況且是這樣的爺爺奶奶高臥榻上，孫佩藍一對眼珠兒對她上下打量著，那才真叫個難堪，眼風身段兒一分也使不出來，兼且尷尬異常，卻又不敢駁回，只得委委屈屈唱了一段《牡丹亭》「鬧塾」：

「手不許把秋千索拿，
腳不許把花園路踏。
這招風嘴，把香頭來綽疤；
招花眼，把繡針兒簽瞎。
則要你守硯臺，跟書案，
伴『詩云』，陪『子曰』，沒的爭差。
則問你幾絲兒頭髮，幾條背花？
敢也怕些夫人堂上那些家法？」

家麒聽得眉花眼笑，一個「好」字在嘴邊未待叫出，孫佩藍早已勃然大怒，跳下煙榻將煙槍就勢往賽嫦娥身上砸去，罵道：「我倒也不用你守硯臺，跟書案，伴『詩云』，陪『子曰』，倒真想把你這『招風嘴』、『招花眼』燙疤戳瞎了才好。什麼叫『夫人堂上那些家法』？你敢是諷刺我亂用家法，苛待家人？」

那賽嫦娥也不是個省油的燈，本已滿腹委屈，又吃了虧，索性撒起潑來，一頭撞向孫佩藍，哭道：「你打，你打，我叫你打死我算了。你是不是亂用家法苛待家人，你自己心裏不知道，還要問著我？真是，『沒吃過豬肉，也見過豬跑』，我賽嫦娥眼裏什麼沒見過，就沒見過你這樣會裝腔作勢、調歪弄事的管家奶奶！」

黃家麒本來覺得孫佩藍挑剔唱詞，未免多事，然而看到賽嫦娥打滾撒潑，鼻涕一行眼淚一行的，披頭散髮直如魔怪一般，由不得生厭，喝道：「不許吵了，沒規矩，這是二奶奶，你當著我面就敢這樣同奶奶吵鬧，可想而知平時的可惡！」

孫佩藍見家麒替她撐腰，越發得意，立逼著便要他立字休妾。賽嫦娥倒也並不害怕，滾地大哭道：

「休就休，誰怕誰？只是我進了黃家門這麼多年，並沒有偷賊養漢，沒有興風惹事。你們兩個眼裏多嫌著我，想這麼便宜趕了我走，再不能的。要我走容易，權當我賽嫦娥跟錯了客人，被二爺包了這許多年，如今清盤子散局了。二爺是個明白人，窯子裏包姐兒該是多少銀子一個月，二爺心裏自然清楚，要想開銷了我去，可是一分血汗皮肉錢也不許少了我的！」

黃二爺乍一聽只覺匪夷所思，細一想卻又覺未嘗不可。本來在趙依凡時代，二爺對三姨太給他帶來的種種麻煩已經很頭疼了，可是因爲好勝不肯對太太低頭，而且彼時賽嫦娥還年輕漂亮，一枚飽桃兒似水靈新鮮，的確也是不捨得。然而窯姐兒老得快，而且年輕時越是風光漂亮，老時就越不禁看，簡直就是風乾了的水果，二爺是早已厭倦了，加之吸煙的人，對那方面越來越提不起興致，便覺得無所謂。既然二奶奶願意代他出頭把姨太太開銷掉，那就隨得她好了，不必計較。至於賽嫦娥獅子大開口，也是人之常情，畢竟跟了自己許多年，太淪落了也被人笑話，所以這筆遣散費便是豐厚一點也不妨的。

而孫佩藍只是要姨太太走，一了百了，遣散費小事，不足掛齒，所以難得大方一回，將眼面前用不著的金銀器皿古董傢俱批了一大堆授予賽嫦娥，風風光光地送她上了路。

賽嫦娥走的那一天，特意送信到鄉下叫她遠房哥哥來車接了去，臨走還大吃一頓，打電話到「東興樓」叫的菜，熱鬧非凡，不像走道，倒像辦喜事。

那一番風光，黃家的傭人多年之後還記得，常常議論說：「成天說婊子從良是上岸，這樣看，倒是做了妾再被休，還原富貴自由身才算真上岸了。」

3

孫佩藍苦心孤詣地擠走了賽嫦娥，卻大度地留下了二姨太楚紅，這並不是因爲她對楚紅額外開恩高抬貴手，而是因爲她壓根兒就沒把楚紅當對手、當姨太太，而只當她是丫環。

不錯，她是被收了房做了小，那又怎樣？一日是丫環，就終身是丫環，甚至比丫環還不如。丫環還有個將來，楚紅可是一輩子被釘死了在這十字架上，注定要侍候黃二爺和黃二奶奶一輩子的。

從孫佩藍進門起，楚紅在她眼中的印象，就一直是個剝杏仁的機器，永恆地弓著身子，前瀏海搭下來一縷，眼睛低垂下視，鼻子以下直到胸部都含糊，只見兩隻手在動，像一幅局部靜畫。

黃二爺因爲吸煙，嗓子裏總是有痰，要喝杏仁茶來清火。二姨太楚紅，便彷彿是專門娶來做杏仁的，一天到晚要麼見不到人影子，要麼就是坐在後門檻上剝杏仁，日子久了，她整個人身上都發出一股奇怪的青澀的杏仁味兒，冷而香。

黃家的杏仁茶極講究。俗語說：南杏甜，北杏苦。通常的杏仁茶多以甜仁入茶，搗碎了加糖加水，以中火攪拌煮熟即可。而黃家卻必要在甜仁中按照嚴格比例摻入幾顆苦仁，益增其香。細小的一顆顆心形的杏仁泡在冷水裏拔盡了苦味兒，便手捏剝皮，與上等白米對配著，在乳缽裏研磨成塵，如同絞碎一顆心。這才加糖燉熟，並要瞅準火候，在開鍋前略注一點鮮牛奶，使杏仁茶添入幾分奶香味兒。不可太甜，不可不甜——這，便是學問了。

二姨太楚紅做的杏仁茶，甜而不膩，清而不苦，誠爲杏仁茶之極品。要不是這樣，二爺還真想不起自己有這麼一位姨太太，等閒也絕對不會問一句她的存在。反正她總是在那裏的，像鐘錶一樣的準時，在合適的當兒遞上一碗沖泡正好的杏仁茶。

可是這天早晨杏仁茶斷頓了，催茶的傭人回來報說：二姨奶奶病了，在床上睡著未起，發高燒，還說胡話，看情形好像是得了傷寒。

黃二爺很不高興，一個姨太太，除了剝杏仁，風吹不著雨打不到的，怎麼竟會這麼嬌貴，無緣無故地發什麼傷寒。治吧，又是一筆開銷，不治，家裏躺著個半死的人也不成話。二爺實在沒心情理這些，只揮一揮手說：「問奶奶去，叫奶奶拿主意好了。」

孫佩藍很詫異：「傷寒？那可是傳染病。害死人的。二姨太家裏還有些什麼人？可不要在這裏養病，過到別人身上了不得的。」問知老家的人確是死光了，便又擰著眉說：「偏是沒錢，偏是囉嗦。這可怎麼好呢？關照廚房，給做點清淡的，養兩天看看吧。」

她說話時的那種口吻，就好像在路邊拾了貓兒狗兒，一時起意要「養兩天看看」。傭人自是心寒，卻也不敢多說，只有照二奶奶的話吩咐下去。

倒是二爺，後來倒還有心問過兩次，說自從楚紅臥病，這杏仁茶的味道可差多了，不是熟爛甜膩，就是又苦又澀。這下人的手法就是不如二姨奶奶，不知楚紅還要多久才好。

二奶奶便說：「她是傳染病，我冒險進去看過一次，樣子竟是不大好呢。我已經關照過管家，下次給小帝打針的林醫生再來的時候，要他順便看看二姨奶奶。林醫生這兩年在我們家進進出出，也拿了不少錢了，要他給二姨奶奶白瞧瞧，想他也不好意思說錢吧？」

二爺聽到錢就頭大，咕噥了兩聲：「現在西藥是什麼價錢？一個小帝已經吃不起了，又添一個楚紅。」此後便再不問起。

拖到這年年底，二姨奶奶也就咽了氣。說是肺癆，會壞風水的，祖墳也不讓進，就著人拖到亂葬崗隨便埋了。

自此，黃家二房便只有一位主事奶奶，結束了妻妾成群的歲月。

在這一點上，後二奶奶孫佩藍的行為倒是要比一心主張一夫一妻的前二奶奶趙依凡徹底得多也見效得多了。

4

關於二姨奶奶楚紅的死，黃家傭人的傳說裏頗帶一點羅曼蒂克的韻味。其中傳得最熱的一種說法，是說二姨奶奶其實是自願求死的，因為她愛上了一個不可能相愛的人——仁心醫院的林醫生。

林醫生是外國留學生，在仁心醫院當職，由朋友介紹給黃家，常來給黃帝少爺打針的。黃帝自幼體弱多病，不好的時候比好著的時候還多，因此家裏常常要請醫生。後來就固定了林先生，這是因為他態度格外好，而收費格外低。

林醫生的態度好是有目共睹的，對每個人說話都客客氣氣，除非看病開方子，否則別人站著，他絕不肯坐著，跟下人也是一樣。如果傭人跟他客氣，他就會說：「人和人都是平等的，我應該尊重您。」

大家覺得他好，也覺得他怪，常把他的言行當笑話講。二姨奶奶也不例外。可是那時他畢竟離得遠，頂多隔著人看一眼，彼此點頭打個招呼，連端茶倒水也輪不上她，自有一大堆丫環婆子搶著去做。然而現在，現在他們突然空前地接近了。他就坐在她的床邊，一手握著她的手，一手撫著她的額，憂心地、溫柔地、關切地沉吟：「燒得很重，得趕緊用藥呢。」

天哪，二姨太楚紅簡直要在那一刻昏過去。還從沒有一個男人對她這樣溫柔關切地說過話呢，何況是那樣文明高貴的一位先生。

楚紅哽咽著，一時說不上話來。

林醫生誤會了，更加柔聲地安慰說：「別擔心，我會幫助你的。來，喝口水吧。」說著，便一手扶著楚紅的肩坐起，另一隻手便端了杯子送到她嘴邊來。

「別擔心，我會幫助你的。」這無疑是二姨奶奶一生中聽到的最窩心的一句話，是可以刻進墓誌銘的。她倚在林醫生的臂彎裏，只覺就是在這一刻死了，也是幸福的。如今她倒忽然感謝起這場病了。要不是傷寒，她怎麼有機會接近林醫生，怎麼能讓他手把手地對她說「別擔心」呢。他還說：「我會幫助你的。」他會怎樣幫助她呢？帶她走？離開這個黃家？

楚紅被自己的念頭嚇了一跳。在此之前，她從沒有想過自己可以有另外的路走，可以離開黃家麒和黃二奶奶。可是現在她想到了。即使實現不了，但她已經有了這樣的心願，這樣的夢想。而所有的瘋狂夢想的由來，都是源於那個人！

也許一個病人是不該太胡思亂想的，那實在於她的病體不利。楚紅雖然吃著藥，可是病卻一天天地重了。林醫生很惶惑，十分地自責：「我真是學藝不精，竟幫不了你。」

楚紅那時候說話都已經很艱難，但她仍緋紅著臉很幸福地說：「不怪你。」

她臉上那樣紅，甚至勝過了以前三姨太賽嫦娥的胭脂。而她自己是從來沒有用過胭脂的。她很怕這紅落在林醫生眼裏，會讓他看輕了自己。

可是林醫生卻另有解釋，認為這是肺病病人慣有的激動和病態。他因此更加歉疚了。

到了秋天，楚紅的病已經成了沉疴，眼看是沒指望了。而黃帝也照常地在一春一秋必然發病，不得不住進醫院，黃二奶奶也就告訴林醫生不必再來了。

從此，楚紅那間原本昏暗的小屋就更加沒了陽光，除了送飯給她的傭人外，幾乎就見不到一個人。而她大多時候都是昏迷的，稍微好一點，便倚在窗口苦苦地望著，似在期待。

樹葉一天天地黃了，那個人沒有來；

樹葉一天天地落了，那個人沒有來；

冬天是個無花的季節，但是有雪，如果，雪也是花的一種的話。

種子在雪下發芽，而心事在雪中冷藏。楚紅姨娘從沒有跟任何人說過自己的心事，人家也都不問。

然後她便死了，同生前一樣無聲無息。

直到第二天早晨下人送飯的時候，才發現二姨奶奶已經咽氣，趕緊報了二奶奶。二奶奶嘆了口氣，如釋重負的樣子，說：「又是一筆開銷。」可是其實沒有安排任何形式的葬儀，只是著人將屋裏所有的被褥用具全部燒掉，生怕有病菌留下來。

收拾行李時，在她的枕頭底下，傭人驚奇地發現了一個藥瓶子，滿滿的居然都是林醫生開給她的西藥。

那是救命的藥啊！是林醫生掏了自家腰包一顆顆送給她的，她爲什麼竟沒有吃呢？

四 幽禁

1

一九三五年對於黃裳來說，發生了兩件大事。一是著名影星阮玲玉死了，二是母親趙依凡回來了。

黃二爺家麒在京是戲迷，在滬是影迷，前些年弄電影捧明星地好一陣折騰，雖然到底沒弄出個什麼名堂來，到底混了個臉兒熟，算是半個內行，和各大影戲院都有點瓜葛。一九三〇年百老匯首映，一九三二年國泰電影院建成，一九三三年新大光明開幕，都有戲院經理派專人向黃二爺送請柬，邀請蒞臨剪綵禮。

那幾年裏，黃裳跟著父親，看了不少電影，這是爺兒倆唯一投契的地方，也是日後父女反目、黃裳對於父親僅有的一點溫馨存想。

其實細究起來，黃二爺的知識原本很多很雜，也很有趣：他知道北京每一道城門的命名來歷和各自規矩，知道粉墨百家的披掛頭面，知道出師作戰要出宣武門，得勝回朝要進德勝門，酒車走的是崇文門，水車進的是西直門，糧車必行齊化門，糞車要過厚載門，知道《玉堂春》的王金龍穿的是紅團龍蟒，《古城會》的關羽穿的是綠團龍蟒，《打金磚》的劉秀是黃團龍蟒，《群英會》的周瑜是白團龍蟒，《霸王別姬》的項羽是黑團龍蟒，而《鍘美案》裏的黑臉老包卻是福字行龍蟒，還有紗帽插金花是新科狀元，紗帽插套翅則變身爲駙馬，女花褶配小過翹是宮女，女花帔配大過翹便是公主，他還可以單憑行頭就辨得出誰是穆桂英，誰是秦湘蓮，誰是白蛇而又誰是蘇三……

他獨獨缺乏的，不過是點賺錢的本領罷了。但是這在百興俱廢、百廢俱興的時代，也勉強可以解釋爲厭時避世。在清貴後裔裏，像黃二爺這樣的大有人在，大家早已視爲等閒，倒是那些四處求職、而又職位不高或是俸祿不正的人，反而會遭人奚落，認爲是變節或是屈就，比如黃家風大爺在北京祠堂上被依凡當眾痛罵卻無人排解，就是這個緣故了。

居家賦閒的時候多了，二爺也就免不了在興致來時同女兒談談講講，可以自諸子百家一直聊到滬上百花，而談得最多的，自然便是二爺最感興趣的電影及電影明星了。

當時的上海，正是電影的極盛時代，人們的談話離不開電影，穿著習慣也都模仿著電影，甚至整個上海的生活空間，就是一個巨大的電影院，每個人的言行，都或多或少本能地帶著電影中的氣息，不自覺地拖長聲音念一兩句電影對白，把最日常的談吐加入一兩分羅曼蒂克的電影色彩，自己也就成了電影中的主人公了。

所有的富翁都想擠進電影圈裏賺取暴利，所有的美女都幻想著成爲電影明星，所有的小市民都關注著報上電影圈裏的緋聞，所有的街頭都貼著影星最新髮型的海報招貼，而所有的聚會都少不了把明星新聞作爲飯後談資。家麒的有關電影圈裏的知識，也就是這樣子溫故知新得來的。

「王人美不好看，笑紋太深了，不如蝴蝶，可是蝴蝶又不如阮玲玉。」家麒說著，閒閒地噴一口煙，「前幾天聽朋友說，阮玲玉如今同陶季澤在一起，惹得張達民生了氣，說要向記者朋友公佈阮氏秘聞，鬧得沸沸揚揚的。其實有什麼可鬧的呢，做影星的，還不就是那幾年，『自古英雄如美人，不許人間見白頭』，幾年一過，什麼都不新鮮了，你要人家注意你，主動賣新聞給人，也未必有人肯寫呢。」

通常總是在二爺的煙榻旁，多半是午後，可是煙燈的柔媚總使人覺得黃昏將臨，一切都不久長，又覺得既已遲暮，做什麼都已經晚了，便無須掛心。

黃裳乖巧地立在煙榻旁，替父親燒煙泡，一邊趁機問東問西。她對黃家祖先的故事很神往，對滬上影星的新聞很好奇。那些，都是遙遠的，光豔的，撲朔迷離的，自成一個世界。

但是黃二爺大概自覺風光沒落丟了祖上的臉，對談論黃家舊事向來沒耐心，問急了便應付女兒：「你不是有本《孽海花》嗎，老輩官場上有名有姓的人都在上頭，自己看去。」對於花街柳巷娛樂新聞卻是百問不厭的，一一把聽到的消息同女兒講談。「要說阮玲玉，前些日子電影院開幕禮上倒也見過一面，還請她跳過一支舞，挺斯文懂事的一個人，但是知道她新聞多，倒不敢太兜攬，怕被捲進是非裏去。」說著呵呵笑起來，大概自覺有可能捲進明星緋聞也未嘗不是一種資本。

「阮玲玉不是已經同張達民離婚了嗎？還有什麼可說的呢？」像當時大多女學生一樣，黃裳最喜歡的影星就是阮玲玉。她是個標準影迷，滬上凡有新片上映，她是不吃不喝也要先睹爲快的。阮玲玉所有的片子，她都耳熟能詳，可以一句不錯地將臺詞從頭至尾複述下來。不論父親說了什麼，也不論小報上寫了什麼，她就是喜歡阮玲玉，忍不住替她打抱不平。

黃二爺噴一口煙，拖長了腔調閒閒地說：「就因爲離了婚才有得說，比如爲什麼離婚啊，離婚以前是怎麼一個樣子，離婚後又是怎麼一個樣子啊，阮玲玉有名麼，什麼都可以拿來賣新聞。主要說是阮玲玉在和張達民離婚前，已經同陶季澤有了夫妻之實，可是那陶季澤也不是什麼好東西，在老家原本有老婆的。這阮玲玉也是，鬧來鬧去，還是給人做小，倒是白離一場婚。」

「阮玲玉不會的，她那麼清高，這一切一定不是出自她的本願。」

「誰知道？做女明星的，自然都要裝出一副清高的樣子，可是骨子裏還不是一樣，個個都要錢。」

「阮玲玉不會的。」黃裳堅持著，眼睛裏慣常地有一種倔強。煙霧淒迷的，一切望過去都似真還假。她念著父親的話，「那陶季澤也不是什麼好東西，在老家原本有老婆的。阮玲玉鬧來鬧去，還是給人做小，倒是白離一場婚」，不知爲什麼，只覺心裏一陣陣地疼。

她喜歡阮玲玉，喜歡到熱愛的程度，是把她當作信仰一樣地捍衛著的。父親罵阮玲玉的話，就彷彿罵的是她自己。雖然她那時候並不知道，阮玲玉的命運同她自己，到底彼此印證著怎樣的淵源。可是她的心中，卻著實有了一種不祥的預感。

新片《新女性》公映時，黃裳一口氣看了三遍。第三次看的時候，是個雨天，看完了，乘電車回學校。記憶中，那段時間上海好像特別多雨，從早到晚，天空都是煙濛濛霧濛濛的，時小時大，忽密忽疏。

古人喜歡把雨比做詞，如果細雨是一首小令的話，那麼大雨就是長調了吧？是《水調歌頭》？《念奴嬌》？《金縷曲》？抑或《聲聲慢》？

電車「克達克達」地駛著，駛過長歌短調，駛過柳淡煙輕，駛過燈紅酒綠，駛過粉黛脂濃……

它們不知道，一個絕世美女要去了，一個淒豔的、哀婉的、纏綿的故事將在這個雨季裏結束，如狂風過後，桃花樹下一地的嫣紅。

但黃裳是知道的，望著窗外的雨，想著片中的阮玲玉，不自覺地流了一臉的淚。在悠長無邊的雨幕和悠長無邊的「克達」聲中，她深切地感受到生命悠長無邊的寂寞，似乎已經預知了什麼。

果然，就在第二天，報紙上登出了阮玲玉自殺身亡的噩耗，而她所用的方式，竟同片中女主人公韋明的一樣——服毒自盡，並且，同樣地經過了十數小時的痛苦掙扎，輾轉而死。

那樣的一朵花兒般年紀，一朵花兒般相貌，一朵花兒般豔譽，竟然都輕輕拋棄，如一朵花兒般凋謝了，在這個風寒霧重的雨季。

遺書中「人言可畏」的哀嘆，宛如一個蒼涼的手勢，讓黃裳感到了錐心的震撼和徹骨的寒冷。拿著報紙，她的耳邊忽然又響起了有軌電車悠長悠長的「克達」聲，她不明白，如果阮玲玉那樣風光華麗的人物也有過不去的關口，那像自己這樣步步荊棘的弱女，不是更加無路可走了嗎？諸如父親之流的一些人的口舌是非，真的就可以致人於死命？

對一個豆蔻年華的少女而言，有時信仰的殞滅幾乎相當於世界末日的到來。自從母親離家後，黃裳便習慣了用一種充滿懷疑的眼神看待周圍，那眼神曾經讓繼母孫佩藍十分不舒服，背地裏詛咒說：「只有死魚眼睛的恐怖可以同她彷彿。」而現在，她的眼神更加冷漠了，濃濃地寫著不信任與不安定。

阮玲玉的死，就像滿滿一桶從頭澆下的灰色油漆，給黃裳的整個少女時代打上了一種灰色的印跡。她從此更加沉默寡言，也更加嗜書如命，甚至同父親也更加隔絕了，因爲在她看來，父親也是逼死阮玲玉的兇手之一。她原本就比一般的同齡女孩早熟，如今更是忽然褪去了所有的稚嫩與天真，她開始堅信，世上最大的悲劇，就是一個天才的女子無端攬進了婚姻與愛情。

就在這個時候，趙依凡回國來了。

經年不見，母子的闊別重逢對於黃裳姐弟來說，無異於過年一樣的大事。

那天恰逢週末，黃裳放假在家，一早起來，林媽崔媽便張羅著替小姐少爺打扮了，要送他們去姑姑家見母親。

林媽一邊替黃帝梳頭一邊問：「弟弟還記得媽媽長什麼樣兒嗎？」

黃帝靦腆地點著頭，即使是在非常興奮的時候，他的臉也仍舊是蒼白的。因爲一直讀的是私塾，又長年多病，他能夠見到的世事非常有限，同姐姐黃裳的差異也越來越大了。

這是趙依凡的一招失棋處，本來以爲在重男輕女的黃家，作爲少爺的黃帝在讀書求學上，是怎麼也不會有問題的。然而沒想到，黃家麒從再婚後，壓根兒也不理家事，對待兒子女兒長年視而不見，他們長高了多少，是否要加添新衣，乃至課程講到哪裡了，學問怎麼樣，一概不過問，統統交給新二奶奶孫佩藍打理。所以黃帝跟著私塾先生念了多年，連生澀的《易經》也背完了，卻仍遲遲沒有升學。連先生也躊躇著不知明年該教什麼才好，忖度下一步是不是要連八股文也拿出來修習。

黃裳試著衣服，左右不滿意，低聲說：「要不，我還是穿校服吧。」校服還是去年耶誕節前，學校一時起意給大家做的，可是後來因爲有家長反對這種過於劃一的穿戴，又被廢除了，所以只有那一件，而且已經略小，可總歸是一件自己的衣裳。

崔媽和林媽對視一眼，兩人心照不宣：小姐已經大了，懂事了，怎麼肯穿著後媽的舊衣裳去見親媽呢？便也不多說，依言打開箱子翻出校服來，替黃裳噴水熨平了，服侍她穿戴妥當。

正要出門，孫佩藍起床了，丫環進來催請黃裳姐弟去道早安。黃裳很不願意在這種時候虛情假意地再到繼母面前叩頭請安，可是又不敢不去，只一會兒說頭髮亂了，一會兒說襪子短了，挨挨延延的，磨蹭了好一會兒，這才勉強站起來，由崔媽林媽陪著，向請安堂走去。

2

請安堂坐落在東廂，規格同私塾彷彿，是孫佩藍早起理事的「辦公房」，黃裳姐弟晨晚問安也在這裏。孫佩藍自進門日起便立了規矩，每早晚滿堂上下都要在這裏向二爺和她報到請安，缺席或遲到都要重罰。

其實說是二爺和她，不過打個幌子，黃家麒通常不到中午是起不了床的，所以這「受早頭」也就由二奶奶代領了。

黃裳每次磕頭，都感到滿心的委屈。黑鴉鴉屋子裏跪了一地的人頭，她和弟弟縮在一角，與傭僕等同待遇，而更顯得單薄。因爲傭僕們還有事回報，很忙碌充實的樣子，她姐弟卻只是跪在一邊旁聽，什麼時候傭僕報告完了，她們才可以起身，那感覺，分明在時刻提醒他兩個是白吃飯的。

按理黃家主僕分明，問安通常是分開的。可是孫佩藍說應該要黃裳姐弟從小知道治家的辛苦，跟著學學規矩，黃家麒也就欣然同意了。於是黃裳姐弟也就只有忍氣吞聲，受這「晨安之辱」。

好在黃裳讀的是寄宿學校，只有每週末才行一次規矩，總算稍微好過些。而黃帝自小被壓迫慣了的，對一切都逆來順受，所以幾年來，大家也還相安無事。

可是這天早晨合該有事，黃裳因為見母心切，滿心的不耐煩，對這早問安平生出一股仇恨來。而孫佩藍因為不能攔著她姐弟倆不許去見姑姑（雖然她心裏明白大家看她的面子，表面上只說是去見姑姑，其實還不是要見住在家秀處的前任二奶奶趙依凡），可是也不打算讓他們興高采烈痛痛快快地出門，本來就已經憋著勁兒要找碴的了，偏偏黃裳又把現成的藉口送上門來，來得晚了不算，還一臉的不情願，又穿著一件灰不灰藍不藍的舊校服，怪模怪樣的。本來三分火的，見了面倒有七分火，由不得就冷哼了一聲：

「這是誰家的大小姐，太陽老高了才肯起床，還這麼睡眼惺忪、鞋邋遢襪邋遢的，倒不知昨晚上做什麼見不得人的事去了，要把幌子掛到臉上來！去，去把衣裳換了再來，我見不得你這副酸文假醋的浪樣子。」

黃裳聽這話說得惡毒，登時臉漲紅了，就要還口，跟在身後的崔媽生怕她吃虧，趕緊按住她的頭說：「快跪下，給你娘請安。」說著自己先把自己四肢著地落踏實了，磕頭說：「崔媽給奶奶請安。」

林媽和黃帝也隨後都跪了。黃裳也只有忍氣跪下，磕了頭起來，可是兩隻眼睛的怨恨憤怒卻是藏也藏不住，寒星冷箭似向繼母直射過來。

孫佩藍大怒，不等黃裳站起身來，直接一碗殘茶兜面潑來：「沒良心的種子，給你吃給你穿，還天天斜眉瞪眼，瞪你娘的！誰教你跟長輩說話這麼直愣愣盯著人看的？你個沒教養的東西！說是黃家門裏的大小姐，千金萬銀的穿戴，山珍海味的吃喝，竟餵出這麼一個東西來！哪裡有點大家閨秀的樣子？活脫脫上海灘上一個女癟三！嫌我的衣服不好，存心穿件灰不灰藍不藍的孝袍子現世，丟我的臉！我倒不明白了，你看你這長相，哪點像黃家人？念的什麼洋學堂，我說都是妖蛾子白費錢！正是國裏的規矩還學不會呢，還去學什麼外國規矩？哪一國的規矩把你教成現在這副妖妖調調的鬼樣子？現在翅膀硬了，知道跟我瞪眼了，反了你！崔媽，把她拉下去，鎖在屋子裏，中午不許吃飯，叫她好好反省一下，該怎麼對待長輩。白長那麼大個人，連禮貌也不通，下作東西！」

左一句「種子」右一句「東西」，夾七夾八地足足罵了一個鐘頭，直把傭人們也罵得呆住了，不知這位奶奶發的是什麼瘋，哪裡來的這樣大火氣，往日雖然厲害潑辣，也沒見這樣毫無來由地滿口裏污言穢語，不像大家奶奶行規矩，倒像小戶人家的媳婦撒潑。在黃家，就是尋常傭人，也少有說話這麼粗鄙的。因此崔媽林媽面面相覷，一時竟沒理會二奶奶關於把小姐拉下去鎖起來的命令。

孫佩藍更加大怒，索性走下座位來，對準崔媽便是一個嘴巴：「你聾了，還是啞了？聽不見我說話？」

崔媽嚇得忙又跪下了：「小姐已經請准老爺，說好今天去看姑奶奶的，這關禁閉罰午飯是不是留到明天再做？」

「你有屎留到明天再拉成不成？我說現在就是現在。她眼裏沒有我這個當娘的，我就打得了她……」

黃裳再也忍不住，忽然直嚷起來：「你不是我娘，我要去見我親媽！」跳起來就要往外跑。孫佩藍大叫：「反了！把她給我攔下來，打！重重地打！掌她的嘴，問她到底認不認得娘？」站在門口聽命的傭人不敢不從，果然上前攔住黃裳，死拖硬拽拉到孫佩藍面前，勸著：「小姐，還不快向奶奶認錯，說你知道錯了，再不敢了，免得受皮肉之苦。」

崔媽嚇得只跪在地上篩糠也似亂抖，忙不迭地磕頭：「求奶奶恕罪，求奶奶饒了小姐不懂事，求奶奶……」

孫佩藍起腳將崔媽踢個筋斗，又上前親自賞了黃裳一個嘴巴：「說，你現在眼裏有沒有我這個娘了？」

「你不是！你不是我媽！我有自己的媽！我媽媽回來了！」黃裳倔強地叫，心裏只說：你打死我吧，你打死我好了，打死我也不會再叫你一句媽，我有自己的媽，我媽媽回來了，我不會再認你這個潑婦叫媽！

「你娘回來了？哼哼，我告訴你，她就是回來也晚了，只好做小，管我叫奶奶，給我提鞋倒水！」

「呸！我媽給你提鞋？你給我媽提鞋也不配！我媽媽比你漂亮，比你賢慧，比你溫柔，比你能幹，比你有見識，比你強一百倍！」

黃裳說一句，孫佩藍便打一巴掌；孫佩藍越是打，黃裳就越要說。漸漸的，黃裳唇角開裂，慢慢滲出血來。崔媽哭著，又要攔又不敢攔，只跪在地下，囉囉嗦嗦地嘟囔著：「求奶奶恕罪，饒了小姐吧，小姐還小，不懂事……」

林媽覷個空兒溜到身邊將她衣襟一拉，偷偷附耳叮囑：「你在這裏求破了喉嚨她也不會理，要求，不如求老爺去。」

一句話提醒了崔媽，偷眼窺著孫佩藍正打得起勁留意不到，忙爬起來一溜煙兒跑了出去。

3

按說孫佩藍長得不難看，圓臉方頤，怎麼看也不像做晚娘的樣子。傳說中的刻毒女人通常都長著一對高顴骨，她的臉卻偏偏平得很，就好像女媧搏土造人，造好之後又順手在臉上拍了一掌似的。

她的刻毒全都在舌尖上了，每一句話都是一把刀子，割得人皮破血流。再有，就是她的指甲，修得尖尖的，在撕扯黃裳的時候，不住地偷偷使暗勁，一指下去就是一道血印子。忽一轉眼看見二爺來了，便不再那麼潑辣，卻先發制人，迎上前揚聲痛哭起來，因爲臉太平，全兜不住淚，一哭，就顯得淚如傾盆，慘切得很：

「家麒，家麒你看看我，你看我這做後媽的苦不苦哇？要管吃要管住，要管他們別凍著別熱著，還要被他們嫌被他們罵。你聽聽你女兒說的是什麼話？她說她親娘回來了，她不認我了，要趕我走，還說她娘比我強一百倍，我給她親娘提鞋也不配！家麒，我緊小心慢小心，怎麼倒養了個白眼狼出來了呀！你們爺倆兒這是要把我逼死呀！家麒，家麒你說句話，我死活是不離開黃家門的，你要是迎那姓趙的回來，叫我走，我可就只有死路一條了呀！」

黃家麒被這鼻涕眼淚的兜頭一番話弄糊塗了，緊著問：「誰說什麼了？誰說要迎她回來的？這個家就你一個黃二奶奶，有誰敢趕你走，你就要她先走！」

「是她！」孫佩藍將一根手指指著黃裳，滿腹冤屈，聲淚俱下地控訴：「是你的好女兒呀！她當著一家子人的面，說她自己的娘要回來，讓我走，給她親娘騰地方！家麒，她一個小丫頭怎麼有這麼毒的心啊！是不是你教的，是你教她說這些話的？不然，她哪裡來的這個膽子，就敢騎到我頭上來了？你說，你說呀，是不是你爺兒仨多嫌著我，一門心思要治死我，趕我走？」

黃家麒哪裡禁得了這番擠兌，不由分說，上前一腳將黃裳踹倒，踏在胸脯上問著：「是不是你說的？剛才那些混賬話是不是你說的？是不是你說不要你娘的？」

黃裳心裏已經悲哀到極點，無心分辯，只求速死，咬牙說：「我有自己的媽媽！我媽媽回來了！你放我走，我要去見我媽！」

「你想得美！我打死你，你這輩子都不要想見到她！」黃家麒提起趙依凡就氣不打一處來，耳聽得黃裳一心向著媽，只恨白養了她，竟一點不知道感恩。當下再不打話，一腳接一腳對準要害踢著，把當年對依凡的恨全報在這個眼裏只有娘沒有爹的女兒身上。

黃裳咬緊了牙關一聲也不吭，先還滿地滾著，後來便不動了，但仍然大睜著眼睛，仇恨地看著這屋子，那些擺設從來沒有如此清晰過，紅木桌椅，琺瑯煙盅，鈕釦大、具體而微成套擺設的宜興茶壺玩件，舊時宮裏得的內畫鼻煙壺，請名師臨的張擇端的《清明上河圖》殘卷，青花瓷瓶裏插著卷軸和野雞翎，銀盤子上立著長翅膀的天使雕像，描金掐絲西洋鐘的針指在上午九點。九點，這是一個恥辱的時刻！

她恨。

這間屋子充實到擁擠的地步，塞滿了金的銀的鑲珠嵌玉的物事，可是獨獨沒有親情！她恨！

穿著各色繡花鞋黑布鞋牛皮鞋的腳在面前雜遝往來，滿屋子都是人，可沒有人味兒！她恨！她恨！她恨！

如果眼睛裏可以噴出火來，她希望燒掉這屋子，也燒掉她自己，可是最終，她只是無力地閉上眼睛，再也動不得了。

崔媽本來滿心以爲二爺是小姐的親爹，總會向著女兒點，哪想到自己幫了倒忙，請下一個瘟神來，打得只有比二奶奶更重，又氣又急，長嚎一聲厥了過去。

黃帝早已嚇得呆了，連哭也不曉得哭。傭人們看著不好，早已鬆了手退得遠遠的，黃二爺卻還是死命地踹著。崔媽厥過去又醒過來，眼看黃裳已經只有出的氣兒，沒有進的氣兒了，顧不得死活，飛身撲上去，抱著喊：

「爺！爺！你真的要打死小姐嗎？她說什麼也是您的親生女兒呀！再打下去，小姐可就真的沒命了呀！」

林媽也拉著黃帝趕緊跪下了，旁的傭人也緊隨著跪了一地。黃家麒又踢了幾腳，這才罷了手，喘著粗氣說：「把她給我關到一樓楚紅姨娘的屋子裏去，沒我的話，誰也不許放她出來！我要發現誰敢私放了她，我就扒她的皮！」說著又順腳將崔媽踹上一腳，這才剪手離去。

直到二爺和二奶奶走得遠了，林媽才敢過來努力拉起崔媽。崔媽一手按住腰上被二爺踢疼了的地方，一手去推黃裳：「小姐，小姐你這會子感覺怎麼樣？」黃裳卻動也不動，臉上一絲兒血色也沒有，伸手到臉上試試，連鼻息也微了。

崔媽驚惶起來，腿一軟又跪倒了，便搶天呼地哭起來：「我的小姐呀，你可不會就這麼去了吧？」

林媽卻翻翻黃裳眼皮，說：「不礙事，咱們小姐這是氣血攻心，順順氣就好了。」

崔媽素來膽小，今日經過這些大風大浪，早已精疲力竭，耳中聽得小姐沒事，心氣一鬆，又厥了過去。

4

在所有關於阮玲玉的文載裏，是絕對不會有人提起「黃裳」這個名字的。

可是在黃裳的生命裏，阮玲玉卻奇怪地占據了一個非常重要而且微妙的位置。

因為阮玲玉這個人的存在，讓黃裳一度瘋狂地迷戀著電影；卻也因為阮玲玉這個人的消失，讓黃裳對於生命之苦除了自身的體驗之外，又多了更為深沉悲涼的感嘆。

在幽禁期間，她想得最多的，不是剛剛回國卻緣慳一面的母親趙依凡，而是當紅早逝的阮玲玉。從各種小報的報導以及父親的議論中，她已經詳盡地知道了阮玲玉雖然短暫卻滄桑多彩的一生——少年受盡折磨，忽然上帝將一個女子可以希冀得到的一切美好都堆放在她面前：美貌、盛名、財富、甚至愛情，如烈火烹油，鮮花著錦，可是其後又一樣樣抽走，換來加倍的辛酸苦楚，當她開至最美最豔的時候，也是她的路走到盡頭的時候，於是不得不選擇一死以避之——人生的悲劇莫過於此。

可是也正因為這份慘烈決絕，使那悲劇也有了一種美感，一種冷冽的淒豔。

黃裳不知道自己的命運同阮玲玉有著怎樣的契機，她只是忍不住在無邊無際的幽閉生涯中一遍遍地想著她，想著她在電影中的每一個角色，一顰一笑，舉手投足。阮玲玉於她是親切的，柔和的，如一個無聲的嘆息，輕輕走入她的生命而不自知。她的幽禁，彷彿是對阮玲玉之死的一種追悼，是更深切地不受任何外因打擾地讓她悉心感受這位影后玉殞之痛。

這間幽禁她的牢房，原本是二姨太楚紅的居室，如今卻成了她的創作室。她翻出自己從中西學堂學得的所有本領，從書本上得到的全部知識，以及從自己生活體驗中總結出來的全部感受，刻骨銘心地寫下了一首首悼亡詩，甚至一篇長達廿九萬字的《悼玉傳》。這還不能滿足，她又替阮玲玉編寫了大量的劇本，雖然她已經不可能再重登舞臺演出那些角色，但黃裳知道，如果她演，是一定會演好的，那些故事，幾乎就是為她度身訂作的。

最初住進這間幽暗潮濕、散發著一股子霉味兒的房間時，黃裳的心是極端恐懼的。因為自從楚紅死後，這裏便被傭僕們傳說成了一間鬼屋。房間在一樓，原本就暗，窗外又種滿了樹，一年年長大起來，把陽光都遮住了，努力擠過樹葉的間隙漏出來的，不是光，只是影，每一次躥動都是一場吉賽兒的魔舞。

黃二爺本來是爲了懲罰女兒，才下令要將她鎖進這屋子裏的。對於一個十五歲的少女而言，沒有一種恐怖和打擊會比關進鬼屋更爲強烈的了。不眠之夜，當她撒目四望，只覺黑沉沉的屋子裏到處都潛伏著靜靜殺機，隨時要將她吞噬。可是所謂哀莫大於心死，當她想到阮玲玉的時候，她就忽然把一切看淡了。

死有什麼可怕的呢？倘不及「人言可畏」。自然也不及「父親無情」、「後母無義」，還有，「天倫相隔」、「沒有自由」。那麼，又何必恐懼？

只是，在她這樣一個年齡死去，未免不甘心。倒不是貪生戀世，而是太過無味。

她沒有機會演出《新女性》那樣的經典劇碼，沒有時間體味朝雲暮雨那樣的情感經歷，也沒有資格發出「人言可畏」那樣的撼人感慨，她，又怎麼肯死？便是死，也死得無聲無息，毫無色彩。

她忽然有些羨慕起阮玲玉的死來了，因爲那戲劇性的死亡裏，有著一個花季少女對於愛情悲劇以及悲劇之美的全部想像和渴望。

她想起了住過這屋子的楚紅姨娘。家人們都在疑惑於二姨娘爲什麼有藥不吃，寧可求死，可是現在黃裳忽然明白了：那是因爲她想見林醫生，如果她的病好了，林醫生就不會再來，所以她不願意康癒，就爲了換得同他的多一次見面，再多一次。後來當她得到消息，說他不會再來的時候，已經治療不及，而且，即使能夠好轉，再見不到他，生命於她又有何意義呢？倒不如讓她抱著對林醫生最深的真情、最美的回憶安靜地死去。

這些，就是二姨娘生命最後時分的全部心思了。黃裳比任何人都懂得，這倒不是因爲她早熟，而是她在苦難中對於感情的理解比任何人都更敏銳，更縝密，更富悲劇性。

這，也是阮玲玉悲苦的靈魂在冥冥之中對她的啓示吧？

五 人遠天涯近

1

趙依凡的這次回來，是爲了前小姑黃家秀的婚事。

當年她們兩人在國外留學的時候，曾經認識過一對中國夫妻，先生叫柯以，是個搞電影的，太太據說是家庭主婦，可是言語活潑，舉止爽利，而且一年總有半年來往於歐亞兩陸，倒比職業女性還獨立瀟灑。物以類聚，便很欣賞依凡和家秀的學問人品，常約齊了週末一道野餐，交情一直很好。

然而這次依凡再見到柯以，才知道柯太太前年已於上海病逝。兩人說起往事，柯以對家秀的爲人十分羨慕，又說最近便要回國，希望同她們繼續保持友誼。依凡留了心，先是言語試探著，後來便把話挑明了，說自己願爲紅媒，替柯以和家秀牽道紅線。柯以原本就對家秀抱有好感的，自是欣然同意。

依凡遂興沖沖地，催著柯以買了船票，便急急地回上海來了。可是沒想到，家秀聽了這事卻並不以爲然，倒有些嗔怪依凡多管閒事似的，皺眉說：「我是早已抱定獨身主義的了，以前你也同意我的觀點，說是婚姻並不能給女人帶來幸福，怎麼這會子又想起給我做媒來？」

其實在此之前，依凡也同家秀多次討論過婚姻問題，可是家秀始終懶洋洋地不起勁。在女子獨立的問題上，她比依凡還要堅決。因爲依凡是不得已走到這一步，她卻是採取主動，自情自願要獨立門戶的。

她自租的公寓在法租界，周圍環境相當優雅，而且繁華，交通也便利，最方便青年男女幽會的。可惜這位年逾三十的老小姐一門心思自己過日子，既從祖上繼承了一筆省吃儉用足夠過一輩子的小遺產，又隔三差五地做些兼差貼補零花，今天到某寫字行打打字，明天到某電臺播播音，有時也幫別人翻譯文件，整理賬目，日子過得頗不寂寞。雖然風朝月夕，也未嘗沒有感慨，可是既然不指望男人養活，又沒見到那個合心水的對象，又何必急著把自己嫁出去呢？

她對趙依凡解釋：「對於婚姻，你是『曾經滄海難爲水』，我是『除卻巫山不是雲』，而我的『巫山雲』還沒有來到。」

依凡苦勸：「此一時彼一時，以前我眼見的男人，個個都貪花好色又不務正業，沒有理想人選，自然不鼓勵你步我後塵。可是現在有柯先生這樣一個現成的人選放在這裏，人品也好，能力也好，爲什麼不考慮呢？況且，巫山雲也是要你肯登上巫山才看得到的，你試都不試，又怎麼知道他不是你要的那片雲呢？」

家秀拗不過，由依凡做主，同柯以在南京大戲院看過幾場電影，也到亞爾培路的紅房子吃過幾次大菜。每次見面，柯以總要送上大抱的鮮花和衣料之類的小禮物，家秀也曾還過他一隻勞力士金表做答禮。彼此應酬的氣氛十分洽和，就著戴假髮套的法國琴師的鋼琴曲下酒的時候，偶爾四目交投，眼波流動，也似乎有情有意，可是每每曲終人散，也就像南柯夢醒，剛才似有還無的浪漫情愫已經化成一個淡去的煙圈，而彼此的交往，也仍舊停留在朋友聚會那個層面上，毫無進展。

依凡心急，不斷催著：「怎麼樣呢？說你願意，又不見你點頭；說不願意，你倒也好像並不反感柯先生，我想他也是沒什麼理由讓你反感。可是你心裏到底怎麼想呢？人家說皇帝不急太監急，我現在才知道這說的是我這種人。只是你到底什麼意思呢？」

家秀一邊用楊木剪刀修理吊在客廳玻璃門的一盆文竹，一邊含笑聽著，隨著依凡的讚美，柯以的形象便在文竹的綠意中一點點浮現出來。

他有著中等偏高的身材，一張書卷氣的長方臉，嘴唇薄而緊，肩膀也略顯單薄，可是穿西裝的時候並不容易看得清楚。說話的時候，喜歡將頭一點一點，每一句和每一句之間略做停頓，必要時輔以手勢，遣詞用句都合理而有分寸。總之作爲一個結婚對象，柯以的確無可挑剔。

無奈家秀的心是一間沒有門的屋子，等待勇敢者破牆而入，不出奇招是不行的。柯以卻只是一味地因循著，按部就班，整個人就像一本隔年黃曆，有板有眼，一本正經——沒有一本書是比它更正確的了——可惜是舊的，再正確也是無用。

而一個無用的好人，是敲不響的鑼，點不亮的燈，忘了建樓梯的二層樓。

可是這番話是不好對依凡說的，於是家秀只微笑著說：「什麼意思？你說這麼多，左不過是要我結婚的意思。要說婚姻呢，如果我很想嫁，柯先生自然也可以考慮。可是我自己並沒有那方面的熱望，而他條件也沒有好到非緊緊抓牢不可的程度，那又急什麼，要你把『太監』這種話也說出來了。」

依凡笑起來：「原來你同我掉花槍，是想玩談戀愛的遊戲，拖著來。那我也由得你，反正也就這幾年青春，不玩也來不及了。」因又說起來，「我已經回來一個禮拜了，怎麼還不見那邊送黃裳和小帝過來，總不成離了婚，連孩子也不許我見了不成。」

家秀嘆息：「說是小帝生病，不方便見客，可是沒理由連黃裳也生病。或者，我明天過去看看，親自帶他兩姐弟過來好了。」

2

到了次日，家秀果然絕早起床，乘著她那輛白色的私家車就直奔了黃府去了。可是不到中午便即回來，氣憤憤的，臉色煞白，鬢角尚有血跡，坐下愣了半晌，才向依凡說：「這是怎麼說的，他們說黃裳生了病，不許我見她。我跟他們爭了幾句，竟打起來了，我那個沒人性的二哥，居然連我也打！」

依凡大驚：「你二哥打你？這怎麼會？」

家秀又坐著喘了好半天的氣，這才一五一十講給依凡聽。

原來，家秀到的時候，黃家麒照舊睡著沒起，門房去「辦公房」通報二奶奶，因為正是早請安時間，要家秀先在外面等候。家秀滿心惱怒，自己怎麼說也是姑奶奶的身分，以前趙依凡時代，她隨時可以長驅直入，登堂入室的，如今換了新二奶奶，居然擺起譜來，要她這位黃三小姐在外等候看她擺威風來了，於是也不等人請，逕自挑了簾子進來，在孫佩藍對面坐下，開門見山地說：

「我好久沒看見黃裳，到她學堂去問，說是請了假在家，所以我特地來看看她。」

時已早春，孫佩藍卻仍然嚴嚴謹謹地穿著家常灰鼠短襖，繫著灰鼠毛裙子，當她在屋裏走來走去，整個人就像一隻碩大的灰老鼠，並且正趕上冬天換毛似的，滿屋子裏都有一種灰灰的氣氛，讓人覺得嗓子眼裏發癢，似乎吸進了灰鼠的毛，忍不住要嗆咳。

看到家秀，她懶懶地回眸，也像一隻在大白天睜不開眼睛的灰鼠，皮笑肉不笑地答：「勞姑奶奶費心，不等下帖子請，也不派個下人通報，顛顛地親自跑來看望。」

家秀見這話說得諷刺，佛然不悅，卻又不便發作，只按捺著說：「黃裳呢？怎麼不見她出來？」

「我們大小姐病了，不方便見客。」

「病了？什麼病？我去看看她。」

「那不大好，醫生說，她這病，不方便見人的。」

家秀大疑，又見崔媽在一旁拚命向她使眼色，越發堅持：「什麼病這麼神神秘秘的？我非去看看不可。」

孫佩藍因爲家秀同前黃二奶奶親近，一向對這位姑奶奶沒什麼好感的，如今得了機會洩憤，焉有不得風駛盡帆之理，於是也不睬她，卻指著一個下人罵道：「你是管傢俱的，只管管傢俱，又去過問廚房的事做什麼？廚房裏的事自有廚房裏的人說話，要你馬槽裏伸出個驢頭來——多你一張嘴！」

家秀見她越說越不像話，忍不住在椅子扶手上一拍：「你指桑罵槐地說什麼？我親侄女的事，我爲什麼問不得？」

彼此爭執著，黃二爺已被驚動了過來，見面便問家秀的不是：「這是幹什麼？一大早跑到我這裏大呼小叫的？」

孫佩藍又在一旁添油加醋：「不得了，姑奶奶要當我們的家呢！我也知道，總是你那位好朋友趙依凡回來了，你便看我不順眼，想盡法子要把我擠出去，好讓那姓趙的重新進門。可是我告訴你，我孫佩藍雖不是那容不下人的人，可是說什麼也是明媒正娶，堂堂正正的黃家二奶奶。她姓趙的當年好好的奶奶不做，滿世界裏去軋風頭，如今想回來，可也晚了。你回去問著她，二姨奶奶她做不做？楚紅死了，這屋裏正缺一個剝杏仁的呢，她要是做得好杏仁茶，說不定我會答應她重新進門來。」

家秀聽這番話說得惡毒刻薄，大怒起來，指著孫佩藍罵道：「你這眼裏沒高沒低的賤人，不要以爲做了我的嫂子就是登了天了。如果依凡稀罕做這黃二奶奶，你以爲還有你進門的機會？你給依凡提鞋也不配。我也懶得同你這種潑婦閒話，你把黃裳給我交出來，咱們大家省心！」

孫佩藍聽到這一句「給依凡提鞋也不配」，恰恰應了前日黃裳罵她的話，大怒起來，扭著家麒撒潑哭道：「家麒，你聽見嗎？我說黃裳是誰挑唆的，小小年紀那樣毒，滿嘴裏只是替她媽討便宜，原來暗裏有老師教著呢！」

黃家麒也是耳朵裏最聽不得「趙依凡」三個字，又聽家秀話裏的意思明白說依凡不稀罕做黃二奶奶，由不得當年的閒愁舊恨一併被勾起來，冷著臉道：「阿裳是我的女兒，她如今生了病，不方便見人。這裏是黃二爺公館，不是你黃三小姐的行宮，卻不容你放肆！」

家秀直直地瞪著哥哥：「什麼病不病的，我看你們是把她藏起來了，存心隔離她同依凡。阿裳是你親生女兒，也是依凡的女兒，你憑什麼攔著她不許見自己的媽？你和依凡嘔氣，犯不著拿個孩子撒氣。」

黃家麒被說中心病，一時間惱羞成怒，更不答言，順手抄起一隻青花瓷瓶對著家秀便砸過來，連鬢角也打破了，幸虧沒傷到眼睛。

家秀一行說，依凡便一行哭，手裏替家秀料理著傷口，眼淚早已流下來把紗布打濕了，嗚咽著說：「他們既能這樣待你，更不知怎麼荼毒我那兩個孩子呢？這倒是我不該回來，給他們製造口實了。」

家秀最見不得依凡哭。依凡的臉原本長得明朗潔淨，有種天晴朗月明亮的感覺，一哭，就成了晴天漏雨，尤其讓人不安，覺得寧可錯待了全世界也不該錯待了她的，打心眼裏感到虧欠。

正懊惱著，印度聽差來報說柯先生來了。家秀這時候正把全天下的男人恨得賊死，又兼臉上有傷，失禮於人，遂不耐煩地說：「就說我不在，讓他改日再來。」

聽差一愣，剛才已經跟人家說上樓通報小姐去了，這會兒又說不在，擱誰誰信啊？可是看到兩位小姐都臉色鬱鬱，不敢多說，只好下樓來照小姐吩咐答給柯先生。

柯以聽了，卻是當頭一瓢冷水，心想你明明在上面，卻這樣當面騙我，那是根本不把我當朋友看的。我柯以何至於就這樣惹人討厭，被你踐踏？遂憤憤地，也不多說一句話，轉身便走。一個有可能的浪漫故事，也就此夭折了。

3

要說家秀的公寓，誇張點說就是一個小型聯合國。

原本租界裏的公寓房子就多外國人出入的，而家秀家裏又不用一個中國人，印度聽差，法國廚子，白俄司機，連隨身女僕也是個口音生硬的英國鄉下女人，帶著個小姑娘，七八歲了，替家秀做點跑腿遞茶的雜務。

這一天，那小姑娘海蒂突然回來說：「我剛才去仁心醫院替黃小姐拿藥，看見內科的林醫生，說是黃小姐哥哥的兒子也在醫院裏。」

英國人排不明白中國人的那些親戚，不曉得「侄子」、「姑姑」這些稱呼，每每說起來總是「某某哥哥的孩子」或是「某某父親的妹妹」。

家秀聽了，心知是黃帝，趕緊找出電話號碼搖到仁心醫院去找林醫生。林醫生是黃家的老朋友，同家秀和依凡都是認識的，立刻很熱心地報告說，黃帝不過是身體虛弱，沒什麼大毛病，再打幾天營養針就要出院的。家秀便又問，有誰在醫院陪護，說是通常是林媽和一個老男僕，晚上則只有保姆林媽一人。家秀便沉吟著不說話。林醫生於黃家的情況多少知道些，便心照不宣地說，禮拜二晚上是他值班，不妨請黃小姐和趙小姐來醫院參觀。

趙依凡知道了這番安排，自是急切不已，恨不得一覺醒來就是禮拜二晚上。可恨那日子只是同人過不去，春宵苦短時它過得飛快，秋夜綿長時卻偏偏一分一秒地延挨，時針與分針都凝固了似的，半天不見走一步。

但是再難挨的日子也總會過去，到了禮拜二這天晚上，趙依凡誠惶誠恐地，早早換好衣服等著家秀發令動身。

家秀說：「去醫院，不必穿得這樣隆重吧？」

依凡不允：「我六七年沒見孩子了，可不想一見面就讓他覺得我老醜。」可是臨走卻又猶疑起來：「要不，我還是換一件的好。」

這樣子拖拖拉拉地到了醫院，已經是夜裏九點多，林醫生早在門口等候了，見了面，也不多寒暄，直接把她們帶到特護病房裏來。

那林媽是早已得了消息的，一見趙依凡，由不得紅了眼圈：「奶奶，你可來了，弟弟想你呢。」

依凡的眼淚早已斷線珠子般垂下來，哽咽說：「小帝怎麼樣？」

林媽向病床努努嘴：「剛剛打過針睡著了，林醫生說不礙事的，痊癒就在這兩天了。」

依凡坐到兒子床邊來，貪婪地看著他蒼白透明的臉，長長的睫毛，小鼻子小嘴，睡夢裏還緊緊皺著眉，好像不勝煩惱似。但是沒看一會兒眼前就已模糊了，不得不用手去擦，可是那眼淚就像存心與她作對似地，怎麼擦也擦不淨，再不能清楚地看兒子一眼。

家秀推推黃帝：「小帝，醒醒，看誰來了。」依凡待要阻止，已經來不及，黃帝朦朧地睜開眼來，愣愣地看看四周，忽然一扁嘴對著林媽哭起來：「林媽，怎麼這麼多人呀？我害怕。」

家秀有氣，搡了他一把，教訓道：「怕什麼怕？哪裡來那麼多人？這是林媽，我是你姑，這是你媽，你怕哪個？」

林媽自然是認識的，姑姑雖然疏於往來，可也每年見面，但是這位服飾華貴、滿面淚痕的女士居然是媽媽，卻令黃帝大吃一驚。在他心目中，媽媽是一個遙遠而飄忽的符號，是繼母孫佩藍口中那個「沒心肝的女人」，是每年聖誕從不同國度寄來的花花綠綠的明信片，是古書裏或是新歌裏忽然跳出來的一些念想，是記憶中一次次去證實去擦清、卻越來越不清晰的模糊影像，如今竟然這樣近、這樣逼切真實地站在自己面前了，反讓他一時接受不來。

但是呆了一呆，他也就明白過來，定定看了依凡半晌，忽然「哇」地一聲，更加大哭起來：「媽媽呀，姐姐被他們關起來了，要死了呀！」

4

在黃帝住進醫院的同時，黃裳也得了痢疾病倒了。上吐下瀉，渾身無力，一日更比一日虛弱，像一盞紙燈籠，風一吹就要滅了。

崔媽拚著挨罵到上房裏彙報了幾次，二奶奶只答說「知道了」，卻遲遲不見請醫問藥。崔媽急了，一日瞅著二奶奶不在家，找個機會又向黃家麒求情，說：

「小姐畢竟是老爺的親生女兒，養得這麼大了，又正是好年齡，難不成就看她這樣死了嗎？讓親戚聽著也不像樣，以爲爺心狠，害死自己親生女兒。改天要是有人問起小姐得的什麼病，是怎麼死的，可叫大家怎麼說呢？」

黃二爺聽了，也覺堪憂，可是明知送醫診治，二奶奶一定不會同意，只好含糊說：「你先下去吧，這個我自會想辦法。」

隔了一天，黃家麒便到黃裳房裏來了。黃裳躺在床上，已經只剩下半條命，蠟黃的臉，連說話的力氣也沒有，可是努力睁大著眼睛，眨也不眨地望著父親，那樣清澈淒冷的兩道目光，彷彿要一直照進他的靈魂深處去。

黃二爺看著，心下也未免不忍，想起兩父女討論學問的往事，只覺今夕何夕，何至於就弄到如此地步？不禁嘆了口氣：「你要是但能聽話一點兒，也不會變成這樣……可想吃點什麼不？」

黃裳閉一閉眼睛，滾出兩顆豆大的淚珠來，輕輕說：「我想……見媽媽。」

「那不可能！」黃家麒拂袖而起，「你提也不要提！要不是你那個沒規矩的媽突然跑回來興風作浪，哪裡有這麼多事？虧你還想著她！」

黃裳眼睁睁地望著他，半晌，扭過頭說：「爸，你打我罵我，我都已經受了。我只求你一件事，別再當我面罵我媽了，行嗎？」

家麒「哼」了一聲，因見床頭放著一套《紅樓夢》戚序本，便隨手取過，翻著說：「病成這樣了，還看書？」

黃裳答：「正看到第三十三回。」

家麒看一眼書目，卻是《手足眈眈小動唇舌 不肖種種大承笞撻》，心裏大不自在，哼了一聲合上書：「你休息吧，我明天再來看你。」站起便走。

崔媽看不明白，悄悄問黃裳：「小姐，二老爺說得好好的，正談書呢，怎麼忽然又不高興了，說走就走？」

黃裳苦苦笑了一笑，閉上眼睛不再說話，可是淚水卻自頰邊不住地流下來，滴在《紅樓夢》書皮上，不久濕了一片。

這邊黃家麒回到上房後，也是唉聲嘆氣，無可如何，還是躺到煙榻上雲遊一回才算心平。黃裳病成那種樣子，他也不能不心疼，可是顧慮著二奶奶雌威，到底不敢提出送黃裳去醫院的話。有時他不免也會想：怎麼自己竟變成這樣，在自己家裏竟像是不自由了呢？可是那些事情想不得，想多了就會頭疼。只好借著去醫院看黃帝的機會向林醫生要了藥，天天下午只等孫佩藍出門打牌，便做賊似提著針管藥劑，偷偷溜下來替女兒打針。

黃裳病情似乎得到些控制，可仍是時好時壞，眼看著可以起床走動了，一個早晨醒來就又忽然翻天覆地吐起來，直要把心肝肺都吐出來似的。

崔媽一邊替她清理一邊哭著：「小姐，這可怎麼好呀？這可是活不得了！我從小看著你長到這麼大，又會讀書又會寫字了，就是一句話說錯了，得罪了二爺二奶奶，雖說不孝，可也不至於死罪，怎麼就成了這樣子了啊？你要有個三長兩短，我可也不想活了。」

黃裳渾身灼熱，面色赤紅。她覺得自己已經是個死人，身在地獄了，四周有火舌吞吐，將她吞嗞。可是她不願意就這樣死，她還有許許多多的心願未了，閻王在收魂之前也要問一問那將死的人有什麼最後心願的吧？她扶著崔媽的胳膊，用盡了力氣掙著說：

「崔媽媽，你要是真心疼我，真當我是親生女兒，你就幫幫我逃走吧。我得去找我親媽，好歹讓我們見上一面，不然，我就是死在這屋子裏，也是死不瞑目。」

崔媽聽了，更是哭得氣斷聲嘶，她是打心眼兒裏憐惜小姐，可是說到逃走，卻是怎麼也不敢的。「誰敢私放了她，我扒她的皮！」二爺說的話聲猶在耳，她不過是個下人，怎麼就敢大膽包天放黃裳走了呢？只得安慰著：「小姐千萬別這麼說，死呀活呀的，小姐還小，路還長著呢。二爺說什麼也是小姐的爹，不會看著小姐死的。」

黃裳失望，拿眼睛狠狠地瞪著她，知道再說也是無用，「唉」了一聲，再不言語。

晚上，崔媽回到自己房裏，想一回又哭一回，哭一回又想一回，直折騰到天明也沒睡著，卻聽到院門子響，是林媽一大早回來替少爺拿換洗衣裳來了。崔媽向來沒主心骨，見林媽回來，便想向她討主意，因此急急迎出來，卻見林媽衝她拚命擠眼睛，似不要她到近前來。崔媽狐疑，沒奈何又退回自己屋子裏，卻故意將房門留了一道縫兒。

果然隔了一會兒，林媽辦完公幹，趁人不見便踅了進來，一把拉住崔媽手說：「我看到二奶奶了。」

「看到二奶奶有什麼出奇？我在這裏還不是天天都見？」

「嘿，你以爲是哪個二奶奶呀？是少爺的親媽、咱們二爺的原配、趙依凡趙二奶奶呀！」

「咦？她來了？你打哪兒見來著？」

「就在醫院裏，她來看弟弟，聽說小姐被關了禁閉，哭得不得了。那樣子，我看著真是心酸。」

崔媽立刻便紅了眼，於是提出昨天晚上黃裳的話來說：「小姐一門子只求我幫忙她逃，可是我哪裡敢，就是敢，又哪裡做得到呀？門房裏二十四小時有警衛守著的。她就是出了這屋子，也出不去這院子呀。」

林媽沉吟：「這倒是個難題。可是兩個警衛每十二小時一班崗，換崗的時候，總是有一段空檔的。要是趁這時候神不知鬼不覺地走了，倒也未必走不脫。這接下來的事，倒是你自個兒怎麼脫身，製造個不在現場的實證。」

崔媽遲疑：「這使得嗎？」

「怎麼使不得？我已經留心看了幾天了，那警衛每次換班的時候，喊著來了來了，總要先到茅房裏耽擱一會子才肯出來，前一個卻已經等不及先撤崗了，中間有好幾分鐘的間隔呢。」

「可是……」崔媽沒有說出口來，但是心裏不能不想。如果自己放了小姐，老爺絕對不會放過自己，那下半世的生計就成了問題，可是不放呢，又眼看著小姐受罪，看著小姐受罪就是自己受罪，心裏可真不是滋味兒。

林媽已不耐煩：「反正救的是你的小姐，肯不肯冒這個奇險可都看你，你要不幫忙，看著小姐就這樣病死了也由得你。只是，如果事敗了，你可不要說是我教給你的。」

六 天堂裏的歲月

1

與母親和姑姑同住的那段日子，於黃裳有如天堂。

她喜歡姑姑的房子，喜歡房裏的格局，喜歡滲透著母親和姑姑氣味的屋裏的每一樣擺設，那明淨敞亮的客廳，精緻溫馨的臥室，清爽典雅的書房，鑲著瓷磚棚頂的洗手間，點著煤氣爐子的廚房，還有寬大的陽臺和陽臺上的玻璃門，在在都讓她感到驚奇而新鮮。

最特別的，是所有的屋子看似各自獨立，卻又互相牽連，有種渾然一體無阻隔的暢快。臥室和書房的牆壁上挖著一個月亮洞，書房和客廳只用一排八寶格間斷，而客廳則一直通向陽臺，中間只有一排落地長窗，春天從窗子裏無阻礙地走進來，毫不吝嗇地將陽光灑滿每間屋子，於是一切都沐浴在春光中，明媚而健康。

當母親坐在客廳裏彈著鋼琴，姑姑立在身後一邊打著拍子一邊歌唱的時候，生活是多麼豐美而滿足啊。

黃裳用那樣心醉的眼神看著她們，看著自己的親人。姑姑的門外懸著一張匾，刻的卻不是「黃宅」或者「黃寓」字樣，而是很特別的，鐫著三個梅花小篆：水無憂。姑姑解釋說，茶又稱「無憂君」，「水無憂」也就是「茶」的意思。黃裳覺得這名字很貼切，姑姑可不就是人淡如茶麼。她喜歡這水無憂居，喜歡這裏光明爽潔的意味，她知道，自己是終於永遠地離開了父親的花園洋樓、永遠地離開幽禁她的囚室了。

那哪裡是個家，根本就是個大監獄。

裏面每個人都在坐牢，只不過有的人是被迫，有的人卻是自願，有的人時刻渴望著出逃，有的人卻樂在其中，甚至自己給自己做著獄卒而不自知。

那一晚，黃裳在崔媽的暗示下，趁兩班警衛換崗的空檔悄悄溜出了家。當她終於站到高牆外的街道上時，只覺世界無比寬闊，夜風如此清涼，她簡直不敢相信，自己真的獲得自由了。

帶著那樣一種恍惚而神秘的笑容，她攔住路邊的一輛人力車，流利地報出姑姑的地址，當人力車一路輕快地向無憂居跑著的時候，她的感覺，是真的在奔向無憂無慮的幸福生活了。

母女重逢這一幕的悲喜交集自是不消說的了，下來的事，便是怎樣通知黃公館。

黃裳說：「我是死也不回去的了。」母親是只曉得哭，姑姑撫著她的胳膊說：「我也不會捨得送你回去。可是這筆賬，總要同他們算。」

算起來，黃裳被關在「鬼屋」裏已經整整半年，不知道聖瑪利亞女中的學籍有沒有為她繼續保留，這是頭一件要處理的大事；再者如果繼續上學，下來的學費由誰承擔，也要同黃家麒講論；還有，從黃裳口中，趙依凡知道了小帝現在還在讀私塾，這件事也要馬上著手處理。

依凡苦惱不堪，對女兒流淚說：「我真不是一個成功的母親，我自問一生中並沒做錯什麼事，只除了生下你們兩個來。」

但是最終，所有的事終於都談講明白，黃家麒答應馬上送小帝去學校，但是條件是黃裳的教育費他不再管了，他說：

「你不要以為撫養小帝是件容易的事，以為黃裳由你照顧你就吃虧了，女兒我已經養到這麼大，學問又好，馬上就可以嫁出去換筆彩禮，小帝卻不同，年齡還小，身子又弱，一年到頭打針吃藥的錢說給你聽會嚇死你，你落個現成便宜，可以知足了。」

趙依凡早知道丈夫不講理，可是仍沒想到他會如此市儈，新婚時，黃二爺雖然好玩，畢竟還是一身名士派頭，如何這些年居然越來越不堪，不但打妻罵兒，且連菜市場小販討價還價的口吻也學會了。想來，是那位新二奶奶孫佩藍的調教之功吧。前些日子還聽家秀說，黃家麒如今已經不只是抽鴉片，又染上打嗎啡針的癮了。依凡看著家麒，這個曾經同床共枕共同生育過兩個兒女的男人，她知道，他已經完了，只是一具還沒有咽氣的死人罷了。對這樣的一個死人，還有什麼可期望於他的呢？依凡心寒，不再多所爭論，只說你怎麼說都好，只望看在黃帝是家中唯一男孩的份上，對他的健康和教育都要多多用心，萬不可再傷害了這無娘的孩子。

說得家麒羞赧起來，沉聲說：「你放心。」

「你放心。」這是《紅樓夢》裏寶哥哥對林妹妹剖心置腹的一句話。新婚的時候，依凡曾對家麒評價過，說是古今中外那麼多愛情誓言，任它怎麼甜蜜華麗，都不若這三個字來得貼心而熨切。如今她也得到這三個字了，卻是在這樣不由人心的情境下，又說得這樣無力。

她看著他的臉，灰敗而蕭條，有種形容不出的無奈，不過剛過四十，卻已經露出那下世的光景來，那是他們夫妻的最後一次見面，她心中未嘗沒有幾分悲憫，可是黃孫佩藍在一旁冷言冷語地搭腔說：「說得好可憐喲，怎麼是沒娘的孩子？難道他不叫我娘？如果當真不放心，不如也帶了去好了。」於是，她心中剛剛升起的那幾分關於舊日歲月的餘溫又擱冷了。

黃帝害怕，跑過來牽住依凡手說：「媽媽，我不想同姐姐分開，你把我也帶了去好不好？」

依凡一把抱住兒子，努力忍著不要自己流淚給孫佩藍看，可是心裏直如針扎一般，顫著聲音說：「小帝乖，媽媽很想帶你走，可是媽媽的經濟能力，負擔你姐姐的學費已經很吃力，實在不能夠再帶上你了。你跟著媽媽也是吃苦，就好好讀書養病，早點出身找份好職位，可以自己負擔自己吧。」

說得黃帝大哭起來，黃裳也陪著流淚不已，趙依凡再也忍不住，豁然而起，轉身跑出了談判的飯店。家秀也隨之牽著黃裳走了出來。三個人一路無語地走回家，趙依凡便在大床上躺下了，臉向裏，肩膀一聳一聳地哭了半晌。家秀知不能勸，只叮囑黃裳出去進來放低腳步，不要驚擾了母親。

黃裳坐在露天大陽臺上，看著星星一顆顆地亮起來，心裏不知是憂是喜，憂的是手足離散，以後見面就難了，喜的是無論如何，自己終於是光明正大地跟著母親和姑姑，再也不分開了。

她想起許多年前的一個晚上，也是在這樣的星空下，她同弟弟講談紅樓故事。黃帝不明白寶玉爲什麼要送舊手帕給林妹妹，她告訴他，那是因爲女孩子多流淚的緣故。此刻，媽媽的那條手帕也是沾滿了淚吧？而自己呢？一生中又將哭濕多少手帕？也許，這便是女兒的命，上帝都安排好了的，只等她踏上去，一項項去實踐。

黃裳的心在夜風中慢慢沉靜下來，既然一切總要來的，也只有去面對。她等待著自己的命運，決定不再回避。

2

黃裳再次見到黃帝，已經是半年後。

黃帝穿著一套不倫不類的西服，由林媽領著來見母親——因爲這天是他生日，特意來給母親叩頭，紀念「母難」之日的。

依凡拉著他的手，看來看去只是看不夠，又一一問起學校好不好，功課深不深，同學可容易相處，近來身體如何，只是不問黃家裏事。林媽在一邊主動說起後來孫佩藍背地裏笑依凡傻，說她自動把個大包袱背上身，依凡也不理會。

林媽只覺無趣得很，便自到樓下去同崔媽敘話——黃裳出逃後，崔媽因爲有做弊嫌疑，被孫佩藍百般刁難，黃裳聞訊，便求准母親和姑姑，把她請了來，成爲這座公寓裏唯一的中國僕人。她與林媽久別重逢，十分高興，兩人湊到一處，頭碰著頭、膝挨著膝，唧唧咕咕說個不夠，倒比東家聊得還要熱火。

林媽道：「還是你好，遠遠地離了那裏。那位新奶奶，一輩子沒使過下人似的，不知道怎麼磨折人才好。我想我也做不長了。再過些日子，就想回鄉下去的。要不然，另找一戶人家，才不要看那張晚娘臉。」

崔媽問：「怎麼小姐已經走了，她還是那麼張揚跋扈的嗎？」

林媽拍腿道：「還不是那樣？前日指著件什麼銀器丟了，把全家的人都召集來，叫咱們互相指供。說是一天問不出就一天不給吃飯的。最後還是管家說了句，什麼丟不丟的，還不是二爺拿去典當賭錢了。她倒大吵大鬧起來，說我們沒規矩，分明是冤枉主子。後來二爺自己認了，她這才沒話說了，可是沒過三天，到底找個碴兒同管家大吵一架，把管家開除了。我倒也等不得她開除，還不如自己走來得痛快。你看著吧，快則半個月，慢則一個月，我必定是要走的。」

兩人唏噓半晌，林媽問：「咱們這裏這位二奶奶，離婚這麼久，可有什麼打算麼？」

崔媽道：「有什麼打算也不會同我講，不過我聽她和姑奶奶談話，老提著一個英國人，叫什麼勞倫斯的，好像是她的外國男朋友吧。」

兩人說到這裏，壓低了聲音。而客廳裏，依凡和黃帝的對話便一五一十地傳了過來。

只聽黃帝規規矩矩地，問一句答一句，說學校裏教的和私塾裏的大不相同，老師說話又快，又常常中文英文夾雜不清，他又常常休假住院，功課落下不少，也不知什麼時候才能畢業。同學因爲他身子弱，許多課外活動都不能參加，也多不同他親近，因此上學很孤單，其實是有些不大情願的，倒是很懷念在家裏念私塾的那種安靜平穩，什麼時候來什麼時候上課，間斷再久也可以續得上。

家秀聽了，忍不住就撇一撇嘴，說：「咱們小少爺頂好就是把學堂開到醫院裏去，一邊廂吃藥，一邊廂抄經，兩樣都不必動腦。」

依凡也是煩惱，可是這個兒子好不容易才見上一面，很不忍苛責了他，於是錯開話題，扯些最近認識了些什麼人，看過些什麼電影，喜歡哪位影星這些個閒話。

黃帝說：「我喜歡梅林演的《天倫》，她的表演好自然，有那麼一種清新的味道……我在醫院認識一個護士，叫韓可弟，長得很像梅林，斯斯文文的，給我打針手勢又輕又快，一點都不覺得疼。」

依凡便又問他最近打的什麼針吃的什麼藥，何時住院何時出院，叮囑他母親不在身邊，自己要學會照顧自己，不要動不動就生病，現在年紀還小，身子弱點也還可以慢慢調養，將來大了落下沉疴就不好了。說著說著又哭起來，黃帝勸：「媽媽怎麼又哭了呢？難怪姐姐說，女子的眼淚總是最多。醫院裏的那位韓小姐也頂喜歡哭，有事沒事就抹眼淚，她說，她是爲了家裏人才出來當護士的。」

接著，黃帝就滔滔不絕地向母親和姐姐說起護士小姐韓可弟來，說她雖然出生在小戶人家，可是因爲一家子都是基督徒，也讓她自小識文認字，會背整章的《聖經》，後來去醫院工作又學會了講英語，可以流利地朗讀原版《舊約全書》，學問比大家小姐也不差的。說起進醫院做護士，這裏面又有一個傳奇故事，原來這韓小姐在十三歲的時候經過一次火災，背後被燒傷了一大塊，差點死過去，是送到仁心醫院治了好幾年才治好的，住院期間，她心靈手巧又會做事，跟著護士們學了不少打針餵藥的護理常識，傷好後也就留在醫院裏了。

當黃帝這樣絮絮叨叨說著的時候，依凡同家秀頻頻對視交換著眼神，心照不宣地點著頭，她們知道：黃帝是愛上那位韓小姐了。也許他自己還不知道，可是他提起她的時候，眼睛會發亮，一向蒼白的臉上也佈滿紅暈，他用一種急促的語調不停嘴地說著，生怕人家打斷他。因為這是他心上最重要的一個人，他急不可待地要和人們分享他的快樂，並且逼著人們去認同他的觀點，和他一起讚美他心中的女神。那可愛的樸素的初戀情懷，已經使這蒼白的少年激動到不能自已了。

黃帝走後，依凡同家秀討論起這件事，都覺得這於黃帝未必不是一件好事，至少，可以讓他一直自我封閉的心靈在某種程度上對外界有所開放，或許，他會因此而健康起來、活潑起來也不一定呢。

依凡甚至說：「說得我倒好奇起來，真想見見那位韓小姐呢。」可是那樣未免太露形跡，而且黃帝尚只是個孩子，即使已經產生了少年維特式的情緒，也還要看他們兩個人的交往與發展。於是依凡和家秀相約都不插手，只微笑靜觀這件事的發展了。

倒是黃裳在送弟弟下樓的時候，說了一句：「如果有機會，下次不妨帶那位韓小姐一起來家裏玩。」

黃帝立刻忸怩起來，說：「還不知人家願不願意呢。」可是他的閃亮的眼睛分明表示，他對這件事是相當熱衷的，似乎恨不得明天就向那位韓小姐發出鄭重邀請。如果可以成功，這將是他人生中的第一次約會呢。

3

隔年開春的時候，黃家風一家也遷到上海來了。

家秀帶著黃裳去同他們吃了頓飯，回來對依凡說：「我這個大哥，是益發發了，可是也更沒廉恥了。當年你罵他是賺無良錢的敗家子，如今看來可真是沒罵錯。」

依凡對於前夫家的事情向來不關心，亦不願打聽，可是忽然思及一事，問道：「前些日子我見到柯先生，說起愛新覺羅在東北建滿洲國的事兒，說黃家也參與了？」

「黃家風今天在席上也說了，還得意得很呢。說溥儀到大連時，就是黃坤的親家姓陶的接的駕，黃坤的女婿陶老五還是什麼御前侍衛，如今一家子都趕到長春做官去了，舊年的頂戴花翎也都重新拾掇起來，其實還不是小孩子辦家家？不過是鬧得更大更荒唐，後果也更壞就是了。就不知道隔了這麼多年，磕頭如搗蒜，高呼萬歲那一套臺步還會不會走？」

「那黃老大呢？他不打算去長春？」

「他才不呢。他要趁著這個機會發國難財，當然上海才是上上之選，溥儀又不替他發薪水，還要募捐勤王，他那個守財奴，可怎麼肯？連黃乾本來定了娶肅親王的十七格格進門，他還一拖再拖，壓著不肯辦呢，怕的就是金璧輝一聲令下：既是親戚，資助一下『安國軍』吧，就得自個掏腰包出來。」

「這裏又有金璧輝什麼事？她不是日本人嗎，聽說原名叫川島芳子的？」

「那是到日本後改的名。她真正的身分，是肅親王的十四格格，爲了復辟，從小送給日本人做義女的……要是黃乾當真娶了十七格格，她便是如假包換的大姑姐兒。」

「難怪一會兒說金司令是中國人，一會兒又說是日本人，原來還有這麼段故事……那黃乾拖著不結婚，人家也肯？」

「那倒不清楚。總是有理由的罷……黃乾現在港務公司做事，幾年不見，長得又高又帥，比他老子看著順眼，腦子也清醒，話裏話外對滿洲國很不以爲然，我猜這門婚事八成要吹了，他這種精明的新青年，怎麼肯娶個過氣王爺的什麼格格爲妻呢？沾不到一點榮華富貴的邊兒，卻有整個時代的政治危機在後面追著他……跑還跑不及呢！」

對於這一總的議論，黃裳向來是不感興趣。她對政治彷彿有著先天免疫力，所有的新聞到了她這裏，都是左耳進右耳出，什麼滿洲國，什麼安國軍，什麼川島芳子十四格格金璧輝，她統統沒有概念。只要戰爭沒有打到家門口來，只要母親的鋼琴聲還仍然悅耳，只要每天的太陽依時升起，她就仍有心情坐在陽臺的荼蘼架下看《紅樓夢》。

今天的家族會面，她唯一掛心的，只是弟弟看著又瘦了，而且黑，眼神也更呆。因爲用筷子搛一隻糟鵪鶉蛋沒搛到，給掉到地上了，被繼母順手在腦殼上敲了一記，敲得又脆又響，直讓黃裳的心都跳起來，他卻頭也不抬地挨了這一下，略頓了頓，便又若無其事地看向別的菜。坐在他身邊的黃鐘把自己碗裏的鵪鶉蛋挑給他的時候，他還本能地笑了笑。

黃裳卻一下子就忍不住了，拉開椅子跑到洗手間裏，對著鏡子哭了許久。

她哭父親的涼薄，哭後母的苛刻，哭她們姐弟的不能團聚，也哭弟弟的孱弱與麻木。鏡子裏映出她的臉，扭曲變形而且濕漉漉的，像一幅畢卡索的畫。如今她已經回到聖瑪利亞女中讀書，再過一年就要畢業了。可是身形仍然瘦削單薄如孩童，思想卻遠遠地走在她的身體前面，成爲一個多思多慮傷感而易感的小大人，剛才發生在弟弟身上的一幕，她不僅感同身受，而且因爲無能爲力而倍覺刺心。

正當她這樣揪心揪肺地哭著的時候，黃鐘進來了，看看洗手間裏沒有其他的人，又打開門放了黃帝進來。

黃帝站在姐姐面前，呆呆地看著她哭成一個淚人兒的模樣，半晌說：「我在他們那裏，總好過你留在家裏。反正我是無所謂的。」

不聽猶可，一聽了這句話，黃裳更加慟哭起來，一把抱住弟弟說：「都是姐姐不好，沒本事，不能帶你走。」

姐弟倆抱頭痛哭，黃鐘看著，這時候忽然開口說：「你不能帶他走，我能。」

黃裳一愣：「你說什麼？」

「我說，我要帶黃帝走，讓他住到我家裏去。那樣，就有我來照顧他了。」

「可是，那怎麼可能？」

「怎麼不可能？我們新搬的家，足有二十幾個房間，卻只住著我爸我媽和我三個人，後花園裏單獨收拾出一排小房子，也都空著，正適合小帝養病。我就同我爸講，說請黃帝到家裏來養病，我爸一定答應，二叔也未必不同意……你們就看好吧。」

4

說起黃家風和黃家麒的重修舊好，還是黃孫佩藍的功勞。

她自從處理了兩位姨太太之後，第二件大事，就是惦著怎麼樣重新聯絡黃家風這位闊親戚了，尋常有事沒事便在二爺耳旁說：「夫妻如衣服，兄弟如手足。當年你爲了衣服得罪手足，可是不値得？況且如今那件破衣服也除了去，早該重修手足之好才是，不然，倒叫別人趁了心了。」

二爺照例是不願操心的，只隨口說：「你又想做什麼？做就是了。何必又來我這裏囉嗦？」

於是孫佩藍便興興頭頭的，備了四樣禮物，專命家人趕中秋節千里迢迢地送到北京去，又代傳二爺二奶奶的話：「當年祠堂的事，原是大哥爲了我們好，是那賤人不懂事，得罪了大哥，如今那賤人已經出了門，不再是黃家的人了。黃家兄弟倒犯不著爲她傷了自家和氣，以後還是和睦往來，常相問候才是。」

黃家風是愛面子的人，當年因爲傷了面子同二弟一家斷絕往來，雖然怒猶未消，畢竟都是舊事了，如今二弟已經另娶，又巴巴地上門送禮認錯，俗話說的：伸手不打笑臉人。原不是什麼戳破天的大事，揭過也就算了。因此客客氣氣地把禮收下了，又另備四份答禮讓來人帶回。而兄弟兩家，也就從此又有了往來。

又過幾年，老太太黃陳秀鳳去世，黃坤也跟著婆家去了長春，黃乾雖然未娶，卻長年住在上海港務局員工大廈，難得回來一次，黃家雖有傭僕數十人，可那慣例是不能做數的，所以說起來，黃宅裏只剩下家風夫妻和小女兒黃鐘三個人。黃家風是熱鬧慣了的人，從鐘鳴鼎食的排場裏過來的，如今便覺得十分冷清。於是孫佩藍又積極遊說，勸大哥不如闔家搬到上海來，反正黃家在虹口還有房產十數處，隨時可以收回來自己住的。黃家風也想著兒子已經先到了上海，北京的老親戚也上長春的上長春，去大連的去大連，大都散了，倒不如住在上海，機會還多些。

就這樣，黃家風便在次年春遷來了上海。他性喜熱鬧，又愛攬事，招黃帝回家住所費無幾，既增了熱鬧，又在親戚間買了好名聲，一舉數得的事，焉有不允之理？於是小女兒黃鐘在酒席上一提出要請黃帝回家休養的話來，他便笑笑地說：

「去問過你二叔二嬸來，你二叔捨得小帝住過來，我當然是舉雙手歡迎的。你們小姐弟們也好好親近親近，趁明兒我們幾個老不死的閉了眼，你們在世上也知道還有個親戚。」

孫佩藍巴不得黃帝走得越遠越好，也想找機會同黃老大一家多走動，黃帝住在那裏，等於把藉口送上門來，可以隨時拜候的，自然滿口裏答應：「那敢情好。要說我還真不捨得小帝，可是看他一個人在家也是怪孤清的，難得黃鐘小姐這麼溫柔識禮，不嫌棄小帝粗魯，我也沒什麼不放心的，也讓他在大伯家學學規矩。」

黃家麒本自猶豫，但見孫佩藍這樣說，也就點頭同意了。於是當席決定下來，黃家風明天即回去收拾後花園的房子，專等黃帝來養病住。

這件事，最高興的還是黃鐘，抓住黃帝的手說：「太好了，太好了，那樣我就可以天天給你講故事了。這次我真的要講足一千零一夜的。」

黃裳看著黃鐘，不由想起七年前在北京的情形，這位小堂姐比自己還要大上兩歲，可是看起來就好像這麼多年沒有長過，說話做事還是十幾歲小孩子的想法，可是另一面，她的溫柔體貼的天性，又使她看起來似乎比本來年齡大，而且，看得出她對小帝的歡迎是真心的。弟弟不能與自己這個親姐姐同住，能夠與堂姐住也是好的。

黃裳後來對母親說：「黃鐘明年就要出嫁了，可是她現在看起來就像個小媽媽，在她而言，『女性就是母性』這句話真是得到充分的體驗。」

趙依凡點頭說：「這倒讓我想起一個老故事來：《紅樓夢》裏的寶姐姐和林妹妹。黃鐘就是那寶姐姐，韓小姐就是林妹妹了……」

姑姑家秀「撲哧」一笑，接下去說：「咱們家黃帝，倒也的確有幾分像寶玉，都是一樣地沒出息。」

說得依凡和黃裳也都笑了。

七 永遠不再

1

三十年代末四十年代初的上海，是繁華的極致，是美景中的美景。

跳舞場夜夜笙歌，白俄舞女裸著半身，露著大腿，左一踢右一踢，一次比一次更高，要高到天上去，把烈火烹油的世事炒得更旺；留聲機裏，周璇的細嗓子時斷時續，剛剛沉下去又重新揚上來，「郎呀咱們倆是一條心……」不知道是真情抑或假意，但聽著令人心醉，便假的也是好的，好過沒有；股票飛漲，物價也飛漲，小報上的內容豐富得五花八門，不斷地開拓新版面，又創出新的報紙，你家說一，我家便說二，那爭論只有使上海灘的市面更加有聲有色；甚至連戰亂與炮火也如煙花一般，只會照得海上的天空更加璀璨絢麗。

每一個待在上海的人都在交口讚嘆著這煙花般的絢美，同時每一個光環下的人，又在同聲感慨著這美景煙花般的不久長。因爲明知是不久長的，所以更加出名要趁早，享樂要及時，一切都追著趕著，不趕就來不及了。

每一天都好比世界末日，過了今夜就沒了明天，當然要好好樂一回，盡情地玩，出格地玩，玩不起就跳樓。

「啪」一下肝腦塗地，一桶水潑上去，曬上一下午就又毫無痕跡了，照舊有人在那剛剛死了人的樓頂跳舞，把留聲機開得炸雷般響。

整個世界都在動盪中，可是這些個動盪與黃家麒都是沒有關係的。

黃二爺府上的鐘已經停了好些日子，時間也隨之停止了。他的路是早已經走到盡頭，只差沒有跳樓。

這些年來，黃家的日子一時不及一時，先是賣房賣地——多半是賣給了自己的親哥哥——終於也弄到要賣古董過日的光景了。然而古董這東西，是與小妾彷彿，只有買進的價，沒有賣出的價，加上二爺原先眼拙手散，買了許多假古董，來時一擲千金，去時卻比瓦礫不如。

另一面，黃帝少爺的病好一時壞一時，正應了那句話，「病來如山倒，病去如抽絲」；可是二爺的家產卻是唱反調，「積時如聚絲，散時如山倒」，說敗光就敗光了。

黃二爺開始懷舊，時時想起北京老宅的「繡花樓」，他是在那裏出生的，也是在那裏娶了趙依凡，又在那裏生下黃裳和黃帝一對兒女，那裏曾記下他一生中最得意的時光。可是現在黃家兄弟都遷來了上海，「繡花樓」已成廢墟，正是「雕欄玉砌應猶在，只是朱顏改」，「小樓昨夜又東風，故國不堪回首月明中」。

偌大的花園洋房裏，整個都籠罩著一股大勢已去美人遲暮的凋零之氣：各屋各角都發出腐爛味道，花園裏的草長得比花還旺，桌椅都油膩污穢，碗碟多半缺口裂紋，許久沒有更新，窗戶髒得已經不透明，畫框上也都落滿灰塵，客廳正中掛著一幅叫做《永遠不再》的油畫，原是前二奶奶趙依凡心愛之物，黃二爺幾次說要著人換掉，也一直沒有騰出功夫或者說是騰出心情去做。

新二奶奶孫佩藍雖然還是先前一樣的潑辣，喜歡嘮叨，喜歡罵人，可是傭人們都不再當一回事，開始學會偷懶，因爲已經久久發不出薪水，覺得自己是債主了，大可以和東家平起平坐的，有什麼理由再寵著你怕著你呢？

唯一不變的，只是煙房裏那盞不滅的煙燈，和永遠驅不散的鴉片煙香。二爺臥在昏黃的燈影裏，煙霧朦朧，心境也朦朧。他同鴉片煙早已經融爲一體，今生今世都不要分開的了。

煙一點點地吸進他的肺裏，成爲他的呼吸，他的血液，而他也一點點地剔淨了自己，沒有過去，沒有將來，沒有是非，也沒有了財產與親情。他所有的，僅剩的，都已經拿去換鴉片了，連靈魂都交了出去，浸在鴉片中，變得微醺而柔軟。

當他躺在煙霧裏陶醉地想著過往歲月裏的種種得意處，思想會漸漸變得澄淨。所有壞的、不愉快的往事都被淘掉了，剩下的，都是些風光旖旎、人物風流的良辰美景，漸漸沉澱成記憶中最美麗的舊夢。

而那美景中，一日比一日、一刻比一刻更鮮明浮凸的，是初嫁的趙依凡——那真是二爺一生中最得意的歲月，香車寶馬，如花美眷，走在街上，誰不豔羨十分？

那年依凡才剛滿二十歲，如一朵花兒初初開放，卻已經有了最盛的光豔，簡直流光溢彩。喜歡笑，喜歡說話，喜歡跑動，跑的時候，頸上的白紗巾會隨之舞起，牽引著人的心，想抓，卻只是抓不住。

他始終沒有抓住她。

到底沒有抓住她。

即使他們在一起的那幾年，他也覺得她遠，中間隔著一重山。

她看似透明，可是心深似海，情緒跌宕不能控制。如果他甘做一條魚，游在那海中，也許焉知魚不樂？

可是他偏偏不肯，他要做漁夫，一網又一網，打撈著海水，每一網收起來都是空的，而歲月亦如網眼裏的海水，漏出去漏出去，終於什麼也沒剩下，什麼也沒抓住。

他是失敗的。

徹頭徹尾的失敗。

而他怪不了人。

他也不肯怪自己。

那就只有怪世事吧。誰讓改朝換代，讓戰事頻仍，讓貨幣通漲，讓紙醉金迷呢？

他不過是這時代的一個犧牲品，面對萬千變故全然無能爲力的，可是爲什麼得不到人們的，尤其是親人的原諒？在生命最終時刻，他所求無多，只想再見依凡一面，再見自己青春時的夢想一次。

可是，永遠不再，真的永遠不再了嗎？

他命去給家秀捎話的僕人回來了，說三小姐說二奶奶已經又去了法國，而她自己最近很忙，怕沒時間來看他，要他善自珍重。

趙依凡已經同他離了十幾年，可是下人們說起來還是「二奶奶」長「二奶奶」短的。黃家麒聽著並沒什麼不妥，可是真正的黃二奶奶孫佩藍聽見了卻大了不得，立刻炸起來，趕著傭人罵：「你管誰叫二奶奶？你個吃裏扒外的東西，還不給我滾出去？」嘴裏說著，手裏也不閒，抓起個痰盂扔過去，把傭人的頭也打破了。

傭人火起來，顧不得主子下人，一手捂住頭跳著回罵：「別再在我面前擺奶奶的譜，叫我說出不好聽的了！還以為是過去的光景呢？使喚著我們，還欠著我們的錢，什麼主子，我呸！」還要再罵，早被別的僕人強拉了出去安撫上藥，一直拉出大門了，還聽到罵罵咧咧的聲音不斷。

當天夜裏，這僕人便捲了幾件趁手的古玩銀器跑了。孫佩藍鬧著要報官，二爺不讓，說傳出去只有更惹人笑話，再說，那幾件東西也值不了幾個錢，偌大家產都已經沒了，還在乎那一點？

這件事給了二奶奶很大的刺激，以後便再不大敢對僕人亂發脾氣了，也把剩下的為數不多的值錢東西看得更緊，生怕再有人渾水摸魚捲了去。但是一向罵慣了人的，如今沒有人可罵未免寂寞，便把話都存下來同二爺算賬，說他騙了自己，原本吹噓家世多麼大本領多麼大的，卻原來除了抽大煙什麼也不會，把一份家業都抽敗，連下人也約束不住，卻還是只知道抽、抽、抽！

當她這樣詛咒撒潑的時候，她好像忘記了自己也是一位吞雲吐霧的芙蓉仙子，這「抽敗了家」也有她的一份。

黃二爺並不回嘴，他現在脾氣比以前好得多了，聽見什麼都像沒聽見。只是有一天晚上，當他和孫佩藍對著躺在煙榻上的時候，他忽然說：「我做錯了什麼，上天要派你來懲罰我？」

將死的人已經是半個神仙，把世事都看透了。二奶奶愣了一愣，心中忽然升起不祥的預感來，竟不敢答話。

隔了一天，二爺著人把那幅油畫也搬進自己的煙房裏來了，借著昏暗的煙燈和朦朧的煙霧望去，畫上的人與物都彷彿在動，是一個女人，豐腴的女人，臥在明媚的春光中，可是春光映在那女人臉上，卻有一種無奈的哀豔。是感嘆春光不再，還是傷悼青春不再？或者，是美麗的回憶不再？

永遠不再，永遠不再了呀。

時代的車輪一直一直地往前跑著，誰能挽得住呢？

那些坐筵擁花，飛觴醉月的日子呀。

二爺在這年秋天無聲無息地死在了鴉片煙榻上，嘴裏還含著一口煙。

至死，他也未能見到他以前的夫人——趙依凡一面，但是他到底是平靜的，因為死在他認為最安全最舒適的地方。

後來親戚們都說，這樣的死法，於二爺未嘗不是一份解脫。因為如果他看到黃家後來的下場，許是不會這麼容易瞑目的。他總算死在尚買得起最後一口鴉片煙的時候，躲過了這以後歲月裏的苦難，不至像他的遺孀孫佩藍那樣，弄到一貧如洗，解放後被逼著戒了煙，又力撐著吃了幾十年的苦，才在八十七歲的高齡上孤獨地死去。死時，身邊沒有一個親人送葬，一切由街道辦代行處理，草草火化，連個骨灰匣也沒留下。

2

黃家麒死了，冷落了十多年的北京老宅黃家祠堂卻終於得到機會熱鬧了一回，又香煙繚繞，人頭攢動起來。荒蕪的庭院被打掃出來，新的牌位安放進來，舊的牌位也重新漆刷一遍，有種煥然一新之感，兼之整個過程都是在吹吹打打中進行，不像治喪，倒像是辦喜事。

而且黃家風這次回北京來，可以算得上是衣錦榮歸，家麒的死，使他又得以名正言順地召集族人，行使家長之權，順便表演一回長袖善舞，不能不打心眼裏感到得意。他指揮著黃裳黃帝穿上孝服，跪在重幔疊帳的靈堂之側，對著來賓一一磕頭答禮，自己和夫人黃李氏則穿花蝴蝶一樣，在賓客間寒暄往來，應酬周到，哪有一點傷心之態？

北京的老親幾乎全到了，也都借著這個機會敘舊聯誼，在敬禮和禮畢之間，抓住每一個空檔竊竊私語，談論著戰事、股票、時局，甚或哪家的堂會派頭最好，哪家的館子價格公道，再有一個小節目就是觀察黃乾——這是一個面目英俊舉止瀟灑的青年，只是眉宇間帶著一種浮滑之氣，但總的來說還不失爲活潑有趣，只是苦於喪儀期間無法表現他的活潑，故而眼睛裏總是透著一股不耐煩。

聽說他的婚事到底退了，因此在那些家裏有未嫁女兒的老爺太太眼中便備受矚目，又要暗示自家的閨女機靈點，找機會同黃乾多多接觸，又要提醒她們不可太過輕佻，留下個不尊重的醜名。小姐們於是因爲今天沒有辦法穿上自己最體面俏麗的衣裳耿耿於懷，可是銀妝素裹之間，眉梢眼角仍然不免帶出幾分挑逗，好比滿園春色關不住，一枝紅杏出牆來。

關於這種種人情心機，黃裳一概不知，她滿眼只看到釵環晃動，滿耳只聽得嘁喳之聲，一邊磕頭一邊心裏想著：怎麼回事呢？人旺，祠堂反而冷，人亡，祠堂倒得了勢。這樣說來，祠堂這東西竟是不祥的，因爲自打記事以來，好像每次進這祠堂，都不是爲了什麼好事。母親的離婚是在這兒進行的，父親的葬禮也在這兒完成，不是生離，就是死別，一道道都是傷痕。就像那些木刻的牌位，一筆一劃，刻骨銘心，刻下的，都是生命的最痛。

她不知道的是，其實當年母親結婚，也是先被轎子抬進這裏來拜了祖宗，才算是正式做了黃家人的。但是後來她又從這裏飛了出去，飛到海闊天空的外邊去，越飛越高，越飛越遠，高遠到黃家麒無法企及的天邊。她自由地離開了黃家的領地，可是黃家麒，卻還得回到這裏，而且從此永遠地留在這裏，將名字刻進硬木的牌位，成爲檽幔重幃裏一道新的傷痕。

還有已經八十高齡的太叔公，他大概也很快要來到這裏了。黃裳在初到北京的下午去拜見了他——已經老成鬼了，可是還不肯死，腔子裏的那口氣斷了又續上，剛續上又斷了，咽不下，吐不出，讓守著他的人替他難過，恨不得代他痛快地舒一口氣，或者乾脆把他掐死也就算了。

喪禮足足忙了有一個星期才算告一段落。下葬那天，黃裳由姑姑陪著在父親墳前靜靜拜了幾拜，面容哀淒，但沒有一滴淚。而後這一頁便算是輕輕揭過了。

可是黃帝的那一頁卻剛剛開始。

黃家風提出，二弟既死，趙依凡又早已簽字放棄撫養權，黃帝自然該由自己領回。孫佩藍吃了一驚，立刻哭天搶地起來，又請出自己娘家人出面，來同黃家風理論。

風波陡起，族人們又被重新召集起來，黃家秀和黃裳既然姓了個「黃」字，也只得被迫旁聽，但事先已經表態，無論最後做何處理，她們概不干涉。

分家會照舊是在祠堂舉行，黃孫兩家各自請了公證人坐席，但是家秀明白，那些人不過是個擺設，一切行事，還不是要看黃家風眼色。

孫佩藍披麻戴孝全副武裝，一上來就哭得稀哩嘩啦，先哭了一通二爺，又哭黃帝年幼可憐，最後表態說，自已立志要為二爺守節，說什麼也要把黃帝撫養長大，絕不能讓「人家」把他帶了去，一則她這做娘的不放心，二來也對不起死去的二爺。

黃家風不屑地說：「你是他母親嗎？我倒不知道。我只聽說是姓趙的生的他，如今二弟過去了，只要姓趙的不來囉嗦，誰也不能不讓我這個當大伯的收養他，畢竟，他說什麼也是我們黃家的骨血。」

孫佩藍跳著腳，拍手大哭道：「家麒，家麒我的夫啊，你聽聽他們這說的是什麼呀？你死了，他們就這樣欺負我孤兒寡婦，你就是死了也閉不上眼啊。小帝，小帝我的兒呀，他們要把你從娘身邊搶走呀，這是掏娘的心窩子呀，你也為娘說句話呀。」一邊說一邊推搡著黃帝。

黃裳不忍看弟弟為難，就想站起來說話，卻被家秀在底下將袖子一拉，附在耳旁小聲說：「別管，看她們表演去。」只得又坐下了。

黃帝卻只是死低著頭，大眼睛一眨一眨，總不肯說一句話。

黃李氏在一旁冷笑道：「這時候知道兒呀肉呀的了，有這時候後悔的，就該早些盡娘的責任才是啊。別以為你苛待黃裳的事兒我們不知道，不過那時候她親爹還在，我們不好多嘴。如今二弟死了，黃裳也被你趕到三妹那兒去了，就剩下小帝孤零零的一個，我做伯母的，說什麼也不能再看著你欺負我們黃家的孩子。」

孫佩藍撲過來，抓住黃李氏胳膊，照準臉下死勁兒「呸」地一聲，連血帶痰吐了滿臉：「你別叫我說出不好聽的了。你以爲你是好心要照顧小帝，你不過是看著二爺留下的這點家底兒，想一併吞了去，倒拿小帝做幌子。這些年，你們也不知吞了我們多少，連最後這一星半點兒救命的錢也不放過，黑心的人，你們是要我去上吊？」

黃家風火了，站起來一指，指到孫佩藍臉上去：「你說我吞二弟的錢，你左眼看見的還是右眼看見的？你們這些年又抽又賭，那點家底早就被你們敗光了，哪裡還有一根半柴留下來？我吞你？這幾年我不知墊出來多少。要不是我，二弟會死得這麼舒服？早就捲鋪蓋睡到大街上了。」

孫家的親戚在一旁看不過，然而這畢竟談的都是家事，也不便多說，只得上前且撕擄開孫佩藍，一邊用商量的語氣對黃家風說：

「黃大爺，你們黃姓家裏的事兒，我們原不明白。只是二奶奶怎麼說也是二爺的遺孀，明媒正娶的黃家奶奶，生死都是你們黃家的人了。如今二爺不在了，她自然要託付給大爺照顧，沒的說大伯風光做官，倒要二嬸子沿街乞討的，於你黃大爺的面上也不好看不是？小帝你們要過繼，也是爲了他好，不是爲了家產，這點我們自然是明白的，只是，你們能管得了小帝的一口飯，也該管得了他娘的一口飯，這也不費你們什麼，也見得大爺宅心寬仁，處事厚道，大爺細尋思，看我們說的對不對？」

家風自然也明白這事不可能完全一邊倒，總得對孫佩藍有個交代。於是兩方議定，撥孫佩藍留在北京看守祠堂，說「既然二奶奶要守，便不是一句空話，自該在黃家祖宗面前靜心念佛，好生守節，如果這樣，黃家人自是虧待不了黃家人。可是要想拿著黃家的錢留在上海風流快活，那是萬萬不能的。」

孫佩藍從小在上海土生土長，自然不願來北京，無奈黃家風再不肯略作讓步，孫家的親戚生怕她要回來投靠他們，也都極力勸她接受，又哭罵了半天，也就委委屈屈地答應了。只是想想自己這些年來想方設法同黃家風攀親戚，重修舊好，又將小帝託付在大伯家養病，精打細算，最後倒算出這麼滿盤皆輸的一筆爛賬來，真真機關算盡太聰明，反算了卿卿性命了。

於是黃帝由大房正式領養，對著黃家風重新叩頭行禮，稱黃家三兄妹為「大哥」、「二姐」、「三姐」，走到親姐姐黃裳面前，卻反而要加一個「堂」字。

黃裳聽著，一陣心酸，不由得紅了眼睛。心想著親姐弟以後是不可能再怎麼親近了，然而堂姐弟強行扭做了親的，就真會親得起來嗎？

黃帝夾生的身分注定他後來成了一個夾生的人，一輩子都在不親不淡不冷不熱不死不活不痛不癢中度過。

黃二一家，就像受了詛咒似的，妻離子散，誰也落不得好處。就連張揚一時的孫佩藍，如今也落魄了，走到黃裳面前「嘿嘿」笑著，說了句奇怪的話：「還是你娘好，趁早走了，倒賺得他一直記到死。我這在跟前守著他死的人……」說了半句，嚎啕起來。

黃裳自從當年出逃，這十幾年來，同孫佩藍總沒說過一句話，如今見她這樣，不禁百感交集。家秀卻睬也不睬，一把拉起黃裳便走。分家大會也就此散了。

3

回到上海，家秀寫了一封長長的信給依凡，詳細敘述了黃帝過繼大房的整個過程。依凡並不在意，只回信說，盼小帝身體大好，其餘無須計較。

從此黃裳在上海已經只有姑姑一個親人，包攬了母親、姑姑、姐妹、朋友、老師所有角色，儘管家秀自己殊不樂意，總是說：「本來可以再年輕些的，可是因爲身邊有了你這樣一個人，無端地逼著人老了。」

黃裳笑嘻嘻說：「那我叫你姐姐可好？」

家秀當真想了一想，最後還是搖頭說：「不妥，被人拆穿了更加難堪。」

姑侄倆抱著笑成一團。

少年喪父的悲痛於黃裳似乎全無影響，其實，在她心中，父親早於當年幽禁她的時候已是死了，只不過死訊推遲了近十年才公佈出來罷了。

她到大伯家去看了弟弟一次。他還是那麼瘦，也還是那麼蒼白，但是已經不再像瓷——瓷也是有光澤的，而黃帝，他的沒有血色的臉，只是一塊白色的磚石，有種灰敗氣。

而且他現在學會了折磨人，動輒便流眼淚發脾氣，因爲終於有了一個心甘情願被他折磨的人——黃鐘就好像前世欠了他，服侍著他，照顧著他，還要被他抱怨被他挑剔。不知怎麼的，凡是黃鐘做的事，他都要不滿意，都要批評：「怎麼這麼笨？說過沖咖啡要剛剛八十五度水的，又煮得這麼滾，把香味都沖散了。」或者，「天偏是這麼熱，你偏是要給我送什麼衣裳，存心熱死我還是怎麼的？」

連黃裳都看不過，勸黃鐘說：「你是姐姐，他再這樣，你就打他一頓，或者乾脆別理他。」

黃鐘搖頭，滿眼裏都是愛憐溫柔：「他身體不好，難免容易發脾氣，其實沒什麼的。」一邊又輕快地跑著給黃帝重新煮水燒咖啡去了。

至此，黃裳終於不得不相信，人與人之間都有著一筆債，每個人到世上來，都是來討債和還債的，多半討不到也還不清，到最後還是一筆糊塗賬，於是又有了下一世新的一輪債務糾纏。黃帝便是黃鐘的債主了。自己呢？自己欠了誰？又有誰欠了自己？

在小花園專門闢給黃帝住的一排小屋裏，有一間黃裳特別留意，粉漆的門，窗上掛著白紗窗簾，不像下人住的房間，也不像黃府裏哪位小姐的閨閣——小姐的房間不會挨著黃帝住——問起黃帝，才知道是專門留給韓小姐的，就是仁心醫院那位「手特別巧」、「打針一點兒也不疼」的護士韓可弟。她因為常常來給小帝打針，當小帝身體不適卻又沒有嚴重到要住院的時候，就由這位韓小姐留在黃府上做特護。

林媽笑著告訴黃裳說，對那位韓小姐，黃帝倒是言聽計從，沒有一點壞脾氣的，她甚至懷疑，黃帝有時候是存心把自己弄病的，好有理由打電話給韓小姐要她來為自己打針。因為她幾次看到，黃帝在下雨天找碴同黃鐘吵架，然後賭氣跑到雨地裏去淋著。

黃裳很驚訝，在她的印象裏，弟弟一直是個沒有主見的長不大的病孩子，裝病乞憐或許，找碴吵架？怎麼可能？

但是接下來發生的一件小事叫她明白了。

當時他們三個人，黃裳黃帝黃鐘，圍著桌子坐在小花園裏吃下午茶。十分「中國」的大伯黃家風於享受方面，倒是頗爲西化的，一切依足西方規矩。碧綠的草地，精緻的餐桌，桌子上鋪著細白的餐巾，細瓷碗碟，白銀湯匙，甜鹹西點、咖啡紅茶一應俱全，還不忘了供上一瓶清水香花。

黃裳隨手拈起一塊糕說：「這叫『相思酥』是吧？酥皮裏包的好像是話梅，甜中帶酸，我記得媽媽以前很會做的，可是也只做過一次，滋味我倒一直還記得。」

黃帝便紅了眼圈，悻悻說：「你有媽媽寵著，還做糕給你吃，我可沒那福氣。當初在飯店裏那麼求著你們，也還是不肯帶我走。」

黃裳愕然：「你怪媽媽？」

黃帝不語，只是低著頭，但是過了一會兒，豆大的眼淚便滴落下來，也不去擦一下，只任它一點一滴地濺落在餐布上，濺成一個個不規則的濕暈。

黃鐘立刻便了不得了，又是扇子又是手絹地忙活著，柔聲細語地勸：「可憐的小帝，沒有媽媽疼，可是你在我們家住著，我們會補償你的，再不要你受委屈。」

黃裳不相信地看著，她明白過來，爲什麼弟弟如今會變得這麼病態而神經質，都是被黃鐘過於誇張的遷就所致。就像一個不知饑飽的小孩子，餓得久了，忽然把一大堆食品堆到他面前來，反而會一下子吃壞了他。

她現在知道黃帝爲什麼會找著碴同黃鐘吵架，跑到雨地裏去挨淋了，那是爲了一箭雙雕——既要使黃鐘傷心焦慮，又要騙得韓可弟關心疼惜。那位韓小姐雖然沒有親眼看到，但是可以想像得出，必是一個溫暖和氣的女子，黃帝看準了她的性情，也參透了黃鐘的弱點。眼淚於他已經成了一種道具，隨時需要隨時可以取用的，或許他自己也不知道那些情緒是真是假，反正有她們陪著他演戲，而且是那麼投入地演著戲，便一頭栽進戲劇裏不願意出來。他自己是自己的導演，編劇，演員和觀眾，自傷自嘆，自己拍案叫絕，自己被自己感動，漸漸再沒有一點真的、健康的感情，而只成了一具蒼白褪色的戲劇臉譜。

大太陽明晃晃地在天上照著，可是黃裳不知爲什麼，只是覺得冷，眼前矯揉造作的一幕給她一種十分陰晦而不健康的感覺，她快要不認識自己的弟弟了，也不想再認識他了。因爲她不知道他什麼時候是真的，什麼時候是假的，也不知道自己該用什麼樣的態度去回應他，要不要也陪著他一同演戲，演本來很正常的人間溫情。她甚至覺得連他的體弱多病都是假的了，爲的是挾以自重。

那以後，黃裳便不大再願見到黃帝，倒是黃帝，每逢節日總會派個下人到家秀的「水無憂居」來一次，送點禮物，捎兩句淒美而傷感的問候，寫在情書專用的那種粉紅信紙上，十分地戲劇腔——在戲劇化這一點上，姐弟倆倒是殊途同歸了，只是方式大相徑庭，結果也各異其趣罷了。

八　出名要趁早

1

依凡在國的時候，同家秀每每談起黃裳的將來，總是說：「女兒生得太聰明了，便不容易嫁，工作呢，又太委屈——如果生得美還可以做明星，可又談不上。」

要在做明星和嫁人中間尋一條路出來，的確是不容易。可黃裳辦到了，那就是給電影公司寫劇本。

說來也簡單——那公司的導演就是曾經追求過家秀的柯先生，後來又是借著依凡的周旋，把兩人間的誤會澄清了，但是婚嫁之事已不能再提起。男女之事往往如此，是要趁熱打鐵的，不可以像吃霜淇淋那樣，吃了一半放進冰箱裏冷置起來，擱一陣子再拿出來接著吃。感情是要一鼓作氣的，過了那一節就是過了，不可以再回頭。但是畢竟還可以做朋友，鬆鬆緊緊地就又有了往來。

一日柯以登門做客時，無意中看到黃裳散在書桌上的一疊劇本草稿，頗感興趣，便看進去了。後來拿那題材拍了部片子，居然一炮打響，這就給黃裳下了定義了——原來老天把她造成這樣，要她扮演的角色竟是劇作家。

那時黃裳已經從聖瑪利亞女中畢業，以遠東區第一名的成績取中了倫敦大學，但是就在這一年歐戰爆發，母親趙依凡不知下落，黃裳的入學問題只有擱置下來，被親友催逼著，在嫁人和工作這兩條路中間動搖不已。

這也是當時的一種慣例，女子考取了大學，不一定就讀，可以找個婆家先結婚，由丈夫拿一筆錢出來資助就學，畢業回來再考慮生兒育女。要不先工作著，有了一定經濟基礎後才繼續升學。而且就是讀了，也不過是一張文憑，用以驕之親友的。錄取通知書的效用，有時候可以與之等衡，且更有一種悲劇的婉約力量。

「本來已經考取了的，成績還好得很呢，可是……」未盡之意，便都由那「可是」後的六個點籠統地概括了，往往換來一陣嘆息。

黃裳的性格是有些崇尚悲劇美的。她與她弟弟的不同在於，黃帝總是自己製造悲劇給自己傷心，黃裳卻是在悲劇發生後迫使自己正面以對，並把它當成一種缺憾美悲愴地接受下來。在她看來，生命就好比母親指下的一首鋼琴曲子，有激揚之調，也有低靡之音，這樣才成其為美，成其雄渾完整。

這次的求學不成功也是這樣，她雖然遺憾，卻不願自傷，只當它是生命曲子中的又一個低音夷然地接受了，只是在談起時，喜歡做一個惋惜的微笑，說一句「可是……」也就算了。

而當她的電影《桃花絲帕》搬上銀幕並獲得成功時，她甚至有些慶幸自己沒有去成倫敦大學了。因爲出名要趁早呵，如果這一步那樣走了，也許以後都會一路走下去，雖然可能也有鮮花，也有掌聲，但不是這一種，而且也不是在今天。那麼，遲來的快樂便不會像現在這樣快樂，快樂得無恥，快樂得放肆，快樂得像雷雨天的閃電，糾纏淒厲地照亮整個孤島的夜空，給人的心留下那麼深刻的傷痛一般的劃痕。

但從某一方面說來，黃裳的成功其實也不能算是偶然。因爲雖然在柯以這位高手的指點下，改編劇本只用了兩個多月的時間，可是劇本故事的寫作，其實是從黃裳在「鬼屋」裏就有了初稿的，甚至更早，從黃裳懂事起，從她想學習寫作起，從她對人性剛剛有了認識的時候起，那故事就已經在她心中了，那就是曾經陪伴她成長、並在她生命中刻下極深烙印的二姨太——楚紅！

剝杏仁的楚紅姨娘的形象在黃裳心中是不可磨滅的，在幽閉的日子裏，日夜守護她的，就只有楚紅和阮玲玉兩個人，或者，準確地說是兩隻鬼。她們的故事被黃裳一次次玩味，咀嚼，傷懷，惋嘆，漸至合二爲一。當她爲阮玲玉量身定作寫劇本時，第一個本子就是寫的楚紅姨娘。而今，這個形象終於被搬上了螢幕，雖然演出者已經不可能是阮玲玉，可還是一樣的成功、轟動！

後來有落選影星在接受小報記者採訪時，遺憾地說：「其實並不是誰演技特別好，而是那個故事本身太好了，誰演出那個角色都會紅的，如果我演，只會更紅。」

的確，故事實在是太淒美纏綿了——當紅女伶楚玉在一次演出中，被本地巨賈陳老爺看中，強娶爲七姨太，從此爲他一人禁院唱戲。可是無論她如何婉轉承歡，恪守婦道，無奈一日爲伶，終身爲娼，成日爲另外六位夫人唇誅口伐，凌辱於舌尖之上。以至終日鬱鬱寡歡，染上風寒，遂得以與醫生相識，並暗生愛慕，但因爲懼怕人言可畏，絲毫不敢流露。但是二姨太三姨太四姨太已經幾次向老爺進讒，誣衊楚玉行爲不端；五姨太六姨太則藉口探楚玉病，對醫生百般挑逗；六姨太甚至偷偷告訴醫生說楚玉名爲戲子，實爲婊子；連丫環傭僕們也都竊竊私語，百般詆毀……楚玉氣苦之下，病情日重，漸成沉疴。醫生每日來訪，悉心照料，然楚玉病情絲毫不見好轉。原來，她一方面自知百口莫辯，一片癡心更加不敢表白，反而爲了維持冰清玉潔之形象，故作冷淡；另一面又擔心自己病癒即再見不到醫生，所以不肯吃藥。到了冬天，楚玉病入膏肓，開始吐血，而老爺卻在西廂爲娶八姨娘而大事忙碌。楚玉床前，只有醫生一人爲之奔勞。鼓樂聲中，楚玉一口鮮血噴出，絲帕上點點桃花，觸目驚心，醫生急忙施救，然已回天乏術，忍不住痛哭失聲，楚玉此時已不能言，卻拚盡最後一分力氣以指蘸血，在手帕上畫了一顆心，指指醫生，又指指自己，而後一命嗚呼……

那是一部唯美的電影，淒豔，而精緻。精緻到每一個細節，每一句對白，每一個佈景：冒著青煙的中藥吊子和西藥瓶並列著，男人的西裝和女人的旗袍，洋文和古詩詞，耶穌像和觀音台……整個矛盾而參差的時代縮在一個大庭院的病榻之上，一切都在變化和改革之中，可是女人的悲哀卻是永恆的。

唯一的一個小插曲，是黃裳在創作中一味追求悲劇美，而柯以卻提出應當賦予主人公一定的抗爭精神，認爲在那樣壓抑黑暗的封建家庭大牢籠裏，主人公除了對愛情的渴望之外，更多的，應該是對自由的渴望。

黃裳不解：「這是當然的，還用問嗎？她渴望愛情不正是渴望自由的一種表現？」

但是柯以仍然堅持應該加大這一部分內容，明確主題。爭執的結果自然是黃裳無條件服從，於是又爲臺詞中加了些口號性的東西，比如：「我恨哪，我恨這不平等的環境，我要打破這地獄！」等等。柯以看了，也覺得生硬，最後又都剪掉了。

此時的上海，刮起的原是一股「鴛鴦蝴蝶熱」，所有小說影劇，無非才子佳人，因故不得團圓，遂每日臨風灑淚，對月長吁云云。黃裳之作，卻既迎合了愛情悲劇的時人口味，卻又獨樹一幟，寫了一個從未開口說出的愛情故事，其悲劇性只有更加強烈感人。當演到七姨太楚玉無言泣血，在手帕上畫心的時候，影院裏哭聲一片，小姐太太們的手帕濕得能擰出水來，只恨不得也立刻嘔兩口血出來，在帕上畫一顆紅心才罷。

柯以到這時候才算真正贊成了黃裳，說：「不說話也有不說話的動人之處，也好，更看出舊社會的黑暗，讓人連說話的自由都沒有了。」

黃裳笑：「柯老師說話好像在發表救國講演。」

柯以一愣，閉緊嘴不再說話，卻深深看了黃裳一眼。

整個放映期間，影院場場爆滿，滬上所有大小報紙影評欄，翻開來，頁頁都是血色紅心框著四個大字《桃花絲帕》。黃裳是想不紅都不行了，簡直紅上了天，連天都要燒破了，不得不下了一個多月的雨。而這雨，又給了小報文人新的靈感，撰文說這是上天在爲七姨太落淚呢。

老天爺也是一位影迷，這點人們倒沒有想到，因爲覺得新鮮，便彼此傳誦，見面就說：「看了《桃花絲帕》沒有？沒看？怎麼可能？好感人的喲，天老爺都看哭了。」

一時間，互贈桃花絲帕成了情人間最珍貴的禮物，當然，那心和桃花都是用紅絲線繡上去的，不是當真吐血畫上去的。

才女黃裳的照片同滬上最紅的女明星一起，排列在小報的娛樂版頭條，被稱爲「最有前途的劇作家」、「滬上影壇的一顆奇葩」、「文壇耀起的一顆新星」，以及其他類如「玫瑰」「夜鶯」之類一切可以用來讚美女性、尤其是聰明的女性的辭彙，都急不可耐地被堆砌在黃裳身上，多得她幾乎有些承受不了，而黃家秀則完全接受不來。

「這份報紙上，喏，這一篇，『最熾熱的一把火』，寫的是你麼？」家秀遲疑地，將一張報紙隔著自己同侄女，便隔開了名人與凡人。

黃裳則痛快地答：「當然不是我，坐在你對面的才是我。」

家秀放下心來。「這還好，不然，每天有一把火，還是最熾熱的一把火跟我待在一起，我可吃不消。」

黃裳提醒：「柯導演幫了我大忙，姑姑，我想著，我們要不要請他吃頓飯？」

「他……」家秀托腮沉吟起來。夕陽穿過荼蘼花架照在她臉上，她的嘴角帶著一絲微笑。

2

黃裳紅了。

不是星星之火可以燎原那種慢吞吞的暗紅，也不是百花齊放、春色滿園的那種嬌滴滴的嫣紅，而是如日初升、一發不可收拾的大紫大紅。

讚美和邀請幾乎要將她淹沒，報紙上每天都有新的人冒出來，以她的朋友的身分寫作《我眼中的黃裳》，街頭巷尾到處傳播著關於她的最新消息，每個人都以能與她共進午餐爲榮，導演們希望可以同她合作，明星們自然更希望可以走她的路子，做她新劇本的女主角，連商場老闆也都拐彎抹角地找到她，希望她可以爲他們新開的百貨公司剪綵。

和朋友一併多起來的，是親戚——黃坤也到上海來了，第一站就來拜訪姑姑黃家秀和堂妹黃裳。

黃坤到的時候是在黃昏，天色已經暗下來，可是還不至於要開燈，而黃坤來了，就更不需要開燈，因爲她本身就是一個發光體，亮得照人的眼睛。

她穿著大鑲大滾的富貴牡丹全繡壓金線的緞子旗袍，顏色嬌豔逼人，如同爲「錦上添花」那句話現身說法。雖是初到上海，臉上的化妝可全是道地的海派，眉毛拔得又細又彎，尾梢高高地挑上去又低下來，彷彿一詠三嘆，唇膏只塗中間的一點點，圓而潤澤，而且她眼中那種挑剔中略帶厭倦的精明強幹的神情，也正是上海女子所特有的。唯一美中不足且暴露她真實來歷的，是貪心太勝所造成的飾物誇張而瑣碎——左耳眼裏嵌著一隻米珍珠，右耳叮叮噹噹一串三寸來長的綠寶墜子，頸上一掛珍珠項鏈之外，又有一條極幼細的金鏈，尾端不管三七二十一附著一個純金的小巧十字架，連兩隻露在旗袍外的手臂也不放過，自腕至肘一路十幾隻纏絲細鐲子，略一動作便撞出細碎的響聲，有種初生嬰兒的熱鬧與喜慶。

可是她張口報出的，卻是喪訊：「我丈夫死了，在長春被亂槍打死的，我不想再回大連了。」就這一句，此後緘口不再談起她的婆家。而且她叮囑黃裳，也不許向人說起她的家事，因爲她在上海的身分只是黃家的女兒，是一位未婚小姐。她說：「他死了，可是我還得活著，我才廿四歲，有得活呢。」

黃裳驚訝，廿四？她明明記得這位堂姐比自己大了整整十歲，今年說什麼也有三十多了，怎麼才只廿四？但她生性不喜歡刨根問底的，既然人家說廿四，那就廿四好了。怪道堂姐這樣時髦的一個人倒沒有燙頭髮，只把額前瀏海疏疏地打了一個俏皮的彎兒——原爲的是捲髮是太太們的時尙，小姐照例是不作興的。

黃家秀輕輕笑了一聲，說：「你倒活得很明白。」語氣很平淡，聽不出是諷刺還是讚美。

黃坤只作沒聽見，抓著黃裳的手熱烈地說：「你現在名氣可真大，我一到上海就聽說你了，我就跟人家說：這個是我妹妹呀！我現在還記得在北京老宅咱們倆熬夜聊天的事兒，一晃都十多年過去了，時間過得可真快。我簡直不老都不行，一下子就廿四了！」

黃家秀又輕輕笑了一聲。黃坤略有些羞赧，使勁兒扭了一下身子，嬌嗔地說：「姑姑可真是的，老是笑人家，笑什麼呢？我不依的。」

這次連黃裳都笑了。這位堂姐，三十多歲的身體，廿四歲的年齡，可是舉止口吻卻只有十八歲，永遠的十八歲！但是她長得這麼美，性格中又有一種熱鬧的天真，硬要說自己廿四，倒也充得過。反正，美人從來都是可以原諒的，就是殺了人也還一定情非得已，況且只是瞞年齡呢。

黃坤又說：「我這次來上海，是來上學的，在中央美術學院學畫，老師叫陳言化，姑姑聽說過麼？」她嘴裏喊著「姑姑」，眼睛卻只瞅著黃裳。

可是答腔的卻還是家秀，思索著說：「倒真有一點兒印象，好像同朱曼陀有點淵源的，都是用炭精畫美人兒。」

黃坤將手一拍：「可不就是朱曼陀的記名弟子麼？姑姑也認得？」這回可是雙眼專注，投向家秀了。

家秀微笑說：「我同你二嬸……哦，是和黃裳的媽媽，以前也學過一陣子畫，同陳老師也有些走動的。」

黃坤恍然大悟：「難怪老師看了我，就說覺得面善，說我像她的一個熟人，我還以為是老男人勾搭小女孩的客套話呢，敢情說的就是姑姑。」

家秀笑起來，這個侄女的時間概念糊塗得很，自己三十多了還是小女孩，人家剛剛四十歲卻已經成了老男人，因說道：「陳老師可不是那樣的人……不過在你們眼裏，四十歲就已經算很老了，只該把半截身子埋在土裏等死才是，多說一句話都是有罪。」

黃坤自覺造次，忙忙地又狠勁兒將身子一擰，嗲聲說：「姑媽——怎麼啦？這樣小氣的。我又不是說你。你看起來最多三十歲，也就像我的大姐姐，要是覺得你老，又怎麼肯當著你面說話這樣不忌諱呢？」

家秀笑道：「別越描越黑了。算了，我不同你鬧，你們小姐妹好好聊聊，我這老女人還是讓一讓的好。」再不理黃坤的諸多造作，逕自起身躲了進去。

黃坤吐吐舌頭，說：「都說老處女脾氣大，真是的。」

黃裳正色：「姑姑可不是那樣的人。」

「知道你們親。」黃坤轉過話頭，「說正經的，我才來上海沒多久，不認識什麼人，黃鐘又死賴在家裏不肯出門，白浪費了好辰光。你認識的人多，倒是帶我到處逛逛是正經。」

「逛什麼地方呢？我也不大出門的。」

「這裏是上海嘛。上海可逛的地方多了，百貨公司啦，跳舞場啦，前天我有事去公共租界，經過麥特赫司脫路，看到麗都舞廳，光是門面就讓人心醉……唉，聽說你到處去都可以免費招待的，人家請還請不到呢，不如帶我去見識見識了。」

黃裳由不得笑了：「哪裡有那麼誇張……也好，前兩天柯導一直來電話，說今晚請去『萬牲園』跳舞的，我於交際舞原不在行，你既然有興趣，就一起去好了。」

「那敢情好，說去就去。」黃坤歡欣鼓舞地，「我正想托你介紹我認識那個柯以呢。」

「怎麼？想演電影？」

「那倒不是，我爸才不會同意我拋頭露面。不過，多認識幾個名人總不是壞事。說說看，那個柯以好相處不？」

「相處倒不難，就是太一本正經，喜歡說道理。」黃裳想起往事，不由笑起來，「你不知道，寫《桃花絲帕》那會兒，他逼著我改劇本，一遍又一遍，那個囉嗦勁兒！說是不能一味寫女性的柔弱忍耐，不能單純宣揚鴛鴦蝴蝶的哀怨感傷，要寫出憤怒，寫出渴望，寫出呼籲……都不知哪裡來的那麼多新名詞。其實觀眾哪關心那些，還不是只看情節，掉掉眼淚算數。」

「怪不得我聽人家議論柯以是進步導演，說是日本人對他很注意呢。」

「人家議論？誰議論？」黃裳上了心。

黃坤不在意地說：「還有誰？左不過我爸那班師爺罷了。」忽然想起件事，躊躇地說，「你幫我取個英文名字好不好？」

「做什麼？」

「交際時用啊。現在人人都有英文名字，單我沒有，多糗！你知道我的英文水準不靈光，不比你，聖瑪利亞女中的高材生，說英文比說中文還俐落。來，你幫我取個特別點的名字，什麼瑪麗亞、海倫啦之類的可不行，得有寓意，像思嘉麗（電影《亂世佳人》主人公）啦、麗蓓嘉（電影《蝴蝶夢》主人公）啦都挺好，可惜被人搶了先。」

黃裳見她說得鄭重，便認真思索了一回，笑道：「那麼，潘朵拉怎麼樣？」

「潘朵拉？好像是希臘神話裏一個美女的名字是吧？」

黃裳笑：「就是的，美麗，而邪惡，把疾病、災難、猜疑、妒忌散播出去，卻把希望關在匣子裏，自個兒緊緊抱著。」她知道黃坤開得起這玩笑。

果然黃坤不以爲忤，反覺得意：「那倒的確很像我。好，以後我就叫這名字了，潘朵拉。」

3

夜晚的萬牲園是瘋狂的，它是上海作爲一個國際大都市這一重要特徵的集中縮影——繁華、奢迷、五彩繽紛，充滿著肉欲與金錢的誘惑。

其他城市的娛樂場所，不過是「舞低楊柳樓心月，歌盡桃花扇底風」的中國古典式的風月，雖然香豔，到底敦厚含蓄；而上海的萬牲園，卻是張揚的，浮躁的，急不可待的，是「鈿頭銀篦擊節碎，血色羅裙翻酒汙」。被酒汙掉的，不只是歌妓舞女的裙，而是整個上海的上流社會，各國客人各種膚色的女子的裙——英、法、美、俄、日，黃白人種魚龍混雜，蔚爲大觀。

在這裏，白俄女子個個都有著傳奇的背景和顯赫的頭銜，不是某過氣將軍之女，就是某沒落親王後裔。她們有著雪白的皮膚、碧深的眼睛、血紅的嘴唇，身上的衣服薄而透明，露出兩條健碩的腿來，大腿的曲線是一流的，踢得高高地，彷彿要踢破天去，可實際上她們在異國的遭遇裏早已破滅了所有的凌雲壯志，不過是在跳一種當今最時髦的卻爾斯登舞。

與她們相比，美國少女的線條要簡潔明快得多。她們的笑容明亮而單純，皮膚緊致光滑，大聲唱歌，瘋狂勁舞，還來不及學習憂慮，也不懂得什麼規矩，眼裏看到的不過是美酒靚衫，心裏所想的也不過是及時行樂。她們的淚水和歡笑一樣地廉價，就像她們的索取與奉獻都一樣地輕易而興高采烈。

日本女人如果不穿和服，則不大容易辨認，因爲在擁擠的萬牲園裏，她們沒什麼機會表現出那標準的姿勢來——低低地彎著腰，踏著細碎的步子走在南京路上。即使躲避汽車，也要先鞠一個躬，然後才慢慢行開——但是有一個訣竅，可以通過她們旁邊的男人來判斷——因爲日本男人的標誌性的小鬍子和努力挺直的胸背，是出賣他們身分的最好記認。

還有柔媚多情的法國少女，她們都有一式一樣的金色鬈髮、藍色眼珠，和一式一樣的笑容與媚態。她們是愛的化身，是「豔遇」的代名詞，隨時隨處、身體力行地增加著上海灘頭的浪漫色彩。

然而最美的，仍然是頷首平胸的中國女子。她們處在文明與落後、時髦與保守的夾縫裏，一隻眼睛銜住了對過的男子，另一隻眼回顧著身後的小姊妹，眼角猶帶著整個的周圍環境。每個上海女子都是眼觀六路耳聽八方的天生交際高手。可是她們並不急於表現自己的交際手段，總要留那麼一手，供自己獨個兒回味和暢想。她們不喜歡將舞跳得太瘋，將話說得太滿，將路走得太盡。留有餘地，是上海女子的處世哲學，永遠不會吃虧。

黃坤不是上海人，她只是一個遲到的初來者。可是黃裳驚訝地發現，黃坤就好像天生是屬於上海的，她那種浮豔驕縱的態度與萬牲園的奢華是如此地合拍，那些音樂、那些舞步，彷彿早就印在她腦子裏的，隨便一舉手一投足，都是若合節拍。旋轉彩燈下，她的臉上、眼中都流著瀲灩的光，妖嬈地魅笑著，有一種翠豔的感覺，宛如金鉤兒釣金魚，嚴絲合縫，再搭襯沒有了。最要命的，是黃坤夠大方，夠急切，有種參與的熱情，這位大小姐雖然出身名門，可偏偏有種暴發戶的迫不及待，好像當紅舞女紅過了頭，來不及地要抓牢點什麼，人生得意須盡歡。

休息的當兒，黃裳由衷地讚嘆：「你才應該是住在上海的。」

黃坤也笑著，傲然地說：「你看著吧，我會喜歡這個城市的，這個城市也一定會喜歡我。」接著又不放心地叮囑一句，「你沒有跟人家說我結過婚吧？記住可要替我守密啊。」

黃裳又好氣又好笑，故意道：「有人說，秘密的去處有三種：從左耳進右耳出的人，是豪爽大度的人；從耳朵進去就爛在肚子裏的，是謹慎持重的人；而從耳朵進卻從嘴巴出來的人——是女人。你會相信我能守得住密嗎？」

「去你的！」黃坤撅起嘴，嬌媚地推了黃裳一把，咯咯笑起來，「你要是一口答應保密，我或許不信；可是你說女人天生守不住密，我反而會相信你會與眾不同。」

「你的意思是說：我不是一個真正的女人了？」

兩人一齊笑起來。

同來的導演明星們不由將視線望過來，柯以問：「兩位黃小姐，說什麼這麼好笑？」

黃坤斜著眼睛說：「我們在說你啊。說你——是一個什麼樣的人。」

「哦，那我是什麼人呢？」

黃坤見他上當，越發要賣關子，其實也是賣弄風情：「是什麼樣的人呢，倒還沒有弄清楚；不過，至少我們可以確定你不是那種人。」

「不是哪種人？」

黃坤纖腰一挪，大幅度地向後仰去：「不是女人啦！」又故意問旁人，「倪格閒話阿對？」

旁邊的人也不由得笑了，也故意打著蘇白回道：「密斯黃格閒話一句勿錯，真真格過來人哉。」

黃坤得意地向黃裳拋了一個眼風，那意思是：「看吧，潘朵拉來了！上海是屬於我的！」

4

自到上海以來，黃坤數這個晚上玩得最盡興，直到入夜方回，就宿在家秀處，與黃裳同床。

姐兒倆唧唧噥噥說了半夜的話，黃裳也就睡了，黃坤卻不知是擇床還是怎麼著，翻來覆去只是不能入眠。剛才舞廳裏的音樂好像追著她一路回家來了，現在還纏綿地響在耳邊，閉上眼，就可以清晰地看到那帶有精緻紋飾的拱形門，霓彩變幻的華美燈光，甚至鼻端還依稀嗅得到蒸騰著肉體熱氣的混雜不清的香水味兒。豔妝的歌女在臺上挑逗地唱著《夜上海》，並沒有多少人聽她，都各自跳舞或者調情，可是她不在乎，依然搔首弄姿，扭腰舞胯，毫不怯場地賣弄風情。

這一切，都對初到上海的黃坤構成了強烈的感官刺激，而且方才她喝了平生的第一杯現磨現煮的CPC咖啡，那聞著芬芳撲鼻喝下去卻苦不堪言的時髦飲品，彷彿有神奇的魔力，可以讓人把十八年前的陳穀子爛芝麻的往事全翻騰出來，只差沒有回憶到上輩子去。

左右睡不著，黃坤索性坐起身，弓膝倚在床欄杆上掀起簾子來看窗外的月亮。是滿月，圓白而肥胖，清泠泠地照著，像一串無字的音符。

月亮照著上海，也照著長春和大連吧？

可是一樣的月亮照在不一樣的城市裏，心情卻不同。在長春那是兵荒馬亂，在大連卻是委曲求全，如今照到上海來了。而上海是多麼地繁華呀，繁華得像一個夢。

這可真是不公平。都是一樣的人，爲什麼卻享不到一樣的月光呢？

長春噩耗傳來的時候，她正在大連待產，一家子人都把消息瞞住了她，可是父子連心哪，她自己沒發覺，她肚子裏的胎兒卻發覺了，急匆匆地就要往外闖。那可真是險哪，羊水都破了，醫生才剛剛進門，手忙腳亂地準備接生，孩子卻又不願意出來了，一直折騰到第二天早晨九點多，她死過去又活過來幾回，那小冤家才「哇」地一聲，嚎啕大哭著落了地。

血水漲潮一樣漫了一地，卻還在不住地湧出去湧出去，她全身的力氣都跟著湧走了，血還是不肯停。

她從來沒有那麼後悔過做女人，更後悔結婚做母親。她死命地恨著那個冤家，這麼大的事也不見他回來看她一眼，氣極了的時候，她就哭著罵他的家人，罵公婆，罵小姑，說他們都是黑了心的人，不許她同他一起去長春，只把她娶回來當一具生育機器，把她的青春都毀了。罵得小姑火起來，大聲反駁說，你去長春，你要是去了長春，這會子早就跟五哥一起沒命了。她登時就呆住了，這才知道陶五的死訊。

跟她的哭聲一起止住的還有奶水。孩子咬著她乾涸的乳頭，死命地咬，咬得她恨不得一把將他掐死，可還是下不來一滴奶。她煩起來，索性揮手讓傭人把孩子抱走，懶得聽他的哭聲。陶家沒奈何，只得到處請奶媽。她又將養了十來天，撐著坐滿了月子，就在一個早晨收拾收拾行李，跑到公婆面前磕了一個頭說，她才三十歲，自問不能就這樣守一輩子寡，也守不住。她給陶家生了一個兒子，算是對得起陶家了，他們誰也不欠誰的，她這就要走了，再也不回來了，要他們不必再找她。

公婆也知道她是什麼樣的人，知道強勸不得，稍微商量了幾句，就說，你要走就走吧，以後老死不相往來，但只一條，兒子是陶家的根，你不可以帶走，以後也不可以再來看他，就當你沒生過這個兒子，他也沒你這個媽。

她聽了，咬著牙點了頭，再磕一個頭便走了。一走就走到了上海。

如今她是未出閣的大小姐了，這裏沒有一個人知道她的過去，不知道她三十多歲了，不知道她結過婚，更不知道她還生過一個兒子。她自己也不要再知道這些，如果有時候難免會記起來，那是爲了提醒自己，一定要活得比過去更好。上海的月亮這麼大，就不許分一點光照到她身上來麼？

樓下隱隱地傳來腳步聲，黃坤開始想可能是早起的夥計，但是立刻反應過來這裏是洋租界，那大概應該是巡警。她探頭出去張望了一下，還沒來得及看清楚，卻覺著那巡警似乎抬起了頭往上看，趕緊放下了簾子，月光也就被隔在簾外了。

許有五更天了吧？黃坤躺下來，黑暗中，對自己咬著牙想，我一定會在上海紅起來的，比黃裳還要紅。

學畫只是個幌子，她的目的是到上海來交際，她對自己的優勢十分清楚，一個風情而孤寂的女子，一個真正的貴族後裔，富有而美麗，不信紅不起來。

一定紅，一定的！

九 孽吻

1

正月初七是黃裳生日，柯以訂了座爲她在麗晶暖壽，說好親自開車來接。

從小到大，黃裳從來沒認真過過生日，忽然隆重起來，倒有些不習慣。姑姑和崔媽也都緊張起來，提前兩三天就忙著買料子裁新衣，把她裝扮得花團錦簇，姑姑又取出珍藏的法國香水來，向空中噴一噴，令黃裳牽起衣襬轉個圈子，好使香水落得均勻。

新裝是黃裳自己的設計，雪絲般的冰綃罩著襯了鋼絲襯的硬挺的晴空藍俄羅斯綢裙，玫瑰紅手繡兔毛披肩，白麂皮高跟鞋，白狐裘皮大衣，深冬臘月，硬是冷豔如花，寒香入骨。

當初她畫樣子給裁衣店時，把那可憐的循規蹈矩的老裁縫驚得目瞪口呆：「這，這也是穿得的？」但是試衣服時，整個裁縫店的客人都被驚動了，一個勁兒打聽這奇裝異服的女子是誰，當聽說這就是大名鼎鼎的才女編劇黃小姐時，便都恍然大悟，見怪不怪了，反而連聲讚著：「高人高見，就是不同凡響，連穿衣服都獨出心裁。」

獨出心裁，這可真是雙份的獨出心「裁」啊！黃裳對鏡打量著自己這身獨出心裁的傑作，心下十分得意。沒有人知道，她對於可以自由自在地穿衣服的渴望有多強！如今終於出頭了，可以隨意地想，隨意地穿了，望遍整個上海灘，可以這樣無所顧忌地穿著，卻不擔心被視爲傷風敗俗，恐怕也只有她黃裳才做得出了。

家秀一邊幫她整理衣服上的飄帶，一邊笑著：「這會兒是妙玉『琉璃世界白雪紅梅』，等下子還要史湘雲『脂粉香娃割腥啖膻』，就不知道，誰扮那個情聖賈寶玉？」

黃裳答：「我可不喜歡賈寶玉，《紅樓夢》裏我最喜歡的人物，是柳湘蓮。」

家秀不以爲然：「柳湘蓮出爾反爾，有什麼好？反不比賈寶玉長情如一。」

「可是三姐刎劍自盡後，他還不是決絕地做了和尚？也不算薄情了。」

家秀搖頭：「《紅樓夢》的風格蘊藉含蓄，唯有『二尤』一段，故事大起大落，自成一體，倒像傳奇腳本的路子，與整本書的風格大謬不同。以前我同你母親每每談起，總覺得這一段像是後人強塞進去的，偏偏年輕人喜歡大紅大綠的色調，倒對這一段最感興趣。林黛玉教香菱習詩，說她喜歡陸放翁『重簾不捲留香久，古硯微凹聚墨多』是因爲讀的詩少，『不知詩，見了這淺近的便愛』。做人也是一樣的道理。你喜歡那些太過傳奇激烈的故事，卻不懂得欣賞平淡細膩的美，便是做人時間尚淺的緣故。」

正聊著，柯以到了，同過去一樣，帶著花籃果籃，禮物也備了雙份，用彩色緞帶紮著，一份給壽星，一份給壽星的姑姑。因爲水果裏有蜜桃，家秀不由笑：「人家是麻姑獻壽，這可是壽獻麻姑。」

一屋子的人也都笑起來。

柯以趁機邀請家秀一同赴宴。家秀堅辭：「都是年輕人，我混在一起，玩又玩不好，沒的惹人厭。」

柯以帶著笑，故意做出驚訝的口氣來問道：「難道你當自己已經老了嗎？」

家秀答：「肯定是沒有你年輕吧。」

柯以點頭：「那是，我今年才十八歲。」說得大家又都笑了。這個柯以，以前同家秀認真談戀愛時是謹慎的，如今做了朋友，倒反而俏皮起來了。

崔媽忽然拉拉黃裳衣襟，說：「小姐，你這裙子下襬還有一點皺，脫下來我再給你熨一下吧。」說著使了個眼色。

黃裳明白，附和說：「就是的，我怎麼沒看到。」隨著崔媽走進裏屋去，客廳裏就只剩下了柯以和家秀兩個人。

家秀自上次得罪了柯以，雖然借著依凡又合好了，總沒機會再單獨相處，難得見面，也都是三人行，以前是依凡，現在是黃裳。偶爾相對的幾分鐘，就像從誰手裏偷來搶來的，有種做賊般的刺激。這會兒兩人並肩站著，只覺中間隔著許多的往事，流水樣滔滔地湧過來又湧過去，一時間，都覺得很多話要講，可是又不知從何說起。

家秀斜斜地倚著窗，用手指在玻璃上一下一下地劃著冰花，「嘁喳嘁喳」，像一種催促，柯以站在她背後，聞到一陣陣幽細的法國香水味，見她只做家常打扮，淡黃色帶繡花的樽領毛衣，雨過天青的半舊織金棉布長裙，繡花拖鞋，隨意中露出刻意，反而有一種魅豔的誘惑，宛如猜謎，遠兜遠轉，無非是爲了要人更努力地探求那個答案。

這個時候，這種環境，不知爲什麼，就有一種逼人傾心訴肺的氣氛。柯以忍不住說了實話：「其實我一直……只是怕連累了你……有很多事是你不知道的……不知道該怎樣說……」

家秀詫異地看著他。柯以咽了口唾沫，話到嘴邊，到底換成另一句：「一起去吧。」

家秀微微愣了一愣，微覺失望，明知他剛才要說的不是這個，可是也不便尋根問底，只得說：「說了不去了。」

話是拒絕的話，眼神卻是鼓勵的眼神，柯以有了勇氣，改了一種邀請說：「那麼，我明天再來，我們單獨爲她慶祝，只我們三個。」

那本是一句尋常的話，不尋常的是他的語氣，故意壓得很低，讓家秀的心忍不住就是一跳，然後愈跳愈快，愈跳愈快，幾乎就要跳到腔子外來。家秀本能地將手按在胸前，但立刻又想起那是電影裏的角色常做的動作，未免矯情，倒像是對著人撒嬌，於是急忙又放下了，一時只覺得兩隻手生得多餘，放到哪裡都不合適，只好狠命地劃冰花，而一張臉已經火辣辣地燒起來。但是人家並沒說什麼做什麼，她爲什麼要臉紅呢？家秀焦急，越焦急越覺得臉上燥熱，面皮都要漲破了。

她努力地做出一個微笑來，輕快地說：「那好，可是得選最好的館子，點最貴的菜。」

說過了，又覺不得體。怕他認了真，又怕他不認真，正是說什麼錯什麼，怎麼都彆扭。她只希望他立刻遠遠地在她面前消失，又希望這一刻從此永恆，時間凝住，凝成一尊化石，讓他永生永世記得，他們曾經離得這樣近，近得幾乎成了一個人。

然而這時候，她眼睛的餘光瞟到柯以似乎微笑了一下，她想他是笑她稚拙吧，心裏忽然就有些著惱。他說：「那麼……」但是不等他說完，家秀已經一轉身走開，邊走邊說：「這崔媽怎麼搞的，一件衣服這麼久還熨不好？」

崔媽聽見，急急從屋裏趕出來，問：「怎麼？是不是要走了？」黃裳跟在她身後，身上還是剛才的打扮，全然沒有脫換過的痕跡。顯然剛才她們倆的熨衣服只是一個藉口，要讓地方給家秀和柯以談心。只是，自己既然看得出，柯以未必便看不出，叫他看見她的家人這樣熱衷於撮合他們，不知他心裏會做何感想。

家秀更加煩惱，不耐煩地催促：「黃裳，柯先生在這裏等了好久了，你有沒有弄好，弄好就快走吧。」一邊說著，又覺得自己有些欲蓋彌彰。

好在柯以沒有再囉嗦，略應酬幾句就挽著黃裳下樓了。留下家秀一個，站在落地長窗前，看著自己剛才信手劃的冰花兒，這時候才發現那是一隻鴨子，橢圓的身，肥短的腳趾，唯一尖出來的，是那個長長的嘴——她忽然省起柯以剛才的微笑來了——俗話說的：鴨子的嘴最硬！

家秀的臉又熱了起來。

2

黃裳隨柯以來到酒店時，請的朋友已經大半到齊了。多半是電影圈裏的人，導演明星之流，沒見過面也聽過名字，另有幾個知名報社的記者，也都是熟口熟面，有的是共同話題。

真正客人只有一位，柯以介紹說姓蔡，三十來歲，寬額廣頤，態度雖然溫和謙遜，臉上卻有兵氣縱橫。黃裳一見之下，只覺眼熟得很，震盪不已。忽然小時候讀爛的句子兜上心來——「黛玉一見，便吃一大驚，心下想到：好生奇怪，倒像在哪裡見過一般，何等眼熟至此！」

舊戲本裏常說的「驚豔」，就指的是這種場面了吧？只是她驚的卻不是「豔」，而是「親」。黃裳搜腸刮肚地想了半晌，確定並不曾見過這蔡先生，可是心頭那種熟悉的感覺仍然十分強烈，銘心刻骨地，一時間心神恍惚，便沒有聽清那人的名字，只知道是個什麼官員，主管宣傳、教育、娛樂、演出一應文化事務的，正是他們這一行的頂頭上司。難怪柯以今天較往常沉默，講話的時候頗多忌諱似的。

接下來，柯以又一一地向她介紹旁的人，免不了互道些「久仰」「幸會」之類，指到一位叫做白海倫的女演員時，她身上那種獨特的風塵氣令黃裳又是一愣，心道今天怎麼淨看到些似是而非的熟人，可是一時又想不起來。

正怔忡著，黃坤到了，還特地拉了她向之學畫的陳老師來，說是藝術都是一脈相通的，彼此該多親近來往才是。

黃坤自一進包間就開始脫衣服，一層層地脫了金銀絲嵌的紫貂皮氅，白色昭君套，拖著長穗子的明黃披肩，露出裏面的五色團花織錦旗袍來，腰肢處收得窄窄的，開氣從腿根一直叉到腳踝，以流蘇牽連遮掩，銀色玻璃絲襪下的冰肌玉骨若隱若現，比一屋子袒胸裸背的女明星還要吸引人。立刻便有位相熟的反串男星喝了一聲彩：「密斯黃時髦得來，賽過一隻電氣燈。」

柯以也忍不住一笑，心道這姐妹倆都恁地講究穿戴，然而細細品味，風格卻殊爲不同，黃坤的精緻是力追時髦，亦步亦趨；黃裳卻本身就是時髦，睥睨天下，無可效仿，一切只聽憑自我，意態天然。一個是驚鴻照影，一個是明月出山，一個妖嬈如玉，一個冷豔欺霜，一個是花團錦繡皆文章，一個卻是語不驚人死不休。

一行二三十個人，都是名利場中的時髦人物，齊齊擠在一個包廂裏，笑鬧聲只差沒把房頂掀了去。行的是流水席，一道道大菜端上來又撤下去，觥籌交錯配著諑言諧語，大家都喝得有點面紅耳赤起來。便有人提議跳舞，又有人說要唱歌，那個白海倫年齡已經不輕了，可是活潑得很，人群裏數她笑聲最響，主意最多，最先離座跳舞的是她，最先喊累的也是她，又不住地向《桃花絲帕》裏飾醫生的男主角調情，飾楚玉的女演員吃了醋，飾陳老爺的便假作發怒，大聲喝要搬出家法來，幾位姨太太也一齊鼓噪起哄，大家把劇中情節改編了現場即興演出，演一回又笑一回，直笑得直不起腰來。

便有人提出要罰白海倫酒，白海倫依言喝了，卻道：「我認罰，可是單罰我一個人沒道理，因爲禍根在陳老爺身上，也得罰他。」

那飾「陳老爺」的演員道：「罰就罰，我喝酒就是。」

白海倫笑：「罰酒有什麼意思，要罰，就罰你講個葷笑話。」

眾人一齊鼓起掌來。那「陳老爺」也並不推託，便拉開架勢講起來：「有這樣一對哥哥和弟弟，哥哥是虔誠的基督徒，弟弟卻是個無惡不作的壞蛋。他們死後，上帝賞罰分明，於是哥哥升了天堂，弟弟落了地獄……」

白海倫口快地打斷：「打回去，這裏很沒有人聽你傳道。」

「陳老爺」道：「我才不是傳道，你聽下去就知道了……哥哥到了天堂，發現那裏的生活並不好玩，要念聖經，做祈禱，唱聖歌，天天就是這些。哥哥覺得寂寞，有一天他提出很想見弟弟一面，上帝便在雲端上開了一個洞，讓他同他弟弟通話。他從天上依稀地看到，弟弟的身後，又是美酒又是美女，日子可比天堂多姿多彩，便很驚訝地說：『呀，那裏如此美好，你爲什麼還愁眉苦臉呢？』」

說到這裏，「陳老爺」看著周圍，故意賣個關子：「你們猜，那弟弟是怎麼說的？」

白海倫道：「會不會是上帝搞錯了，把天堂和地獄弄顛倒了？」

「楚玉」搖頭不信：「那怎麼可能？上帝要是錯了，還有什麼是對？」又推著「陳老爺」，「你說，你說嘛，到底是怎麼回事？」

「三姨太」、「八姨太」也一齊催促著：「老爺，你就別裝葫蘆了，那弟弟到底說些什麼嘛？」

「陳老爺」欲語先笑，又努力忍住了，做出苦惱樣子來，一本正經地說：「那弟弟就說呀，『哥呀，你哪裡知道，在這地獄裏，所有的美酒瓶底都有一個洞，可是所有美女底下卻是沒有洞的呀』。」

白海倫剛討了一杯茶來醒酒，聞言「撲哧」一下整個噴了出來，尖叫道：「你作死！謅斷了腸子的，這麼噁心的話也說得出來。」

幾個男演員卻一齊拍手大笑道：「酒瓶子有洞，美女倒沒洞，看得用不得，這可真正是地獄了！」

其餘的人也都笑起來。

黃坤新奇地看著，以往她只道自己夠瘋夠前衛，現在才知道比起這些個導演明星來，自己的那些玩鬧簡直是小巫見大巫，他們才是真開放真會玩，她等不及地要參與，可是又放不下女學生的架子，一時間患得患失進退兩難。她脫下的衣服搭在身後的屏風上，像蛇蛻下的一層皮。而她的眼睛，也像是蛇的信子，閃爍迷離，游移不定。

顏色太多了，聲音也太多，漸漸都變得不清晰，一雙眼睛望出去只覺得恍惚，雪白的桌布，血紅的酒，製片人和拍片人彼此說著景仰的話，白小姐用羽毛扇子遮著嘴被誰胳肢過似地笑著，身子做花枝亂顫，一忽兒顫向左，一忽兒顫向右，做出副欲迎還拒的含羞狀，其實恨不得在座某位猛一下把她抱在懷中狠狠地親——她需要的就是這種原始的情，原始的欲。

黃坤悚然而驚，自己為什麼這樣瞭解白小姐的心思，為什麼這麼快意地猜測著白小姐的心思。是否，在自己的內心深處，也渴望著這樣一份赤裸裸活潑潑的情，一份熱辣辣痛生生的欲？也渴望著有一個男人，將自己緊緊抱在懷中，狠狠地揉搓，狠狠地親？

就在這時，坐在她身側的畫家先生陳言化忽然俯過來低聲說：「同她們相比，你是多麼地靜啊。」

黃坤一愣，倒沒想到自己的吃癟竟會收來這樣的效果，索性繼續保持沉默，只微笑著聽聽這位書呆子老師還會說些什麼新鮮的理論出來。

陳言化只看到她身體上的風平浪靜，卻不覺察她心底裏的暗湧如潮，繼續感慨地讚美：「年輕人總是浮躁的，可是你不同，你有著最年輕的天真，卻又時時流露出滄桑，你有她們演不出來的沉靜優雅，你的靜浮現在他們的動之上，正如鶴立雞群，是所有色彩中最清新明麗的一筆。」

黃坤覺得好笑，正要回應幾句，忽然聽到人們轟天價地叫起好來，原來是那個白海倫又提出新的遊戲規則來，出主意說要每個人在一副撲克牌裏抽一張牌，誰同誰的牌面大小一樣，誰就要同誰親吻。

陳言化大開眼界，喃喃著：「這成何體統！這成何體統！」話未說完，白海倫已經強行把撲克盒塞到他面前來，陳言化欲要推辭，又怕掃了眾人的興，只得接過來，卻一失手把整副牌落在地上，趕緊手忙腳亂地俯身去撿，卻已經趁勢藏了兩張牌在手上。就在每個人輪抽一張握在手裏，等待最後揭曉的時候，言化趁人不備，將預藏的一張牌悄悄遞給黃坤。黃坤一愣，忙接了過來，心中大感驚奇。

一輪抽過了開始檢查牌面，相同的有四對：陳言化同黃坤自不消說，白海倫同柯以恰好是一對，再有兩個男演員撞了車，最奇的卻是黃裳，竟抽到了那位蔡先生。

眾人哄然大笑：「抓到了壽星了！」鼓噪起來，敲盆打碗地喊著：「KISS！KISS！」逼著一對對有緣人實行親吻。

柯以原是古板的人，可是既做了電影這行，便見怪不怪地，任那白海倫強拉著他率先表演了，兩個男演員也嘻嘻哈哈香了一下面孔，陳言化雖然靦腆，但說聲得罪，也站了起來，鄭重地抱過黃坤頭吻了面頰一下，輪到黃裳，卻是抵死不從，捂了臉說什麼也不抬頭。

然而她越是不肯，眾人就越是起勁，都站過來圍成了一個圈兒，將蔡先生和黃裳圍在中間，一迭聲地喊著「KISS」，一聲高過一聲，宛如打雷，直要把人的頭也震昏了，一個女演員笑著尖叫：「平日裏叫我們怎麼怎麼做戲，怎麼放開一些，輪到自己就銀樣蠟槍頭了，不做興的！」

另一個男演員接口道：「不答應，就把她綁起來！」

又是炸雷樣的一陣叫好聲，果真便有兩個男演員上前來，一邊一個，不由分說便拉了黃裳兩臂按到桌面上來，又催促著蔡先生上前吻她。

黃裳又羞又急，又不便發作，綳得眼淚也要出來了，只得拚命忍著，滿嘴裏央告。眾人哪肯理她，早推著蔡先生上來，轟雷般連聲催促著，「KISS！KISS！KISS！」每一聲都好比一記重錘，砸得黃裳頭昏腦脹，心裏想著，完了完了，自己的初吻居然就這樣完了。

想著，蔡先生卻已經越眾而上，黃裳只見到一張臉正對著自己俯下來，未來得及叫，蔡先生已拾起她一縷頭髮隔在兩人中間輕輕一吻，復站直身來，笑著說：「好了！」

按著黃裳胳膊的兩個年輕人哈哈一笑，鬆開手向兩旁跳開來。新一輪遊戲開始了，眾人的注意力轉移開去，又想新的促狹法子捉弄人。可是黃裳已經再聽不見，她整個人彷彿被雷擊中，施了定身術一般，呆呆地坐著，腦子裏轟轟亂響，所有的人都遠了，所有的聲音都依稀，她的眼前只是不斷重複著剛才的一幕，彷彿嗶剝綻放的煙花，匯成色彩的河流，如此逼近，如此鮮明，又如此幻滅。

他吻了她！他沒有吻她！

他放了她！他成全了她！

可是現在她卻有一點惋惜，倒有些希望剛才他沒有作偽。

剛才柯以好像是說他姓蔡，可是叫什麼呢？黃裳痛恨自己沒有聽清。他這樣地英俊，不做演員真是可惜了，可是他那樣的一個人，又怎麼可能做演員？他有比一般男人都高大的身材，雖然穿著大衣，仍能讓人感覺得出他的肌肉極結實，不知道爲什麼，許是因爲那熱力，他單只是靜靜地坐在那裏，熱力也是遮不住地散發出來，讓旁邊的人感到。可是同時，他的周身又有一種荒涼的氣質，有種說不出的寂寞無奈，即使處身於最熱鬧的人群，也彷佛置身沙漠，幾萬里不見人煙，三十功名塵與土，換來的卻是八千里路雲和月，驀回首，四大皆空，一無所有。

黃裳莫名地覺得悲愴，覺得傷感，喉嚨裏有點哽，可是流不出淚。視線模糊了，所有的得失進退都模糊，漸漸清晰起來的，卻只有他這個人，她這顆心。她知道，她的總是在失落著的心裏，終於走進了一些東西，擁擠的，充溢的，讓她收拾不下，也割捨不得。

3

當酒闌歌散，已經是午夜兩點鐘，柯以提出來用公司的汽車一一送女士們回家，可是黃裳和黃坤都異口同聲地拒絕著，聲稱可以自己叫家裏的汽車來接，但是這之前不妨先走一走，散一回步。反正南京路即使在午夜兩點也是燈光璀璨的，不怕會發生意外。

天很冷，冷得發藍，大半個月亮將圓未圓，卻光亮得很，也是藍熒熒的，照著夜空下的一對姐妹花。

空氣中有一種凜冽的雪意，然而年輕的心照例是不怕冷的，她們一路行來，腳步輕快閒散，黃坤甚至還哼著歌：「夜上海，夜上海，你是個不夜城，華燈起，車聲響，歌舞昇平……」呵出的氣在嘴邊結成白色的霜，很快地融入空氣中，使那空氣也顯得輕盈爽脆。

她是真的快樂，很快樂，而路上見到的一切街影都使這快樂又增添幾分，那許多的燈，許多的玻璃櫥窗，許多的燈和玻璃的佈景，比電影裏還要不真實，還令人喜悅滿足。她在一家婚紗影樓的櫥窗前停下來，手扶著玻璃往裏面探望著，幾乎要把身子擠到玻璃裏去。

「喏，那一件，」她對黃裳指點著，「那件戴花球有長披風的婚紗最好看，等我結婚的時候，就要穿上這樣的婚紗，照許多照片，挑最好的登在報紙上。」

黃裳笑著羞她：「剛來這幾天就想到結婚了，連婚紗都訂下了。同誰？同陳老師？」

黃坤也笑著，忍不住把陳言化剛才的小把戲告訴了黃裳，繪聲繪色地說到陳言化那紳士派的一吻時，她眉毛眼睛都一起笑出來。

「哎，你不知道，」她做出很神秘的樣子來說，就好像黃裳剛才不在場似的，「你不知道那情形有多熱鬧，那麼多人看著，我可真是緊張，緊張死了，連心都要從腔子裏跳出來，幾乎怕被他聽見。雖然是玩鬧，可是當著那麼多的人……哎呀，那可真是，真是天地做證的一種感覺……」說著將手袋輕輕一揚，在空中劃一個弧線，卻又彎下腰「咯咯」地笑起來。她著實得意，剛來上海就有這樣的成績，俘獲了著名的大師陳言化，這可真是一種殊榮。

而黃裳心裏，卻也是一樣地激動著。黃坤的話也說出了她心裏的感受，卻又是完全不同的。她也緊張，她也窘迫，她也驚喜，可是不一樣。

黃坤說，「真不知道如果真是遵照遊戲規則的話，我會同誰是一對兒，陳老師這個人，平時看著很正經的，原來這樣不老實，硬是偷了一個吻。」

是的，他原是不該得到那個吻的，可是他用作弊取得了機會；而蔡先生本來名正言順得到了那個吻的，卻用作弊的手段放棄了。

同樣是作弊，陳言化的「索吻」代表了一種情義，蔡先生的「卻吻」呢，又代表了什麼？也是有情吧，不然不會幫她；可若真是有情，又怎麼肯放棄這樣一個機會，太過坦蕩了，反見無情；可若無情，似又不該這樣悉心體味，傾力回護……

東邊日出西邊雨，道是無情還有情，黃裳真要把自己也繞糊塗了，而南京路已經到了盡頭。黃家風的中國司機和黃家秀的白俄司機齊齊地站在路口吸著煙，因為兩家東主是兄妹，他們自然也見過面，可是語言不通無法交流，只有對著抽煙。煙，可真是中外男人放之四海而皆準的最佳交際方式。

黃裳同黃坤互道了晚安，黃坤臨上車前，忽又俏皮地探過頭來在黃裳面上香了一下，「哈哈」笑著揚一揚手，上了車絕塵而去。留下黃裳，坐在汽車裏，一顆心就此又激蕩不已起來。黃坤的吻，就好像方才宴會的一個續曲，或者說是尾聲，是對剛才錯過了的那一吻的形式上的補償。溫暖的唇貼著冰冷的頰，有著薄荷般的清涼，吻，是這樣的麼？

霓虹燈閃閃地跟月亮爭著輝，將天空映成半透明的玫瑰紫，然而月光卻只是靜，無聲息地流瀉下來，卻壓得過一切的喧鬧。黃裳將臉貼在車窗玻璃上，心事也像紛繁閃爍的霓虹燈，但那一點相思，卻是靜靜的月光，彷彿早已在那裏的了，月亮一旦升起，所有的光就都看不到了。偌大的世界，就只有月光。

月光覆蓋了一切。

4

當黃裳在酒店裏為著她初生的情感困惑激蕩不安的時候，「水無憂居」裏，黃家秀也是坐臥不寧。

家秀喜歡在睡前沖一杯咖啡，別人是喝了咖啡會失眠，她卻是不喝咖啡就睡不著。但是今夜這「催眠劑」失靈了，她慢慢地呷著咖啡，心裏反覆想著明天的約會。

是約會吧？雖然有三個人，但是她明白柯以這麼做是為了自己，自己要不要配合一下他的步伐呢？上次很有些對不住他，這種事可一不可再，這次的機會再抓不住，他們就真的完了。

這時候她聽到公寓電梯「空咚空咚」一節節升上來，在靜夜裏有種步步緊逼的感覺，是黃裳回來了嗎？電影圈的人瘋起來就沒有時間觀念，今天又是她唱主角，按理沒有這麼早回來。黃裳的性格本來是偏於靜的一面的，可是因為做了編劇，成天同一班時髦人物打交道，也變得活潑起來了。這倒讓她放心，年輕的人，本來就該多笑一些，多走動才是。

這樣想著的時候，那電梯已經在自己這一層停下了。家秀詫異，自己竟猜錯了不成，真是黃裳回來了？接著聽到崔媽大驚小怪的歡呼聲：「天哪，是奶奶，二奶奶回來了，二奶奶回來了！」

家秀先是一愣，這屋裏統共住著一老一小兩位小姐，連先生都沒有，哪裡來的奶奶？但立刻就反應過來，是依凡。

依凡?!家秀一躍而起，顧不得頭髮在帳子上勾了一下，撕扯開繼續往外奔，奔到客廳的時候，依凡也已經進來了，兩個人一言不發，就擁抱在了一起。眼淚就像早已預備好了等在那裏一樣，一觸即發，直到彼此的肩頭一齊打濕了，這才依依地分開。

崔媽幫依凡脫了黑大衣，裏面是一套黑色的西裝，露出暗紫條紋的淺灰駝絨背心，白色的襯衣領子，腳上是一雙黑皮鞋。

家秀微微意外，依凡在穿著上一向講究，而且是傾向豔麗一派、便在雪地裏也要開出花來的人，如何肯素妝至此？

看到家秀質疑的目光，依凡不等問，已經自動提供答案：「他死了。」

「誰？」家秀問，但話一出口，已經猜到是依凡的新男朋友——英國攝影師愛德遜。

果然。

「愛德遜去了新加坡做隨軍記者，被炮彈打中，屍首都找不回來。」依凡的眼淚復又流出來，神情肅穆，滿月般的臉上流動著窗外月光的清冷憂戚。

崔媽斟出茶來，依凡兩手抱著，身子縮成一團，好像冷得很，要自茶杯中取得安慰。

家秀將自己的手覆在依凡的手上，覺得不夠，又伸出手臂去攬她的肩，然而依凡只是哭泣著，思想沉浸在她自己的世界裏。傷心人的眼睛望去，便是壁爐裏的火苗也是冷的。她專注地盯著那火苗，一直看到火的深處去，看到新加坡的戰火裏去，那麼多的愛恨糾纏都在火裏化煙化灰了，屍首也沒有找到，一點痕跡不留。

「他是個攝影記者，可是他甚至沒有留下一半張他的照片……所有的東西都在那炸毀的軍營裏……我本來說要同他一起去的，可他無論如何不答應，只說一個月後就回來。可是……」

她說不下去。他沒有回來，連同他給予她的情愛與快樂都回不來了，就像她以前最喜歡的那幅畫——《永遠不再》！她待要在她的心裏爲他築起一座碑，可是他連墓誌銘也不曾留給她，他那麼突然那麼乾淨地退出了她的生命，就好像從來也沒有進入過。可是她的心卻空了，死寂的一片，成了偌大的墳場。

家秀也沉默了。戰爭，無處不在的戰爭，像閃電樣劃破了多少人的春夢，可是她卻還是裹在重緞圍錦之中，過著個人的生活，即使是一九三七年投在南京路上的炸彈吧，雖然響聲震動了整個上海，可是離租界遠著呢，她照舊喝咖啡彈鋼琴，琴聲隔絕了一切，仍然可以對一切假裝不知道。然而現在，一個活生生的戰爭的標本擺在了她的面前，讓她這個遺世獨立的人也終於嗅到了硝煙的氣息。

整個世界都在打仗，每一分鐘都有人死去，都有一個家庭、一個城市、甚至是一個朝代覆滅，在動盪的時局面前，個人的情愛顯得多麼渺茫而不可靠，正山盟海誓相許白頭著，忽然「轟隆」一聲，所有的誓言就都成了空話，海枯石爛倒成了現實。

一切都不確定，一切都沒把握，家秀心中充滿了幻滅感，剛剛重生的愛情憧憬，也在這不確定的惶惶之憂中煙消雲散了。

十 亂世佳人

1

黃裳曾經看過一本美國小說叫做《飄》，後來改編成電影，中國人譯作《亂世佳人》，她覺得兩個名字都好，都說的是她母親。

趙依凡就是一個到處飄著、永遠飄著的亂世佳人，因爲美麗，而不安定。

可是這一年，她的愛飄落在新加坡戰火中，她自己，倒反而安定了，飄不起來了。像一隻風箏，被扯斷了線收藏起來，卻從此失去了靈動鮮活。

她迅速地衰老下去，那明朗朗的晴空皓月的臉，如今佈滿了雲絲般的皺紋，而且永遠帶著風雨將至的憂戚，使天色顯得晦暗。

她不再熱衷於打扮，難得換一套衣裳，有時做事做到一半會忽然停下來發愣，說過的話轉身就忘，過分地沉靜，過分地寬容，逆來順受。

有一個下午，家秀去電臺上班，黃裳拉崔媽出去買點東西，回來的時候，正看到英國女僕在指責依凡不該打翻了調料瓶，依凡好脾氣地微笑地聽著，臉上帶著一種思索的神情，那英婦輕蔑地罵：「stupid swine！」（蠢豬）。

黃裳大怒，跨步上前，揚手便打了那英婦一記耳光。那女人捂住臉大哭起來，撲上來要同黃裳拚命，被崔媽死活拉扯住了，黃裳猶自渾身發抖，臉上滔滔地流下淚來，一半因爲憤怒，一半因爲激動——這是她第一次動手打人。她心痛地看著母親，不明白一朵盛開的玫瑰怎麼可以忽然就變成了乾花標本。

晚上家秀回來，那英僕婦拉著女兒哭哭啼啼地向她訴苦，家秀一言不發，逕自取出錢來多給兩個月薪水打發了她，事後一句也沒有提起。

那以後，依凡開始酗酒。

醉的時候，她會很多話，愛笑，愛唱歌，恢復幾分往日的豔光，就像俗稱「玫瑰燒」的那種酒，死去的花浸在酒中的時候，所有的花瓣會重新活一次，開放得格外鮮豔。

然而那畢竟是短暫的，第二天酒醒的時候，你會發現她比前一日更加蒼老——以看得見的速度蒼老下去，好像同時間賽著跑似的。

她很喜歡外出，可是走著走著就忘了自己在什麼地方，要打電話回來讓司機去接。但也有的時候，她會連家裏的電話號碼也忘記，那就只有家秀和黃裳滿世界地去找。

一次黃裳在附近小公園找到她，她正穿著單薄的衣裳坐在冷杉下吹口琴，一段很奇怪的曲子，聽不出是喜歡還是悲傷，看到黃裳，遲鈍地抬起頭，恍惚地微笑：「他教我的。我總也學不會，只會這一段。」

她把自己譯的歌詞背誦給黃裳聽：

「你是七層寶塔，我是塔簷的風鈴；
你是無邊白雪，我是雪上的鴻爪；
你是奔騰的海浪，我是岸邊的礁石，為你守候終生……」

黃裳心裏悲哀到極點，幾乎站立不住，可是同時她也感到一種深深的震撼。

關於戰爭，她照舊是不甚了了，她只是一星半爪地知道，母親的戀人，是一個勇敢熱情的英國籍男子，他痛恨戰爭，卻偏偏像飛蛾撲火那樣，哪裡戰火紛飛，哪裡便是他的方向。他立誓要用自己的攝影來記錄歷史，結果卻記下了死亡。甚至沒來得及給愛人留下一句話。

趙依凡的世界，那麼突然地就被炮彈炸碎了，沒有一聲招呼，轟隆一聲，便整個坍塌下來。

她曾為一場錯誤的婚姻浪費了大半個青春，難得在青春將逝的尾聲遇到了真愛，可是她沒來得及好好品嘗愛的滋味，便已失去了愛；她也沒來得及多看幾眼他英俊的臉，便永遠地失去了他。

新加坡於她而言，從此成為死亡的代名詞，那個遙遠而陌生的國度，在她心中是一座巨大的荒墳。

她的心裏，也立起了一座墳，荒涼而沉寂，永祭她的真愛。

她的生命中，從此只剩下無盡的冷。

冷如死亡。

暮色四合，像一襲薄而透的絲袍籠罩了這對傷心的母女。在那個深冬的黃昏，黃裳站在冷杉下，第一次，深深體味到死亡與愛情的距離。

愛情因死亡而結束，卻也因死亡而永恆。

是死亡給了愛情更為深沉更為悲壯的美。

於是，死亡，等於愛情。

2

依凡回來的第二個月，黃帝由黃坤陪著來家秀處看望了一次。

家秀和黃裳那日恰好都在家，陪著依凡彈鋼琴唱歌消遣。依凡這陣子記憶力越來越壞，可是彈琴的技藝倒是不減，那曲子就像長在手指頭上似的，會自個兒打琴鍵上流出來。

黃帝進門的時候，聽到母親和姑姑的歌聲，不禁一陣恍惚，彷彿又回到小時候，母親出國第一次回來，一家人第一次在上海團聚。母親從國外帶來好多新奇的玩意兒，上發條的小汽車，大堆包裝美麗的糖果，還有就是這些好聽的外國歌曲了。

家裏常常請客，好多漂亮的太太小姐坐在客廳裏搖著扇子聊天。他們家並不乏交際聚會，但少有這樣高貴的女客，而且更少可以允許他們姐弟在旁的場合。那時每到聚會的高潮，媽媽和姑姑就會合唱一兩首外國歌曲，他和姐姐快樂極了，把手掌拍得通紅，笑得倒在地毯上滾來滾去。

那真是他記憶中最快樂的歲月，都還好像是昨天的事情，可是轉眼間母親走了，父親死了，當年的家沒了，就只有這些個曲子還在，一個音符都沒有改，甚至聲音拔到最高處，姑姑那個慣常的把雙手抱在胸前的動作都沒有改。

這樣想著，黃帝的眼圈兒就不由得紅了，眼睛一眨一眨要哭的樣子。

依凡這時候才看到黃帝，「啊呀」一聲站起來，卻並不走近，只是對他愣愣地望著。多年不見，當年的洋娃娃已經完全長成大人，高高瘦瘦，風吹倒的樣子，因爲已經過繼給大房，見到生母，態度遠不如當年真誠懇切，只是局促地籠著手，喊了聲「二嬸」。

依凡一愣，半晌沒有回過神來，待想明白了，倒也並無感慨，點點頭說：「你長大了，很好。」再沒有別的話，可是眼神凝注，死死盯著兒子，轉錯不開。

倒是家秀聽了感慨，心想黃帝這個稱呼可謂不通之極，就算他已經過繼給大哥，不能再叫自己的媽做媽了，可是依凡早已同二哥離婚，這二嬸從何談起？這樣想著，反慶幸依凡現在變成這樣子，不比以前多愁善感，否則還不知該有多麼傷心呢。

黃帝一聲「二嬸」出口，馬上也想到了，不禁自己憐惜起自己來，想自己這輩子真是可憐，兒子不成兒子，侄子不成侄子，連叫一聲「媽」的權利都沒有，眼淚水就止不住地流下來。又不許人勸，看到家秀或是黃裳要走近他，先就忙忙掩了臉，哆哆嗦嗦地說：「我沒事，我這心裏……你們不要管我，讓我去……」

黃坤在家裏見慣了他這樣子，很不耐煩，早一手拉了黃裳鑽到她房裏嘰嘰咕咕說新聞去，又舊事重提，要黃裳提醒柯以，聽說日本憲兵隊正在搜集他的情報，懷疑他通共呢。

黃裳吃了一驚，惱怒道：「日本人真是天下最多事又小心眼的一群人，成天惦記著害人，又疑心著人家要害他，難怪個子都長不高。北京話說的，都讓心眼給壓的。」

黃坤笑起來：「你這話在我這裏說說罷了，可別在外面亂說。別說外面，就是家裏也不行，我家裏就是天天一幫子特務進進出出，你別看我爸現在威風，保不定哪天就被哪幫人賣了。」

黃裳皺眉問：「大伯現在在替日本人做事？」

「誰知道他到底替誰做事？誰給錢就給誰做唄。」提到自己的父親，黃坤語氣中並沒有多少敬重，倒是想起父親委託的一件心腹事來，「對了，說起這個，我爸還要我托你幫忙呢……你認識一個叫白海倫的女演員吧？」

「談不上認識，見過面吧，上次我生日宴上你也見過的。」

「就是她。不知怎麼的她同我爸認識了，還要認我爸做乾爹，其實也沒別的意思，就是想演電影爭取角色，你下次有本子，考慮她一下行不行？」

說起拜乾爹，倒讓黃裳忽然想起來了，怪不得覺得眼熟呢，那白海倫的確是見過的，就是父親黃家麒當年捧過的花魁白小姐，喜歡做女學生打扮，認了家麒做乾爹，其實大家心裏都明白是怎麼回事兒。

如今她到底演上電影了，可是轉來轉去，還是跟了黃家的人。黃老大不但接收了黃老二的家產、兒子，竟連老二的女人也接手了。雖然白海倫比當年老了許多，但是沒關係，黃大爺比黃二爺可也老著許多，算是扯平。

黃裳很有幾分訝異，隔了這麼多年，這女子仍能潑辣地活躍於名利場中，且仍能找得到自己的位置，倒也不容易。一時感慨，便沒聽清黃坤說話，只注意到最後一句：「……『無人曲唱低』，什麼東西？」因覺得耳熟，不禁問：「這一句什麼典故？」

黃坤倒是臉上一紅，欲言又止。

黃裳便猜到了，笑：「肯定不是什麼好書。」

黃坤也笑起來：「正是天下第一淫書。」

黃裳反而一愣：「《金瓶梅》？」

黃坤點頭：「寫蕙蓮的。」難得有才女黃裳也不清楚的典故，不禁得意，拖長了聲音吟道，「斜倚門兒立，人來側目隨；托腮並咬指，無故整衣裳；坐立頻搖腿，無人曲唱低……」

不待背完，黃裳已經「哧」一聲笑出來，真真句句都是白海倫在那晚生日宴上的形容，只是太刻薄了些。

當她們笑著的時候，煩惱暫時間好像都拋得遠了，可是笑聲一停下來，新的煩惱便又重新浮現出來，好比野火燒不盡，春風吹又生。

黃裳嘆息：「咱們這種家裏，越是沒道理的事兒，越看著平常……你說那白海倫，安排個角色倒好辦，只是日後大伯母問起來，可怎麼交代？」

黃坤不在意地：「我媽才不管呢，又不是認真的。不過兩三天也就撂開手了。」

黃裳倒不禁有些悵悵的，心想這白海倫桃花一般的人品，柳絮一般的運數，一會兒黏向東，一會兒黏向西，卻總是黏不住，微風一起，便又飄在空中了，也許，這便是戲子的命。想到她，便想起舊日家中那些鑼鼓喧天，觥籌交錯，又免不了想到母親今天的情形，由不得嘆了口氣。

姐弟倆一個裏屋一個外屋，各說各話，可是不約而同，懷舊的心思卻是一樣的。也許，這便是血緣了。

3

因為依凡的歸來，平靜的「水無憂」變得越來越不平靜了，漸漸佈滿了愁雲慘霧。

依凡使得每個人都有些神經緊張，因為太注意要溫和地對待她，就免不了把悶氣轉嫁給別的人。

先是黃裳忽然成了工作狂，沒日沒夜地趕劇本，並且向電影公司提出預付片酬，因為不擅交際，往往對方沒說什麼，她卻已經先面紅耳赤，難免心情不快；

接著崔媽因為太注意要維護她的「二奶奶」，成天同其餘幾個洋僕口角，又苦於語言不通，每次雞同鴨講之際必輔以手勢，看起來就好像家裏忽然添了一群啞巴，弄得家不成家；

到最後，連一向斯文淡定的家秀也變得暴躁起來，家裏添了一口人，經濟上忽然吃緊，雖然黃裳的片酬很高，可是給依凡看醫生的費用更高，而且黃裳的生活能力向來就差，全然不懂得理財，依凡更不消說，有時會拿一整疊鈔票出去，只買得一小塊點心回來。家秀成了當然的一家之主，精神上頗覺吃力，只有令崔媽看住依凡，不放她單獨出去。可是她同時接了幾份兼職，不在家的時候居多，而崔媽對「二奶奶」始終有一種積習難改的敬畏，依凡平靜地命令她做事時，她會像中蠱一樣地照做，完全不由自主。家秀礙著她是把黃裳從小帶到大的老人，不方便發脾氣，可是心裏卻是煩惱得很。

一日家秀從電臺下班已經很晚，因爲念了一下午政治要聞，心裏很不得勁，一到家，崔媽又趕上來彙報說小姐出去應酬沒回來，二奶奶也出去一下午了，連個電話也沒有打回。

家秀只覺腦子「嗡」地一下，想也不想，隨腳踢翻了崔媽泡在地上留著梳頭用的一盆刨花水，指著罵道：「請你回來是吃飯看戲的？二奶奶二奶奶，說過幾次了，叫依凡小姐，這裏誰是你二奶奶？我看你才真是個奶奶，看個人都看不住，還能做什麼？只差沒把你設個牌位供起來！」

崔媽哭起來，扯起衣襟擦著眼角辯白：「難道我願意二奶奶走失不成？她那麼大一個人，有胳膊有腿，她要出去，我怎麼看得住？她是奶奶，我是下人，難不成用鏈子鎖著她嗎？我也知道三小姐同二奶奶好，關心二奶奶，也難怪你發脾氣，可是如果你發發脾氣就能把二奶奶找回來，我情願挨你罵，只是光罵有什麼用，我告訴三小姐，原是指望你想辦法找人去的呀。」

這幾句話卻正撞在家秀心口上，又急又愧，不禁滴下淚來。刨花水濕搭搭地浸過來，沿著地毯小心翼翼地探前一點，再前一點，地毯上濕了水的地方便格外顏色深了些，也像在賭氣。

家秀擦一把淚，鞋子也不換，轉身便要出去找人。忽然聽得電梯「空通」一響，在自己這一層停下了，拉開門，卻是依凡回來了。

家秀如獲至寶，忙換了笑容迎上去，因見她頭髮上頂著一層霜，溫言問：「怎麼外面下雪了嗎？我回來的時候倒沒覺得。」一邊用手去拂，卻拂不去，這才發現那是白髮。不由心裏一驚，一股冷從骨子裏一直滲出來。

依凡卻笑嘻嘻地說：「你看我把誰給請來了？」

家秀這才看到後面還跟著柯以，難怪依凡自己找得回家。她這時一手扶著依凡，一手扶著門，頭髮散亂，鞋子濕漉漉的，臉上滿是淚痕，十分狼狽，忽然間見了柯以，又是尷尬，又是難堪，不由地一時呆住了不知道回話。

柯以從來沒見過家秀這般情形，不禁也愣了。在歐洲初識依凡和家秀時，兩人一個明快秀麗，一個大方爽朗，如果說依凡是花，家秀便是映花的水，含香的風，雖然不至於讓人在人群中一眼將她認出來，卻會在認得之後記憶良久。而今日這水因風吹皺，花容也失了色，不禁讓人陡生滄海桑田之嘆。這段日子，他幾次約家秀見面，都被她以照顧依凡的理由推拒了，今天他知道，那不是藉口，是最冷酷的事實。在這種時候，任是誰，也無心再風花雪月，他同家秀，一次又一次，相遇的總不是時候。

無聲無息之間，黃昏毫不留情地在他們中間砸了下來。終於是家秀淒然地說了一句：「謝謝你。」一聽在耳中，卻只像：「對不起。」

至此，柯以清楚地知道，家秀同自己，是真的完了，她原本就抱定獨身主義的，依凡的悲劇，更把她最後的一個鴛夢也打碎了。

他們兩個人隔著依凡默默相望著，卻只覺得中間隔著兵荒馬亂，隔著地久天長，兩個人近在咫尺，又遠在天邊，卻是再也走不到一處的了。

4

依凡老了，而黃裳卻忽然地美麗了起來。

就像依凡的歸來是爲了趕著將畢生的美麗與魅力一股腦兒傳給女兒似的，隨著她一天天地老下去，黃裳一天天地豐滿起來，鮮潤起來，晶瑩起來，那簡直不是在成人，而是在打磨鑽石。

本就在女子一生中最嬌豔的年齡，又叨盛名之照，更是豔光四射。她的美麗傳遍了整個上海灘。

通常一個「才女」只要長得不是很難看，人們就會很寬容地同時授予她「美女」的稱號，更何況，黃裳是不折不扣地醜小鴨變天鵝，美得如此炫目，毋庸置疑呢。

而且，她雖然豔美端莊其實不如依凡，但勝在會打扮，所有衣裳首飾一概自己設計，務求炫人耳目，與眾不同。本有七分人才，加之五分妝扮，倒有了十二分的標緻。

與此同時，她的第二部電影《烈火鴛鴦》出爐了，關於戰爭與愛情。這靈感得自她的母親。透過母親，黃裳間接地接觸到了戰爭與死亡，愛情與幻滅。

影片自始至終，佈滿死亡的陰影，戀人在生離死別的間隙裏同死神賽跑，在槍彈和炮火裏搶奪一分一秒的時間相愛，他們的愛具有著與上帝同等的高貴，至尊無上，男女主角一改當前奶油才子、紅粉佳人的格式，表現出前所未有的滄桑感，臺詞淒美到矯柔的程度，每一個字，都是淚。

可是觀眾喜歡，她們看了一遍還要看第二遍，除了拿上拭淚的手帕，還要拿上記錄臺詞的紙筆，然後把那些淒美的台辭當成情詩來背誦。

關於那段母親翻譯的歌詞，黃裳原樣照搬到銀幕上，成了年輕的影迷朗朗上口、耳熟能詳的經典對白：

「你是七層寶塔，我是塔簷的風鈴；

你是無邊白雪，我是雪上的鴻爪；

你是奔騰的海浪，我是岸邊的礁石，為你守候終生。」

片子的影響空前絕後，以至於後來同樣是有關戰爭與愛情題材的外國名片《魂斷藍橋》和《戰地鐘聲》在國內走紅的時候，上海市民卻不以為然，認為遠遠不如黃裳的《烈火鴛鴦》。

同《桃紅絲帕》的後期製作一樣，柯以再次提出應該在女主角的臺詞中增加思想性，不要一味追求淒婉，而應該多一點號召力，但是劇組的人擔心涉嫌宣傳抗戰，會給當局找麻煩。柯以堅持己見，又專門去找了有關部門長官，最終片子還是如期上映了。

首映式那天，黃裳收到一隻插滿了天堂鳥和風鈴草的大花籃，附著一張暗花格子的精美卡片，上面寫著：

「我不指望你能聽到風鈴的聲音，

也不敢奢求在雪上留下鴻影，

我只想做一陣風，

吹動那風鈴，吹拂那雪花，吹皺那海浪，
也許只是一回眸，也許可共一盞茶，
但是夠了。我只希望這個。」

署名是「蔡卓文」。

黃裳並不記得誰叫「蔡卓文」，但是她欣賞這段話和這種婉約的約會方式，於是問劇務芳姐：「那送花的人呢？」

芳姐似乎對這蔡卓文頗熟悉，立刻答：「蔡先生本人沒上來，送花的是他的司機，還等在外面呢。」說著打開簾子，那司機遠遠地站著，看到黃裳，立刻鞠了一個躬。

黃裳一愣：「是日本人？」

「不是，不過好像同日本人有來往的，還是個挺大的官兒，咱們這一行的頂頭主管，得罪不起呢。聽說這回片子最後能通過審批，就是這位蔡先生出的力呢。」

黃裳忽然省起這個「蔡先生」是誰了，臉上沒來由地一紅，躊躇半晌，所謂病急亂投醫，竟向著芳姐沉吟起來：「你說我該不該理他呢？」

芳姐見黃大編劇居然徵詢她的意見，受寵若驚，急忙盡心盡力地提供資料：「要去的，這種人開罪不起，連柯導還要求著他呢；可是和他們太接近也不是什麼好事兒，沒的惹人議論，於您的名聲上不好聽；不過應酬一半次呢總要的，若實在不想去呢……」囉嗦半晌，到底也沒說去還是不去。

黃裳已經不耐煩起來：「一個破官兒罷了，什麼了不起，前怕狼後怕虎的，不理他就是了。你去跟那司機說，就說我家裏還有事，謝謝他，改天再喝茶吧。」

可是出門的時候，她發現那司機還站在簾子外，見了面，立刻又是一鞠躬，恭敬地問：「您說改天喝茶，蔡先生問改天是哪天。」

黃裳「哧」地一笑：「說『改天』，自然就是『改天』那一天了。」揚長而去。

那司機倒也不追究，只一路跟著出來，在劇院門口搶先一步拉開車門：「黃小姐請。」

黃裳有些惱怒：「說了改天了……」

話未說完，蔡卓文已打車上下來，摘下帽子衝黃裳微微地一頷首，黃裳又是沒來由地臉上一熱，那半句話便就此打住，脾氣再發不下去。

蔡卓文微笑著，不急不緩地說：「聽說你急著回家，我怕你沒車不方便，所以想送你一程，不想倒惹你不高興。」說著，溫和地做了一個「請」的動作。

黃裳知道自己錯怪了人，更加羞窘，低了頭順從地踏進車來，報過門牌住址，便再不說一句話。她生性並不是一個忸怩的人，可是每每面對這蔡先生，便覺心跳加速，舉止無措。而且，就像第一次見他的時候一樣，突然就有了一種想哭的感覺，莫名地悲愴。

幸而蔡文卓並不是一個多話的人，一路上並不搭訕攀談，直到停了車，也只說了一句：「再會。」便擺擺手將車開走了。

但是在汽車駛走的一刹那，他自後視鏡裏看到她笑了，異常輕忽燦爛。

她站在那光影裏，汽車尾燈的照射下，突然地微笑，像一朵曇花在瞬間綻放，帶著無邪的魅惑。

那是一隻雪地裏的紅狐，飄忽，靈動，冷豔，帶著孤絕的氣質。

誰能阻擋那種震撼？

她知道他看到她的笑了。

他也知道她知道他在看她笑。

汽車慢慢地掉轉了頭，然後疾馳而去。

然而那瞬間的笑容，已經成爲他們兩個人記憶中的永恆，到老，到死，而記憶中的他（她）永遠年輕。

十一 海上繁華夢

1

黃裳戀愛的消息，是黃坤第一個散播出去的。

黃坤之於上海，正像一條魚之於黃浦江，真是再合拍也沒有。她剛到上海的時候，先還是黃裳帶她出外走動，但是不過一兩個月，就是她拉著黃裳四處玩了。她也不知道打哪兒認識的，交朋友就像滾雪球那樣又多又快，而且開始頻頻在家中舉行各種茶舞會，規模越來越大，人頭越來越雜，小報上開始有記者撰文稱她是「花廳夫人」，有雜誌將她穿新裝或者抽香煙的大幅照片登在封面上，引領名媛時尚，也有的，是拍她坐在轎車的駕駛座，手上戴一雙長及肘部的蕾絲手套，望著車窗外燦爛地笑。

當時的上海，會開車是淑女的必修課。一位時髦小姐如果不會開車，她就算不得一位真正的名媛；而一輛汽車要是沒有載過美女，那簡直就是這汽車的恥辱。

汽車與美女，就像霓虹燈光之於夜色，是裝飾上海街頭缺一不可的重要點綴。但是大多女司機的實際意義，不過是懂得把她們的玉手以比較正確的姿勢放到方向盤上去罷了。而黃坤，她卻是真正的有技術，甚至有記者打賭，說看見她載著新男友在閔行公路上同人飆車，速度比風還要快。

沒有人會去考證這句話的真實成分。

就算考證，黃坤也必有應對的智慧。「比風還快？哪有那麼誇張。」她會笑著謙遜地說，「不過，我在東北的時候騎馬穿過草場倒是真有那種感覺。」

於是，立刻又會有知趣的記者建議她穿著騎馬裝亮相。

同時她還會跳舞，會射擊，甚至會游泳。一句話，黃坤已經成了一位了不起的滬上名媛，交際圈裏的頭號沙龍女主人，摩登中的摩登。一個現代的上海女子應該懂應該會的一切時髦玩意兒，她都在行：開飛車、喝阿布生酒、挑選爵士樂、談論電影明星或者服裝款式、以及接吻和擁抱的種種技巧。社會上諸如募捐演出、時裝秀這樣的活動，總是少不了她，而且多半是唱主角。

但是她的名氣與地位同黃裳仍然遠不能比，所以特別注意打著黃裳的旗號做文章，凡是同黃裳有關的活動，她都熱心地參加，借機認識更多的人，尤其是更多的明星，過後好把這些作爲談資在沙龍裏講論——這也是她的沙龍特別受歡迎的緣故，誰不喜歡聽新聞，尤其是明星的新聞呢？她的口頭禪之一就是「看過黃裳的電影沒有？那是我妹妹。」而關於蔡卓文正在熱烈追求妹妹黃裳的緋聞，也就是在這樣的談論中，被有意無意地傳播了出去。

這自然又引起了報界人士的一陣興奮。黃裳同蔡卓文，一個是才貌雙全的美女編劇，一個是汪偽政府的重要官員，都是舉足輕重的人物，他們兩個鬧起戀愛來，不僅是娛樂新聞，且帶有政治色彩，所引起的轟動可想而知。更何況，據消息靈通人士稱，蔡卓文還是結過婚的，妻子在鄉下，且有兩個兒子。

家秀也被驚動了，便找了個日子閒閒地提起蔡卓文來，猜度侄女兒同他到底交往到哪一步了。

黃裳毫無心機，見姑姑提起，便一腔熱誠地介紹起來：「他可真是個才子，有一天同我說起中國手工業的發展，還有稅收數目的問題，我都聽不懂。」又說，「他以前在報社任主筆那會兒，平均每兩天就要寫一篇社論的。上次他同我說，要替我寫影評呢，是我怕對他影響不好，謝絕了。」

家秀暗暗心驚，這樣看來，報上的話竟不全是空穴來風，兩人果然過從甚密，不由得嚴肅起來，拿了報紙給黃裳看，又說：「我一向是最贊成自由戀愛的，可是社會上對他的議論頗多，又是個有婦之夫，你同這樣的人交往，不怕把自己的名節做壞了嗎？」

黃裳卻平淡地說：「他是什麼人，結沒結過婚，其實關我什麼事呢？我不過是同他喝過幾次茶，最多算是朋友，如果這也要惹人議論的話，那也真叫沒辦法。姑姑是清醒的人，怎麼也要去聽信那些小報記者的閒話呢？」

家秀鬆了一口氣，笑笑說：「我說呢，你不至於這樣糊塗。我原本也不信，可是，你知道，茲事體大，那種人，能不來往，還是不要來往的好。別說他結過婚，就算是個單身，出身也到底不雅。雖說如今已經不講究門當戶對，可是一個偽政府的官兒，一個農民暴發戶，他的生活圈子裏會有些什麼？無非是酒和女人、鴉片、嗎啡、交際花、電影明星，還有告密、暗殺、爾虞我詐、泯滅良心……我雖同這些人不曾交往過，可是這些年來跟著我兩個哥哥，眼睛裏也看了不少，都是吃苦吃得很了，一旦駟馬高車地富起來，還不花天酒地，樂得飛飛的，滿眼裏只見到財色二字，哪裡還分得出好壞來……」

說得黃裳驚惶起來，鄭重地向姑姑保證了這就同卓文說清楚，以後再不來往了。然而當真要決絕，她卻又猶疑起來，自己真可以做到太上之忘情麼？

她記著生日宴上那隔著頭髮的一吻，記著首映禮後他的無語相送，更記著他們每一次茶聚，他溫文爾雅卻又直中要害的談吐。他的每一句話每一個動作，都被她一遍遍回憶琢磨著，反覆溫習，直到記憶像一卷放映太多次的菲林，漸漸似是而非起來。

他們的每一次相會，於她都是最美好的記憶。他多半時候很沉默，可是只要說話，卻必定言之有物。有時他們會滔滔不絕地說上一下午的話，可是絲毫也不覺得重複；也有時他們一句話不說，只是對視一眼，卻已經彷彿說了一個世紀的話。但是無論說多說少，說與不說，每一次同他在一起，她都會感覺時光流逝得飛快，日子簡直就不禁過。她最喜歡看他的眼睛。他的眼睛中常有一種大漠孤煙的荒涼，鬱結冷肅，但是一轉向她，就會變得無比溫柔。那瞬間的轉變最爲令人心動。

女人，憑她多麼聰慧敏感，或者說，越是聰慧敏感的的女人，往往越會愛上名聲壞的男人，並以他們的救世主自居。哪怕他是處身地獄的撒旦，她也必是照亮他人性光明面的守護天使。所以儘管劇組裏的人常常在私下議論蔡卓文如何貌似謙謙君子，實則城府深沉，但黃裳總是一廂情願地相信，他必有他的理由，人們都誤會了他，只有她才最理解他。

本來，她也不知道她是愛他。可是迫於姑姑之命同他分手，她的心裏竟有一種割裂般的痛楚。忽然之間，覺得一切都是虛幻，成名是虛，風光也是虛，只有同他在一起時的那些點點滴滴，才是真實存在的，清晰地刻進她的生命裏，生了根，再也拔不出來。

從小到大，她身邊所見的男子，或者是她父親黃家麒那樣的晚清遺老，或者是黃乾這樣的城市新貴，或者是她弟弟黃帝那樣的文藝青年，不是迂腐得可笑，就是輕浮得可鄙，再不就軟弱得可悲。而蔡卓文，他和所有她認識的男子都不同，他身上有一種孤傲的氣質，眼中有一種苦澀的神情。他是高貴的，他又是滄桑的，是《紅樓夢》裏的柳湘蓮，以江湖人混跡於紈袴子，非但毫不遜色，反更卓爾不群。

可是她又不能違抗姑姑。不是出於敬畏，而是出於信服。姑姑是她生命中最親近的人，親過生母。姑姑那種冰清玉潔的氣質和溫柔沉默的處世態度，給了她極深的影響。對姑姑的話，她向來是不假思索地遵從的，可是這一次，她猶疑了。

她曾把這種煩惱對黃坤吐露，黃坤輕鬆地說：「你管人家說什麼呢？你又不是要同他結婚。何況就是結婚，也不代表什麼。不是還可以離婚嗎？反正他現在有才有貌又有權，又能使你開心，那就夠了。」

「可是他們說他是……說他和日本人有瓜葛，是漢奸。」

「你管他們說什麼呢？有權有勢就好，管他爲誰做事？我爸我公公還有我死了的丈夫，還不都跟日本人有來往，誰能把我們家怎麼著了？還不得俯首貼耳地獻殷勤？」她說起她以前的婆家的事，語氣輕快而不在乎，儘管經歷了喪夫離子那樣的人生至大慘痛，可是她的美麗的臉上沒有陰影。

黃裳忍不住頂她：「那你自己前幾天又演活報劇宣傳抗日？」

「好玩嘛。好多人給我鼓掌呢，都說我有演戲天分。什麼時候你寫個新劇本，讓我演女主角，我一定不比那些明星差。人家都說呀：『密斯黃的FIGURE交關好喲！』（黃小姐風頭甚健！）」

黃坤噘起嘴唇，學著上海灘白相人的口吻自己誇起自己來，得意地笑著，繼續勸說死心眼的堂妹，「世上哪有那麼多是是非非，活在今天才最重要。找男人也是一樣，太挑剔了，往往從最好的到最壞的一個也找不到，其實何必太執著呢，左不過騎驢找馬罷了。」

黃裳看她一眼，真佩服這個堂姐的興致永遠這麼好，忍不住問：「那陳言化是驢還是馬呢？」

「他？」黃坤像忽然被誰胳肢了一下似地渾身亂顫地笑起來。她近來不知向誰學來了這種笑法，每次發笑必然全身總動員，好像有多開心似的。也許她覺得這種笑法夠燦爛，可是黃裳看著，卻只覺得替她累得慌，累得汗毛豎起做雞皮狀，趕緊打斷她的笑，問：「你最近不是和他走得很近嗎？是不是把他當成你的白馬王子了？」

「你說呢？」黃坤又是風狂柳擺的一陣笑，笑完了，嘆口氣說，「哪裡那麼多馬，萬牲園所以叫萬牲園，還不是女人騎驢找馬的最佳場地。可惜滿場跑著舞著的，都只是被人牽著或騎著的驢子，就沒有一匹馬。」

黃裳駭然，黃坤大膽的論調真令她匪夷所思。「那你認爲婚姻是只講條件不需要愛情的麼？」

「當然要。愛情也是條件之一麼。」黃坤神往地說，「要我說，一個女人一生中至少應該愛過兩個人：一個使她快樂，一個使她痛苦。」

「這卻是爲什麼？」

「快樂的女人活潑有趣味，痛苦卻可以讓女人深刻、成熟、有魅力。哭哭笑笑，這女人便長大了，也不枉活此一生。」

黃裳笑著，一邊在心裏默默記誦：「你這個人，總是有這些個出人意料的奇談怪論，可是也不能說沒有道理。改天我再寫新劇本，如果要寫壞女人，就把你這份論調送給她。」

黃坤得意：「你也說我有道理？好，你付稿酬給我，我就讓你在電影裏用我的話……」

黃裳依舊沉思著：「其實電影裏也不乏這樣的例子，像《咆哮山莊》裏的凱西，她享受艾德加林頓的溫柔和富有，可是又迷戀希斯克利夫的熱烈和冷酷，那麼殘忍自虐的愛情。」

「沒錯！」黃坤大力點頭，將雙手捧在胸前，模仿著影片女主人公的腔調作痛不欲生狀，一板一眼地念著臺詞：「希斯克利夫比我更像我自己，無論我們的靈魂是怎樣造就的，反正他的和我的一模一樣；而與林頓的完全不同，就像嚴霜和烈火一樣格格不入。我生活中所想的就只有希斯克利夫——他的痛苦就是我的痛苦，他曾有過的那一點點歡樂就是我的歡樂……啊！希斯克利夫！」

兩人嘻嘻哈哈地笑過了，黃坤想起來：「差點忘了——我週末在家裏有個PARTY，你來不來？說不定，會有一場『WEEKEND—LOVE』的豔遇哦。」中文裏夾著英文詞兒，也是黃坤新添的毛病。

黃裳仍是怏怏的：「不去，又沒什麼要緊事。」

「怪人。」黃坤親暱地斜黃裳一眼，又惹得黃裳起了一身雞皮疙瘩。

2

黃坤同堂房妹子黃裳這樣親近，於自己的親妹子黃鐘，卻只是淡然。她覺得黃鐘呆，沒出息，又婆婆媽媽。她的二十四歲的年齡其實是借了妹妹的，所以就更不希望黃鐘出現來拆穿自己，每每有宴會，總要藉故將她支開去。

好在黃鐘也厭倦應酬，即使不出門，也總是靜悄悄地躲在自己屋子裏，不來礙姐姐的事。

黃帝卻不行。他因爲一直多病，大多數別人能做的運動他都不能做，所以性格很不耐煩，又敏感。如果沙龍不給他參加，他就會認爲人家嫌棄他，隔離他。而黃坤看在黃裳的面子上，對這個由堂弟身分轉換過來的弟弟倒也遷讓三分，沙龍上總會給他安排一個位置，又細心地邀請韓可弟也參加，好方便在一旁照顧他。

跳慢舞是黃帝唯一喜歡做的運動，幾次下來，他竟成爲了一個慢舞高手，比那些萬國舞校畢業的花花公子還有看頭。他又天生有那麼一種文弱細緻的優雅氣質，正同這舞相合，所以在沙龍上倒也頗受小姐們歡迎。眾多的西裝革履的青年中，他總是固執地穿著一襲藍綢子長衫，使他益發顯得清瘦蕭瑟，帶有那樣一種沉鬱的病態美，頭髮用髮蠟抿向後邊，露出蒼白清秀的臉，長睫毛大眼睛比小時候更加富有挑逗性了，當他目不轉睛地看人、尤其是看著年輕的女人時，那種欲語還休的深情，真是有一種令人屏息的心動。

可是他只喜歡將那種眼神凝視可弟一個人，也只喜歡同可弟跳舞，如果黃坤介紹別的小姐給他認識，他也會懂得敷衍人家一兩支舞，可是最終總會回到可弟身邊去。

當他的褲腳擦著她的裙角，發出細碎的聲響，他的心中便會升起莫名的細碎的快樂，略帶一點憂傷，像晴空中拂過的一片雲，被風吹得絲絲縷縷地，在湖面上投下淺淺的影子。

「如果我們可以一直這樣舞蹈下去，你願不願意陪我呢？」他這樣進行他的開場白，像一句華美的臺詞，因爲眼前的一切，這草地，這舞會，這音樂，還有這面對面共舞著的可人兒，都像一幕電影的佈景，叫他怎能不入迷入戲呢？

韓可弟低了頭，半晌輕輕地說：「你明白的。」這是個秀麗的女孩子，但不屬於豔美那一類型，至少沒有黃坤美。可是她有她的韻味，長挑個子，白淨臉兒，眉間一點青痣欲墜不墜，一雙清水眼，配著長而密的睫毛，便是什麼也不說，只抬起眼將人輕輕一溜，已經是訴盡了萬語千言，還有沒說完的，就交給唇邊兩顆若隱若現的酒窩兒——窩兒很淺，盛不了多少酒，可是黃帝原不是擅飲的人，未聞到酒意，已經先自醉了，柔聲說：「可弟，我們兩個真是有緣的，連名字都一樣，都叫阿弟。」

可弟微笑：「怎麼能一樣呢？你是『皇帝』的『帝』，我卻是『弟弟』的『弟』，貴賤差著幾萬里呢。」

黃帝道：「誰說的？『皇帝』哪有『弟弟』親呢？我就喜歡你的名字，有股人情味兒。記得小時候，帶我的那個保姆林媽，就常喜歡叫我『弟弟』的。你知道，我這輩子，親的乾的一大堆兄弟姐妹，可是我……」他低下頭，眼裏含了一泡淚。

可弟忙說：「你是不是又想你媽媽和你親姐姐了？其實，坤小姐和鐘小姐對你也很好呀，對自己親弟弟一樣。」

黃帝嘆息：「你哪裡知道我心裏的苦楚。你知道嗎？只有和你在一起的時候，我的心才會得到安慰。每次聽你背聖經，唱讚美詩，我心裏就好高興。那種感覺，真是說也說不出來的。可弟，你肯爲我彈支曲子再唱一次讚美詩麼？」

可弟略想了想，點頭說：「只要你高興……只是，這裏有鋼琴嗎？黃坤小姐很時髦，可是倒沒見她買鋼琴。」

黃帝微微地笑，眼中露出自矜的神情：「她不會彈，沒耐心學，說學會了彈得沒別人好，也沒意思……不過鋼琴是有的，還是我媽媽的呢，後來媽媽走了，爸爸死了，房子也賣了，鋼琴便搬到了這裏來，就放在大書房。」

說起媽媽的走和爸爸的死，他的神情又黯淡下來。自小他是一個擅長撒嬌的孩子，可是他的成長環境卻不容許他撒嬌，當年母親無視他的請求帶著姐姐離開的那一幕，成爲他心頭一道永遠的傷。隨著年齡的增長，那道傷也日漸長大。並且由於他戲劇化的個性，那傷痛更被誇大了十倍百倍。

然而可弟的出現，卻將那傷漸漸撫平了。每次看護他的病的時候，可弟都會坐在床前爲他祈禱，她的輕輕的朗誦經文的聲音就像一道潺潺溪水，流進他的渴望，引他走向新生。他一天更比一天發現可弟對他的重要，他已經離不開她了，今天，他就要把他心裏想的全部表達出來。

他注意地看一看四周，偵察一下有沒有人在注意他們兩個。但是當他發現所有人都在自得其樂，並沒有人對他遙遙相望時，卻又無來由地感到一陣懊惱。

遠處，一棵金桂樹下，黃坤同一個西裝青年面對面站著，黃坤斜倚著花樹，手裏攀著一枝花只管在臉上拂來拂去，拂得花瓣撲簌簌地往下落，長長的眼尾嫵媚多情，無限蘊藉。這時候不知道那青年說了一句什麼俏皮的話，黃坤笑得如花枝亂顫，而手裏的花枝和身後的花樹也都隨著一齊顫抖起來，落花飛了黃坤一身一臉。

黃帝看著，滿心羨慕，只覺空氣中有一股細細的桂花幽香陣陣襲來，沁入心脾，又化成一股熱騰騰的力量從丹田之間湧衝上來，他忍不住握緊了可弟的手，略帶顫抖：「阿弟，我，我們去大書房，你彈琴給我聽，好不好？」

3

黃府西廂，有一排三間房子成品字互相套連著，人稱「大書房」。外面大間裏擺滿成套的紅木書架書櫃，書桌椅子，靠牆便是那架大鋼琴，蒙著天鵝絨罩子，因爲沒人會彈，便不再是琴，而只是一件華麗的擺設。裏面兩間套房，一間做休息室，床椅帳幔一應寢具俱全，另一間是起居室，中間擺著可折疊的茶桌茶椅，靠牆又一圈兒真皮大沙發，華美氣派。

原來，黃家風雖然不大喜歡看書，卻習慣來這書房裏想事情辦公務，有時也在書房招待重要客人，晚了就在書房留宿，因此書房裝飾得十分考究。這段日子家風去了重慶，書房就一直空著。

然而黃帝牽著可弟的手柔情蜜意地走進來時，卻發現這裏已經有人捷足先登——黃鐘正倒在躺椅上，拿著一本《啼笑姻緣》在看，聽到聲響，一抬頭先是見了黃帝，歡喜地叫了一聲：「小帝？你來得正好。」緊跟著看到了旁邊的韓可弟，笑容不由地為之一窒，像是留聲機突然被停了針，歌已經斷了，餘音卻還留在空氣中。

黃帝對這不期之遇可沒有他堂姐那麼好興致，冷淡地問：「你怎麼會在這裏？」一邊暗中無奈地鬆開了牽著韓可弟的手。

黃鐘答：「後面太吵嘛。」無緣故地嘟著嘴，像是委屈，又像是賭氣。但是她自己也知道自己的態度是有些可疑的，所以又補救地看一眼韓可弟，問：「你們沒有去跳舞？」

「跳得累了。」黃帝在籐椅上坐下來，閉上眼睛，彷彿真的很累，累得話也不想說。

黃鐘只得向可弟搭訕，問些舞會上的情形。但是問的人既不關心，答的人也是心不在焉，沒兩句話便已辭窮，三個人都淡淡的。最後還是黃鐘提議：「都渴了吧？不如我去讓下人弄茶來給你們吃。」

黃帝不置可否，可弟客氣說：「這可有多麻煩。」但是黃鐘已經興沖沖逕自佈置起來。她難得自己有什麼特別要求，所以尤為喜歡借著別人的名義發號施令，因為年齡最小，又是第二個女孩子，打生下來就被父母視為失望的象徵，在家中長期以往地不受重視，使她養成一種錯覺，似乎所有人的分量都比她重，理由都比她充分，即使是雇傭性質的韓可弟吧，因為畢竟不是家傭，也算半個客人，也要比她來得理直氣壯。

黃家的僕人是侍候茶點慣了的，又都是現成的東西，不一會兒便擺出一桌茶來，糖漬櫻桃，酒心巧克力，香蕉芙蘿，琥珀核仁，百合糕，中西點心各式俱全。

黃鐘因爲在人面前沒有分量，就額外喜歡在下人面前擺架子，照例皺了眉審視半晌，挑剔說：「怎麼都是甜食？姐姐說吃甜食最容易發胖的。黃帝少爺最喜歡的松子糖怎麼沒端上來？」又問可弟：「對了，你是喜歡喝茶還是喝咖啡？要不要加糖？奶多一點還是少一點？」

正寒暄著，黃坤踩著高跟鞋一路「篤篤」地踏進房來，一進門就高聲叫道：「我說你們躲到哪裡去了呢，卻是在這裏輕閒。席上的點心不好吃嗎？巴巴兒地跑到這裏來喝體己茶。」

黃帝和可弟只是微笑著，黃鐘卻代答道：「他們說累了，不想再跳舞……姐姐要不要吃一點？」

黃坤笑著：「可是的，光忙著交際了，餓了也不敢多吃，倒是在你這裏偷吃兩口是正經。可是我得先打個電話，一個……要緊的電話。」

黃帝三個人一邊吃著茶點，裏廂黃坤說電話的聲音便一徑地傳過來，夾著又甜又脆顫悠悠的笑聲，不由得他們不豎直了耳朵去聽：

「你當真不過來了麼？……別提了，今天我收到的花已經快把自己給淹沒了……不，我不要那樣的禮物，你怕我遇不到肯送戒指的人麼？……怎麼這會兒你又想要立刻飛過來了？那好，你可以順著電話線爬過來……你當真要爬麼？你不怕你爬到一半的時候，我掛斷電話，把你就此卡在當中了麼？」

聽著的三個人忍不住都笑了。黃鐘滿臉豔羨，她非常佩服姐姐的這些小俏皮，如果要學，她或者也可以來幾手幽默的，可是她的幽默沒有用處，她眼中所見的，不過是家裏這幾個人，而黃帝對她說的話照例是愛聽不聽，愛理不理的，他聽得出她話裏的幽默麼？趣味這東西，是要兩個人共同營造的，一個人自顧自地笑就顯得傻。自己可不是就有些傻麼？父親說，南京畢家已經來信催過幾次了，明年說什麼也得讓她出嫁，連黃道吉日都選下了，她不知道為這件事背地裏哭了幾次，可是看黃帝的樣子，竟是對她的去留全不在意，枉費她為他流過這麼多的眼淚，耽足這麼多的心事，他的心裏，可是沒有她一絲一毫的位置，或者，就是為了她對他太好，又好得太明白實在，不懂得姐姐若即若離忽冷忽熱那一套吧？

在黃鐘這樣的年紀，這樣的環境，她對於愛情的理解是純精神領域的：兩個人靜靜地坐在綠草如茵的湖水邊——最好就是屠格涅夫的《茵夢湖》吧——都漂亮而整潔，將一塊咖啡糖一分兩半，含在口中，脈脈地相望，嘴角噙著笑，而一絲絲甜蜜一絲絲苦澀——正如咖啡糖的滋味——便自嘴角一直流入心底。然而這樣的愛情理想也同幽默一樣，需要兩個人齊心協力地去實現。黃帝，是同她分享咖啡糖的苦澀與甜蜜的那個人麼？

她正這樣自怨自艾地傷著神，她的手段高超的姐姐已經一路笑著走出來了。可弟忙起身讓了座，黃坤也就不客氣地坐下，低頭檢視一回，翹起指尖拈了一塊百合糕來吃了，笑著說：

「剛才舞會上新認識一個人，名字真是笑死人，叫做什麼侯子齋，還一本正經地自我介紹：我叫侯子齋，王侯公卿的侯，天子腳下的子，齋戒沐浴的齋。笑得我，跟他說，那你不該穿西裝的，應該披一身大紅袍……」

黃鐘黃帝聽得也都笑起來，韓可弟卻愕然不解。黃鐘便熱心地向她解釋：「也難怪你不曉得……福建武夷山有種岩茶叫大紅袍，十分稀罕，專供皇宮裏御用，老百姓通常多看一眼也要問罪的。還是我爺爺輩上平太平天國的時候立過一功，咸豐皇帝賞過那麼一半兩，我們是沒見過，據說那個香啊……如今茶葉自然早是沒了，可是茶筒還留著，作爲傳家寶……」

說到這裏，自己也覺得賣弄太過，有些不好意思，急急拉回原題，「那茶所以叫做大紅袍，便是因爲皇帝曾經特地賞賜大紅袍披掛茶樹而得名，爲茶中王者。普天下也統共只在武夷山天心岩上有那麼三棵，皇家軍隊專門有派人把守的，爲了隔絕人氣，又特意訓練了一隻猴子採茶，所以又稱『猴子摘』……」

韓可弟恍然大悟，不由也微笑起來。黃鐘因爲居然有機會在可弟面前賣弄，自覺扳回一局，十分得意，便偷眼看黃帝有何表示。然而黃帝只顧蹺著腿在桌上挑揀一塊完整的酥皮糕，對她的表演恍若罔聞。

黃鐘有些失望，鼓舞精神，低下頭幫黃帝選了一塊外皮焦黃的酥遞給他，黃帝一笑接過了，卻轉手遞給可弟。黃鐘氣得臉色通紅，卻不便發作，一雙眼睛裏漸漸蓄滿淚水，只好扭頭看著門外。

大門敞開著，吹進細細的桂花香。黃鐘彷佛自言自語：「是該喝桂花茶的時候了呢。」

黃帝的臉上果然有了生氣，接口說：「我媽媽以前最講究喝桂花茶，年年留最好的明前龍井來兌桂花。媽媽還說，好的桂花茶對挑選桂花極苛刻，要選開花第七到第九天之間的花，說是這個花期的桂花顏色最豔，香味也最醇，一經了雨，就不值錢了。」

黃鐘笑：「我還記得嬸娘說過，好的花茶裏是看不到花的，茶用花來薰，而不是用花來拌。現在茶莊子裏的花茶一半茶摻一半花就覺得夠實在，其實做工最粗了。」有意提起一些極私人的回憶來，冷落韓可弟。可是可弟沉默地微笑地聽著，並不以爲忤。而黃帝看向她的眼神，也絲毫沒有因爲那些共同的記憶而溫暖起來。

黃坤冷眼旁觀，以她的聰明，不難發現眼前這幕三角戀愛故事中的種種小把戲。她忽然想起南京路上那家沙利文西餐糖果麵包店的廣告詞來，大意是每人需要兩個好伴侶：一個是芬香清潔的伴侶——沙利文之烘焙麵包，質地鬆軟，烘熱溫香；一個是醇美甜蜜的伴侶——沙利文之新式糖果，形式美麗，滋味甜蜜。

麵包可以果腹，糖果卻更加誘人。這醇美甜蜜的伴侶自是韓可弟，而芬香清潔的伴侶，則是黃鐘了。黃鐘整個人可不就像是一隻新鮮出爐，溫熱鬆軟的烘焙麵包嗎，只是鬆軟得太過了些。

黃坤想著，不由對自己的俏皮讚佩地笑起來，只可惜不能把這番議論發表出來，讓在座的三個人也都來欣賞她的幽默的智慧。她試著用客觀的眼光來評價她妹妹和韓可弟，論財勢和背景，韓可弟自然不是對手，但說到性情相貌，卻是妹妹居下風。

黃鐘是屬於自來肥的那一種，也許看真了也並不真是胖，不過因爲輪廓模糊，便顯得多肉，臉上永恆汪著一層油，一雙眼睛倒是黑白分明——可是又太分明了，像圍棋裏的黑棋子和白棋子，讓你恨不得分開它。畢業許久了，還仍然做著學生打扮，圓布裙下露出圓胖的兩截小腿，有種邋遢相。而且她過分的熱心和小心，使她看起來比實際年齡要大得多，甚至比她姐姐還要大。

相反，韓可弟卻顯得要比實際年齡小，一頭油黑的好頭髮束在腦後編成一隻大辮子，襯著竹布衫子，越發楚楚動人。她的知識也許不多，可是多的是待人處事的分寸道理，總能很恰宜地認清自己的位置，把握言語的角度。

倒是黃鐘，總有些言不及義似，在韓可弟面前表現出莫名的謙卑與緊張。黃坤明白，這是爲了黃帝。不錯，妹妹是黃家三小姐，姓韓的只是個女護士，可這是不作數的，女人的尊貴與否要靠男人的眼光來評定，尤其是她們喜歡的男人的眼光。在黃帝眼中可弟是尊貴的，可弟便是尊貴的，是天仙一樣的尊貴，不由得黃鐘不也用一種小心的態度去對待她，生怕惹得她不高興，也就是惹得黃帝不高興。

黃坤非常懂得這個道理，這叫她暗暗提醒自己，一定要擅於利用男人對自己的好，並讓更多的男人看到，感覺到，以使更多的男人認爲自己好，爭著對自己好，只有兩個人同時對她好，她才會更好，而他們也才會更加堅定不移地對她好，好到把她捧上天去。女人，同樣也是至少隨時需要兩個伴侶——麵包和糖果的。

這一點手段，後來被黃坤運用得越來越自如，簡直達到爐火純青的地步。她後來能夠一嫁再嫁，而且越嫁越好，一直做到市長夫人的位置上去，不能不說是得自小妹身上的教訓，不過，那都已經是後話了。

十二 交易

1

在上海貝當路國際禮拜堂的對面，有一座白色的建築，巍峨華美，高聳入雲，周圍碧草青青，蜂飛蝶舞，終日洋溢著一種風和日麗的氛圍。那裏曾是一所美國學堂的舊址，裏面時時飄出莘莘學子的琅琅書聲，與禮拜堂的聖樂遙相呼應，繪就出一幅人間天堂的優美畫卷。

可是如今，天堂變成了煉獄，琅琅書聲換成了犯人被嚴刑拷打時發出的慘絕人寰的呼叫——日本憲兵隊挑中了這優雅的處所，把它改做施暴的刑室，在此上演一幕又一幕的現世慘劇。不知多少有志之士在這裏結束自己年輕的生命，人們談虎色變，視那裏爲人間地獄，隱晦地稱它做「貝公館」。

而這年七月，貝公館又抓進了一個新的共產黨人——柯以。

柯以是在拍片現場被憲兵隊突擊逮捕的，罪名是共產黨地下組織小組領導人。

演員們亂成一團，有怕惹禍上身趕緊告病回家的，有義憤塡膺拍著桌子大罵日本狗的，也有的議論紛紛說看柯導演謹小慎微的樣子，倒沒想到他會是共產黨。

但當所有的議論歸結到怎麼想辦法搭救柯以的實際問題上時，所有人就都不說話了，最後還是芳姐說了句：「不如找找黃小姐吧，黃小姐同蔡先生熟，或者可以說得上話。」一句話提醒了大家，便亂著找電話打過去，偏偏黃裳陪依凡去醫院了，是家秀接的電話，聞言吃了一驚，答應立刻想辦法。

家秀心裏其實是矛盾的，她好容易逼著黃裳答應同蔡卓文斷絕來往了，現在倒又主動要侄女兒向人家求情，真是有些說不出口。可是除此之外，又有什麼辦法可以救柯以呢？

陽光透過花架，疏落地曬在她的身上，葉子遮著的一段是暗金色的，花瓣裏篩下的卻是瑩亮的嫩粉紅，她坐在那暗金粉紅的影子裏，整個人就像泥金香爐裏燃著的一點燈芯，風吹過來，柔軟的，搖動的，也像燭火的忽明忽暗。她就坐在這忽明忽暗的燈芯裏沉思默想，彷彿人神交戰。

以前許多想不明白的事，現在全都簡單明瞭了。一直覺得柯以在歐洲的身分不尷不尬，說是搞電影，並沒弄出幾部片子來，卻天天身邊集合了一班朋友高談闊論，而他的太太，又未免歐亞兩地往來得太頻了些。卻原來，他是一個地下黨，而她卻是他的助手和聯絡員。這樣說來，柯太太的病逝也頗可商榷了。也正是因爲柯太太的突然撒手，柯以才失去掩護，不得不親自回到上海來主持大局的吧？那麼現在，他的身分暴露，難道也要走他太太神秘病逝的老路了嗎？

不！不可以！柯以是不能死的！家秀緊張起來，一雙手扭在胸前，把前襟的衣服都抓得皺了。

崔媽出出進進，幾次想開口又半路咽回去。

家秀看得不耐煩，索性主動問：「崔媽，你想說什麼就說吧，不要鐘擺似地在我面前晃來晃去。」

崔媽見問，先給家秀上了杯奶茶，這才湊前小心翼翼地說：「我剛才好像聽見您跟電話裏的人說，柯先生出事了，要小姐找蔡先生幫忙。我心裏便想著，既然小姐不在，爲什麼三小姐您不自己給蔡先生打個電話呢？成或不成，試試總好，坐在這裏想，又不能把人給想出來。」

家秀聽她話雖粗糙，未必無理，倒也不禁沉吟，便到黃裳屋裏翻開抽屜找通訊錄，卻看到一隻造型奇特的雕花巧克力盒子，盒子呈心型，周圍用玫瑰枝纏著，異常精緻。一時好奇，便扭開機括來，只見裏面用乾花瓣墊底，上面放著幾塊吃剩的巧克力糖，兩張過期電影票，一個放了氣的氣球及幾張卡片。

家秀隨手拿起最上面的一張，只見寫著：

「我不指望你能聽到風鈴的聲音，也不敢奢求在雪上留下鴻影，

我只想做一陣風，吹動那風鈴，吹拂那雪花，吹皺那海浪，

也許只是一回眸，也許可共一盞茶，但是夠了。我只希望這個。

蔡卓文。」

蔡卓文?!家秀明白過來，這盒子，及這盒裏所有的東西，必然都與那個蔡卓文有關了，八成是記錄黃裳同蔡卓文諸次來往的紀念品，花瓣、糖果自是不消說了，是那蔡卓文送的，電影票大概也

是兩人共看的，至於氣球的含義，倒是令人費解，難不成兩個人這麼大了還去商店買氣球來玩？

家秀拿過來細細檢查，發現上面印著某某茶餐廳字樣，這才恍然大悟，必是這茶餐廳招攬顧客的小禮品，兩人在這家茶餐廳共餐時隨桌贈送的了。

令家秀最吃驚的，倒不是原來黃裳背著自己同蔡卓文有過這樣多的交往，而是黃裳保存這些東西的用心良苦。這樣看來，這蔡卓文在她心目中已經有相當重的地位，是可以做一世的懷念了。

這倒反而令家秀下定決心來，也罷，就給那蔡卓文打個電話——就算不是爲了柯以，探探那姓蔡的人品，看他究竟對黃裳安著一份什麼心也好。

2

蔡卓文接到電話很驚訝，但一句也沒有多問，立刻答應在「黑貓」見面，並周到地問要不要派司機去接她。家秀說自己有車，謝謝了。蔡卓文似乎又有一些驚訝，但仍舊沒有多說，便掛了電話。

家秀的車剛剛在「黑貓」門口停穩，她已經透過車窗一眼看到了蔡卓文——她並沒有見過他，但是立刻可以肯定，那個身形高大穿西裝的男人，一定是他。心裏不禁暗暗說了一聲難怪——難怪黃裳！

蔡卓文也認出了家秀，禮貌地上前摘下禮帽微微點了個頭，含笑說：「您一定就是黃小姐的姑姑了，如果不是提前說明，我會以爲你是她姐姐。」他注意地看了一下那白俄司機，黃裳的家庭背景原來如此顯赫，這倒是他沒有料到的，也更令他對黃裳心生敬佩，一個不張揚不誇耀的女子，是最難得的。

直到在咖啡廳裏坐定，他心裏仍在爲這小秘密微微激蕩著。戀愛中的男女，總會忍不住誇大自己心中愛人的每個新優點，把這當成了不起的大發現。卓文已經不年輕了，可是在戀愛中的人照例是不問年齡的，他對這次約會相當緊張，但也做好準備，隨時等待家秀開口提出：「我以姑姑的名義請求，你不要再來找黃裳了。」

這話前不久黃裳已經對他說過一次——那天他們在「大光明」看完了電影出來，黃裳說想散一會兒步，便打發了司機回去。正是黃昏，空氣裏有一種難以名狀的傷感，他們並不知要到哪裡去，只順腳沿著北四川路默默往前走著，不時有人用一種奇異的眼神打量著他們——也許只是打量黃裳的過於醒目的穿著，可是黃裳卻不耐煩了，總覺得人們是在監視著她和他。她想熄滅那些窺視的眼睛，想遠離那些人，可是不論走到哪裡都是人，走完這條路前面是個十字口，四邊的路也都是人。哪裡都有人，有路就有人。有位作家說，世上本沒有路，因爲有人走過，於是就有了路。可是現在，所有的路都有人走過了，也就再沒有路了——路已經走到絕處。

月亮升起來了，極細極尖的一彎，倒是碧青雪亮的，然而太細了，使足了力氣也沒有多少光照下來，黃裳穿著白色緞質的旗袍，披著滿繡帶流蘇的長披肩，就好像盛不住月光似的，那光亮落在她身上，便一路滾下去，落在地上，跌碎了。而她纖細的鞋跟敲在月亮的光上，每走一步便又踏碎了一隻月光的鈴鐺。

終於她在呂班路口停住了，望著他清清楚楚地說：「就在這兒分手吧，以後——我們不要再見面了。」他只聽到「喀」地一聲，從心底裏冷出來，彷彿那裏也有一隻鈴鐺被敲碎了，再也黏補不起。

他看著她，這美麗嬌豔如同波切提利筆下《初生的維納斯》般的少女，冉冉自海上升起，嬌慵地立在兩片巨大的蚌殼間，皮膚潔白緊致，眼神略帶迷茫，她的臉上甚至還反射著貝殼的珠光。當她堅定地說著「分手」兩個字的時候，嘴角抿著堅決，可是眼裏卻分明寫著留戀。

他從來沒有見過美得如此有靈魂的一張臉，美得令人心碎。自從他在她的生日宴上第一次見到這張臉，就感到深深的震撼。那是他自懂事起就有的一種愛情理想：在一個雲淡風清的夏日午後，在醇酒的芬芳和音樂的飛揚裏，共一個高貴冷豔的女子隔桌而坐，面前是兩杯紅如血的葡萄酒和一瓶新鮮的插花，光豔嬌媚正如對座女子絕色的華衣——那該是一個男子為之奮鬥的終身目標吧？

他做到了。可是後來他卻又不止於這希望了。他想進一步認識她，永遠地陪伴她。而她卻對他說分手，臉上流動著破碎月光般的哀淒。有什麼辦法可以讓那張臉重新綻露出燦爛笑容，而不是憂傷與絕決呢？

這段日子以來，他的心，一直徘徊在那個月光破碎的晚上，想不出一個再見她的理由。他知道她愛他愛得很辛苦，可是他愛她卻只有愛得更加艱難。她的背後，尚只是一個不贊成他們戀愛的姑姑，而他身後，卻有拉拉雜雜的一大家子人，甚至是一整個時代的人，還有他的出身、經歷、地位、立場、前途和性命。

在這個亂世裏，他們的愛情阻礙不僅僅來自通常一對不合相愛的男女所慣會遇到的門第隔閡和家族阻撓，更還有整個的時代背景所強加在他們身上的政治力量，以及立場與信仰上的尷尬。

他左右遲疑。

而這時，家秀突然找他來了。莫非這位姑姑擔心自己不肯放棄，要來當面興師問罪不成？但是家秀的第一句話卻是：「我今天來，是想請蔡先生幫一個忙。」

蔡卓文欠一欠身，將驚訝隱藏在頷首間：「請問什麼事我可以效勞？」

家秀道：「你是認識柯先生的吧？我剛才聽說，他被憲兵隊抓走了。」

「柯以？」蔡卓文微微吃了一驚，「這是什麼時候的事？」

「就在今天下午。說他是共產黨，可是柯先生不過是個導演，剛從歐洲回來沒多久，一心搞藝術的人，我們認識這麼久，他從來沒有談過政治的，怎麼會是共產黨呢？」

蔡卓文徵求了家秀的同意，點燃一支雪茄煙，吸了兩口卻又擱下了，沉吟說：「柯先生的事我不是很清楚，但這之前也聽到點風聲，說他的確是共產黨，而且是地下組織裏一個不小的頭目，導演身分只是掩護，他真正的任務，是宣傳抗日。他們這次逮捕他，八成是獲得了較可靠的證據，只怕我也很難說得上話。」

家秀沉默了，可是不久，她的咖啡杯裏落了一滴淚進去，俄頃，又是一滴。這一刻，連她自己也很震驚，沒有想到自己對柯以的關心竟是如此之切。她是愛著柯以的，現在她知道了，可是柯以卻已經身陷囹圄，讓她再沒機會告訴他她對他的愛。

蔡卓文被那無聲的眼淚軟化了，他想起了他自己同黃裳，如果有一天他犯了事，不知黃裳會不會爲自己這樣流淚飲泣。他拿起那雪茄煙，因爲擱了一會兒沒吸，煙已經自動滅了。他猶豫著要不要再點燃它，侍應已經跨前一步劃了火柴殷勤地遞上來，他也便就勢引燃了，深深吸了一口，小心翼翼地措著詞：

「這樣吧，黃小姐，我答應您一定會盡力……我以前在南京的時候，同日本大使館的書記官池田先生有一點交情，或者可以說得上話……不過池田是文化官員，政治的事不一定做得主……什麼時候放人我不敢保證，但是至少，柯先生應該不致太受苦……」

遠遠地，樂隊奏響了一支爵士樂曲，舞池裏有零星的幾對情侶在跳華爾滋，飛揚的青春，飛揚的裙。

家秀低著頭，重新抬起的時候，她的眼睛亮亮的，但是已經沒有了淚水，笑容堅定，截口說：「多謝您費心。柯先生出獄後，我想請蔡先生到家裏來用茶點，希望您能賞光。」口吻中有種異常果決爽利的味道，似不容商榷，略帶催促，不知是在催促蔡卓文加緊辦事，還是在催促自己快下決心，生怕過一刻便會後悔似的。

卓文一震，看不出這清秀斯文的女子討價還價起來，竟有這般胸襟手段。她話裏的意思，分明在暗示自己，如果可以救得柯以出獄，便從此獲得與她侄女兒自由交往的權利。他微微瞇細了眼睛看著家秀，這個高貴的女士竟然瞬息萬變，看她剛才無語落淚的樣子，你會以爲她是楚楚柔弱無主見的，可是錯了，她談條件的時候，是比男人更果斷，更直截，更切中要害的。這是一盤交易呢，對方已經開出價碼，他要不要接手？

3

雖然有蔡卓文的鼎力相助，柯以卻還是關足了一個月才給放出來，好在沒有受拷訓。他走出貝公館的時候，看到家秀站在對面教堂門前的小廣場等他。

陽光很明媚，照得她渾身像一個發光體，周圍有鴿子在盤旋地舞，襯著背後教堂高高的尖頂，看著就像拉菲爾筆下的西斯汀聖母。她平靜地笑著，彷彿這裏不是憲兵隊，柯以不是剛從獄中出來，而是剛自歐洲雲遊回國，她到飛機場來接他。她那種溫和的微笑，使柯以忽然有了一種回家的感覺，十分心動。

他同她一同坐在汽車上，含笑地說著一些關於天氣和鴿子的閒話，她沒有問起「公館」裏的情況，他便也不提起，明明是驚濤駭浪的劫後重生，可是他們兩人的樣子，卻只像風平浪靜的小別重逢。直到分手前的一刻，她才含著笑，不經意地提起，明天下午在家裏有一個茶會，希望他能參加。他問她都請了誰，她仍然笑著，笑容卻有些不自然，答說只有一位蔡先生。他全明白了，心中湧起一股說不清的酸澀。

可是到了第二天，柯以提了一籃水果準時準點地來赴約，家秀卻說蔡先生昨日回了老家，不來了。於是柯以成了唯一的客人，主人倒有三位，分別是依凡、家秀和黃裳。

茶座設在陽臺上，黑鐵的雕花茶几上鋪著手繡的餐巾，與之配套的雕花椅子，旁邊推車上一格格放著茶、咖啡壺、新鮮橘汁、冰塊、糖盒和奶盅，點心只有幾樣，但是很精，最上層是一隻大花籃，裏面怒放著幾枝五色天堂鳥，周圍一圈風鈴草，顏色分明。

依凡穿著白色綉錦短袖旗袍坐在茶几旁，是一尊安靜的石像，見到柯以，只是微笑，並不招呼。柯以嘆息，她是每見一次更比前一次呆了。

黃裳珍惜地把花籃抱進臥室，茶宴也就開始了，家秀因為看到柯以注意地看著那花籃，解釋說：「是蔡先生送的，他昨晚來道別。」

柯以問：「黃裳和蔡卓文……真的是在戀愛嗎？」

家秀在這件事上是多少有點心虛的，聞言低了頭，說：「也不能那麼說……普通朋友就是了。我本來也不贊成他們來往，可是……」

柯以斬釘截鐵地說：「這件事要儘快阻止。蔡卓文的背景不簡單，黃裳同他來往，會毀了自己，說不定要背上一世罵名。你對他禮讓，小心會引狼入室哦。」

家秀聽他說得嚴重，臉色大變。更欲再說，黃裳已經回轉來，邊走邊笑著說：「我說怎麼這兩天總是聽到鳥叫呢，姑姑猜怎麼著？我的後窗臺底下，燕子在那裏築了一個巢，還養了一窩小燕子呢。」

柯以同家秀的談話就此打住了，他注意地打量著黃裳，這個女孩的眼中明顯有了許多心事。她以前的眼睛是清澈如水的，如今卻深得像一潭古井，鎖著千年的秘密，只等待夢中的王子來開啓。她的王子，是蔡卓文吧？正想旁敲側擊地點她幾句，崔媽進來說：「大爺府上的坤小姐來了。」柯以忙站起相迎。

黃坤已經一陣風地進來，笑容滿面地招呼：「姑姑，好久不見，你這陣子氣色愈發好了；阿裳，我不來找你，你從來也不知道找我，可想死我了；柯老師也在這兒，這可真是相請不如偶遇。你們可真是，喝下午茶這麼好的節目也不叫上我，就不許我這俗人也沾幾分雅氣麼？」

家秀笑道：「瞧你這張嘴，一會兒功夫，倒把人人誇了個遍也埋怨了個遍。你說的，相請不如偶遇，既然這樣，快坐下來喝杯茶吧。」

崔媽也上來侍候，問坤小姐要什麼飲料，有無特殊口味。原來，在「水無憂」裏，雖然廚子、女傭各有安排，但是每每來了黃家的親戚，還是老僕崔媽招呼，顯得親切。

黃坤坐下來，緩緩地說明來意。原來，陳言化借人家的小會議廳搞了個畫展，願意提攜黃坤，撥出一角來讓她也拿出部分畫稿參展。黃坤想著，自己學粉彩畫的時間尚淺，還不懂得塗炭精粉，筆下的美人個個呆口呆面，遠遠比不上老師的活色生香。畫作並排，高下立見，沒的丟人現眼。倒不如拿些速寫美人出來，雖則稚拙，然而線條誇張，有意趣，說不定倒可以出奇制勝呢。

打定了主意，她便興頭頭地，又提著畫了幾十幅速寫，總標題《上海女人》，一併拿過來請黃裳幫忙配幾行文字。這開畫展本來就是爲了軋熱鬧、出風頭，如果上海第一美女的畫配上上海第一才女的文，豈非相得益彰，大有噱頭，簡直金蘋果掉進銀網兜裏一樣醒目漂亮呢。

黃裳笑著，並沒有追問她誰是金蘋果，而誰是銀網兜。只是拿起畫稿來一張張翻著，果然有幾分意思，倒也技癢，隨手便題了十幾幅畫。

黃坤大喜，她以自己的心思揣度，總以爲女人都是天生的敵人，漂亮的女人尤其如此，而漂亮又有名氣的女人之間，簡直就是不共戴天。她本來準備了一大堆的奉承話和種種優厚條件來交換黃裳的幫忙，沒想到竟然全用不上，黃裳如此痛快地就答應了。

她看著那些配文，在一個穿著極單薄的透明衣裳跳卻爾斯登舞的時髦女郎圖旁，黃裳寫著：

女人有時是爲了跳某種舞而換衣裳，有時卻是爲了穿某件衣裳而選跳舞——戀愛和婚姻的關係也是如此；

一個置身於九位女士的虎視眈眈之下的西裝青年的圖旁寫：

鶴立雞群是一種姿態，孤獨，而高傲；鵝立鴨群（準確數目字是四千五百隻鴨子）卻是一種酷刑，非但孤獨，簡直殘忍。

對拋媚眼的女郎的評價是：

秋波的意思是睜一隻眼閉一隻眼，而睜一隻眼閉一隻眼的意思，則是瞄準；

緘口不言的女郎卻是：

用嘴巴說話的女子，再能言善道也是本色演員；用眼睛說話的，才是演技派。

黃坤看得笑起來，睜著一雙風情萬種的眼睛問：「那麼，在人生舞臺上，我算是第幾段呢？」

黃裳笑著恭維：「你是一個有演技的本色演員。」

柯以指著「鵝立鴨群」的那一張，大惑不解：「意思倒也機智，可是四千五百隻鴨子是怎麼回事？」

黃坤大笑：「你沒聽人家說過：一個女人等於五百隻鴨子嗎？」

家秀皺眉道：「太刻薄了，物傷其類，相煎何太急呢？」

黃裳垂手領教。黃坤卻慣例聽不進這些老姑婆理論的，只管催著黃裳往下寫。這一個下午，便在黃坤的「妙筆」生花和黃裳的「妙語」如珠中度過了。

柯以走後，家秀一直記著他說的卓文身分曖昧的話，宛轉地探問起黃裳的心意，都被黃裳三言兩語岔開了。無奈只得挑明了話直說：「我答應你同蔡卓文來往，是覺得他不像一個壞人，可他的身分畢竟太特殊了。政治的事我不懂，但他結過婚，這總不能不計較，你還是問清楚的好。」

其實黃裳心裏未必不焦急，然而叫她如何開口去問呢？他並沒有向她求愛，連稍微明白點的暗示都沒有。他非常在意把握同她在一起的機會，可是難得在一起了，他卻又多半表現得心不在焉，彷彿有幾座山壓著似的。她完全不知道他心裏的想法，只是覺得，每次見到他她就很想哭，這好像是從他們初次相識就開始，每次面對他，她都有一種流淚的感覺，悲哀地，感到世事的無法掌握。

最初姑姑明令禁止他們來往時，她儘管不捨，但也下定決心不再理睬他了。可是後來爲了柯以的事禁令解除了，就好像歇了一冬的溪水重新解凍開流，是再也止不住的了。當她見到他，她就滿心滿眼裏只有他，而當他不在面前，就好像全世界都落空了，一切都沒有意義。以前她總覺得只要她給他打電話，他便一定會出現，所以從來沒有想過要主動去電話。可是現在她明知道找不到他了，卻反而將他的號碼背得爛熟，一次次地打過去又掛斷，在那「嘟嘟」的電流聲裏體味著一種絕望的思念。

如果相思可以像樹種一樣播種，那麼現在她一定已經擁有一片相當茂密的森林。如果是那樣，或許她的心會好過些，比較不那麼無望，會爲他執著地守護著她的林子，等他歸來。

但是不，相思完全是一種虛幻，沉甸甸卻又空落落的，是一廂情願的鏡花水月，打撈不起，也俯拾不得，相思越沉重，心就會越空虛。

那夜，也不知是不是真的，睡到一半，聽到電話鈴響，拾起來，對面卻沒有聲音。她忽然就有一種強烈的感覺：是他！一定是他。彼端傳來極其壓抑的哭聲，混著風雷隱隱，似近還遠。

她望向窗外，月亮像一隻倒扣的油碗，碗底滲出油來，把印藍的桌布暈染得濛濛的，但是並沒有雨。那麼，對方不是在上海了。他並沒有回來。還在鄴都吧？

她握著電話，也不追問，就那樣靜靜地坐著，任淚水紛紛灑灑地落下來，心底一片清涼。

過了一會兒，聽得「喀」地一聲響，對方掛了機。可是她仍然不肯放下聽筒，就那樣坐至天明。

天一點點地亮了，太陽升起來，隔著窗紗照在她臉上，都是淚。

十三 開到荼蘼

1

蔡卓文足足在鄉下耽擱了一個多月才回上海，回來的當天即給家秀打電話，說如果方便的話，希望次日可以容他登門拜訪。

這是蔡卓文的第一次正式登門——以往他都是約的黃裳在外面見——所以十分鄭重，不僅照常買了花籃，還特意備了四樣花式點心及一套青花瓷的日式茶具——來之前本向店員打聽清楚來歷，準備獻禮的時候解說兩句的，及至一進門，迎面見到百寶格下一左一右對立著兩隻半人高青花釉裏紅的宣德瓷瓶，刻繪著「竹林七賢」的圖案，雖不很懂得，也猜得到價值不菲，最難的還是尊貴而不張揚——便把要說的話咽住，只寒暄著打了招呼，道些叨擾之類的例話。

這時候因爲比前次柯以來的時候又晚了一個多月，天氣已經涼下來，因此茶桌就擺在客廳裏。依凡由崔媽陪著去瞧醫生，今天並沒在場，陪客除了家秀、黃裳外，就只一個柯以，見到卓文，趕緊立起，臉上雖然笑著，卻有幾分不自然。

原來，家秀因爲那天聽了柯以的話，對於自己允諾蔡卓文同黃裳重新來往這件事十分不安，不願意他們單獨見面，卻又不便拒絕，於是把柯以請了來，希望他能夠阻止。以前柯以以導演的身分，原同蔡卓文常見面的，可是現在他身分暴露，兩個人站在絕對的對立面，而且從「貝公館」裏有驚無險地脫身是承了蔡卓文的情，道謝呢，未免與主義不符，不道謝又有得便宜賣乖之嫌，片刻之間，竟不知道該用什麼態度來應酬。

家秀知道這裏的緣故，所以不等坐定，便命下人急急推出茶几來。今天開出的是英式皇家奶茶。家秀將預先泡好的紅茶倒入一隻景德鎭挖金圓口大杯裏，杯上架一支前面有勾的銀匙，匙裏盛著一點蔗糖，然後將白蘭地細細地淋在糖上，點燃。藍白而冷峻的火焰徐徐燃燒，空氣中立刻瀰漫了一股白蘭地醉人的醇芳。

柯以詫異：「今天怎麼想起喝這個？」家秀笑而不答。柯以又說：「這讓我想起當年我們在英國……」話說到這裏，忽然咽住，代之以輕微的一嘆。

家秀心裏也是「嗒」地一下，無數往事一起堆上心頭，可是不知道柯以感慨的到底是英國的什麼，是他與自己和依凡的初識呢，還是他與已逝的柯太太的往事。於是也就不搭話，只是凝視著藍色火焰的跳舞。蔗糖焦甜的芳香令人如夢如幻，大家一時都靜默下來。

隔了一會兒，柯以說：「聞到這蔗糖香，倒讓我想起桂花鹵來了。記得小時候，我最喜歡吃的就是桂花糕。那時候我母親還健在，每年八月是一定要做桂花鹵的，搖桂花簡直是家裏的一個大節目呢。全家老小扯了白被單站在桂樹下，我爬到樹上去，活猴子一樣跳來跳去，把桂花搖落一地，我媽媽一點點摘撿乾淨，曬得半乾，一層桂花一層蜂蜜，用陶缽收了埋在地下，過一半個月就可以取來吃了，一開罈，那股子香味喲……」

他說著閉上眼睛，對著空氣深深一嗅，那樣子，就彷彿三十年前的桂花香如今還在似的，引得家秀和黃裳都不由笑起來，免不了也談些做桂花茶的訣竅，氣氛漸漸活躍，大家也都輕鬆起來，談起電影圈的一些事。

但是話題扯著扯著，便從電影扯到了戰爭。黃裳說：「聽說下令把對白裏的『鬼子』都改了，要叫『敵人』，有這個必要嗎？」

柯以答：「這還算輕的，前不久一個片子，讓把戰爭背景改成了土匪洗劫，那才叫不倫不類。都是日本人的把戲，欲蓋彌彰。」他本是一個城府很深的人，但是現在身分已經暴露了，又剛自憲兵隊出來，梗直的本性便顯露出來，說話再無所顧忌。

黃裳也跟著說：「日本人現在越來越不像話了，聽說前不久還有女演員被押著到軍艦上給艦隊司令獻花。」她不知道，這「獻花」醜劇的幕後導演正是蔡卓文。

蔡卓文因出身微寒，是每每到了這樣場合便要自卑的，若是在公眾地方又還好些，因爲畢竟身分尊貴。可是到家裏做客，卻是實實在在的人家地頭，高下立見了，尤其喝茶賞花這樣的小節上，往往最能見出一個人的底牌，因此一上來便做出老僧入定狀，沉默少言。及至聽到柯以談及政治，就更加惜墨如金，三緘其口了。

家秀雖然並不清楚這其中的玄妙，但是看到蔡卓文的臉色越來越難看，已經猜到幾分，故意打岔說：「莫談政治，難得糊塗，來來，喝茶，喝茶。」

柯以卻不放棄這個話題，接著說：「所以說娛樂界已經沒有人身自由。黃裳，我正想勸你呢，不如暫時停止寫作，等到趕走了日本人，時局穩定，再重新執筆。」

黃裳淡淡一笑：「學梅蘭芳罷演？不，我不這麼認爲。我的作品裏並沒有政治的味道，我只是表現情感，不管什麼樣的世事，哪個政府當道，人們活著，總是要談愛情的吧？我也就只有這麼幾年青春，這麼幾年熱情，等到你說的那一天，萬一我老了，你就是拿槍逼著我寫，我也寫不出來了，那時豈不遺憾？」

她說這話多少有一點賭氣，因爲她也發覺了，柯以這段話除了勸自己，也是衝著卓文來的，暗示他不要耽誤了她。可是她不覺得他對她有什麼耽誤，他對她從來無所求，相反地，只要是她的事，包括她的朋友的事，他都會盡心去幫忙，柯以不就是在他的奔走之下給釋放出來的嗎，如何傷疤沒好就忘了疼，貼著膏藥倒罵郎中呢？

柯以覺得了黃裳的逆反，無奈地搖搖頭。他非常珍惜這個子侄輩的聰慧女孩，然而她對藝術那樣敏感，對立場卻太糊塗了，滿腦子卿卿我我，完全沒有政治觀念。如今又交上了蔡卓文這樣一個背景複雜的朋友，就更加令他擔心了。

自始至終，蔡卓文一言不發，又坐一會兒，便提出告辭。黃裳本來一直客客氣氣地稱他「蔡先生」，這會兒卻忽然親親熱熱地說：「不，卓文，你別走，上次跟你說『開到荼蘼花事了』，你說從來沒見過荼蘼花的，這兩天正趕上開花，我帶你去看。」說著牽了卓文的手走到陽臺上去。

柯以尷尬，只得提出告辭，黃裳也不理會，只待在陽臺上假裝沒聽見，由得家秀送他下樓去。

站在陽臺上居高臨下，可以清楚地看到柯以清瘦的背影在黃昏裏顯得有些淒涼落寞。他向前走了幾步，走到汽車前，忽然停住，回頭，他們的目光於空中相遇了。卓文竟然不自禁地向後退了一步。黃裳卻以眼光勇敢地迎上去，毫不退讓地直視著柯以。柯以淒慘地笑了，取下帽子向她輕輕揚了揚，這才坐上汽車開走了。

卓文心頭一時悵惘莫名，只看著花架子淡淡地說：「原來這便是荼蘼了。」

正是荼蘼花開季節，一朵一朵細小的白色香花攀在架子上，盤旋而上，花莖上有極細的鉤刺，葉子呈羽毛狀，每有風來，便翩然欲飛，陣陣幽香浮泛在夜色中，彷彿呻吟地叮嚀：「天晚了，花就要謝了，珍惜哦！」

黃裳輕輕說：「傳說荼蘼是所有花裏開得最晚的一種，等到荼蘼花開的時候，別的花也就都謝了，夏天也就完了，所有的花事也都該結束，所以又有詩說：『開到最後是荼蘼』。」

荼蘼花開的時候，所有的花事都該結束，可是他們的故事，才剛剛開始。

黃裳今天穿著的，是一件綠色有荷葉袖的大篷歐式裙子，肩上垂下白色的花球，同腰間的絲帶一起在風中微揚，襯著幽微浮動的花香，有種恍惚出塵的意味，彷彿隨時都會因風遁去，遺世飛仙。當她說著這番話的時候，她的臉上就自然流露出黃昏的悽惶，格外引人生憐。

卓文看著，忽然就覺得躊躇，暑去寒來，這並不是一個適合開花的季節，他真的要同這花為肌膚雪為柔腸的女孩子開始一段秋天的故事麼？也許柯以說得對，他是不該耽誤了她的。該告辭的人，應該是他而不是柯以，可是她把他留住了，她真的知道自己在做些什麼嗎？她不過是一個天真熱情的女孩子，因了文學的敏感而較普通女孩子更加感性也更加任性，別人越是要反對的事情，她就越是要堅持，義無反顧。可是，自己已經年近不惑，利用一個女孩的天真來爭取她的感情，不是太自私了麼？

茶蘼的芬芳在黃昏裏暗香浮動，卓文的心中，盛滿了初秋的荒涼。在他永遠爭取著的生命中，第一次想到了放棄。

2

這個晚上，上海灘不知道有多少人徹夜不眠。

正是亂世，睜著眼等待天亮的人不計其數，只不過，有的人是因爲貪戀春風夜夜笙歌，生怕過了今夜再沒有明天；有的人卻是因爲擔驚受怕不能成眠，只等天一亮再奔出去撲殺；還有些人，已經睡了，而且開始做夢，可是，不是夢沒開始就已經夢魘，就是夢做到一半突然被掐斷了……

很少夢可以做得圓滿。

而蔡卓文，他在今夜的夢裏又回到了蔡家村。

蔡家村是長江北岸酆都縣郊一個僅有十多戶人口的小村，村上祖祖輩輩，半耕半漁，只是不出讀書人。難得寡婦蔡婆婆的兒子蔡鐲子拔了頭籌上了大學，成了村裏天驚地動的第一件大事，可以寫進村史裏的——如果這村子有人會得寫村史的話。

可是這兒子自出身後，似乎也沒做過什麼好事，既沒有像大家期望的那樣捐出錢來修橋鋪路，也沒有帶領一村老小雞犬升天，甚至不曾給他老母妻子榮華富貴——相反地，他提出休妻。他的妻秀美有什麼不好？文能理家教子，武能撐船種地，性情溫柔，模樣俊俏，除了不識字，簡直就是刀尺斧量著鑿做出來的一個完美人兒。這些個年來，她替他生兒育女，侍奉老母，一不曾偷情養漢羞辱門楣，二不曾摔盆砸碗敗壞家風，她有什麼錯，犯了七出哪一出，竟然要被他休掉？天也不容！

因此全村上下義憤塡膺的，都要拿這蔡鐲子——出身以後改了名叫蔡卓文——來公審。還是他髮妻秀美替他求情，說叔伯大爺們，丈夫既出了身，如今已是千金貴體，經不住大呼小叫的，千萬不要嚇壞了他，他要休我，原是我不好，不懂得體恤他的心意。如今必是他在外面遇到了比我更好的。想那上海的小姐又會讀又會寫，又時髦又高貴，自然比我好上十倍的，倒也不怨得他變心。只是我侍奉婆婆這麼些年，婆婆比娘還親，我還養了這兩個孩子，孩子是姓蔡的，可也是我親生親養，這些個骨肉親人，都是我放不下的。求各位叔伯大爺們做主，他要休我，只管叫他休，只是要逼我離了蔡家的門，除非等婆婆過了百年，兩個孩子都長大成人，不然我是無論如何捨不得丟下他們的。

村裏人大爲感動，至於哭了，更加交口稱讚這秀美賢德而卓文無良。

蔡婆婆在兒子長久遠行時同媳婦兩個住著，免不得碟子碰碗，也未必沒有一點心病，但如今兒子要拆散這個家，她卻是立場鮮明地站在媳婦這一邊，念起她的好來，因此也是一把鼻涕一把淚地訴道：

「兒啊，你就是不念你們一日夫妻百日恩，也須念我生你養你一片心。你爹死得早，我只差帶著你去要飯，是親家母一隻金鐲子典賣了，才幫得我母子兩個過了難關。所以我們兩家便結了親，爲教你記住這份恩，把你的名字改了蔡鐲子。沒想到你進城不上兩年，改了名字，就把恩也忘了，現在回來說要休妻。這妻也是隨便休得的？你不要媳婦，是不是連我這老娘也不要了？你要休，你自己去休，我卻是不認的。她叫了我一聲婆婆，她便是我一世的媳婦。你不要她，我索性認她做閨女，以後我同你的兩個娃兒都不同你相干，我們娘兒四口三代人自己過日子，生死都不要你過問。」

蔡卓文被逼得無法，只得將這事暫且放下，再不提「離婚」二字，但也絕不肯與秀美同房，寧可獨自搬到柴房去睡。一日三餐都由蔡婆婆送到柴房，也只吃得半碗，任憑勸說哭罵，只不肯說半句話。

一夜風雨大作，他在雷聲中想念黃裳想得心痛，幾乎肝腸寸斷。覺得如果不馬上聽到她的聲音，簡直就會瘋掉。在那個風雨之夜，他如一個客死異鄉的趕路的亡魂，在風雨中走了十幾里的山路，趕到鎮上，砸開電話局的門。可是電話接通，他卻又突然失聲了。他不知道該說什麼，長大以來，他第一次痛哭了，哭得嘔吐起來。

但是他的心卻平靜了。他感受到了對面黃裳的存在，那麼溫暖地、真實地存在著。他要離婚，他要娶她，他要同她在一起，一輩子！

從雨中回來，卓文就病了，吃什麼吐什麼，懨懨地再不肯說一句話。蔡婆婆眼見兒子態度堅決，形容憔悴，十分心疼，倒又後悔逼得他急了，自思為著媳婦得罪兒子到底不值，聲口便軟了，私下裏同秀美商量：

「這男人總是貪嘴的，吃著鍋裏的望著盆裏的，你越不叫他吃，他越要惦記著，倒是索性由得他也罷了，吃夠了，自然也就氣平。好閨女，我說得出做得到，他不當你是媳婦，我總當你是閨女，只要你容他再娶，我管保爲你做主，不許他攆你出去。反正他就是不離婚，在家的日子也是有限，關起門來，還不是我們娘兒四口過日子。不離婚是這樣，離了婚也是這樣，一張紙兒罷了，有什麼打緊？」

如此這般說了半晌，秀美十分委屈的，但也終究無法，只得點頭答應了，道：「一切只憑婆婆做主。」

蔡婆婆便又向兒子交涉：「你要休妻，只管寫休書來。你媳婦是個剛強人兒，不會硬賴著你不離，可是你要趕她出門，卻是萬萬不可。一則她娘家人已是死絕了的，你如今要她走，她卻走到哪裡去？當年親家母一隻鐲子救了你我，現在就是爲了報恩，我也得認她做個閨女兒。二則你總之是要回上海的，到那時丟下我同你兩個娃兒，老的老小的小，誰來撐持這一家子？雖說你每月有錢寄回來，到底有些錢買不來的便宜，總得有人動手去做。你媳婦原是咱家裏裏外外一把手，頂梁柱子，你現在砍了她，只怕我同娃兒有個三長兩短，死在屋裏都沒人知道。那時候就算有人飛著去給你報信，你飛著回來，只怕也是來不及了。」

卓文雖覺爲難，然而想來想去，也別無他法，唯有答應了。

於是蔡婆婆擺香案請了村裏長翁做證，令卓文寫休書與秀美，就此了結了他們的夫妻關係。秀美嚎啕大哭著磕了頭，照舊扶老攜幼回到家裏，如往常一般操作忙碌。所謂離婚，不過是多了一張紙，一家四口三代的生活格局可是一絲不變。卓文深以爲荒唐，然而蠻荒之地自有蠻荒的規矩，他亦只有從俗。

又隔了兩天，他便起程了。本來下定了決心要回到上海，同黃裳攤牌正式展開追求的，可是那荼蘼花傷感的芬芳竟然令他卻步。他忽然覺得自己回鄉離婚的舉動固執激烈得可笑。那一切是爲了什麼呢？

他在夢中對妻子秀美表白：「我不是不再愛你，我是壓根兒也沒愛過你。我們兩個，人人都以爲是天生地設的一對夫妻，可是唯獨我自己，我從來沒有想過要過這樣的日子，更不想過一輩子。」

秀美在生活中本是沉默寡言不擅言辭的一個人，可是在他的夢中，竟變得伶牙俐齒能說會道起來，她說：「你不要口口聲聲『我我我』，你是個什麼東西，你自己不知道，可是我很清楚。你同我一樣，不過是蔡家村裏的兩棵草，到大城市裏看了幾天西洋鏡，喝了幾杯東洋酒，就以爲自己是香花了，就嫌棄起我來了。可是你別忘了，你姓蔡，早晚還要回到這蔡家村裏來的，到那時候，你才知道我的好，也才知道你自己到底是個什麼人物兒。桐油缸裝桐油，香油缸裝香油，你以爲你是能改變得了的嗎？」

夢做到這裏就醒了，倒驚出卓文一頭冷汗來。在夢裏，他是那樣地張口結舌，無言以對，直至醒來，也仍然覺得心寒，覺得悲涼，會嗎？他是姓蔡的，終究還是要回到蔡家村的，會是這樣的嗎？

電話鈴忽然知趣地響起來，好像知道他這會兒剛好醒了一樣，可是拾起聽筒，那邊卻又毫無聲息。卓文「喂喂」了兩聲之後也就不再問了，他已經猜到那是誰，只爲，他自己也曾做過同樣的傻事，在那個山村的風雨之夜。

他就這樣拿著聽筒，不說話，也不放下，只愣愣地流了一臉的淚。

夜裏半夢半醒時候的人是最真實的，所有的悲喜與愛恨都毫無遮攔，他暢快地流著淚，只覺生命從來沒有如此刻這般充實過。也許一生的渴望不過如此，就是知道電話對面有一個人在關注他，不必多說一句話，只要雙方各持聽筒，默默地守在電話線兩端已經足夠。只要，知道她在。

3

那以後，卓文雖然仍同黃裳來往著，卻儘量避免再到「水無憂」來，兩人的交往始終維持在友情的分寸上，不能進展一步，倒反比前更冷淡了似的，眼看又要成為第二個柯以與黃家秀。

男女交往，到了一定的時段，如果不能有所突破，便多半要無疾而終的。對於這一點，黃裳和蔡卓文倒也都明白，可是在黃裳，是一直顧忌著卓文已婚的身分，步步為營，不肯略做有失尊重之舉；在卓文，則不消說，一直在猶豫著，對待自己的前程與黃裳的心思都處在摸索階段，不能痛下決心。

轉眼入秋，卓文頻頻往南京開會，見黃裳的次數就更少了，每每見面，也多半憂心忡忡，若有所思。黃裳知他是為時局煩惱，向來怕聽這些，也不詢問，只隨意聊些風花雪月也就散了。

可是這一天，她忽然接到卓文電話，說他自南京回來，已經三天了，可是因為受了傷，不方便出門，大概短期內不會再見面。

黃裳大驚，顧不得矜持尊重，顫聲說：「那麼我去看你。」

卓文不許。黃裳急得聲音提高起來，已經有哭音，而且十分堅持，卓文便改了態度，說：「那麼，還是我去看你吧，你在家等著，我這就來。」

他沒有要黃裳久等，果然很快就到了，穿著黑風衣，遮住還吊著繃帶的左臂，樣子十分憔悴。這天依凡恰好在家，就坐在客廳壁爐旁，看到卓文進來，也不站起，也不問候，只微微點頭笑了一笑。

這是卓文第一次見到依凡，聽黃裳介紹說「這是家母」，不禁有些怔忡。依凡的美麗和蒼白都令他惶惑，她坐在那裏，端莊淑靜，不像一個人，倒像一尊神。

他忽然就有些囁嚅，用好著的右手摘下帽子行了禮，叫聲：「黃太太。」

黃裳在一旁更正：「我媽媽是趙小姐。」

卓文又是一愣，心中更覺敬畏。

黃裳急急問起他的傷勢來，憂慮之情溢於言表，卓文有些感動，卻不願意多談，卻反問她上海最近有些什麼新聞沒有，又說：「這次認識一個外國人，跟我講起南非馬達加斯加附近海域一個捕漁家族維茲人的故事，他們成天漂流在海上，專門靠捕鯊為生，咱們中國的魚翅就多半是從他們那兒來的。在他們的語言中，『維茲』的意思是『划槳的人』，他們把賴以為生的『帆』叫做『lay』，就是『逃走』。因為他們的祖先是依靠帆逃脫英人俘虜，獲得自由的。」

黃裳起先不明白卓文為什麼專門找些沒緊要的話題來說，但是漸漸也就想清楚，倒不由紅了眼圈，順著他的意思說些閒話：「那些人與鯊魚為敵，他們的生活一定很苦。」

卓文卻苦笑著說：「也未必啦。生活雖然苦些，卻簡單，只要捕獲一頭鯊，足夠半年的開銷呢。而且，他們不算是與鯊為敵，鯊應該說是他們的朋友才對。在維茲族人裏流傳著一個故事，說曾經有個捕鯊的人半路把船壞了，不幸落水，就快要淹死的時候，一隻犁頭鯊救了他，背負著他把他送到岸上，但是對他有一個要求，就是要他轉告維茲人，說：『你們可以捕獵我們，但是不可以滅絕我們。』因為鯊魚與維茲人有了這樣的君子協定，以後維茲族就有了個不成文的規定，就是不許捕獵幼鯊，而且，見好就收，只要可以維生，便不再趕盡殺絕。」

荼蘼花的香味從窗子裏吹進來，已經半殘了，葉子都垂掛下來。卓文想起黃裳說的「開到最後是荼蘼」的話，長長嘆了口氣，感慨說：「有時候，我真要羨慕維茲人的生活呢，那麼簡單合理，一切都遵循大自然的法則，有例可援。不像我們，狼狽辛勞地活在世上，不知道什麼是對，不知道什麼是錯，不知道生之快樂，也不知死之將至，真是連草木也不如。」

黃裳看著他，從相識以來，還是第一次看到他這樣消沉彷徨，並且竟然有歸隱的意思呢。他的眉頭緊鎖著，眉間擰出一個深深的「川」字，眼睛裏滿是沉鬱和厭倦，偶爾一笑，也都充滿苦澀。她低了頭，再討厭政治，再不問世事，也多半猜到些事實。終於，她問：「南京那邊……是不是有什麼事？」

卓文吃了一驚，抬起頭注意地看了她一眼，想設辭支吾，話到嘴邊，卻突然變成：「你知道李士群的事嗎？就是那個警政部長李士群。」說出了口，他也才驀然發現自己一直煩著的是什麼，原來這個名字一直堵在心裏的，時時刻刻，如梗在喉。

看到黃裳疑惑的眼神，他嘆了口氣，簡短地介紹：「李那個人，城府既深，手段又辣，不知道為自己留了多少條後路，一邊拿著汪先生的俸祿，一邊和重慶軍統暗中勾結，一邊又和中統有聯繫，又密見中共高級代表潘漢年，還給蘇北新四軍送過藥品物資……可是白做了那麼多文章，竟然誰也不買他的賬，重慶戴笠下了暗殺令，日本憲兵隊也想要他的命，就是南京的幾個同仁也都欲除他而後快，如今到底被毒死了，都不知道是誰下的手。他的奠禮我也去了，那樣一個大男人，個頭也不小，可是不知道中了什麼毒，身子縮成一隻猴子樣，可怕到極點。我看著他火化，覺得看著的簡直就是我自己呢，也不知道什麼時候會輪到我，不知道哪一天，我便成了第二個李士群。」

黃裳臉色大變，脫口嚷著：「你不會的，你不會的。」

卓文苦苦一笑：「我也希望我不會，可是……誰知道呢？說不定今天是我最後一次見你，說不定明天我就成了路頭倒屍……誰知道呢？」

當他們說話的時候，崔媽不時地在客廳裏出出進進，一會兒添茶，一會兒澆花，忙碌個不了。

黃裳皺眉說：「你就不能安定會兒嗎？」

崔媽咧嘴抱歉地笑著，「哎哎」地答應，可是照舊有數不清的理由只管進出。

卓文忽然想，這也許是家秀有意的安排，連同依凡坐在這裏，也是一種無言的監督。這樣想著，他便有些坐不住，本來還有許多話要對黃裳說的，這下也都說不出來了，不禁悲哀地想，這次不說，未必有下次了，可是說罷……

他搖搖頭，終於無聲地長嘆，站起身來告辭，又向依凡躬身道「再會」，原不指望得到她回答的，沒料到依凡忽地笑了一笑，居然口齒清楚地也說了一句「再會」。

她沉默這麼久，忽然這樣子開顏一笑，竟有如春花初放般，有種逼人的豔光放射出來。卓文心上倒是一呆，沒來由地更增加了幾分辛酸淒涼之意，心想這樣美豔的花也終有凋零的一日，世上還有什麼是可把握可留住的呢？

直到黃裳送他下樓，兩個人一起待在電梯裏，卓文的心，還一直沉在明天不再的惶惑和悵惘裏不能自拔。忽然「噹」地一聲，電梯落地了，他的心也陡地一沉，抬起頭準備對黃裳道「再見」，但是「再見」之前，他要再好好地看她一次。也許明天就看不到了，也許今天便是最後一次……誰知道呢？

玄鐵雕花的電梯柵欄門徐徐拉開，就在這個時候，只聽一聲暴喝「狗漢奸！」一柄小刀滴溜溜直飛過來。黃裳未及叫出聲來，蔡卓文已經一把將她推倒，那把刀擦著他的額角飛了過去，滴下一溜血點子，蛇一樣地游出來，迅速爬了滿臉。

開電梯的洋僕大吃一驚，趕緊把電梯開上樓去。等在樓下的卓文的司機兼保鏢如夢初醒，從車裏跳出來，一邊開槍，一邊向著飛刀的方向追過去，刺殺的人早已經跑了。

蔡卓文扶起黃裳，急切地問：「你沒事吧？」

槍聲遠遠地響起在遠處的街道，沉悶空洞，令人心悸。可是黃裳真正的恐懼卻不在槍聲，而是那一句晴天霹靂般的喝罵：「狗漢奸」，使她在受驚之餘，更感到震盪萬分。可是卓文傷成這樣，卻還一心記掛自己，又令她感動不已，惶亂失措之中，不由撲上去緊緊抱著他哭起來：「卓文，卓文，怎麼會這樣？」

蔡卓文滿心酸楚，卻從那酸楚中迸出喜悅的花來，緊緊回抱著黃裳，一直最擔心的事到底發生了，這反而讓他的心忽然定下來，這是亂世，亂世之中，他對一切都沒有把握，甚至不能把握自己的明天，可是有一件事是確定的，就是懷中的這個自己至愛的女子，他知道她也同樣愛著自己，無可置疑。

這是這世上唯一可信的，可貴的，在這千鈞一髮生死交關之際，他終於見到她的真心，他也終於知道自己的真心，就是她了，她就是自己唯一希望擁有能夠擁有的了。打從見到她第一眼起，他就深深地受這媚如狐、清如荷的少女吸引，不能自主，可是她太好，太美，太美好，讓他覺得遠，覺得不真實，她那種遺世獨立的氣質就彷彿她不是一個真人，而是打綫裝書裏走出來的，隨時又會回到書裏去。他常常想，書中自有顏如玉，指的就是她這樣子吧？這樣的女子，是不能為凡人所真正擁有的，是只屬於書本，屬於傳奇的。然而現在，他真實地觸摸到她，感受到她，擁抱到她了。她在他的懷中輕輕顫慄著，哭泣著，溫暖而淒美，像一朵荼蘼花。

他抱著她，顫聲說：「我一直想，如果我死了，你會不會為我流淚，現在我知道了……黃裳，如果我向你求婚，你會答應我嗎？」

求婚？黃裳愣住，不禁掙開他的懷抱，後退一步看著他：「可是，我聽說你已經……」她說不下去，不知道該怎樣說下去。

但是，他卻接著她的話頭明白地說：「我已經離婚了，為的是可以有資格向你求婚。」

他從衣袋裏取出一個織錦盒子打開來，眼淚滴落在戒面細小的鑽石上。

眼淚與鑽石，誰更加珍貴明亮？

黃裳的淚再次湧出來，卻不再是為了擔心和驚惶。原來他回家一個多月是為了這個，原來她心裏想的，他都知道，卻並不解釋保證，而只是默默地去把一切做好，只做，不說，做了，再說，如此顧及她一片心，顧及她少女的自尊。原來如此！

兩個身體重新擁抱在一起，不知怎麼樣才可以抱得更緊，緊得融爲一體，換你心爲我心。那種絕望的熱情將一個少女的心靈燒熾得幾乎要融化了，她攬著卓文的脖頸，把自己的影子映在他的眼中，她一直最擔心的是他的不能確定，現在好了，不管明天有什麼樣的風雨災難，只要她明白地知道，他愛她，他要她，這就夠了。

寒星明月，天地做證，一起聆聽著一個少女最真摯的愛情表白：「我願意。哪怕我們只有一天的緣分，我願意嫁給你，天上地下，生死與共。」

十四 兩場婚禮和兩次暗殺

1

「陳言化先生，你願意與黃坤小姐結爲夫妻，不論窮苦與貧賤，從此互相扶持，永不離棄嗎？」

「我願意。」

「黃坤小姐，你願意與陳言化先生結爲夫妻，不論窮苦與貧賤，從此互相扶持，永不離棄嗎？」

「我願意。」

「現在交換戒指……好，我以聖父聖靈聖子的名義宣布，陳言化先生與黃坤小姐，在此結爲合法夫妻，阿門！」

聖法蘭西斯大教堂裏，一場萬人矚目的婚禮在此舉行，可是主角不是黃裳與蔡卓文，而是黃坤與陳言化。黃裳，只是伴娘。

這天的黃坤是美的，三十多歲的女人有時會有一種反常的嬌豔，像夕陽西下前的火燒雲，可以映紅整個天空。她租了照相館的婚紗來拍照，左一張右一張，搔首弄姿，俯仰做態，並不忠實地記錄著自己的一顰一笑，又喊黃裳來合影，叮囑攝影師拍得親切些。

陳言化在一旁滿意地笑著，他並不知道妻子的真實年齡，自然也不知道她曾經已婚且育有一子的歷史，在他眼中，黃坤是十全十美的，年輕，浪漫，貌美如花，只不過不大像春天的花罷了。她穿著低胸的禮服，香腴的肩完全暴露在衣服外面，泛著珍珠白，並且是新鮮珠子的瑩白，有一種豐潤的光澤，但這也許是因爲汗膩的緣故，因爲儘管已是初冬，可是正午的陽光這麼足，而活潑的新娘子又是這麼的好動。

他看著自己的新親戚，也感到由衷的滿意，岳丈黃家風是背景強大的商家巨賈，舅哥黃乾是留洋歸來的有爲青年，黃裳是著名的才女編劇，黃帝雖然孱弱，但文質彬彬，氣度優雅，是個古代的書生，雖然聽說他並不大喜歡讀書，黃鐘要差一些，擠在他們中間，有點像雞立鶴群，但也並不失禮於人。

還有賓客，也是令他滿意的，有導演明星，有商人政客，也有小報記者，非富即貴，花團錦簇。那些記者們在到處搶著鏡頭，陳言化知道，明天那些照片會出現在報紙的娛樂新聞版，那麼，全上海的人都知道他娶了一個好太太了。

他又注意地看了一眼黃裳。爲了要不要請黃裳做伴娘的事，黃坤猶豫了好久，既想借重她的名氣，又怕她的美色搶了自己的風頭，最終還是決定要請，是因爲言化說了一句結論性的話：「憑她多麼美麗著名，婚禮上的永恆女主角只能是新娘子。」現在他對自己的結論也很滿意，因爲黃裳非常懂得進退，自始至終只是默默地陪在新娘旁邊，像林妹妹初進榮國府，不肯多說一句話，不願多行一步路。雖然美得透明，卻也靜得虛無，站在黃坤身邊時，她是盡職盡責錦上添花的最佳陪襯，離開了鏡頭的追逐，就立刻無聲無息了，無一絲張揚，也無一分煙火氣，似乎隨時會因爲一聲嘆息隨風而逝。她的眼睛裏，鎖著那麼多的心事，深得像一口古井，卻也清得像無塵的井水，又時時帶著絲隱秘的微笑，似乎沉浸在某種不爲人知的快樂中陶然自得。

這時候，人群中爆出一陣笑聲，原來該拋花球了。陳言化急忙站到新娘的身邊去，黃裳卻躲在了人叢中。所有的未婚女孩子站成一排，笑著，嚷著：「拋呀，這裏，拋過來！」

黃坤手捧花球擺好了姿勢，靜了有一分鐘左右，好讓記者們有足夠的時間拍照。然後「呀哈」一聲，將花球倏地拋過頭頂，向後擲去。

女孩子中間發出一陣尖叫聲，接著鼓起掌來，有節奏地連聲叫著：「黃裳！黃裳！黃裳！黃裳！」所有的鎂光燈一齊閃亮起來，穿著伴娘禮服手捧花球的黃裳，在燈光的照射下美得像個天使。

黃坤防了又防，黃裳避了又避，可是防不勝防、避無可避地，在婚禮的尾聲，黃裳還是做了一回絕對女主角。

2

月。

黃坤並不知道，其實這時的黃裳也已經是已婚的身分了，婚禮的舉行，比她還要早了半個多

家秀做的主婚人，依凡是證婚人，客人則只有崔媽一個。先是中式，拜天地拜依凡夫妻對拜，然後西式，也只是交換戒指而已，其餘的程序一概全免，因爲「互相扶持永不離棄」在戰爭年代其實是一句空話。他們今天在這裏永結同心，也許明朝就天涯永隔了，誰能知道呢？

拜父母的時候，崔媽哭了。依凡卻只是平靜地笑著接受了他們的磕頭，彷彿一個聖母在接受信徒的膜拜。家秀則因爲自己在這場婚禮中多少起了推波助瀾的作用，心中十分不安，一再勸黃裳三思而後行。但是黃裳已經鐵了心，如果她有一天的時間，她就要同蔡卓文好好地做一天的夫妻；如果她只有一分鐘，她也要將這一分鐘用來獻給她的愛。

她那種飛蛾撲火的果決懾住了家秀，終於也只得點頭答應爲她主婚。然而婚禮前夜，家秀忍不住再一次同黃裳做最後的交涉，提醒她：「婚姻是一輩子的事，這樣匆忙決定，未免欠周到。」

黃裳沉默，不甚贊同，卻也不肯反駁。家秀以爲她在想，便又說：「一步走錯了，就是一生。」黃裳抬頭，脫口而出：「孤獨的貞潔，也是一生。」

家秀彷彿被重拳擊中似的，猛地後退一步，要扶著桌角才沒有跌倒。

她被徹底打敗了，臉色慘白，久久說不出話來。她是貞潔的，也是孤獨的，孤獨貞潔地過了半輩子，並且還要這樣孤獨貞潔地過下去，也許一生就交付給這兩個詞：孤獨，和貞潔。

她根本就是一個失敗的典型，還有什麼資格教訓黃裳？

黃裳看著姑姑驟然失血的臉，心裏有些後悔話說得太重了，可是卻不肯認錯。錯？那麼什麼是對呢？如果愛他是錯，那也是自己的選擇。今天不錯，明天就沒機會了。一輩子不做錯，還算什麼人生？

她錯得義無反顧。

「阿裳，你長大了，要怎樣便怎樣吧。」家秀最終說，「我和你母親，一個結婚又離婚，一個孤獨了一輩子，都沒爲你做出好榜樣，也就沒什麼道理可以教你，你的路，只好自己走罷。」

但是她仍然提出了一個要求，就是婚禮不要張揚。恰好這也是卓文的想法，於是整個婚事的進行秘密而簡單，除了至親之外，不叫一個人知道。

婚後他們到杭州玩了三天，算是度蜜月。

選擇杭州，是黃裳的意思。她說，當年許仙和白娘子就是在西湖邊成就的一段佳話，他們人蛇相戀，爲法理所不容，天上地下，苦無立身之處，最終弄得水漫金山，風雲變色，一座雷峰塔壓住了千年白蛇，了結了一段孽緣。

在世人眼中，她與卓文，也是一段孽緣吧？

他們的戀愛，也同人蛇相愛差不多，不能爲世人所理解。所以，今天她要來西湖祭拜白蛇，向天地表示，她待卓文的心，也正如白娘子之於許仙，生死追隨，永不分離。

他們沿著當年許仙遊湖的路線，也一般地買了香燭黃紙，換了新衣，「入壽安坊，花市街，過井亭橋，往清河街後錢塘門，行石函橋，過放生碑，徑到保叔塔寺」，再「離寺迤邐閒走，過西寧橋、孤山路、四聖觀，來看林和靖墳，到六一泉閒走……」

只是《警世通言》中的許多地名今日已都不可考，只不過估摸著走個大概罷了。

等在瘦西湖租船坐定，已是夜半時分。他們雙雙泛舟湖上，槳聲燈影依稀如夢，天上和水中各自有一個月亮，但是兩個月亮都是一樣的可望而不可及。

黃裳淘氣地做一個萬福，捏著嗓子問：「敢問官人，高姓尊諱？宅上何處？」

卓文笑答：「在下姓許名仙，排行第一，家住……」一時想不出許仙住在何處，順口胡謅，「家住花果山水簾洞，人稱『齊天大聖』是也。」

黃裳大笑：「錯了！錯了！」

卓文道：「沒錯，我若不是孫悟空，如何偷得天仙下界？」

黃裳依偎著他，滿眼都是笑：「孫悟空偷的可不是天仙……卓文，我真想讓全天下人知道我的快樂，可是……」她明知道他們的婚禮不可能讓更多的人知道，但仍是孩子氣地忍不住要問：「如果有人問起你結婚的感受，你會怎麼說呢？」

卓文說：「喔，那要看是誰來問了。」

黃裳驚訝：「這有什麼分別？」

「分別大了——如果是你問我呢，我自然回答說甜蜜無比；如果是別人問，我就會告訴他，苦不堪言。」

黃裳佯怒：「你這樣虛僞！」

卓文笑：「這不是虛僞，是自衛——那，你知道有一句話，叫做『吃不到葡萄就說葡萄酸』，那當然是爲了自我安慰；可是我問你，那吃到了葡萄也說葡萄酸的人呢，卻是爲了什麼？」

「大概……是他的確吃到了酸葡萄吧。」黃裳繼續淘著氣。

卓文笑起來：「不是的，是他害怕別人嫉妒，有意要安慰別人的。所以，這葡萄只能是酸的，永遠是酸的了。」

兩個人一齊揚聲大笑起來，笑聲驚碎了水中的月亮，圓了又散，散了又圓。

船漸漸開至雷峰塔的舊址，黃裳輕輕誦起當年法海建塔鎮妖的偈語：「雷峰塔倒，西湖水乾，江潮不起，白蛇出世。」

雷峰塔鎮妖千年，如今也終於倒了，白蛇應已出世，卻不知涅槃重生之後，可否已修成人形，重結良緣？隔岸有人遠遠地唱著：「頓然間鴛鴦折頸，奴薄命孤鸞照鏡。好教我心頭暗哽，怎知他西湖多薄倖……心腸鐵做成，怎不教人淚雨零。奔投無處形憐影，細想前情氣怎平？淒清，竟不念山海盟；傷情，更說甚共和鳴。」正是雷峰塔《斷橋》一段。

歌聲踏了水波漾漾地傳來，格外有種盪氣迴腸之感。黃裳細細地聽罷，嘆道：「所有寫白娘子的故事裏，我最喜歡的是《警世通言》，最恨的也是《警世通言》，爲的是『通言』裏的白蛇最親切，可是許仙卻最無情。記得小時候，每次讀到法海用金缽收了白蛇那一段，看到白娘子現了原形，化做一條三尺長白蛇，卻仍然昂頭不住地向許仙望著，我就想大哭一場。可恨那許仙，不但不感到慚愧憐惜，還要親自化緣搬磚，砌成七層寶塔來鎮住她——天下怎麼竟有這麼無情的男子！阿彌陀佛，總算現在雷峰塔倒掉了。」

卓文笑著說：「你只記得白蛇待許仙的好，卻不記得她的狠，且不說她偷東西連累他坐牢，就說她要脅他的話罷——『若生外心，教你滿城皆為血水，人人手攀洪浪，腳踏渾波，皆死於非命』，太狠了些。就算男子負心，卻也罪不至此，何苦這樣相逼？」

黃裳沉吟：「說起這個，倒和佛經八部裏的阿修羅有一比——佛經上說，阿修羅性子剛烈執拗，能力很大，然而喜怒無常，與他接觸，若讓他喜歡便罷了，若是令他不悅，便必遭他報復，蒙受災難。」

卓文笑：「性子剛烈執拗，喜怒無常……這倒是有些像你。我若得罪了你，你會怎麼樣呢？」

黃裳也笑，故意說：「那當然是要水漫金山，血洗全城啦！」然而隔了一會兒，她又嘆了口氣說，「你如果然負心，我也不會怪你，只會遠遠地離開你。可是我會以一生一世的眼淚來懲罰你，教你不安……或者，只是懲罰我自己罷了。」

卓文收斂了笑容，握住黃裳的手，誠懇地說：「阿裳，今生今世，我絕不會負你，也絕不教你為我流一滴眼淚。你不必問我結婚的感受。你說過，要同我天上地下，生死與共；而我對你，也是水裏火裏，永不言悔。不論你想我為你做什麼，只要你一句話，我便是刀山火海，也必定笑著去了。」

黃裳心中激蕩，緊緊地擁抱著丈夫，喃喃說：「卓文，你說，兩個人到底可以有多近？」

卓文握著黃裳的手，讓彼此十指交叉，問她：「你現在能不能分清哪隻手指是你的，哪一隻是我的？」

黃裳低頭沉吟。卓文微笑著，可是眼裏全是淚，他說：「阿裳，我要你知道，我們已經彼此穿越，密不可分。」他又抽出手來，將他們的手心互抵，「最近，是可以貼心。如果將來有一天我們不得不暫時分開，但是我們的心還會在一起，彼此相印，密不可分。」

那真摯的誓言，無論什麼時候想起，都令黃裳激動萬分。有兩個月亮爲她做證，不管將來自己會爲了所愛承擔多少痛苦災難，經歷多少猶疑折磨，但是只要他們有過今夜，有過這一刻的肝膽相照，日後便是千錘百煉，壓在雷峰塔下永世不得翻身，也是心甘情願，絕不言悔。

回到上海後，黃裳仍然住在姑姑家，也仍然做姑娘打扮。蔡卓文自暗殺事件後，便注意深居簡出，行蹤隱秘，並且千叮萬囑不要黃裳去他的住處。而「水無憂」，因爲已經被人注意到了，他也很少登門。

他們已經是夫妻了，可是只能租國際飯店的房間相會。卓文又隔三差五地要往南京開會，同黃裳見面的機會就更少。

有限歡愉，無限辛酸。

但是因爲難得，格外可貴。每一次都是「金風玉露一相逢，便勝卻人間無數」。

而不相見的日子裏，黃裳便靠回憶那短暫的相會來度日，把她的相思之樹種得更深，培得更茂。黃坤盛情地邀請她做自己的伴娘時，她因爲苦於找不出推辭的理由，也只有答應了。如今看著場面隆重的婚禮，她心裏想著的，卻只是自己的婚禮。

她並不感到相形見絀，相反，比起黃坤喧囂熱鬧的華麗來，她更覺得自己沉默的愛情神聖而偉大，有一種悲劇的美，是生命之樂的又一個重低音。

她躲在自己那隱秘的快樂之中，忍不住又微笑了。

3

戒指交換儀式後是盛大的家宴，宴後並有舞會，就在黃家花園裏舉行。第一支舞按例是由黃坤和陳言化領跳，然後其餘的人紛紛下場，男女青年們借著這個機會彼此認識，年齡相當，又多半門當戶對，打著燈籠也難找的好機會。

黃裳坐在太陽傘底下，喝著加了冰塊的凍檸汁，在人群裏找她的弟弟。黃帝正在和一個女孩子跳舞，那女孩秀麗得出奇，有一股子形容不出的溫柔婉媚，一看就是那種典型的在上海特有的弄堂房子裏長大的女孩子，家境也許貧窮，但必定環境清白，教導謹慎，是養在白石子琉璃盞裏的一盆水仙花兒。

黃裳記得剛才在婚禮上，黃帝一直地向她身上灑紅綠紙屑的，那專注愛慕的神情，同他以往的散漫厭倦大不相同，這女孩在他心目中必然占有不輕的分量，或者，就是他嘴裏常常提及的那個護士小姐韓可弟吧？

正自猜測著，黃乾和黃鐘兄妹雙雙走了過來，招呼著：「裳妹妹，爲什麼不下去跳舞呢？」

黃裳笑答：「跳舞哪有看舞的樂趣多呢？」

黃乾替黃鐘拉開椅子，自己就隨便地倚在桌邊，隨手取了一枚葡萄，邊吃邊說：「難怪裳妹妹會成爲大編劇，爲人處事果然和別人不一樣。」但是他自己似乎也很喜歡觀舞，眼神裏有一種奇特的專注。

黃裳順著他的眼神望過去，發現他看的也是黃帝和韓可弟，心裏不由一動。

黃鐘也注意到了，問：「哥，你覺得韓小姐漂亮嗎？」

「漂亮？當然！」黃乾打了個呼哨，「這是個當代中國已經絕跡了的小家碧玉，可是又沒有一點小家子氣，難得的極品呢！我們在國外留學的時候，有一次大家議論起來，說想娶個什麼樣的太太，說來說去，都覺得中國的姑娘比外國的好。可是回來之後才發現，我們心裏的中國姑娘，和現實裏的中國姑娘，完全不是一回事兒。看到這韓小姐，我倒又想起當時我們的那些議論來了，原來理想中人真是有的，只是難得一遇罷了。」

「現在給你遇到了，可惜別人已經捷足先登。」黃坤酸溜溜地說，「小帝幾乎一分鐘也離不開她呢。」

「是嗎？」黃乾含著笑，不置可否，一雙眼睛在韓可弟身上流連著，毫不掩飾他的好感。他吃完了葡萄，就勢在桌布上蹭了蹭手，便一路踩著舞點子自顧自旋了幾個圈兒，恰好旋到黃帝身邊停下，一彎腰做個請的姿勢，笑著說：「小帝，這支舞讓給我好不好？」

黃帝這會兒也有些累了，又礙著黃乾是哥哥，不好計較，向可弟點了點頭，便將她的手交到了黃乾手上。

黃乾笑道：「榮幸之至。」就勢摟著可弟猛轉了幾個圈子，話音沒停，人已經遠了。

黃帝踽踽地走到姐姐這邊來，黃鐘立刻站起把自己的座位讓給他，又緊著問：「累了吧？喝點什麼？我去給你拿。」黃帝看了黃裳的凍檸汁一眼，隨口說：「就是它吧。」

黃鐘皺了眉，彷彿在思索一個天大的問題：「檸檬水？人家都稱這做『初戀的滋味』呢。可是，這是凍的，喝太凍的對你身體不好，不過，天這麼熱，也難怪你想喝冷的……也罷，我叫他們少放幾塊冰好了。」問題得到解決，她「啪」地一拍手，轉身跑遠了。

黃裳搖頭，對這個過分溫柔的小堂姐充滿了同情。黃鐘的無微不至的關懷，就像一杯放了過量糖和奶昔卻獨獨忘了放咖啡粉的咖啡，令人乏味不已。然而，她有什麼錯呢？她最大的錯誤，不過是愛黃帝多於黃帝愛她。黃裳委婉地勸弟弟：「黃鐘也是你姐姐呢，別老把人當下人使喚。」

黃帝似不願意就這個話題談下去，抬頭問：「媽媽怎麼樣？」語氣裏帶著恰如其分的淡淡的憂傷。

黃裳不以爲然：「你既然關心媽媽，爲什麼不去看她？」

黃帝無限煩惱似地嘆了一口氣，眼睛望向遠方，彷彿誰知寸心苦，唯有托明月。他今天被派的任務是向新郎新娘拋灑米粒和紅綠紙屑。他喜歡這鮮豔飄揚、略帶一點悵惘意味的工作，漫天花雨從他的指尖傾瀉出去，如天女散花，施福人間。他有意地側一側身，讓那紙屑也落到可弟的頭上，彷彿灑給誰誰便得到了幸福。他希望自己可以有這種魔力。他相信穿白色禮服灑紙屑的自己是很美的，美得可以照樣子打一尊石膏的天使像來。可是這會兒屬於他的戲份已經完了，他未免有些惆悵，不由要借著思念母親的因由把這種情緒充分地表現出來。

黃裳只覺越來越受不了這個弟弟，一舉手一投足都像演戲，而且是京腔戲，在這一點上，他倒是完全承繼了黃二爺的遺傳。她正想再說句什麼，一位西裝革履的男青年走過來，向她彎腰做出請的姿勢來：「黃小姐，新郎新娘已經在跳舞了，伴郎伴娘是不是也應該共舞一曲呢？」不等黃裳拒絕，已經一連串地自報家門，「我姓徐，是新郎陳老師的學生，我父親是銀行家……」

這時候黃鐘也舉著飲料回來了，邊走邊笑著：「小帝快接著，冰死我了……」話未說完，忽聽一聲槍響，人群中忽然竄出幾條大漢來，對著黃家風直撲過去，其中一個和黃鐘撞了個滿懷，隨手一推，將她推翻在地，仍然跨過她向黃家風奔去。

女客們尖叫起來，男客慌著找地方避難，黃鐘嚇得倒在地上不敢爬起，黃帝和那個姓徐的伴郎彼此抓扭著抖成一團。保安持著槍衝進來，一邊開槍一邊喊：「趴下，沒事的人快趴下。」

人群正亂著，聞言立刻臥倒，那沒反應過來仍然亂跑亂撞的，少不得絆在趴下的人身上，也跟著摔倒了。剛才還是歡歌笑語的繁華地，轉眼便成了血流成河的修羅場。刺殺的人占了先機，已經抓住了黃家風，可是保安也已經跑上來，團團圍住。

眼看是跑不脫了，那開頭一槍的人將槍口對準了黃家風的頭，向保安喊話：「你們也是中國人，怎麼可以給這個漢奸狗賣命，當狗的狗？我們已經有可靠證據，上次毛巾廠的事件，幕後策劃人就是這個人面獸心的狗漢奸，害死了我們工人弟兄幾十條人命。今天我們幾個拚著死，也一定要他爲我們的兄弟抵命。你們不讓開，是想給這個狗漢奸殉葬嗎？」邊說邊逼著黃家風向後退去。

黃裳這時候仍然端坐在太陽傘下，既沒臥倒，也沒跑開。眼前的一切，不知爲什麼讓她有一種宿命的感覺，似乎在什麼地方發生過，或者，就是不久的將來即會發生。抗日分子對保安們喊的話，就好像是對著她說的。狗的狗，何等尖刻？

眼看雙方陷入僵持，她款款站起來，手裏仍然端著一杯凍檸汁，緩緩走向黃家風。她的心情十分平靜，臉上甚至還帶著笑，她並不關心這個曾經苛待爲難過她母親的大伯，也並不知道接下來會發生些什麼事，她只是筆直地向彈火的中心走過去，彷彿迎著蔡卓文走過去。

矮著半截的人群中間，黃乾護著韓可弟就蹲在黃家風身後不足兩米處。看到黃裳走過來，他低低地向可弟耳邊說了聲：「別怕，別出聲。」自己則趁著人們不備，悄悄向黃家風掩近。

領頭的抗日分子喝命：「站住，別過來，幹什麼？」

黃裳恍若不聞，仍然微笑著走近，輕鬆地說：「我是黃裳，你看過我的電影嗎？要不要喝杯水？」說著將杯子遞過去。

領頭人不耐煩地用手槍撥開杯子：「走開，搞什麼名堂？」

一語未了，黃裳整杯水已經潑灑在他臉上，而黃乾大喝一聲，撲上來將家風護在身下，頓時槍聲大作，兩派人對著射擊起來，領頭人見良機已失，喊一聲「快撤」邊開槍邊向後退，保安衝上前將黃家父子圍在中央，對著他們撤退的方向一通亂槍掃射。

險情解除了，女客們重新站起來，一邊忙著整理花容，一邊用手拍著胸口喊「我的上帝」扮小鳥依人；先生們這時候個個成了勇士，趁機將他們久已心儀的女子摟在懷中表現紳士風度，口裏安慰著：「別怕，我在這裏。」那位伴郎仍然留在原地發著抖，似乎還沒弄明白到底發生了什麼。

黃鐘一頭汗一頭淚一頭泥，卻只顧緊著問黃帝：「你沒事吧？嚇壞沒有？摔到哪裡了？」黃帝卻亂著在人群中找韓可弟，找了半晌，發現原來她正幫著黃乾給黃家風包紮傷口。

黃家風胸上中了一槍，傷得不輕，卻仍用最後一分力氣，望著黃裳，重重點頭：「多謝你！」

黃裳戲劇化地替黃家風解了圍，自己卻像一個沒有入戲的看客，心上一陣陣地茫然。保安和抗日分子雙方都有人受傷，其中兩個抗日分子，一人傷了左腿，一人傷了右腿，不能及時逃走，被保安抓住了。黃家風吩咐先押到柴房，派專人二十四小時看守，不得放鬆。

黃裳目送著那兩人被抬走，心知他們要被審訊了，黃公館的刑罰未必比「貝公館」輕，如果這回死了人，那麼她就是劊子手，至少也是幫兇。她竟幫了她一向厭惡的大伯一回，爲什麼？

在剛才的電光石火之間，她似乎把他當成了他，潛意識中只覺得，如果自己今天救得了黃家風，他日也必救得了蔡卓文。在自己心目中，原來蔡卓文同黃家風其實是一樣的人麼？儘管不關心政治，但她畢竟是個中國人，和所有的中國人一樣痛恨日本人，也因此從來不肯相信蔡卓文是漢奸，可是爲什麼當人們罵黃家風漢奸時，她會有這麼大的反應以至於捨身相救呢？

她忽然想起十幾年前在北京黃家祠堂裏，母親痛斥黃家風的一幕來，「我沒有丟任何人的臉，丟臉的，是那些抽大煙、逛窯子、當日本狗、賺無良錢、沒心沒肺沒廉恥沒原則的敗家子。」

當時她對母親的勇敢正直是多麼欽佩呵，可是今天，她竟然捨身相救那個母親口中「沒廉恥沒原則」的「日本狗」、「敗家子」！她和她的母親，一個愛上了英勇的反法西斯戰士，另一個卻嫁給親日政府的高級官員，同樣是爲了愛情，可是她的愛，卻是如此地辛苦哦！

那領頭的抗日分子剛才的話又響在了耳邊：「你們也是中國人，怎麼可以給這個漢奸狗賣命，當狗的狗？」

狗的狗！

十五 夢魘

1

黃裳的一生中，從來沒有像今天這樣猶疑恐懼過，即使當年父親將她關在「鬼屋」裏，即使決定冒天下之大不韙嫁給卓文，她也不曾這樣彷徨無依。

她向來是決定了一件事就要努力去做，做了便不後悔的，可是這一次，她茫然了，黃坤婚禮上的一幕，就像過電影似地一遍遍在她眼前重複上映，讓她一刻更比一刻明白：自己救了大漢奸黃家風，卻害了兩個抗日分子罹禍，自己闖禍了！同時更令她從心底裏發冷的，是她第一次迫使自己正視卓文的身分，而正視的結果，是更令她感到不安而且不堪的。

她不是不知道卓文在汪政府與日本人眼中的地位，可是除了那次暗殺外，並沒有什麼實在的事要引她真正注意這件事。

記得有一次卓文閒談時，提起自己曾經作爲汪精衛的代言人去日本參加盛典，黃裳便磨著他講些扶桑見聞來聽聽，然而卓文似頗不願意提及那邊的人事，偶爾說幾句，也多半是些花邊笑話，諸如：「《水滸傳》裏黑旋風李逵喜歡罵人是『鳥人』，日本有個外務省顧問就真正是個鳥人。」黃裳不解。卓文道：「那顧問的名字叫做『白鳥敏夫』，『夫』爲『人』，白鳥敏夫可就是個鳥人？」說得黃裳哈哈大笑。

卓文對日本人並沒什麼好感，可是對汪精衛十分敬重，提到他總是尊稱爲「汪先生」。這是黃裳最不愛聽的。而卓文也知道，所以極少提起工作上的事。

可是現在，現在黃裳不能再無視這些小節，或者說，是大節上的問題了。

離開黃家，她沒有回「水無憂」，而是徑直去了柯以處。一見面，即開門見山地問：「柯老師，你說，卓文是漢奸嗎？」

柯以沒有忽略黃裳對蔡卓文的稱呼的改變，他注意到這個子侄輩的才女的困惑與矛盾，知道是深談一次的時候了。這是一個爭取她的良機，他坐下來，語重心長地說：「是不是漢奸，要看他自己的作爲。他是汪政府的官員，而汪精衛是親日的，蔡卓文身居高位，不可能不做一些傷天害理、違背良心的事。從這個意義上來說，他就是一個漢奸，是所有有良心有正義感的中國人的公敵。除非，他肯棄暗投明，利用自己的身分，多做一些有益於國家民族的事……」

「就像上次救你出獄那樣？」黃裳熱切地打斷了柯以的話，她臉上帶著那麼焦急的神情，焦急得近乎於哀求，似乎只要柯以點一下頭，就能肯定蔡卓文的中國人身分，否則，便不能令她心安。

柯以忽然覺得自己肩上的擔子重起來，他知道他今天說的每一句話，都可能會影響黃裳的一生。他看著她，更加小心地措著辭：「上次那件事，我要好好感謝蔡先生，但是他救我，不是爲了同意抗日，而是爲了討好你姑姑，爲了你。這同大原則是兩回事。」

「可是，我同卓文談過，他是個苦出身，農民的孩子，以前拿鋤頭，現在拿筆，就是沒有拿過槍，他甚至連開槍也不會，也從來沒有殺過人。」

「沒有親手殺過人，不等於沒有做過壞事。」柯以試著淺顯地向黃裳解釋政治的微妙，和關於「文化漢奸」的概念。

「你有沒有聽過一個故事：說是有一個庸醫，治死過許多人，他自己死了以後，被下到十七層地獄去。他絕望地哭著，以爲這是最重的刑罰了，可是卻聽到他底下還有更大的哭聲。他奇怪了，問：『下面還有人嗎？』有人回答說：『有，我是個私塾老師，可是沒多少學問，閻王說我誤人子弟，把我下在十八層地獄裏。』庸醫恍然大悟，原來誤人子弟比庸醫殺人還更可惡呢。」

黃裳低了頭，她是個冰雪聰明的人，當然明白柯以的所指，是說蔡卓文雖然沒有開槍殺人，可是他統治文化宣傳，掌握喉舌，愚弄民眾，其罪遠比殺人更甚。可是身爲妻子，她總是相信丈夫有苦衷，他以農子之身躍過龍門，終於掙得功名，卻偏偏趕上亂世，於是隨波逐流，做了汪政府的官兒，人在江湖，身不由已，不過是聽差辦事罷了，他自己有什麼辦法呢？

柯以見黃裳不說話，知道她被觸動了，進一步分析說：「蔡卓文出身貧苦，無所依傍，卻能做到今天這樣顯赫的位置，是因爲他才華出眾。可是他有這樣好的才華，卻不用來報效國家，而是投機取巧，助紂爲虐，這就不明智。他這麼聰明，不可能看不透汪政府是漢奸政府這一實質含義，可是仍然投效麾下，爲虎作倀。這樣一個只看眼前利益，而不顧民族大節的人，怎麼能令人贊同呢——再標準的紳士禮儀也掩蓋不了他的卑微。就是抵制日貨的小商販，也活得比他有原則、有尊嚴。」

黃裳大爲逆耳。就是這個讓人不佩服的人，前不久才救過你的命呢。柯以總是喜歡勸人抗日，可是抗日是要談資本的，就像他勸自己擱筆停到抗戰勝利以後再編劇一樣，那麼這段日子裏，叫她吃什麼穿什麼，拿什麼給她母親治病呢？他自己是共產黨，便想發展人人都做共產黨，但這世上任憑戰亂頻仍，派系林立，總要有平常人，要過柴米油鹽的普通日子，總不能要求人人都起來拿刀拿槍地去抗日，去革命。她並不想丈夫做英雄，但是她也不要他做漢奸，她只要知道他是一個基本上的好人就罷了。

可是，怎樣才能算得上是一個「基本上的好人」呢？她卻又不知道了。無用的好人是很多的，但蔡卓文卻又不是一個普通的無用的人，他是個官兒，可這也由不了他，總之他沒有主動去做過什麼壞事就行了。他還救了柯以，他能救柯以，就能救更多的中國人。救好人的人，當然也是一個好人。

想到救人，就立刻想到了今天被她連累的那兩個抗日分子。她忽然有些坐不住，站起身來拿過手袋說要告辭。

柯以見她談著談著忽然說走，以爲自己得罪了她，忙忙阻止：「黃裳，我說這些，都是爲了你好。」

「我知道。」

「那就不要再同姓蔡的來往了，他不是好人……」

「可他是我丈夫。」黃裳截口打斷，忽然一不做，二不休，明明白白地宣布，「柯老師，我們已經結婚了，請為我祝福吧。」

柯以呆住了，一時震驚過劇，說不出話來。他眼中的黃裳，忽然化做一條妖嬈的蛇，那是收塔前的白素貞，明知死路而視死如歸，義無反顧，她的眼中，帶著那樣一種破碎的希望，一種絕望的熱情，一種無奈的執著，與痛苦的堅持。

然而片刻，她又回復了嬌俏婉媚的黃裳，一雙眼睛清澈見底，平靜地微笑：「我知道你要說什麼，但是我不怕。我答應過他，為了他，就是壓在雷峰塔下我也願意。如果真要受罰，我願意陪他下地獄。」

2

為了方便同黃裳見面，蔡卓文在國際飯店包了一間房子。這天，黃裳因為急於見到卓文，等不及電話通知，直接拿鑰匙進了屋子，等在那裏守株待兔。

起先她很擔心自己這樣一個單身女人住在酒店裏，未免太過引人矚目，但是上海大酒店裏的侍應生都是訓練有素，被要求做到客人說話聲音再大也聽不見，玩笑再過也笑不出，太太再多也記不得的，每日早晚在黃裳房裏出出進進，打掃衛生或是送餐送飲，臉上向來除了習慣性的微笑之外就再沒有第二種表情。黃裳這才放下心來，相信了卓文關於租酒店比租民房更安全的解釋：舒適、方便、行動上有更大的自由度。

酒店的大門似乎具有某種魔力，世上的戰亂、煩惱、貧窮、勞苦、奔波、傾軋……一切不快樂不高貴的事情到酒店門前就停止了，進得到門裏的，都是全上海最美好的事物：金碧輝煌的大理石牆面、花團錦簇的長毛地毯、時令鮮花、紅酒與香檳、美女和財富，以及各種最周到最殷勤的服務。難怪有很多異鄉人喜歡長年住在酒店裏樂而忘返，只要一天付得起房租，就可以做一天的上帝。等到囊中金盡，轉眼變成乞丐，那已經是酒店門外的事。酒店門裏的人照舊是看不到的。因爲音樂聲淹沒了所有的哭泣。霓虹燈下再蒼白的臉也是嫵媚的，女人的眼睛裏都流著光，而男人的風度派頭一流。

一直等到第三天傍晚，黃裳終於接到家秀電話，說卓文打電話到「水無憂居」，聽說黃裳已經住進酒店了，他答應會儘快過來，讓她不要走開。

心裏有了盼望，反比前兩天完全沒有消息更來得急切。黃裳心煩意亂，倚在床上看了會兒《紅樓夢》，看到大觀園一干人划船取樂，黛玉評價「留得殘荷聽雨聲」一節，想起自己同卓文西湖泛舟的情形，愈發心浮氣躁，神思不寧，只得合了書坐到窗前拉開簾子向外望，盼望可以在第一時間見到卓文。

夕陽西下，有如一顆巨大溜圓的血滴子，鮮紅欲滴，隱隱泛著腥氣。風中傳來溫甜的香味兒，是隔壁樓下麵包房新出爐了一批奶油麵包，守在外賣窗口的銷售小姐豐腴和氣，也像一隻發酵恰宜的新鮮麵包，笑容裏有一種溫軟的味道。樹蔭下，歇著幾輛人力車，車夫打橫躺在車上，一邊百無聊賴地剔著牙，一邊對經過的人品頭論足，眼角裏帶著國際飯店的玻璃轉門，隨時準備搶生意。門口穿銀鈕釦藍穗子制服的男侍們都高大俊美，「哈囉哈囉」地來回跑著給有汽車的客人拉車門，鞠躬的角度從樓上看下去，剛好是一個標準的問號，腳上的一雙黑皮鞋便是問號下面那圓頭圓腦的一點。車門打開來，走下一雙比問號的句點更黑更亮的皮鞋來，上面配著黑色的西服褲子，黑色的長大衣，黑地暗灰格子領帶，越發襯得面如古玉、鬢角碧青，不是蔡卓文卻是哪個？

黃裳大喜，一顆心沒來由地「咚咚咚」狂跳起來，站起來就要往樓下奔，忽然思及卓文不喜聲張，忙又按捺住了，坐到梳妝鏡前檢查脂粉是否太濃，頭髮有沒有毛。

接著門鎖「喀嚓」一響，卓文已經進來了。黃裳本來準備了千言萬語要急著同他說的，及待相見，卻忽然一言也無，只是饑渴地望著他，似乎許久不見，差不多要忘了他的樣子，如今要細細把他看清似的。

接著，兩人便忍不住緊緊抱在了一起，恨不得永生永世不要分開。

在卓文的懷中，黃裳忍不住又有了那種流淚的衝動，有一種疼從心底最深處透射出來，彷彿她擁抱的，只是她自己，他原本就是她的一部分，只不過在冥冥中不小心失散了，如今又重新尋找回來。

神話故事裏說，上帝造人的時候，本來有兩張臉四隻胳膊四條腿，因爲人的勢力太大，才不得不把人劈成了兩半。於是人們從一入世起就在尋尋覓覓，尋找自己的另一半，可是沒有人可以真正找得到。

自己何其幸運，居然在滾滾紅塵中找到了他！可是他們又何其不幸，偏偏相逢在亂世！亂世中，哪裡是他們應在的位置？

黃裳顫慄著，從卓文的大衣底下發出聲音來：「卓文，我做了錯事了。」

卓文撫著黃裳的秀髮，輕輕說：「你的事，我已經都知道了，你做得很好，很勇敢。」

黃裳愕然地抬起頭來，淚水流了一臉：「不是的，這回我真的錯了，我害了那兩個人，他們會死的，我大伯不會放過他們的。卓文，你幫幫我，你要救他們，不然，我的良心會一輩子不安的。」

卓文愣住了，再想不到黃裳急於見他竟是爲了提出這樣的要求。他扶著黃裳的肩，似乎要一直望進她眼睛深處去。她救了黃家風，卻又後悔，要反回來救抗日分子。儘管黃裳並沒有說明這樣出爾反爾的理由，但是他已經全明白了，明白了她的愛與熱烈，也明白了她的痛與苦悶。

他走到窗前，看了一眼樓下，確定沒有什麼可疑人物，才從容地點燃一支煙，沉吟說：「你知道那兩個是什麼人嗎？」

「不知道，總是好人罷？」

「你怎麼知道他們是好人？他們要殺你大伯，你還說他們是好人？」

「因爲我知道我大伯是壞人，他們要殺我大伯，那他們就一定是好人。而且我聽他們說，是爲了毛巾廠的兄弟報仇。他們既然不是爲了自己，而是爲了正義而戰，自然更應該是英雄。可是……」黃裳低下頭去，「我卻害了他們。」她忽然又抬起頭來，「卓文，我害了好人，我豈不是壞人？」

卓文嘆息：「阿裳，這不是演電影，好人壞人可以分得那麼清楚。」他留意到梳粧檯上倒扣著的線裝大字本《紅樓夢》，那和現在的亂世顯得多麼格格不入啊。

在這種時候，能夠躲在大飯店裏一邊看線裝古籍一邊考慮營救刺客的，恐怕也只有黃裳做得出吧？黃裳這個人在文學上聰明透頂，於人情世故卻是一竅不通，可是她的自責她的內疚是這麼的真實深刻，彷彿一個人自己做了繭，又苦苦地和那隻繭對抗，他眼看著她痛苦掙扎，又怎能不幫她呢？

3

次日是個陰天，卓文一早就出去了，黃裳本想再睡一會兒，可是翻來覆去只是睡不著，便想不如自己先去黃府打個轉兒，探探風聲。打定主意，便準備了幾色禮品，乘了汽車來見黃家風。

管家面有難色地說：「老爺住在大書房，剛剛睡了，這會兒只怕沒醒，要不我去問問看吧。」

黃裳本意原不在探病，忙止住說：「不必，大伯既在靜養，還是不要打擾的好。我就去大伯母屋裏坐坐罷了。」

剛剛在上房坐定，黃鐘黃帝已經接到下人報告手牽手地也進來了。黃裳先向黃李氏請了安，略問幾句黃家風病情，一邊偷眼打量弟弟，見他面有不愉之色，不禁納罕，但亦無心過問。

黃李氏唉聲嘆氣地道：「你大伯這些年來謹謹慎慎地做生意，並沒得罪什麼人。這是誰這樣同他過不去，偏挑在坤兒的大禮上要她爹的命？這些天來，他把大書房改了病房，打針吃藥都在那邊，連我也不大見，就只留了林醫生和韓姑娘在那裏照應著。唉，他怎麼就不體會我的心呢？雖然說管家一天三遍地來回報消息，可是我看不見他，這心總是放不下。這些天來，我吃，吃不下，睡，睡不著，只怕他那病沒好，我倒要先去了。」說著哭起來。

黃裳忙勸著：「大娘快別這麼著，大伯不要你服侍，也是體恤你，怕你操勞的緣故。既然有林醫生和韓護士在幫忙，大娘還有什麼放心不下的？大伯福大命大，過些天就會好的。」

黃李氏拭淚道：「說起這福大命大，阿裳呀，這回還要多虧了你。等你大伯好了，一定要治份大禮謝謝你這救命之恩——你可是救了我一家子的命哦！」

黃裳免不了又說了幾句客氣話，故作隨意地問：「倒不知那兩個刺客，大伯打算怎樣發落？」

黃李氏咬牙說：「還說那兩個殺貨呢，我恨不得咬他們一塊肉下來。你看好了，我再饒不了他們！關了這兩天，他們還一個字不開口呢。不過我不怕，我有的是時間同他們耗著，保安隊長已經同我保證過了，就是鋼口銅牙，也非把它撬開不可，早晚叫他說出主子是誰！」

黃裳聽得暗暗驚心，又東拉西扯幾句，便藉口天陰怕下雨急急告辭了。

黃帝好容易見姐姐一次，卻全然不被重視，免不了又要自憐自艾一番。黃鐘忙把他拉到小花園他自己的房中，安慰解勸，細語溫存，直哄了半天，方漸漸地好了。忽然外面「轟隆」一聲，卻是下雨了。

黃帝大驚道：「下雨了！可弟去醫院給大伯取藥，不知道回來了沒有，可不要正趕上淋雨。」

黃鐘心裏大不是滋味，酸溜溜地說：「爸爸自然有司機開車送她去，要你惦記什麼？」彷彿自言自語，「爸也怪得很，對這個韓小姐好得出奇。從來沒見他對下人這樣用心過。」

黃帝不樂：「可弟可不是下人。」

黃鐘看著他，不說話，可是過了一會兒，眼睛裏巴嗒吧嗒地滴下淚來。

黃帝煩躁：「你哭什麼？我什麼話說錯了？」

黃鐘哽咽：「媽媽昨天跟我說，裁縫店這兩天就要來人給我量尺寸呢。」

黃帝不知如何勸慰，只袖著手站在屋簷下，伸出一隻腳去踩臺階石坑裏的雨水，踩得水花亂濺。他的房前是一個十尺見方的小池塘，裏面依例種著荷花，這時候自然全都謝了，也正是爲了那句「留得殘荷聽雨聲」，特意留著荷梗荷葉未除，如今雨水點點滴滴灑落上去，並看不到一分詩意，倒是滿目頹敗，淒涼得很。因由荷塘想到了《紅樓夢》，便自然而然地，又由黃鐘做嫁衣想到了寶玉在藕香榭惜悼迎春錯嫁的感慨來，正是情景皆備，無一不像，因此沉聲念道：

「池塘一夜秋風冷，吹散芰荷紅玉影。蓼花菱葉不勝悲，重露繁霜壓纖梗。不聞永晝敲棋聲，燕泥點點汙棋枰。古人惜別憐朋友，況我今當手足情。」

黃鐘初聽「不勝悲」之類先還呆呆地感傷，待聽到「手足情」三個字，大違本意，氣得摔手道：「念！念！念！人家心裏嘔死了，你就只知道念詩。」說著捂臉哭著跑了。

黃帝看著她的背影，沒情沒緒地，只得關了門，倒在床上，想一會兒黃鐘，又想一會兒可弟，復坐起身來，望著窗外繼續念道：

「秋花慘澹秋草黃，耿耿秋燈秋夜長。已覺秋窗秋不盡，哪堪秋雨助淒涼。助秋風雨何來速，驚破秋窗秋夢續。抱得秋情不忍眠，自向秋屏移淚燭……」

淒淒切切地，將一篇林黛玉《秋窗風雨夕》一路背下去，一直背到「不知風雨幾時休，已教淚灑窗紗濕」。風雨是依然未休，淚水卻果然已經灑向窗紗了。

4

黃裳剛剛回到飯店，雨便下來了，淅淅瀝瀝地敲在窗上，如泣如訴。黃裳時站時臥，坐立不寧，只得又拿了《紅樓夢》來讀，看到一半，眼淚順著臉側滑落下來，心底一片清涼。

總算等到卓文回來了，帶著一身寒氣，大衣沾了雨水，亮晶晶地逆著光，劈頭第一句話就是：「阿裳，這件事，你把它忘了吧，不要再去想了。」

黃裳苦苦地等了這麼久，等來的竟是這樣一句話，不禁大失所望，問：「爲什麼？」

「不爲什麼。事情已經發生，向什麼方向發展，不是你我的力量可以干涉，我們就當它沒有發生過好不好？」

「不可能的。」黃裳發作起來，賭氣說：「這兩天，我一直吃不好睡不好，一閉上眼睛，就看到那兩個刺客站在我面前，流著血。我下午去了黃家，他們的手段好辣，如果我不救那兩個人，他們一定會被我大伯折磨死的。卓文，我不想害人，那是兩條人命，我不能害了他們。你要不救他們，我去救！」說著起身便往外衝。這一動，卻把自己給折騰醒了，卻是一個夢。

黃裳嘆息，看著外面的雨發呆。房門無聲無息地開了，門開處，卓文濕淋淋地站在那裏，淒慘地叫：「阿裳。」

黃裳忙起身迎上，一邊給他脫大衣，一邊說：「我剛才夢見你……」話未說完，卻發現卓文身上濕淋淋的並不是雨，而是血。

血，鮮紅的，淋漓地，自卓文臉上、身上汩汩地流出來，如雨水披注。黃裳大驚，抱住哭道：「卓文，你怎麼了？怎麼會有這麼多血？」

卓文看著她，眼神空洞，苦苦地笑著：「剛才我去黃家救人，被打傷了，我活不久了……」

「不！」黃裳淒厲地叫起來，再次把自己叫醒過來。

又是一個夢！

黃裳一身冷汗，抓住一隻枕頭緊緊抱在懷裏，哭著問自己：「我怎麼辦？怎麼辦？」

忽然有人搖著她的肩叫：「阿裳，醒醒，醒醒，夢見什麼了？」

黃裳迷濛地睜開眼睛，只見卓文彎腰站在床前，髮梢向下滴著水。她心裏恍惚地很，知道剛才的「醒來」其實還是夢，不過是一個夢醒在另一個夢中罷了。只是現在，現在自己是醒著的嗎？還是又走進了另一個夢？

卓文用手試試她的額頭，輕呼：「你發燒了。是不是著了涼？天這麼冷，睡覺怎麼被子也不蓋？」

他的手覆在她的額上，冰涼的，那麼，這不是夢了？黃裳撥開他的手，仍然恍惚地問：「你是真的吧？」

卓文在床邊坐下來：「我當然是真的……阿裳，那兩個抗日分子的身分我已經打聽到了，兩個人一個叫胡強，是毛巾廠的工人領袖，另一個叫裴毅，是復旦大學的學生，都是上頭指名要抓的抗日要犯。」

黃裳這次徹底醒了，趕緊爬起，問：「那，你有沒有想好怎麼救他們？」

「救他們？」

「當然了。禍是我惹出來的，我當然得補過，我一定要救他們。你也說了，那裏面還有一個是大學生，他只是個學生……」

「可他們也是抗日要犯，他們搞暗殺！」卓文嘆了一口氣，壓低聲音，「如果真是暗殺也罷了，還可以推諉是私人恩怨，偏偏又當著那麼多人的面進行抗日演說，現場上百隻耳朵聽得清清楚楚，那是無論如何抵賴不掉的。你要我怎麼救他們？」

「你是官呀！你比黃家風職位高，你要救人，總有辦法的。」

「你把事情想得太簡單，也把我想得太偉大了。別說把抓進去的人放出來，就是上頭叫我把外面的人抓進去，我不抓都不行。你成天待在家裏，才經了一兩次事就看得天大，我在江湖上，哪天不和這些人這些事打交道？你別忘了，我也是他們的暗殺對象啊，你現在倒要我去救他們。怎麼救？」

「那……我去。我直接去找黃家風要人。人是我抓起來的，我要要，他不好意思不給。」

「你怎麼這麼天真！」卓文又氣又憐，「政治不是你想的那麼簡單。你去要，黃家風就會給你嗎？如果他不給，難道你拿著槍強搶不成？那樣不是反而暴露了目標，不但救不了人，還把自己也陷進去了。」

「可是你也救過柯以，還不是什麼事也沒有？」

「那是不同的。柯以有一點社會地位，而且那次他們畢竟沒有抓到柯以抗日的把柄，所以我還說得上話，可是已經讓日本人不滿了，這次的兩個抗日分子，是明明白白地搞暗殺，風聲已洩露出去，上面很快就會到黃家提人的，我要救他們，非拿我的命去換不可。」他逼到黃裳面前來，「如果我救了他們卻犧牲了我自己，阿裳，如果是這樣，你還要不要我救他們？」

「犧牲你？怎麼會？」黃裳驚惶起來，她忽然想起剛才的夢，卓文一身一臉的血，好可怕的夢。她惶惑了，「卓文，不要讓我選擇，我不懂，我不懂，我不明白的。」

她絕望地說著我不懂，是因爲她已經懂得了，她口裏所謂的「英雄」，正是卓文要抓的「要犯」。殺壞人的人是好人，那麼抓好人的人呢？卓文，到底是一個什麼人呀?!

屋裏一層層地暗下來，充滿著雪茄煙的味道。兩人待在黑影裏，心中轉著一個又一個的念頭，都是久久地不說話。窗外有風經過，吹得通風孔一陣嗚嗚怪叫，彷彿地底冤魂的哭泣。那風中的魂，有多少是死在蔡卓文手下的呢？

黃裳打了一個寒顫。又到冬天了，初識卓文時，也是在這樣的季節，可那是一個晴天，沒有風，只有霓虹和音樂。他們才只認識了不到一年嗎？可是她卻覺得已經過了一輩子。

他倚著窗，久久地立著，高大的身材，在屋裏也穿著長大的黑氅，不語不動時，整個人就是一尊古銅雕像，黃裳甚至感覺得到雕像上微冷而斑駁的銅銹。她想起小時候，北京老宅裏的銅香爐，裏面長年閃著星星點點的香火，可是沒有暖意。大冬天裏她從屋子外面跑進來的時候，看著那星火光，卻總是要上當，忍不住地將手偎在爐上取暖，冷得打顫，卻又濕濕地黏人，拿開手時，有種依戀不捨的意味，彷彿皮膚的一部分已經留在了銅爐表面——他現在就是那香爐了吧？而她這一次，可以向那星香火尋求溫暖嗎？

她這樣恍惚地想著，他卻忽然回過頭來，仍將身子靠在窗框上，微俯著頭，苦澀地沉聲說：

「黃裳，將來有一天，我們兩個的名字，都是要載入歷史的。不同的是，你是屬於文學那一頁的，我卻歸入政治。你是被高高懸起的一盞長明燈，我卻是被釘死在冰冷的十字架。」

他的話，有如讖語，讓黃裳忍不住又打了一個冷顫。

十六 營救與逃亡

1

黃家風這一向喜事連連，財氣兩旺，正是春風得意的時候，忽然吃了個暗虧，雖然好險保全性命，卻是嚇破了膽子，躲在家裏許久不敢出門。有客來訪，也多半以身體欠安為名，閉門不見。

整個黃府花園戒備森嚴，草木皆兵，除了二十四小時有保安隊巡邏之外，又新請了幾位槍法好又會功夫的保鏢守在大書房門口，等閒不放人進出。

這可苦了黃帝，以前同可弟每天朝夕相處還覺得不夠的，如今驟然減少了見面的次數，更談不到單獨相對，心下十分寂寞。雖有黃鐘跑前跑後地逗他開心，他卻只是鬱鬱不得志，不久便稱病躺倒了。

然而他那些傷春悲秋的毛病兒是從年頭數到年尾的，尋常家中無事時，或還有人噓寒問暖，如今忙碌一家之主還忙不完，誰還有閒心去問顧他呢？到了後來，就連黃鐘也不耐煩起來，不再把他的發燒咳嗽當成了不起的大事報上去，卻有事沒事地自個兒坐在窗前想心事。

原來，自黃坤結婚後，黃鐘的親事也就被提到日程上來，若不是家風遇刺，只怕嫁妝都要備辦起來了。黃鐘因此十分苦惱，頗希望黃帝能有片言安慰。

無奈黃帝自小是只知道取不知道給的，完全想不到除他之外，別人也可以有痛苦，也是需要關心和體貼的。他的長睫毛下的黑沉沉的大眼睛，深邃沉鬱，總好像掩抑著掩抑不住的熱情，彷彿隨時可以燃燒似的。可是實際上他是一個無情的人，是鎖在冰塊裏的火種，最愛的人永遠是他自己。黃鐘再溫情，也不能不有幾分心灰。

最得意的人倒要算黃乾。

他自從在黃坤的婚宴上見了韓可弟，就暗暗留了心，這段日子，他只要一有時間就會回到家來，名義上是探父親的病，實則卻是爲了找機會同可弟聊天。

在他的交際圈子裏，多的是作風勇敢的留洋才女，和拿腔作勢的大家閨秀，像可弟這樣既清純可愛又堅強獨立的女子，卻是生平罕見。她穿著白色緊領收腰的毛線衫，寬幅的杭棉布百摺裙子，袖邊裙角都鑲著一圈藍地壓金線的「燈果邊」，走在花叢中時，風起裙飛，整個人飄然若舉，就像白雲出岫；而當她坐下來，便是供在佛龕上的一盆水仙花，幽香淡遠，清麗逼人。

雖然黃鐘幾次暗示可弟對黃帝已經心有所屬，但黃乾相信，那是因爲她識人有限、日久生情的緣故，以自己的條件，只要同可弟多多接觸，不怕不令她改變初衷，芳心另許。

這一日，他又趁家風午睡，到外書房找可弟聊天，向她大談海外的種種奇聞怪事、風土人情，問她有沒有心思要到國外去走一回。可弟含笑說：「你是大家裏的少爺，可以到處去留學，我可哪裡有什麼機會出去的？」

黃乾眼睛亮亮的，只覺一肚子的話要說，只是想不到該怎樣出口，因見可弟面前放著書，便問：「剛才我出來的時候，看你正讀書，讀到什麼故事這麼專心？」

可弟微笑：「是《舊約全書》，雅各娶妻的故事。」

黃乾做出很感興趣的樣子說：「是麼？那一定很有意思。講給我聽聽好麼？」

可弟略遲疑一下，便大大方方地講述起來：「是聖經二十九章：雅各到他舅舅拉班家去，看到表妹拉結十分貌美，便愛上了她，對舅舅說：『如果你把拉結嫁給我，我願意給你幹七年的活兒。』拉班答應了。過了七年，雅各卻發現，自己娶的不是拉結，而是拉結的姐姐利亞。」

「這倒的確很有意思……只是怎麼會這樣呢？」

「因爲雅各在新婚夜喝多了酒，稀裏糊塗地睡著了，所以並沒有看清自己的新娘子是誰。」

黃乾笑起來：「這新郎也真是夠糊塗的。他現在怎麼辦？就這樣算了嗎？」

「他當然不肯，便去找舅舅理論。拉班說：是這樣的，按照我們族裏的規矩，姐姐沒有出嫁，妹妹是不可以結婚的。不如這樣吧，你再給我幹七年的活兒，我便把拉結也嫁給你。」

「這雅各倒是享了齊人之福。」

「還不止呢，後來利亞和拉結兩個人爲了爭寵，又先後把自己的婢女獻給了雅各。」

「有這種事？」黃乾忍不住大笑起來。裏面黃家風似被驚動了，咳了兩聲，可弟忙向他做了個噤聲的動作。

黃乾壓低了嗓子，小聲說：「我不懂得《聖經》，不過也聽過幾次佈道，記得有兩句話意思挺好，大意是：寡言少語的有知識；性情溫良的有聰明。那說的就是你了。」

可弟微笑：「我哪裡有那麼好。」

黃乾湊前一步，鼓足勇氣說：「你就有那麼好，比我說得還好。可弟，我可沒有雅各那麼花心，只要能娶到你一個，我已經願意白幹十四年的活兒了。」

可弟吃了驚，抬起頭說：「大少爺不要開玩笑。」

黃乾漲紅著臉，緊緊握了可弟的手說：「我怎麼是開玩笑呢？我雖然愛玩，可是也從來不拿這種事來玩，我早就想跟你說了，自從第一次看見你，我已經愛上你了，我是真心喜歡你，想娶你，等我們結了婚，就一塊到國外去，那時候我們雙宿雙飛，遊遍四海，你說可有多浪漫？」

可弟心裏亂糟糟的，掙開手說：「我只是小戶人家的女孩子，從小到大都長在上海，沒什麼見識，也不指望走多遠的路，看多大的世面，求大少爺以後不要再說這種話了。」

黃乾道：「你喜歡留在上海，那也容易……」

話未說完，聽到裏面又咳了兩聲，卻是家風醒了，喚可弟送藥。可弟忙倒了杯水進去，黃乾訕訕地，停了停，也只得跟進去了。

家風吃了藥，就便在可弟手上喝了口水，卻抬起頭來望著她微微地笑。

可弟臉紅紅地，低聲問：「黃先生覺得怎麼樣？沒什麼事我就先出去了。」自始至終不肯看黃乾一眼。

黃乾卻是一雙眼睛追著她滴溜溜轉，直到人影不見了還望著門口出神。

家風心裏明白，表面上卻只作不知，淡淡地問些黃乾關於港口貨運上的公事，又叮囑他最近出入小心，免生是非。

黃乾心不在焉地談了幾句，忽然話題一轉，問道：「爸，你覺得可弟怎麼樣？」

「好護士，很會照顧人的。」

「我不是問這個，我是說……」

黃家風卻已經累了，擺擺手說：「沒什麼事你就早點回去吧，這段日子抗日分子囂張得很，前日抓了他們兩個人，他們不會這麼輕易放棄的，保不定哪天就會來營救，沒什麼事，你還是少回來的好，免得有什麼意外，被他們抓去當人質。」

黃乾無奈，只得站起告辭。經過外間時，看到可弟在給針頭消毒，剛才的羞窘驚惶已經平定了，見他出來，淡淡微笑說：「大少爺走好。」神情平靜，不卑不亢，彷彿什麼事都沒有發生過。

黃乾暗暗佩服她的從容淡定，她越拒絕，於他就越是吸引，娶她為妻的心也更切。

他還想再進一步爭取，然而可弟已經走過來替他打開了房門，再次客氣地卻是堅決地輕輕催促：「大少爺走好。」

門開處，管家匆匆走進，報：「黃裳小姐和一位姓蔡的先生來了，不知老爺見不見？」

2

黃家風本不願見客，可是黃裳偕蔡卓文來拜，他卻欠著雙重人情，不能回避，只得一迭聲喊快請快請，自己由黃乾和可弟一邊一個扶著坐起，倚在靠枕上向黃裳作揖：「阿裳，這次真要多謝你。」又含笑向卓文問好，道：「什麼風把蔡先生吹來，真是請也請不到的貴客。」

黃裳微微一笑，並不答話，卻向可弟問一聲好，矮身向她搬來的椅子上坐下。

卓文也坐了，略問了幾句病情，便明白地說：「這次黃先生遇刺的事，汪主席也聽說了，很表同情。最近抗日分子行動很猖狂，暗殺事件一起接著一起，不瞞您說，小弟前不久也經受了一次，可是人少力孤，讓刺客給跑了。這次聽說黃先生抓住了兩個要犯，其中一個還和上次毛巾廠的事有關，上頭的意思，是向黃兄討了來，容小弟帶回去審問，希望可以破獲最近一連串的刺殺案，找出他們的幕後組織來，翦除我輩的心頭大患。」

黃家風聞言一愣，將一個笑容僵在臉上，心底裏早已轉了無數個念頭。蔡卓文的話太出乎意料，讓他一時間倒不好駁回，正想找個委婉的理由拖延幾天，黃裳在一旁開口了：「卓文這次也是奉命辦事，還望大伯成全。」

侄女同這蔡卓文的關係竟這樣親近，可以直呼其名，這倒是黃家風沒有想到的。他原也風言風語地聽說過幾句關於黃裳的閒話，但是他們這樣地神色親暱不避人，卻令他意外。但是黃裳既然已經開口了，加上蔡卓文的勢力，已經讓他勢必不能推辭。畢竟，他欠了黃裳老大的人情，誇張點說，連他的這條命都是黃裳給救回來的，傷沒好就翻臉不認人，未免說不過去，而且得罪蔡卓文也是不智之舉，黃家風吃蝨子留後腿的人，焉能不懂得見風使舵的道理，立刻換了笑容滿面春風地道：

「蔡先生有命，無有不從。既然就樣，就叫我的保安隊把他們押出來，蔡先生說提他們去哪裡，保安隊就送他們到哪裡好了。」

蔡卓文冷著面孔說：「這倒不必。這件事，驚動的人越少越好，我的汽車就等在外面，只請黃兄把他們捆結實了，送到我車上就行，小弟親自押送，不怕他們半路長翅膀飛了。」

他拿出這公事公辦的口吻來，倒叫黃家風不便細究，只得依他的話吩咐下去。卻又像剛想起什麼似的，對卓文道：「我聽說你部裏最近出了個缺兒，我有一位世侄，剛留洋回來，還沒有工作……」竟是公然走起後門來。

卓文心裏暗暗罵了一句「老狐狸」，表面上卻只得客客氣氣地，說：「既是黃先生有托，小弟自該留意。這件事包在小弟身上，過幾天就有回話的。」

黃家風呵呵笑著，又命下人：「怎麼能用這種茶葉招待蔡先生？前兒大佐太郎不是送過我一筒日本來的蜜茶嗎？說得天花亂墜，我倒也喝不出好來。不如請蔡先生批評批評。還有大佐的二公子帶來的日本糕點，也撮一盒來，請蔡先生品嘗。」

黃裳聽他炫耀，滿心厭惡。在她這個角度看過去，正見到黃家風半邊油亮的大背頭梳向後，鬈尖又捲過一點到前邊來連著下巴，唇上一圈小鬍髭，沾上點點晶亮的唾沫，開口「日本」，閉口「太郎」，只差沒把「漢奸」兩個字烙成紅字招牌頂到額頭上。

黃裳一邊看著，心裏便更覺懊悔，想不明白自己怎麼竟會一時發昏，救了這麼一個人，以至帶來這麼多的後患。今天早晨，卓文忽然對她說：「走吧，我們現在就去跟黃家風要人。」她愣住了，問：「怎麼？」他說：「我已經都佈置好了，就說是汪主席向他要人，料他也不敢不給。然後我們就直奔碼頭，乘船回重慶老家。阿裳，事後有人問起來，千萬不要說你是我妻子，只說我們是朋友，我托你做仲介陪我一起去黃府公幹，其餘的一切都說不知道，明白嗎？」

他終於答應幫她救人了。她非常興奮，也非常感激。可是到了這會兒，她卻緊張起來，生怕說錯一句話露出馬腳，功虧一簣。偷眼看看卓文，他倒是老練沉著得很，打著官腔說：「謝謝黃先生美意。不過，我對茶點並不懂得，再說今兒個公務要緊，還是改日專門來府上領教吧。」封死一切後路，口口聲聲只要提人。

黃家風無法，只得命保安隊長進來，報說犯人已經送上車了，卓文立刻站起身說：「辦事要緊，恕先告辭。」攜了黃裳匆匆走出。

黃家風道：「黃乾替我送送蔡先生。」一邊偷偷向保安隊長使個眼色。

那隊長明白，跟在後面走出去，隔了一會兒，回來報告說：「奇怪，那蔡先生說來提犯人，竟連個司機也不用，就是他自己親自開的車，合著黃小姐兩個人，倒押了兩個大男人。雖說是受了傷又上了綁的，可是畢竟是危險人物哦，難道他們就不害怕？」

黃家風點頭道：「我也覺得這事透著古怪，哪有提犯人還要女朋友陪著的，剛才我特意拿言語試探姓蔡的，要他幫我一個人情忙，他滿口答應，好像迫不及待要脫身似的。」

但是思前想後，到底想不透，再不料到蔡卓文會忽然革命起來，竟然這樣大膽私放犯人，只道，「也罷，如果他真有什麼古怪在裏面，就等於自己把把柄送到我手中，以後我有什麼事求著他，也就不怕他不答應。」心裏暗暗算計，片刻之內，已經不知轉了多少個主意。

3

卓文的車子一直開到吳淞口碼頭，才找了一個僻靜處停下。

車上的兩個人，大學生裴毅已經昏迷，那個毛巾廠的工人領袖胡強也傷口潰爛，行動不便，可是爲人仍然剛硬得很，嘴裏的毛巾一經取出，立即破口大罵：「狗漢奸，你別枉費心機了，你就是殺了我，我也不會多說一個字的。日本人在中國待不長了，你們也不會有好下場的。」

卓文下來，親自替他們解了綁，黃裳也從前座上下來，走到兩人面前，忽然一言不發「撲通」跪了下來。

胡強一愣：「你們這是做什麼？」

黃裳抬起頭，眼神清亮，誠懇地說：「胡先生，是我對不起，害了你們，可是請相信我不是有意的，給我一個補過的機會。」

卓文在一旁道：「我是來救你們的，上海你們不能再待下去了，我這就送你們上船，我會把你們一直送到我的老家酆都，你們可以安心地在那裏養傷，直到事情平息爲止。」

胡強將信將疑：「你們會有這樣的好心？」他看看黃裳，那天就是她做了一場戲，害得他們束手就擒，他記得當時她端著一杯凍檸汁笑著問他們：「我是黃裳，你看過我的電影嗎？要不要喝杯水？」是的，她叫黃裳，就是化成灰他也認得她。可是，這個編電影的黃裳如今又演的是哪一齣呢？

卓文知道自己難以取信，也不多做解釋，只從西裝底下取出一支槍來交給胡強說：「我自己不會開槍，這支槍你收著，我會一直同你們在一起，如果我出賣你們，你可以先用這槍斃了我。」

那槍深深刺激了黃裳，她震撼地叫一聲「卓文」，忍不住撲進他懷中，微微顫抖起來。要到這一刻，她才清楚地意識到這件事的嚴重性，卓文此去，吉凶未卜，說不定，就是性命攸關。她恐懼地盯著手槍，就好像它隨時會爆炸似的。

胡強是個射擊好手，拿過槍來拉開彈匣略一檢查，已經知道所言無虛，放下心來，重重點頭說：「好，我信得過你們。」又轉過臉看著黃裳，忽然一笑說：「我想起來了，我沒看過你的電影，倒是在報紙上看過你的照片，你很會寫戲……我會記著你叫黃裳的。」

黃裳低下頭苦苦一笑：「如果我能左右這場戲的結局，我一定會寫你們一路平安，儘早歸來。」她害怕起來，抓住卓文的手說，「卓文，你可一定要早些回來啊。」

蔡卓文心亂如麻，直到現在他也不知道自己是做對了還是做錯了，爲了不令黃裳失望，他憑著一時衝動救了胡強，這件事可能會改寫他的一生，一踏上這條船，他就再也回不了頭了。

可是他也不打算後悔，人一生中總有許多抉擇，不是對就是錯，生死只在一念之間。但不論到了什麼時候，他相信有一個選擇是不會錯的，那就是愛上黃裳。他緊緊擁抱著她，柔聲叮囑：「我走後，你先回『水無憂』去，等過了九點，再叫你姑姑的司機來把車開走，注意不要讓我的司機知道，記住了嗎？」

黃裳點著頭，固執地追問：「你要早點回來。你什麼時候才能回來呢？」

卓文更緊地擁抱著黃裳，將臉深深埋進她濃密的長髮，嗅著那熟悉的髮香，只感到一陣陣錐心的刺痛，到這時候，已經不能再瞞她，他只有說實話：「阿裳，如果我再也見不到你，記住，我們曾經、而且永遠、彼此相愛。」

黃裳愣住了，掙開卓文的懷抱抬起頭來：「爲什麼這樣說？你不再回來了嗎？你不是去一下就要回來的，我們很快就會再見面的嗎？爲什麼你說再不相見了？」

「阿裳，」卓文苦澀地呼喚，眼神凝注而哀傷，「這件事，明天就會被拆穿，那時候上頭絕對饒不了我。我今天離開上海，不知道還能不能活到明天。就是僥倖逃脫，以後這一生也只能活在逃亡之中了。我不可能再大搖大擺地回上海……」

「怎麼會是這樣？不會的。你只是去一下下，你很快就會回來的。卓文，你告訴我，你很快就回來。你說，你會回來的。你說給我聽，好不好。卓文，你說呀，卓文……」黃裳焦急地，憂慮地，語無倫次。到這一刻她才知道事情的嚴重性，竟然嚴重到要一生一世拆開她與卓文，怎麼可以？怎麼可以！

江風踏浪而來，一股巨大的憂傷刹那間襲擊了她的全身。這時候月亮已經升起，月光透過雲層黯淡地照射下來，毛毛的，就要下雨了。

黃裳看著卓文，只覺心如刀絞。他不再回來，不再回來。他怎麼能不再回來了呢？

江滔拍岸，彷彿在絮絮講述著一個天荒地老的故事——在很多很多年前，當世上沒有男人，也沒有女人的時候，就已經有了他和她，也許只是兩縷風，也許只是一對鳥，但他們曾經相依相伴，足足走過了千百年。然而在這一個輪迴，他們終於不得不分開了，從此天涯海角，再不相見！

再不相見？黃裳哭得聲咽氣結：「可是你跟我去大伯家的時候，並沒有說以後再不回來，你沒說過……」

卓文苦笑：「如果我說了，你就不救他們了嗎？」

黃裳愣住：「我不知道。」

「我知道。」卓文搖一搖頭，一切都是注定的，都是命運，他們逃不了。「我不忍心再看到你煩惱，看到你被噩夢糾纏著夜夜不安。我知道你還是會救他們。也許會遲幾天，但最終還是要救。不然你不會安心。告訴了你，只會讓你更擔心，更煩惱，既然反正要去做，又何必拖延？」

是的，他總是這樣。只做不說，做了再說。離婚是這樣，救人也是這樣。

卓文接著說：「我要和你秘密結婚，就是因爲擔心隨時會有這一天，只是沒想到，會來得這麼快。這上海灘上，沒有幾個人知道我們的事，所以你不要慌。如果有人問起來，你就說我們只是場面上的朋友，見過幾次面而已。我因爲黃家風是你大伯，所以托你帶我一齊登門拜訪，只說公幹，你其實並不知道我要做什麼。記住，一定要推得一乾二淨，問什麼都只說不知道……」

黃裳更加傷心，還有誰比他更能體諒她呢？直到這生死關頭，他心裏想的，依然就只有她的安危。然而這最親愛的人，如今就要離開她了。從此永不再見。

她將他微微推開一點，乘著月色，要仔仔細細再看他一眼。可是淚水朦朧了她的眼睛，使她再不能清楚地看著他。她只得再次投進他的懷抱，喑啞地叫：「卓文，我們怎麼辦呀？」

胡強一邊看著，十分地不耐煩，他不明白這些斯文人哪裡來的這麼多的眼淚，好心地催促著說：「有什麼怎麼辦的？又不是生離死別，哭什麼？日本人的時間長不了，我們很快都會回來的，你放心好了。」

我們？卓文眼神複雜地看了胡強一眼，什麼時候他和他們成了「我們」了？

他苦笑，仍然強撐著安慰黃裳：「他們說得沒錯，我早也知道日本人必敗，汪政府必散。但是我已經身陷泥汙，抽身不得。這個時候去投國民黨，老蔣未必要我；奔共產黨呢，又怕賭大開小；可是又沒有解甲歸田的勇氣……這回的事，倒是替我下了決心了。」

黃裳更加難過，忽然想起一事，回頭向胡強問道：「今天是幾月幾號了？」

卓文答：「十一月十一日。」

黃裳便不說話，流下淚來。

胡強又是不懂。卓文卻思索一番，忽然省起，這本是白娘子和許仙的結婚之日，黃裳曾經自比白蛇，卻偏偏在這一天同他分離，難免多心。他們望著滔滔的江水，心頭同時湧起神話中那水漫金山的的壯麗畫卷。她這個白娘子，終於要累得丈夫逃亡了。

想到白娘子與許仙，也就想起了他們的西湖之遊。卓文握著黃裳的手，讓彼此十指交叉，又抽出來將自己的手心貼著她的手心，兩人淚眼相望，無語凝咽，耳邊卻都同時響起新婚之初他們在西湖上的對話來——

「卓文，你說，兩個人到底可以有多近？」

「黃裳，我要你知道，我們已經彼此穿越，密不可分。如果將來有一天我們不得不暫時分開，但是我們的心還會在一起，彼此相印，密不可分。」

汽笛響了。宛如無常催命，閻王叫你三更死，不得拖延到五更。卓文嘆一口氣，回過身來幫著胡強一邊一個扶著裴毅上了船，然後站定，最後一次回頭。但他看的，卻不再是黃裳，而是黃浦江岸明滅的燈火。

江風吹過，雨終於落了下來，纏綿淅瀝，若有若無，江岸的燈光依稀朦朧，似近還遠。卓文舉起手，向空中微微招了招，似在做無言的告別。都說上海是冒險家的樂園，他這個農民之子，以流浪之身，遠渡大江南北，終於在上海尋得一棲之地，享盡榮華。而今恩愛情仇，都要一併拋棄了，爲了他並不理解的革命。

他曾向黃裳許過誓——「你說過，要同我天上地下，生死與共；而我對你，也是水裏火裏，永不言悔。不論你想我爲你做什麼，只要你一句話，我便是刀山火海，也必定笑著去了。」

如今他果然做到了。卻也得走了。這樣看來，他到上海來，竟不是爲了爭名，也不是爲了求利，倒是因爲同黃裳有緣，故而要拚著性命，歷盡千難萬險，來到上海同她完成這夙世姻緣。若說無奇緣，今生偏又遇著她；若說有奇緣，如何心事終虛話。

而如今，他們終於分開，是因爲緣分盡了嗎？

汽船已開，在長笛聲中，他向她喊著：「笑一個吧，我想看到你笑！」

黃裳流著淚，但是她低頭拭乾了，淒然地抬頭一笑，竟是豔光逼人。那一種豔，把黃浦江邊明滅的燈火也比下去了，把星月的光芒也比下去了，甚至把航船雪亮的汽燈都比沒了，彷彿天地間就只剩下她一個人，千山萬水也都只在她淚眼一笑間。

那時候他知道，他愛的這個人，是屬於天地的，屬於整個世界，而不該屬於某一個凡人。而他竟得到了她，必然便要比旁人受更多的苦。可是一切都是值得的，值得的。

他招手，再招手。那揮手的姿勢同她的笑容一起，成爲天地間一個永恆的定格。

再會了，愛人，再會了，上海。

十七 聖經的淪落

1

臥床了一個多月，黃家凰的傷口總算結了痂，大致好了。但是仍然以靜休爲名住在大書房，閉門不出，謝絕來訪，就連黃乾和黃坤，他也叮囑他們無事莫登三寶殿。

黃坤新婚燕爾，樂得自己悠閒，黃乾卻充耳不聞，寧可冒著被抓的危險，仍然往黃府跑得很勤，每每同父親聊天，十句話倒有九句提著可弟，卻都被黃家凰三言兩語岔開了。黃乾只道父親在病中，心情煩悶，只得耐著性子等他康癒。豈不知，黃家凰所以這般揣著明白裝糊塗，卻是有一個重要的緣故，就是他自己也看上了可弟。

在女色上，黃家凰和黃家麒這對親兄弟有著截然的不同。黃家麒自許風流，生平最愛之詩句便是「十年一覺揚州夢，贏得青樓薄倖名」，於紅顏知己的身上最肯花錢的，興致來時，便是千金買笑也做平常。俗話說「鴇兒愛鈔，姐兒愛俏」，黃二少既有人才，又有錢財，正是花柳地人見人愛的一流嫖客。北京八大胡同裏，無人不知「黃二少」的大名。尤其他後來娶了八大胡同的頭牌花魁賽嫦娥回家做三姨太，這風流豪客的名聲更是大噪。

黃家風對二弟這點卻是十分不以爲然，認爲天下最呆而無爲之人莫過於此。他這幾年來，勞碌功名，一心求官，兼之聚財不易，一個銅板看得天大，再不肯於女色上輕拋銀錢的。早些年裏因爲生意關係，要常往上海灘走動，那時的風俗，洽談業務多半在花街柳巷、吃酒碰和之際進行，黃大爺爲著應酬方便，免不了也要於書寓中找個把相好的。可是他自有節源妙計，多一分冤枉錢也不肯花——那時上海灘裏的規矩，在婊子家中留宿通常是一夜二十元，謂之「下腳錢」，應酬叫局又要支「局錢」，局賬之外的開銷謂之「禮金」，也即小費。家風精打細算，爲了省這二十元，首先是絕不留宿，寧可於交易完成後，吃得醉醺醺的也要撐著回到客棧，寒衾冷被抱枕獨眠去；又因那時「么二」叫局需要兩塊錢，「長三」卻無論起手巾、上果盤一律三塊，他便寧可破著面子也不肯叫「長三」的局，就只在「么二」隊裏混。有時候一桌子人坐定，遇著別的客人一色叫的「長三」金鋼隊裏的人，連那出局的「么二」也覺縮手縮腳，他卻渾然不覺；而且爲著做久了一個妓女，成了「恩相好」，那就免不了要在擺酒吃席的局賬開銷外，另外常常相送些衣裳釵環之類的體己以顯得親近，他便索性隔三岔五地跳槽，爲的就是個乾淨俐落，只結局賬，不費其他。他這種吝嗇精明的作派，一度在上海灘花閣間傳爲笑談，然而他只是沾沾自喜，以爲自己嫖得夠精刮。

至於在北京的小公館，也並不是風流之患，卻是爲了偶爾招待親近朋友時應酬方便，顯得不生分，籠絡人心之意。那姨太太三分人才，倒是七分功夫，最擅交際的。黃家風娶了她，卻從不曾帶回黃府中拜見家人，就只在外面包了小公館長期軟禁，只破費個房租食用，卻無異於給自己開了個私家飯店，既經濟划算又排場風光，一面堵了那些自命風流，笑他連個姨太太也沒有的人的嘴，一面又不會像二弟那樣三妻四妾家庭不和給自己帶來麻煩，真正一舉兩得。

但是他這番心思，姨太太是不知道的，那位一心做丈夫賢內助的外交夫人先還忍辱負重，一面忠心地幫丈夫應酬張羅，一面靜等著自己生下一男半女，或許會被黃家承認，端正地位。然而自生了黃乾，黃老太太又只要孫子不要媳婦以後，她便心灰意冷起來，看透了黃家風的爲人，不肯再拋頭露面替他應酬客人，又每天哭哭啼啼只吵著要看兒子。黃家風是個孝子，遵母命把黃乾抱回「繡花樓」交給黃李氏撫養，仍然只想把小公館當作自己的外交飯店，及至見姨太太越來越不受管理，煩惱起來，索性連小公館也來得少了。沒上幾年，那姨太太也就憂鬱成疾，一病死了。

這以後，黃家風再沒動過納妾之念，雖然酒醉佯狂、花迷蝶眼之際，也免不了結交些白海倫之類的人物，偶爾逢場作戲，卻多半沒什麼真心，也仍然不肯破費，不過應酬些虛面文章，如拜託黃裳代爲安插個角色之類，略施小計便享盡溫柔。

但近日對著韓可弟，他卻生出一番不同的心思來了——他本是個好動的人，這些日子困頓病榻，十分地不耐煩，但是一見到可弟，就會感到一陣如水的清涼，心頭的燠熱也立刻消逝無蹤，這女孩子出塵的清秀讓他從心底裏感到親切，有種迫不及待要占有的欲望。他越來越清楚地認識到，她不是他朝花夕拾的女子，而是他內心深處最真實熱烈的渴望。

他知道黃乾和黃帝也都愛著可弟，但在黃家風的字典裏，是從來不知道什麼叫「讓」的，便是自己的親兒子也是一樣。但是他也免不了要打算起來：黃帝好說，軟弱無主見，自己說要可弟，他絕對不敢有異議；黃乾卻不好辦，沒規矩，滿腦子新思想，說什麼反對包辦婚姻要求戀愛自由，連肅親王格格的親事也自作主張辭了。他因爲不是大太太生的，又是獨子，打小兒被黃老太太嬌慣得無法無天，從來就不知道什麼叫尊卑長幼，如果聽說自己要納可弟爲妾，不但不會退讓，說不定還要搬出些男女平等一夫一妻的大道理來教訓他老子呢。再說自己身爲父親，同兒子搶女人，傳出去也讓人笑話。萬全之計，唯有先下手爲強，來個奇兵制勝，不給他們反對的機會。黃家風是個商人，知道夜長夢多先發制人的要訣，因此百般思索，要想出一個必勝的妙計來。

這日黃李氏帶著黃鐘黃帝去探望黃坤，黃乾離下班還早，正是再好不過的天賜良機。黃家風事先叮囑了管家嚴守房門，一隻蒼蠅也不要放進來，然後便不怕涼地換了洋綢子的白衫褲，好整以暇地，傳可弟來給他打針。

可弟全無防備，如往常一樣走進來，一邊注射，一邊用手在針口附近輕輕揉著。黃家風含笑注視著她一雙手，清涼如水，白皙如玉，隱隱透出青色的血管，是「藍田日暖玉生煙」的青玉，不僅緩痛，而且養眼。

看著這樣的一雙手，黃家風心癢起來，可弟針頭一拔出，他便迅雷不及掩耳地，一把捉住了她，涎著臉說：「小韓，我決定娶你做二房，你答應我好不好？」

可弟大驚，用力掙脫：「黃先生，這不可能的。」她心裏忽然浮起剛剛看完的聖經故事，《創世紀》第三十章，雅各的女兒底拿出門去玩，被當地族長之子示劍發現，他深爲底拿的美麗而顛倒，立刻向她求愛。底拿誓死不從，示劍就把她強拉到自己家中，強姦了她。可弟心中的恐懼越來越劇，不禁痛哭起來，「黃先生，你放了我吧，這件事絕不可能的。」

「我說可能就可能。」家風一掀被子翻身坐起，扭住可弟不放，「你跟了我，說是二房，其實所有規矩都和正室不相上下。你也看了大夫人的情形，根本活的時間也不長了，你還擔心她和你爭寵奪權嗎?我這麼大的家業，都由你說了算，隔些日子，你再替我添個一男半女，我這份家業將來還不都是你的。」

可弟只是拚命掙著：「不可能的，黃先生，你放開我，這不可能的。」

黃家風火起來，不管死活將她壓在身下就要霸王硬上弓：「不論你答應也好，不答應也好，我現在就要和你洞房，不過你放心，過後，我一定會娶你，不會虧待了你的！」

示劍把底拿姦污了後，就帶著財帛去向她的父母求親，理直氣壯地說：「新娘的聘金禮品你們要多貴重都可以，只要她答應嫁給我。」

「不！」可弟撕心裂肺地叫著，使盡渾身的力氣掙扎著，忽然一拳搗在黃家風傷口上。黃家風畢竟未曾痊癒，吃疼不住，居然被她掙脫了，氣得大叫一聲：「來人！」

房門「嘩啦」一下打開了，拚命奔出的可弟正好一頭撞在管家身上，嚇得尖叫一聲，幾乎暈厥過去。黃家風按著傷處，氣喘吁吁地命令著：「拿繩子來，把她綁起來，綁得越緊越好，拿手巾來，把她的嘴堵上，我就不信治不了你!拿酒菜來，我要消消停停地享受你！」

可弟痛苦地叫著：「上帝啊，救我！」可是她的哀求只有使嗜血者更加興奮。比她的祈禱更響亮的，是黃家風變了音的呼喝：「對，綁緊，再緊些，扒了她的衣服，扒光了她！」

書架子被推倒了，那些發散著墨香的古籍或者巨著稀哩嘩啦地散落了一地，《道德經》、《天演論》、《文心雕龍》、《西方哲學史》、《康熙字典》、甚至前清大臣的奏章摺子、日本浮世繪的香豔手卷，都轟隆隆地從頭頂上砸下來，砸下來……靛青或者墨綠的織錦封套像一隻隻冷漠的眼，默默注視著他們，冷白的象牙書籤散落了一地，發著曖昧的幽香。一切的道德淪亡了，一切的規矩坍塌了，混亂間，只有最醜惡的欲與最本質的恨並存，而最終欲望占了上風——

可弟徒勞地掙扎著，卻只有使繩子縛得更緊，像一隻送上祭台的潔白羔羊，五千年的中國文化和漂洋過海而來的最新科學理論都幫助不了她。在這間最具風雅色彩的道貌岸然的大書房裏，正發生著天底下最骯髒殘忍泯滅天良的人間醜劇。一個純潔的女孩子被玷污了，一個上帝的信徒被玷污了，玷污的，不僅是她初生羔羊般純潔的身體，更有她一塵不染充滿寬恕仁愛的心！

鋼琴架上，一本厚封的《聖經》正翻開在第三十四章。底拿的哥哥說：「我們的妹妹不能嫁給沒有受過割禮的人，這對我們是恥辱。要娶她，你們滿城的每個男子必須像我們一樣受割禮，否則我們就帶妹妹離開這裏。」

可弟的頭磕在鋼琴角上，發出轟然的巨響。《聖經》重重地砸下來。她閉上了眼睛。

上帝，也閉上了眼睛。

2

黃坤婚後，這還是娘家人第一次上門，因此接待得十分客氣隆重，不僅菜色中西兼備，連杯碟也都講究非常。黃李氏見一樣讚一樣，吃一口誇一句，著實得意。

正餐吃過，下人用鍍銀推車送上飲品來，一應用具全是洋貨，計有日本來的烏木鑲金的磨咖啡的機器，義大利的水晶玻璃的虹吸式咖啡壺，法國的骨瓷杯碟，英國的純金雕花勺子，尾端有小小安琪兒，翅膀合攏，抱住勺柄，連奶盅糖罐都是美國貨，墜著紅寶石的鉗子，鮮豔奪目。

黃鐘剛讚了一聲好，黃坤立刻便命人收起來交黃李氏帶回。另又打點了純金的香煙盒子、打火機送給黃家風，諸色日本產錦緞送給黃李氏，上等的魚腦凍的端硯和湖州製的嬰兒胎毛筆送給黃帝。連同傭人跟班俱有賞賜，上上下下打點得無不周到。

黃李氏眉開眼笑，一家子歡歡喜喜地，直耽擱至入夜方前呼後擁回到黃宅。黃李氏便吩咐黃鐘黃帝道：「你兩個小孩子吃了酒，這就早點睡吧。我去看看你們爸爸，也要休息了。」

黃鐘卻道：「小帝，姐姐給我們的禮物，在她家裏沒好意思細看。不如現在我們一起去你房裏，重新分一分好不好？」黃帝自無異議，兩人便頭並頭手牽手地向小花園走去。

黃李氏卻看著兩人背影發了一回子呆，心道黃鐘年紀已經不小，同黃帝到底不是親姐弟，這樣子不避嫌疑，倒不是件好事，還是趕著把婚事辦了，儘早打發了她才是。一路思索著，想等下看到大爺時，要把這件事同大爺商量。

不料黃家風卻正在等著她，也有一件大事要同她商量，見了面，劈頭便說：「你回來得好早！」

黃李氏嘻嘻笑著在床沿上坐下，道：「女婿殷勤得很，多喝了兩杯，怕著了風不敢就走，又喝了幾杯醒酒湯，所以晚了。你一個人在家等急了？不是有韓姑娘陪你嗎？」

黃家風也嘻嘻笑著：「好賢德夫人，把丈夫扔給護士照顧就算盡了心了？」

黃李氏訝異：「當初是你自己嫌棄我手軟腳懶，指著名兒要韓姑娘服侍你的，這會子又來怨我？」

黃家風便不再說話，卻做出思慮狀沉吟不已。

黃李氏幾十年來，向以觀察丈夫眉毛眼角爲人生第一要務，揣測一回，已經猜到幾分，卻不就說破，只道：「怎麼，是韓姑娘服侍得不好嗎？」

黃家風搖頭道：「那倒不是。只不過，人家畢竟是個姑娘家，黑天白夜地在這屋子裏服侍我，傳出去未免有閒話。可是不要她服侍呢，倒也再找不出第二個合適的人來，又會打針，性情又柔順……」

黃李氏笑道：「既這樣，那也容易。你把她收了房不就是了？」

家風故作驚訝：「說得容易。她又不是咱家的丫環。況且現在是什麼年代了，還收房納妾？」

黃李氏道：「什麼年代也不能不許人嫁漢娶媳。你若怕委屈了她，就明白給她個名分，也不提這妻不妻妾不妾的，上下只叫二夫人，難道我年紀一把的人了，還會和她爭寵不成？」

家風道：「也不知她心裏願不願意？」

黃李氏道：「這有什麼難的？我明兒個親自同她講就是。面子裏子都有了，憑她金枝玉葉，也不過一個小護士罷了，還有什麼不願意的。」

黃家風這才展開笑臉來，握住黃李氏的手道：「我的好賢良太太！你可真是我一等一的好太太。打著燈籠也沒處找去。你只要幫我辦成了這件事，要什麼你只管說，我眉毛也不皺一下。」

黃李氏這時候卻又垂下淚來，十分委屈地說：「我要什麼？我嫁給你這半輩子，連這個人也是你的，還要什麼呢？也是我這些年身子不好，不能服侍你滿意，難怪你要再找個人照顧你，這樣我也放心，又有什麼不答應的？只是一條，這從今以後，家裏多出一個奶奶來，又年輕又漂亮又會做事，還怕下人們不去巴結她嗎？只怕以後我在這屋裏再也沒有占腳的地方了。」

黃家風忙賭咒發誓地：「那怎麼會？我就是再娶十個姨奶奶，大奶奶也只有一個。你叫她們跪著她們不敢站著，你有什麼可擔心的？」

黃李氏只管搖著頭，皺著眉道：「就算她們表面上服從了，誰知道心裏是怎麼想的？雖說我兒子閨女都大了，都養得了我，可是我這輩子只是要同你在一起，死也死在這園子裏了。我只求你一件事，容我在世一天，就做一天明門正道的黃大奶奶，家裏大小事都交我管，這樣子，我也不怕那韓姑娘太驕了我的頭，也不怕下人不當我是他們奶奶了。」

黃家風這才知道他太太原來竟安的是這般心，暗自思忖半晌，雖說捨不得交出家財大權，但想黃李氏也玩不出什麼大花樣，不過是耍威風。家產在她手上，也等於在他自己手上，又怕她怎的？於是慷慨答應：「一切都依你。我現在就把房產地契全交給你，你明兒一早就去找韓姑娘可好？」

黃李氏恨得牙癢癢的，表面卻只做出柔順模樣笑道：「半輩子夫妻，倒從不見你這樣急猴兒狀。」忽然瞥到黃家風右臉側略有劃傷，因探身過去細看。

黃家風忙忙掩住，道：「沒什麼，起床急了，在床簾鉤子上劃了一下。」可是臉上得意之情早是溢於言表。

黃李氏覷他顏色，知道已是先上手了，心下更加恨不可遏，也不再問，又略敘幾句，計議停當便互道晚安別去。路經小花園時，只見黃帝房裏燈火通明，隱隱傳出哭聲。心裏想著黃鐘竟恁地不尊重，這麼晚了還不回房去？便要去說她幾句。堪堪走近，卻聽到一個女子哀怨地催問：「你到底怎麼想呢？是不是嫌棄我了？」卻不似黃鐘聲音，不由站住了腳，且不忙進去，只貼近細聽。

只聽一個男子答道：「我怎麼會嫌你？你還不知道我的心嗎？不管怎麼樣，你在我心裏總是最美好的。可他是大伯，我能怎麼辦呢？」這卻是黃帝的聲音。

那女子又道：「你帶我走吧。我們一起走得遠遠的，就當一切沒發生過，行不行？」這次聽得真了，竟是韓可弟。

黃李氏恍然大悟，早就風聞小帝和這韓姑娘有些首尾，聽口吻，這韓可弟竟是想約同小帝私奔，倒虧得她好勇氣。按說他們成功了也好，不必自己動手，便解了這奪夫之慮。可是晚上那一番計較不又落空？丈夫和家產孰重孰輕，倒是一件費思量的事。然而丈夫即使在自己身邊，心也是野了，這次不成，難保不另找下一個，到時候自己未必有便宜可占，倒不如成全了他與這韓姑娘，萬貫家財就實實在在握在自己手上了。

這樣想著，便不及聽得清楚，只斷斷續續聽到小帝的聲音說：「你要知道我的苦楚……就算走出去……我是不想連累了你……」下面的話被可弟的哭聲蓋住了。接著房門一響，韓可弟掩著臉從屋裏衝了出來，黃李氏趕緊隱身樹後，心「砰砰」亂跳，直等那可弟跑遠才緩過一口氣來。

正想走開，門又「吱呀」一響，卻是黃帝剛剛追出，望著虛空無力地叫了兩聲：「阿弟，阿弟。」便在臺階上坐下了。當下霜淒露冷，一彎殘月掛在天際，陰藍的，也像結了霜。那黃帝也不怕冷，就坐在門口吹著穿堂風，長一聲短一聲地吁嘆著，又嘰嘰咕咕念了兩句詩，黃李氏只聽得有「冷月」、「詩魂」、「寒塘」、「鶴」什麼的，不禁撇撇嘴，心想這會子還詩呀詞呀的呢，只是滿眼裏望去，冷月、寒塘倒也罷了，還算應景，卻哪裡有什麼「鶴」呢？到底這黃帝是個孱頭，節骨眼兒上，一分兒剛性也拿不出來，倒不如個姑娘家有擔待。剛才那韓姑娘跑走時，雖然努力壓抑著哭聲，可是踉蹌的腳步和倉皇的身形，已是把她的傷心盡興地表達了出來，真是傷透了心的。想那韓可弟也是可憐，有才有貌，怎麼偏偏愛上了小帝這麼一個人呢，也真叫紅顏薄命了。

這樣子呆立著嘆了一會兒，總算黃帝發完思古之幽嘆，關門進屋了。黃李氏這才覺得腳痠腿麻，已經凍得冰了，心裏暗暗罵了一聲，確信黃帝再不會出來了，方悄聲走開。

3

次日一早，黃李氏梳洗了，即命人請韓姑娘進來議事。

韓可弟這些年在黃宅斷斷續續也住了不短的日子，於各門各戶大多清楚，唯有黃李氏的房間，卻從未進去過。忽然聽說奶奶有請，心下吃了一驚，只道東窗事發，要拿自己去審問。但是正所謂哀莫大於心死，她倒也無畏，便整理了衣裳坦蕩蕩地走進去，站在當地，淡淡問了一聲好。

黃李氏細細地打量著她，看她眼泡微有一點腫，手臉都有明顯瘀傷，可是神情肅然，不卑不亢，心裏也暗嘆這女孩子雖然出身平民，人品的確出眾。遂滿面笑容地，親自下床執了她手笑道：「韓妹妹，我今天請你來，是有一件喜事同你商量，你可知道是什麼事不？」

韓可弟聽她開口即稱「妹妹」，早明白原因何在，不禁血往上衝，脫口道：「奶奶快別這麼著，我擔不起。」

黃李氏卻只管摩挲著她的手，恨不得抹一塊皮下來似地，乾笑著說：

「以妹妹這樣的人品，這樣的機智，有什麼是擔得起擔不起的？你和大爺的事兒，大爺昨兒已經都和我說了，把你誇得一朵花兒似。其實大爺何必多說呢？這些年我冷眼旁觀著，還有什麼不明白的？就是家下人，也都誇妹妹的好，都敬重你爲人的。閒時議論著，我還說笑話呢，我說我就不是個男人，我若是個男人，說不定也要來搶妹妹你呢。所以大爺跟我一提妹妹，我立馬一百個贊成。你知道這些年來我身子不好，不能爲大爺分擔煩心，有妹妹你幫忙照顧，可就是我的福分了。也不知是不是我長年吃齋念佛，才念下妹妹你這麼個神仙般的人物來幫我，也是上天體恤我的一片心了。妹妹只管放心，只要我們做了姐妹，我絕不會虧待你。你這些年在我家出出進進，也該清楚我的爲人，你看我是那容不下人的人不是？只要你進了這黃家的門，只管你披綢子掛緞子，想什麼有什麼，絕沒半分虧待。昨兒我已經同老爺說好了，願意和你姐妹相稱，平頭相見，上下人等，只管喊你二夫人，誰敢低看你一眼，我挖了他的狗眼出來。就是你家裏的人的前程，老爺也盡可以保證的。你還有什麼要求，也只管提出來，姐姐我能幫你的就一定幫，幫不了的也要設法去幫。以後你就是我親妹妹，我便是你親姐姐。我這些年來七病八癆的，自知也不是個長命的，有你替我照顧老爺，我死也閉眼了。」滔滔不絕地，足足說了半個鐘頭，把自己也感動了，眼淚閃閃的，眉毛彎做一幅觀音像。

韓可弟卻只是一聲兒不出，臉上不辨悲喜，臨了兒，說了一句：「奶奶還有事嗎？沒事我出去了。」

黃李氏不得要領，只得眼睜睜看著她走了出去，到底也不知她心裏盤算些什麼。

黃家風聽了夫人彙報，也覺不得其解，點頭道：「這個女孩子心深似海，看來並沒我想的那麼簡單。也罷，就給她幾天時間考慮，不要逼緊了她，免得出意外。反正她已經是我的人了，還怕飛得上天去？」隨後卻傳黃帝進來，問他：「我打算娶小韓爲二夫人，以後她就是你二媽了，你怎麼看？」

黃帝死低著頭，一聲兒也不吭。

黃家風冷笑道：「她原是請來服侍你的，以後做了你二媽，便是你的長輩了，打針吃藥這些子事，只好另請人來。你是不是不滿意？」

黃帝呆呆地，仍不知回答。

黃家風煩了，厲聲道：「我勸你放警醒點。你親爸爸把偌大一份家業敗了個底掉精光，你媽又瘋了，自身難保，要不是我接了你來，你現在早橫屍街頭了。如今你是咱們家名頭正道的二少爺，這靠的是誰？」

黃帝嚇得一哆嗦，忙答道：「兒子並不敢忘記父親的恩德。」

黃家風放緩了語氣，隔了會兒又道：「你記得就好。今天叫你來，沒有別的，就是提醒你，以後同二媽儘量疏遠點，你們今後是母子之份了，不比從前，可以說說笑笑，熟不拘禮。咱們是禮義之家，要懂得上下尊卑，得規行矩步，免得被人笑話，知道嗎？」

黃帝灰著臉，點頭答應：「知道了。」又站一站，見黃家風再無吩咐，方慢慢退了出來，心裏只覺空落落的，回到自己的房間，只覺看什麼都刺眼，什麼都不是自己的，連這個身子都不是自己的，唯有一顆心——一顆心本來實實地裝滿著對韓可弟的愛，如今也被人家掏空了，他可還有什麼呢？

他又想起昨夜可弟對他的請求，可是那是怎麼能夠的呢？可弟要他帶著她遠走高飛，然而飛出去又怎麼樣？他是手能提還是肩能挑？從出生到現在，長了二十來歲了，他可是一天工也沒做過。他能做什麼呢？他吃什麼穿什麼？他的針藥醫療費在哪裡？他帶可弟走，只會拖累了她。她說她情願工作來養活他，可他能要她養活麼？況且，她是能養活得了他的麼？

他不是沒見過小弄堂市民的生活場景，可弟帶他去過一次她的家，已經到了家門口了，他忽然不願意了，只肯站在弄堂口等她，死不肯進去。那窄窄的弄堂巷子，人家與人家的窗子緊對著，逼近得好比赤膊相見，隨時可以伸出胳膊去握手似的。就那樣窄如縫隙的一道狹長天空，卻還多半被遮蔽著看不到雲彩，抬起頭，望到的無非是東家婆姨的胸衣西家姑娘的底褲，駭得黃帝幾乎不敢抬頭。

在他的記憶裏，雖然滿堂姐妹，也從來沒見過這些褻衣的，都被小心翼翼地晾曬在男人見不到的地方，怎麼可以這樣明目張膽地攞在天光下讓人看呢？簡直就像看到了姑娘家的裸體一樣。有人推開臨街的門潑水，黃帝本能地向後跳，可是身後也是一個水窪，讓他嶄新的布鞋找不到落腳處。家家門口都放著一隻紅漆的馬桶，蓋著蓋子，也不知道裏面有沒有黃金萬兩，總之看在眼裏是一種強烈的刺激。可是弄堂裏的人都習慣了，視若無睹，就坐在那馬桶的邊上摘豆角，挑毛線。戴著虎頭帽的奶娃子坐在小矮凳上，頭靠著馬桶沿兒打盹，不知道夢裏是不是看見了吃的，有口水順著嘴角一徑地流下來，流下來。

不，那樣的日子是黃帝不能適應的。他無法想像自己捲起長衫的下襬去擠在弄堂口排隊等水，也自知沒有力量同菜市場的小販爭得面紅耳赤，只爲了往籃子裏多放一根黃瓜半把香菜。把他放到那樣的生活裏，就好比把水仙種在泥土裏，雖然通常的花兒都是那樣過活，可仍不代表水仙也可以就此得到充分養料。不，泥土養不活水仙花，弄堂裏也住不下他黃帝，要可弟陪著他在弄堂生活裏吃苦挨餓，然後讓她看著他在貧病交加裏一天天死去，就是她願意，他也不願意。

他想過去找姐姐幫忙，但是他又怎能增加姐姐的負擔呢？媽媽當年說過的話又響在耳邊：「小帝乖，媽媽很想帶你走，可是媽媽的經濟能力，負擔你姐姐的學費已經很吃力，實在不能夠再帶上你了。你跟著媽媽也是吃苦，就好好讀書養病，早點出身找份好職位，可以自己負擔自己吧。」

自己負擔自己。無奈他自己負擔不了自己。可是他也不願意再成爲別人的負擔。可弟說：「只要跟你在一起，我願意吃苦。上帝說『素菜淡飯而彼此相愛，勝過酒肉滿桌而彼此相恨』，我相信只要我們是相愛的，就算餓死凍死，也是一對開心的鬼。不論經歷什麼樣的艱辛痛苦，我願意。」

她願意，可是他不願意！他不願意她跟他受苦，也不願意自己成爲她的負累。她跟了黃家風，自是活得不快活，可是跟了他私奔，卻是活也活不下去的。私奔？他們能奔到哪裡去呢？這世界上，哪裡還有淨土，還有他們的容身之地？

這世上到處是藏汙納垢的陰溝，大太陽底下，有的是男盜女娼，妻妾成群。可是偏偏沒有一處角落，可以容得下一對貧窮而相愛的男女。他們是無路可走，無處可去的啊！

黃帝撲到床上，終於壓抑不住地號啕起來。

十八　黃帝之死

1

蔡卓文走後不久，黃裳也就病倒了，許是淋了雨，也許是受了驚，每日昏昏沉沉的，高燒不退，倒像十年前得痢疾的那次。

「劫獄事件」不久，極司斐爾路七十六號汪僞特工總部將她「請」去了一回，貝當路日本憲兵隊也找她問話，但都礙著她是社會名流，倒也不敢動強，只客客氣氣地照章辦事，走了回過場。

黃裳照著卓文的囑咐，一問三不知，咬定只是陪卓文公幹，從黃府出來就回家了，卓文後來去了哪裡，她並不知道。她反問：「那兩個人是我幫忙抓起來的，我再幫著蔡卓文去救人，我怎麼會那麼傻呢？又爲什麼要那麼做？」對方也覺有理，見實在問不出什麼來，便把她放了。然而黃裳畢竟受了驚嚇，病得更重了。

整件事自始至終，家秀毫不知情。對於黃裳，她始終有一種虧欠，覺得她同卓文的婚姻是自己交易的結果，心裏難免忌諱。因此除了替黃裳請醫問藥之外，對她和卓文的事，只要黃裳不說，她照例是不問的。

至於依凡，她的時間是自從太平洋戰爭爆發就停止了，身子雖然還留在這個世界上，也會吃喝，也會走動，可是心已經死了，除了記憶中的世界，她再看不到旁的人，即使是她的女兒，在她眼中，也只是一個活動佈景罷了。

唯有崔媽，向來認爲小姐的事就是自己的事，一天三遍地問著：「姑爺到底去了哪裡嗎？什麼時候回來？怎麼連個電話也沒有？」

黃裳不答，可是眼淚卻滴滴嗒嗒地流下來，不一會兒便濕了大半條枕巾。崔媽又後悔起來，心疼地安慰：「姑爺就會回來的，小姐不要太擔心了。姑爺對你那麼好，不會捨得不回來的。說不定明天就有電話了呢。」

可是明天完了還是明天，卓文只是一點音訊也無。倒是黃坤，一日偷偷跑來報告說，有一天無意中聽到父親和什麼人通電話，言語裏提到蔡卓文，懷疑他私通共黨，要通緝他呢。

黃裳一驚，半晌作不得聲。黃坤忽然走到窗前彎下腰來細細地看著，黃裳順著她的目光望去，發現是自己用指甲在霜花上劃的字，「蔡卓文」「蔡卓文」密密匝匝總有十幾個，下面還有一句詩，道是「式微，式微，胡不歸」，不由得紅了臉。

黃坤望著她微微地笑，說：「你老實告訴我，你同蔡卓文到底是怎麼回事？連『式微式微胡不歸』也翻出來了！我雖不懂詩，可是《詩經》總是讀過的，也還記得這兩句詩是寫那婦人在黑天盼丈夫回家的。今天你要不同我說清楚，再不放過你——上次你和他來我家提走那兩個刺客，我爸爲了向上頭領賞，把蔡卓文告了密，要不是我及時阻止，沒讓他把你也賣出來，這會兒你早就不在這兒了，虧你還當我是外人！」

其實黃家風沒有把黃裳告密的根本原因，並不是因爲黃坤說項，而是因爲黃裳畢竟是自己的親侄女兒，把她搬出來，自己未必脫得了干係，故而諸多設辭，替黃裳做了許多文章鋪墊轉圜，否則憲兵隊那邊，黃裳也未必那樣好脫身。

但黃裳到了這時候，反而無懼，低頭思索片刻，復抬起頭來，明白地說：「卓文和我是夫妻，我們已經秘密結婚了，就在你結婚前半個月。」

黃坤驚訝：「有這樣的事？你瞞得我好緊！」接著笑起來，「這倒可真夠浪漫的。可笑那小徐還在一個勁兒向我打聽你，想托我介紹你們進一步交往呢。」

「小徐？什麼小徐？」

「怎麼你一點也不記得了嗎？」黃坤吃吃笑起來，連比帶劃，「就是我結婚那天那個伴郎啊，也是言化的學生，挺帥的，爸爸是銀行家，就是個子矮點。不過沒關係，用鈔票放在腳下墊高就是了。」看到黃裳臉上仍是一臉的茫然，知她全然沒有印象，只得問：「那麼，現在你成了逃犯的妻子了，接下來怎麼打算呢？」

黃裳搖頭：「我也不知道……我盼著他回上海，又怕他回上海。真不知道，這輩子，我還能不能再見到他。」

黃坤下意識地將手按在黃裳的筆劃上，一會兒融掉了一個蔡卓文，一會兒又融掉了另一個，直到手凍得發麻了，才恍惚地笑道：「你看我，這不是傻麼？哎，這世道也真是不公，有的人呢就夫妻不能團圓，有的呢就摟著一個老的，再娶一個小的。」

黃裳道：「誰？誰摟著一個老的又要娶個小的？陳言化要納妾？」

「他敢？」黃坤「呸」了一口，嘆道，「不是他，是我爸。」

「你爸？」

「就是。你說我爸這個人，早不娶晚不娶的，如今大女兒剛結婚，小女兒也眼看著要出嫁，他倒來湊熱鬧，『臨老入花叢』。你道娶的是誰？就是那個專門請來給你弟弟打針的小護士韓可弟。」

「韓小姐？」黃裳倏地坐起，「她怎麼會願意？」

「誰知道？忽然有一天爸說要納妾了，好像還為這個和我大哥吵了一架。大家都說這姓韓的也是個厲害人物，我們黃家上上下下統共三個男人，從我爸到我哥到小帝，她居然個個玩於股掌，一女三男，夠熱鬧的。就苦了我媽，氣得發了胃氣疼，現在還躺在床上呢。」

黃裳更加詫異，她雖然只見了那韓可弟一面，卻對她留下極深的印象。生平所見的這幾個女子，或明媚靚麗如依凡，或溫柔沉默如家秀，或嬌豔熱烈如黃坤，或寬厚隨和如黃鐘，性格各個不同，卻都是暖色調的，是桔黃或者玫紅。而可弟，卻是冷色，哪怕她穿紅掛綠，給黃裳的感覺，仍是一味的白，冰清玉潔，並不像是一個勢利虛榮工心計的女子。同時，她也替弟弟擔心，想他那麼優柔寡斷的一個人，難得愛上了個女孩子，卻「忽然」成了自己的二媽，叫他心裏可怎麼承受得了？因問道：「那小帝現在怎麼樣了？」

「你還不知道他？三天總有兩天嚷著不舒服。這會子還不是又待在仁心醫院裏霸著林醫生給他打針？林醫生說他根本沒事，可他就是死不肯回家。我爸也不勉強，說他大概不想看到那個小護士成婚，要不等事情辦完了再接他出院也好，免得他受刺激。」

黃裳聽了，更加不安。晚上便同家秀計較：「小帝一定是傷心才病的，不知道怎麼想辦法見見他才是。」

家秀向來對黃帝沒好感，淡淡地道：「他這麼大的人了，又是這麼大的事，他自己當然有主意的，怎麼想呢該自己站出來說個清楚，躲在醫院裏算怎麼回事？我要是韓可弟，我也寧可給黃家風做小算了，好過嫁個窩囊廢。」

這天夜裏，黃裳躺在床上，翻來覆去只是想著黃帝的事睡不著。忽然門鈴一響，崔媽引著黃帝進來，說：「小姐，小少爺來了，要見你呢。」

黃裳趕緊坐起，細細地打量著弟弟，他卻還是平時模樣，並不見得特別憔悴難過。黃裳放下心來，問道：「你的事我都聽說了……怎麼忽然想起來看我？」

黃帝向她笑一笑，羞澀地說：「我也不知道，就是想著要走了，怪捨不得姐姐的。想來想去，還是和姐姐在一起的那些年過得最開心。姐，我真想回到小時候，再聽你給我讀一次『紅樓』啊。」

說得黃裳心酸起來，道：「是姐姐不好，總沒時間去看你。我知道你住在仁心醫院，等我身體好一些，一定去醫院看你。」

黃帝卻只是笑著，向她點點頭，便站起來要走。黃裳道：「你不多坐會兒麼？」黃帝道：「我也想多陪陪姐姐，可是時間不多，我還得看看媽媽去。」

黃裳只覺心頭恍惚，道：「我陪你去。」便要起來，卻覺得身子重得很，心裏明白，只是動彈不得，眼睜睜看著小帝出了房門，待要喊他，卻連聲音也發不出來了，只急出一身冷汗來。

也不知過了多久，忽聽隔壁依凡大叫一聲「小帝！」黃裳心頭一鬆，猛地驚醒過來，才知道剛才是個夢，自己竟是魘住了。

家秀崔媽也都被驚醒過來，便慌著往依凡房裏跑。只見依凡坐在床沿上，披頭散髮，滿臉是淚，向黃裳道：「阿裳，你弟弟他，他去了！」

黃裳大驚：「媽媽你是不是做噩夢了？」心裏卻知道依凡所言不虛，必定有事發生了。然而口裏還只管安慰，說：「媽，你別急，我這就打電話給小帝，讓他自己同您說話。」

電話打到黃府，是個下人接的，說帝少爺在醫院住著呢。黃裳暗罵自己發昏，又忙找號碼撥往仁心醫院，這回接的是個護士，客氣地說請她等一等，這就去找黃先生來聽電話。然而過了一會兒，她卻跑回來驚疑地說，黃帝不見了，他的病房是空的，沒有人知道他是什麼時候走的，去了哪裡。

黃裳心裏頓覺不祥，向大家學說了電話內容，家秀崔媽也都緊張起來，崔媽便慌著要出外去找，家秀再往黃府打電話通知黃家風。依凡卻流淚道：「我是他媽，我知道他出了事了，他剛才來跟我告別，還求我說，他去以後，就再也不要回黃家，也不回北京祠堂，他說他不願意再姓黃家的姓，他問我，當年為什麼不肯帶他一起走，是不是只疼姐姐不疼他……」說著大哭起來，那哭聲滲在冬夜裏，連夜風都格外淒緊起來。

黃裳先還是呆呆地聽著，後來就忍不住哭起來。她幾乎已經確定，弟弟出事了。

2

黃帝死了！他的屍體，是三天後在黃浦江邊被人發現的。身子已經泡得浮腫，五官模糊不清，鞋子被水沖掉了，衣服也都零亂不堪，唯一可以斷定身分的，是掛在脖子上貼身帶著的一條本命金雞項鏈，一隻金刻長命鎖，都是些保佑孩子健康長壽的飾物，如今見著，格外諷刺。

家秀接到警察局電話通知認屍，失手打碎了一隻茶碗，愣在當地，半晌做不得言語。崔媽急急奔出來，張惶地問：「是不是小少爺有消息了？」家秀抖著嘴唇，卻只是發不出聲音來。

崔媽大驚，在她心目中，這位姑奶奶向來是泰山崩於前面不改色的。如今居然這樣失態，自是大事不妙，心裏大爲焦慮，卻不敢逼急了她，只得俯身收拾了茶碗碎片，又給家秀另沏了一杯熱茶，這才小心翼翼地問：「姑奶奶，剛才的電話……」

家秀如夢初醒，流淚說：「是警察局打來的，讓我們去認屍。」

崔媽渾身一震，杯裏的茶潑出來，失手又打翻了。坐在地上，就大哭起來。家秀連忙喝住：「你作死呢，小心驚了依凡。事情還不確定，說不定是虛驚一場呢。」崔媽連忙忍住，哆哆嗦嗦地問：「那，那現在怎麼辦？」

家秀定一回神，打電話通知了黃府，黃家風也是大吃一驚，答應馬上讓黃乾過來，陪黃裳一同去江邊認屍。

然而黃乾到的時候，卻不只是一個人，身後還跟著韓可弟和黃鐘。見了黃裳，都無心寒暄，淒淒惶惶地一同上了車，便往江邊駛來。家秀原也要去，看到車上坐不下，又惦記著要陪依凡，嘆口氣又留下了。

黃帝的屍體已經被移到沙灘上，四周扯了繩子，攔阻圍觀的人。黃乾同巡警報了身分，四個人便走進繩圈裏，雖然黃帝已經面目全非，然而正所謂手足同心，黃裳只看一眼，已經斷定這絕不是別人，正是她的親弟弟黃帝。雖早有預感，也由不得身軟力竭，站立不住，眼淚只管滔滔地流下來，卻是一句話也說不出。而黃鐘早已經痛號一聲，昏了過去。唯有韓可弟，卻是臉容平靜，有條不紊地將隨身帶來的衣物替黃帝披上，只待黃乾同員警交涉完了，便囑雇的工人用擔架抬了黃帝離去，且平靜地輕聲叮囑，不要走得太急，免得驚了他。黃乾看著，只擔心她驚怒交集，腦子出了問題，轉念她已經即將成爲自己的後母，又覺心灰，一路垂著淚，聲嘶氣咽地，也不知是爲了黃帝，還是爲了自己。

黃裳因爲黃帝遺囑不要再踏入黃家，堅持不肯將黃帝屍體送回黃府。黃乾只得租了臨江一個農家的柴房暫時停放。那農人原嫌穢氣百般不肯，無奈黃裳哭求不已，又許了重金，終究肯了。

韓可弟親自替黃帝用藥棉清洗屍身，又更衣理妝，絲毫沒有厭惡恐懼，也不見傷心流淚。黃裳見了，暗覺納罕，她並不深知弟弟、黃家風、黃乾和韓可弟之間究竟發生了什麼事，但也估計得到，必然是黃家風做了手腳，拆散了弟弟同可弟，以至造成這一幕人間慘劇。說起來，這都是自己闖的禍，若不是那日救了黃家風，胡強便不至被捕，蔡卓文便不至逃亡，而弟弟也就更不至於要自殺以明心志了。看那韓可弟幽靜嫻淑，從容淡定，原是難得的一個好女孩子，如果果然能和弟弟廝守一生，對他的懦弱必是最好的輔助。偏偏橫生波折，弄得一對鴛侶勞燕分飛，從此幽明異路，人鬼殊途。從今之後，他們是只有夢中才能相見了。

想到夢見，就想起了弟弟的臨終遺言，黃裳忽然第一次意識到，以往只覺得黃家重男輕女，對自己百般虐待，對弟弟卻十分寬容，總覺得不公平。現在才發現，其實弟弟才是真正的犧牲品。自己雖說早早離了家，可是自己跟著姑姑和媽媽，生活得何等逍遙，弟弟卻是有母不能認，有姐不同行，每天生活在一個似是而非的大家庭裏，寄人籬下，苟且偷生。最終，連一個心愛的女子也保不住，以至不得不以自己的生命來發出微弱的抗議：不要自己再姓黃，不要回到黃家祠堂！

當他在冷水中漸漸窒息的最後一刻，他想的是什麼？他只想看一眼媽媽，問問她：當年爲什麼不帶自己走；他只想再陪陪姐姐，聽她再給自己念一次《紅樓夢》。他雖然不愁吃不愁穿，可是人間最基本最正常的溫情，卻於他偏偏難比登天。弟弟的一生，何嘗真正快樂過啊！

黃裳再次痛哭失聲，直哭得肝腸寸斷。如果生命可以重來一次，她發誓一定要對弟弟好一點；如果生命可以重來一次，她就是再苦再難，也絕不要同弟弟分開。可是，可是生命只有一次，弟弟已經走了，不管她怎樣地痛，怎樣地悔，都再不能撫平他的創傷，挽回他年輕的生命。弟弟哦！

3

臨江的農家柴房被佈置成了臨時靈堂，黃帝的照片被擺在案上，前面點著幾枝素燭。而他在燭光裏笑著，稚嫩，羞澀，帶著一絲迷茫。

至死，他都是一個迷茫無助的少年，從不曾自主過。

也許，投江自盡，便是他今生唯一自由選擇的一件事，因爲在這世上，唯一真正屬於他，可以由他支配的，便是他自己的生命了。

黃家風由黃李氏扶著，在靈堂前鞠了躬。沒有人知道他心裏在想什麼，只是從他看著韓可弟的目光裏，可以感覺到他的猶疑。

可弟並不回避，語氣柔和然而不容推拒地說：「今夜，我不會離開這裏，我要最後陪陪他。」

黃家風正欲說話，家秀陪著依凡到了。這是依凡自走出黃家祠堂後，同黃家風第一次碰面，一時間新仇舊恨悉上心頭，眼中幾欲噴出火來。黃家風原本便怕見依凡，如今心虛，更覺敵不住那樣仇恨的眼光，推說身體不濟，提早匆匆離開了。

黃鐘走過來，只叫得一聲「嬸娘」，便投進懷中號啕大哭起來。黃坤覺得丟人，忙過去把妹妹拉開。黃乾便遞上香來，家秀就著蠟燭點燃了，拜了三拜，淚水斷線珠子一般，直滾下來。這個侄兒，一向爲她所不喜，可是去得如此慘澹淒涼，卻令她悵悔不已。

趙依凡白髮人送黑髮人，傷心的程度更是難以言述。她從來祖宗牌位前也不肯輕易下跪的人，卻忽然直奔到自己兒子的棺前磕頭不已，口口聲聲叫：「兒啊，是媽媽害了你！」

看著黃帝的照片，她想起的，卻只是那日在飯店裏同黃家麒談判的一幕。當時小帝哭著求自己帶他走，可是她拒絕了。她是他的親娘啊，她生了他，卻不能養他，陪他，愛護他，留下他一個人生活在無愛的屋簷下，孤獨地長大，淒涼地死去。可是他沒有怨恨自己，在他決定蹈水赴死的一刻，他的魂靈還惦記著母親，迢迢地來向她告別，最後問她一次：媽媽，爲什麼不要我？

兒子，給媽媽一個機會，讓媽媽帶你走。無論多苦，媽媽也絕不會再放棄你。兒子，醒來！跟媽媽走。媽媽帶你走，再不會丟下你。兒子啊！是媽媽害了你。是媽媽害了你！

依凡的額頭已經磕出血來，卻依然不肯停止。黃裳哭得聲嘶力竭，欲去攙扶母親，可是身軟如棉，一步也動不了。黃乾黃坤黃鐘也都陪著落淚，尤其黃鐘，心裏千萬把刀子扭絞一般，直恨不得這就跟了黃帝去，但礙於份屬姐弟，縱傷心也該節制，不敢十分表露，因此抑鬱不已。唯有韓可弟，自始至終，平靜地打理著一切，不見掉一滴眼淚，這時候見依凡傷心過度，便排眾而上，走過來扶起她，並不安慰，卻輕輕背誦起《聖經》來：

「已經發生了的事是早已命定了的，
我們知道人無法跟比他強大的力量抗辯。
你越抗辯，越覺得無益，對自己也沒有好處。
在這短暫、空虛、好像影兒飛逝的人生過程中，
誰知道什麼是對他最有價值的事呢？

誰能告訴他死後這世上會發生什麼事呢……

主說：要忍痛節哀。

悲痛會傷害你的健康，甚至會導致死亡。

一個親人死後，會留下綿綿的哀傷，

但如果讓哀傷永無休止，那就不明智。」

她的聲音像遙遠的來自天際的鈴聲，像夢回故里兒時母親在床榻的吟唱，依凡精疲力竭，竟然在她輕輕的背誦聲中，不知不覺睡著了。

黃乾看著，心裏不免感到幾分悲寒。兔死狐悲的悲。唇亡齒寒的寒。

燭光搖曳，蟲聲依稀，眾人漸漸停了哭泣，靈堂裏，只有可弟平靜的誦經聲在輕輕回蕩。

「在危難的日子，

當仇敵圍困著我，當依仗勢力、誇耀財富的人包圍著我，我都不害怕。

人一定無法贖回自己。

他不能付自己生命的贖價給上帝，因為生命的贖價極昂貴。

人絕付不出足夠的代價，

使自己不進墳墓，使自己永遠不死。」

如今，付出了生命代價的黃帝已經永遠地去了，仇敵和財勢卻還在包圍著她，她真的可以做到無懼嗎？她想起五天前，黃帝忽然從醫院裏打電話給她，約她在聖三一堂見面。

那天不是週末，教堂裏沒有彌撒，很靜，除了鴿子在安靜地飛進飛出，一個人也沒有。連教父和修女也休息了。黃帝牽起她的手，從兩排長長的座椅中間一路「空空」地走過去，一直走到耶穌像前，帶著一臉近乎悲壯的神情問：「阿弟，你願意嫁給我嗎？」

她以為他終於決定了，有勇氣帶她走了，她用全身心的熱情回應著他：「我願意。我願意嫁給你，跟你到任何地方去。」

「那好，讓我們祈禱吧。」

他拉著她，他們跪在上帝面前，誠心誠意地祝願。

然後，他們擁抱，親吻，輕輕地，怕驚醒了團圓的夢。

教堂兩壁的聖經人物都在微笑地看著他們，為他們祝福，也為他們證婚。

他說：「好了，現在我們是夫妻了。阿弟，你現在先回去，我走了。」

她以為他要去安排一些事，並不追問，只是安靜地望著他走開。

他走到教堂門口的時候，還回頭笑了一笑，略帶羞澀，十分依戀。

那個時候，她並不知道，他說「走」，竟然會走得那麼遠，那麼盡，那麼徹底。

聖三一堂的尖頂和尖頂上一方碧藍的天，如今又重新出現在她腦海中，可那已經不再是溫馨的新婚記憶，而是一根永恆的刺。她知道，他便是她的十字架了，她要永遠背負起來，直到她也死去，同他在一起。

「為什麼悲愁的人繼續生存？

為什麼憂傷的人仍然看見光明？

他們求死不得。

他們寧願進墳墓，不願得財寶。
他們要等到死了，埋葬了，才有真正的喜樂。阿門！」

十九　兄弟飄零

1

在黃帝活著的時候，他是黃府裏最名不正言不順的一位少爺，最多餘的一個食客。可是他死了，偌大的黃府卻忽然冷落下來，彷彿失去了一個最重要的人。

首先是黃家風，他用盡心機奪走了親弟弟黃家麒的一切——家產，女人，兒子。可是回過頭來，卻忽然發現，他竟似在重複著弟弟的老路。二弟黃家麒的所爲，是從來爲他所瞧不起的，他認爲家麒窩囊、頹廢、一事無成。可是他自己呢？表面上風光一時，然而自胡強率人在黃坤的婚禮上向他打響了第一槍之後，黃府的命運便與日俱下，走到下坡路上來。

他並不在乎黃帝的生死。可是黃帝的存在，原是他最得意的傑作，是他的勝利的徽章。他養著他，無非是爲了向世人證明他的仁慈，大度，博愛，和寬厚。可是如今黃帝投江自盡，以如此激烈的方式、以自己的死無情地撕碎了他努力打造的僞善面具，血淋淋地告訴世人這是一個多麼殘忍荒淫的人，他逼死自己的親侄子，逼得他跳江，而且即使死後也不願意再回到黃府。黃家風一向喜歡主持大局，可是他的過繼兒子的葬禮，他甚至沒有勇氣沒有立場參加。這是多大的諷刺與報復！

他沒有命人立刻把黃帝住的小花園清理出來，一方面是因為黃鐘的堅持，另一方面則是心虛。那天，當他剛剛提到黃帝的房間該整理了，黃鐘便大哭大鬧起來，說誰敢動黃帝的東西她就要同誰拚命。黃家風大怒，正要命人拖黃鐘下去，可弟在一旁淡淡地說：「還是留著吧，不然，黃帝的靈魂回來找不到路，也許會發怒。」說得黃家風寒毛直豎。

越是像他這種心狠手辣的人，越是心虛迷信，他可以不怕十個活著的黃帝，可是他卻怕一個死去的鬼魂。聽下人說，這段日子，夜裏經過小花園，常常聽到黃帝的房裏有人嘆氣，黃鐘也賭咒發誓地說，曾經親耳聽到黃帝咳嗽。黃家風思來想去，到底不敢得罪了「黃帝的鬼魂」，可是心裏著實忌諱，只得命人把小花園的門關了，從此只在前門出入。

但是這也不管用。關於小花園鬧鬼的傳言，照舊在黃府裏傳得沸沸揚揚。鮮花著錦烈火烹油的黃家花園，忽然變得陰森恐怖起來。幾乎每個人都至少有過一兩次遇鬼的經驗，說得活靈活現。黃家風為此大發雷霆，特意召集闔府上下訓話，聲色俱厲地宣布以後再聽到誰說狐道鬼，就將誰趕出府去。可是這只有欲蓋彌彰，更加暴露他的心虛，也就使鬧鬼一說更加切實。漸漸地，小花園便是在白天也沒有人敢去了，黃大爺的房子同當年黃二爺的房子一樣，也出了一間人人談之變色的「鬼屋」。

而且黃家風開始做噩夢，傷口也總是隱隱作痛，風雨天痛得幾乎站立不住。他要求可弟給他打杜冷丁，可弟建議說不如打嗎啡見效得快。事實證明可弟的說法很對。

可弟終於答應要嫁給他了。這是這段日子以來唯一的好消息。

一切都是爲了可弟。如果說拚搏半生，鞠躬盡瘁，到老了他還有什麼放不下，那就是可弟了。白髮紅顏，是一種富貴象徵，看著春蔥兒似的可弟，黃家風覺得自己的路還長著呢，富貴也長著呢，如今他終於得到了她，他爲她付出的一切，包括逼死黃帝毀壞名聲便總算都是值得的。

但是顯然黃乾、黃坤和黃鐘都不這麼認爲。

黃乾爲了可弟的事同他大鬧，當面斥責他逼死黃帝，重新搬回宿舍去住，又揚言要出國遠行，再也不回來了；黃坤則總是話裏話外地褒貶可弟，對父親老來納妾這件事大不贊同；而黃鐘，自從黃帝死後，她就沒有笑過，每天淚眼不乾的，見了自己的親爹就像見了仇人一樣。

只有黃李氏，仍然是他一貫的支持者。對於黃帝的死，她只是略帶一點幸災樂禍地淡淡地說：「那個病秧子少爺，打小兒看著就不像能活長的樣子，倒是沒想到，還有跳江的剛性兒。」但是當了黃鐘的面，她這番話卻是不敢說的，怕神經質的小女兒會發瘋。

黃鐘自黃帝死後就變了一個人，一改往常的隨和樂天，變得激烈而憂鬱起來。她愛黃帝，這是黃府裏一個公開的秘密，只是誰也沒有想到她愛得如此過激。她是家中最小的女兒，既沒有哥哥的聰明能力，也沒有姐姐的漂亮心機，她像所有的「老疙瘩兒」一樣，從小是哥哥姐姐的跟屁蟲，人云亦云，沒有自我。但是哥哥姐姐都比她大得多，所以她總是很寂寞，且擅於幻想。黃帝是第一個走進她生活的男孩子。他那種軟弱的溫柔，憂鬱的態度，令她既心動又心痛。在她心目中，他是百合花瓣一樣的少年，蒼白，安謐，柔和，帶著病態美。他的希臘石像一樣俊美的臉，是她少女夢裏的全部渴望。他的嘆息，總能觸動她心底深處最柔軟的痛楚。在她自我幽閉的修女一般的閨閣生活裏，他集中了她對於愛情和浪漫的全部理解與幻想。他是不會寫詩的詩人普希金，不會開槍的少年維特，不會擊劍的貴族羅密歐。即使他愛她不如她愛他，可是他在，她的愛便也在，反正是沒指望有什麼結果的，不過是需要那樣一個形體來寄託她的少女茱麗葉之思罷了。可是如今他死了，愛情和幻想徹底落空，思念和憂傷卻反而可以落實。她有著更充分的理由來做一個流淚的茱麗葉，可以每天用二十四小時來全職傷心。她覺得全世界都欠了她，都有理由對她的眼淚做出補償，當她痛哭或者發怒，每個人都應該報以理解，並且安慰她遷就她。

這段日子她忽然愛上了讀詞。《斷腸集》、《漱玉詞》、《花間集》、《通志堂》都是她的最愛，幾乎手不釋卷。打她窗前經過，總會聽到房裏傳出的吟哦聲。

「春如舊，人空瘦，淚痕紅浥鮫綃透。」

「細雨夢魂雞塞遠，小樓吹徹玉笙寒。多少淚珠無限恨，倚欄杆。」

「胭脂淚，相留醉，幾時重？自是人生長恨水長東。」

「人到情多情轉薄，而今真個悔多情。又到斷腸回首處，淚偷零。」

「便做春江都是淚，流不盡，許多愁。」

聲聲帶「淚」。句句是「淚」。

只是，「想眼中能有多少淚珠兒，怎禁得春流到冬，秋流到夏？」

同時她也學做詩，但是沒有人看見過。因為她做詩是為了燒詩。

不是用紙，而是寫在上好的白絹上，一邊流淚一邊寫好，然後再一邊流淚一邊燒掉。眼看著「清淚盡，紙灰起」，正是「夢好難留，詩殘莫續，贏得更深哭一場。」

家秀和依凡當年開玩笑，曾經把她和可弟與黃帝的關係比做「寶、黛、釵」，說她是溫柔沉默的寶姐姐。可是現在看來，她們是大錯特錯的。因爲恰恰相反，黃鐘如今的所作所爲，正是一個不折不扣斷腸焚稿的林妹妹。雖不曾「灑上斑竹都是淚」，卻早已「淚痕紅浥鮫綃透」了。

2

月夜。

是滿月。然而照在黃府小花園裏，卻只覺得淒涼。「寒塘渡鶴影，冷月葬詩魂。」黃帝的房間猶在，可是黃帝的人呢？

黃乾在這個淒冷的月夜，久久站在黃帝窗前，看著屋中那個窈窕的身影。

不，那不是黃帝的魂靈重現，而只是一個傷心的未亡人。

「未亡人」。韓可弟是這樣對他稱呼她自己的。她說：「我愛黃帝，黃帝也愛我。雖然沒有人爲我們證婚，可是我在上帝的面前，已經把自己許給了他。他死了，我便是他的『未亡人』，沒有立刻隨了他去，只是因爲我留在世上的任務未完。」

而她的任務，卻又是多麼可怕而富毀滅性？

那天，在黃帝的靈前，當眾人離去，她卻堅持留下來陪黃裳守靈，而他爲了她，亦決定留下。她握著黃裳的手，眼睛卻望著黃帝的照片，望向不可見的世界，輕輕說：「我自小背誦聖經，照著聖經上的話處事做人。我不是一個聰慧的女子，我這樣出身的女孩子，從小得到的最好教育，無非是將來怎樣做一個賢妻。我還記得《聖經》上有一段關於賢妻的話是這樣：

『賢慧的妻子到哪裡去找呢？

她的價值遠勝過珠寶。

她的丈夫信賴她，絕不至於窮困。

她一生使丈夫受益，從來不使他有損。

她開口就表現智慧，她講話就顯示仁慈。

她辛勤處理家務，關心全家的需要。

她的兒女敬愛她，她的丈夫稱讚她。

嬌豔是靠不住的，美容是虛幻的，

只有敬畏上帝的女子應受讚揚。』」

黃裳早已泣不成聲，可弟卻依然平靜，平靜地背誦聖經，平靜地訴說心曲：

「我一直以這個爲標準，希望自己將來能遇到一個心愛的男人，竭盡全力，做他的賢妻。我抱著這樣的目標認認真真地做人，結果，我遇到了黃帝。也許你們會覺得他懦弱，也許你們覺得我勢利。不，都不是的。黃帝他只是可憐，對一切太過無奈，不能自主。我同情他，可憐他，他也同情我，可憐我。每次我看到他爲了同母親姐姐分離而傷心，我就在心裏想，你別哭啊，你沒有人疼，我會疼惜你，將來，我會一百倍地補償你，對你好，讓你成爲全天下最幸福的丈夫。我也一直相信，只要有了他的愛，我便也會成爲全天下最幸福的妻子。可是黃家風，他把一切都毀了。是他逼死了黃帝，是他毀了我的一生。我要報復！就像底拿的哥哥向示劍復仇那樣，像他們毀滅我那樣，毀滅黃家的一切。也許上帝不會允許我這樣做，我死後會下地獄的，但是我不在乎了。上帝說，自殺身亡的人也不能升天堂。黃帝在地獄裏等著我，我終會和他會合的。」

她的聲音忽然變得淒厲，然而只是一剎那，她又恢得了平靜，轉向黃裳，輕輕喚：「姐姐！」她悲哀地笑著，溫柔地要求：「容我叫你一聲姐姐好嗎？你是他的姐姐，就是我的姐姐。我和黃帝的婚禮你沒有參加，可是，今天你肯答應我，就是承認我了，你答應我好嗎？」

黃裳心痛得幾乎恨不得要大叫幾聲才能發洩，抱住韓可弟大哭道：「我答應，我答應，在我心中，你已經是小帝的妻子了。如果小帝在世，可以娶你爲妻，我一定很高興。」

可弟笑了，笑得舒暢婉媚：「姐姐。」她叫，像一個毫無憂患的小女孩。

而黃乾驚心動魄地聽著這一番表白，早已呆住了。他第一次知道，韓可弟原來愛黃帝愛得這樣深，這樣烈，她的溫柔平靜的外表下，藏著的竟是這樣一顆熱烈的愛著和恨著的心。

他突然感到不寒而慄。

事後，他特地找出《聖經》那個關於底拿的故事來看了。故事裏說，底拿被示劍姦污後，她的哥哥們提出，除非示劍城的所有男人都受割禮，成爲上帝的子民，他們才肯把妹妹嫁給他。示劍答應了，命令全城的男人統一受割禮。然而當夜，在那些受了割禮的男人痛苦難當的時候，底拿的哥哥們忽然乘其不備殺進城來，趁那些男人無力應戰，血洗示劍城。

黃乾看得膽顫心驚，他從沒有想到，以宣揚仁愛和寬恕爲教義的《聖經》上，居然也有這樣殘忍的故事。韓可弟以底拿自許，口口聲聲說要報復。她會怎樣報復？也毀滅他的全家嗎？另一方面，聽說了父親在可弟身上做下的惡行，他也感到由衷的憤怒與羞慚。他以有一個這樣衣冠禽獸的父親爲恥。所以儘管明知道小花園裏的風風雨雨、那些關於鬼狐的謠言並非全是空穴來風，而是可弟一手製作的好戲，可是他就是不忍拆穿她。

然而明天，明天她就要出嫁了，嫁給自己的父親。他再也不能袖手旁觀，他有太多的話要對她講，不能不同她深談一次了。他終於鼓起勇氣，走到黃帝的房門前，輕輕敲了敲門。

門開了，可弟俏生生的身影出現在門前，清秀的臉上掛著淚珠，在月光下顯得異常淒冷哀豔。

這是黃乾第一次看到可弟流淚，他禁不住心軟。在他眼中，可弟已經不是一個女體，而是上帝的使者，是復仇女神。他幾乎就要跪下來對她頂禮膜拜，替他的父親求她寬恕，同時爲自己祈求她的愛。

哦，她的愛！如果她能像愛小帝那樣愛自己，哪怕只有一半那麼愛，那他該多麼幸福呀！

可弟看到黃乾，似乎並不吃驚，只是平靜地問：「你找我，有事嗎？」

黃乾注視著她，月光下，她美得多麼出塵脫俗。他不能相信，這個清秀純潔的女孩子，心裏裝著的竟然都是恨與報復，而這一切，又都是他的父親造成的。

「我來，是想對你說。如果可以，我願意代我的父親贖罪。我知道我的家庭對你犯下了不可饒恕的罪孽，但是請求你給我一個機會，讓我來補償你。可弟，你說過，每當你看到小帝流淚，你就爲他心痛。我對你的心，也是一樣的。你有多麼愛小帝，我就有多麼愛你。跟我走，讓我們離開這裏，把所有的不愉快都忘記，重新尋找屬於我們的幸福和快樂，好不好？」

然而他在她眼中看到的只有冷，只有仇恨。

「不可能的。我不會忘記對黃帝的愛，也不會忘記對你父親的恨。我說過，我活在這世上，唯一的意義就是報復。我要看著黃家風死，並且死得比黃帝慘一百倍。如果你不同意，你就去向你的父親揭發我，讓他也殺了我，那麼，我就可以早一點同黃帝重逢。否則，你只有看著我一點點報復他們，直到他家破人亡，一無所有。」

她說得如此怨毒，如此絕裂，令黃乾心膽俱寒。

「你明知道我不可能傷害你，但是我也不願意眼看著你傷害我的家人。爲什麼要恨、要報復？你是上帝的信徒，但是，你的上帝教會你殺人嗎？」

「不是上帝要我這麼做。但是，邪惡的人自己會這樣做。上帝說，『邪惡的人爲他們的暴戾毀滅，因爲他們拒絕走正直的路。』這是他們應得的命運，他們抗拒不了。」

「讓你的上帝見鬼去吧！你還記得你給我講的那個雅各娶妻的故事嗎？雅各娶了兩個妻子，她們彼此爭風，還要把自己的婢女也獻給他。其實婢女也是和他們一樣平等的人，憑什麼被當成禮物送來送去？難道雅各不該受到懲罰？難道那些婢女都要報復他，殺死他全家？」

她看著他，清堅決絕，絲毫不爲所動：「你說服不了我，也恐嚇不了我。我已經除了仇恨便一無所有，也毫無所懼。哀莫大於心死。如果你沒有勇氣揭發我，那麼，就請你離開，離開我，也離開我的仇恨，我不想讓這場戰爭傷及無辜。」

然而在她的清堅絕決中，他卻忽然看到一絲希望，情不自禁，上前抓住她的手說：「這麼說，你報復的目標裏沒有我是不是？你並不是恨黃家的每一個人，你還有仁慈，有不忍，你並不是只有恨……」

他沒有把話說完。因爲他看到，可弟的眼中再次湧出淚來。他知道，這一次，她是爲了他。他呆住了，心痛如潮水般湧上來，不能停歇。

可弟終於爲他落淚。只有一次，只有兩滴，但，夠了。

3

第二天韓可弟便嫁了。

黃裳因爲卓文和黃帝兩重恩怨，心裏將黃家風恨了個賊死，自是不會去觀禮。黃李氏也藉口家逢新喪，不易張揚，因此並沒請太多客人，就是黃家風自家人辦了酒席，請黃李氏上座，受了可弟一盞八寶茶，又著黃乾兄妹來拜見了，下人一齊跪下稱「二夫人」，闔家吃了頓酒，便算禮成。

本來黃家風的意思是只循新禮拜幾拜便可，無奈黃李氏卻一口咬定，堅持非要行全禮才罷。黃家風臉上變色，爲難地看著可弟。好在可弟並不計較這些，滿面春風，插蔥似下拜，搗蒜般磕頭，並無一絲推諉。黃家風認定這是因爲可弟對自己傾心滿意，所以才會這般寬容遷就，得意已極，哈哈大笑起來。

黃乾看在眼中，分外刺心，間中悄悄向黃坤道：「《廣陽雜記》裏說：『馬嘶如笑』。我看爸倒是『笑如馬嘶』——嗓子又破，聲音又響，臉又長。」黃坤一笑，趕緊忍住，擺手叫他不要再說。

這時可弟已經行過全禮，敬上茶來——大家規矩，娶妾就如小戶人家娶媳婦一樣，要那做小的要跪著向做大的奉一杯「新抱茶」——茶極苦，但是奉茶的和喝茶的人心裏只有更苦。

按習俗，正室夫人喝了這杯茶，便等於承認了側室的身分，自此便將一個丈夫與她平分秋色，然而正所謂「臥榻之側，豈容他人安睡」？因此這杯茶照例是不願意痛快喝下去，要多少為難新人一回的。在這遞茶接茶的當兒，是最為難堪的，可是這又的的確確是一件喜事。唯其如此，更見其難。

然而喝茶的人也還罷了，更苦的卻是喝酒的人——黃乾眼看著心愛的女人做了自己繼母，一腔鬱悶無處發洩，唯有努力地灌自己喝酒，不上幾杯，便醉倒了，吐得口乾舌燥，滿臉漲紅。

黃家風看得生氣，命人扶他下去，不許他再出來。黃乾一邊走，一邊還回頭死死地盯著可弟，嘴裏只管嚷著：「我知道你心裏很苦，我心裏也一樣地苦。別再苦自己了。只要你說一句話，我立刻帶你走，我們離開這裏，走得遠遠的，再也不回來，不見這些人！」管家見他說得不像，嚇得連忙上前捂了嘴，幫著下人死拉了他回房。黃李氏、陳言化一行人只作聽不見，猶自彼此大聲地讓著酒，有意製造出幾分喧嘩來，將尷尬遮掩過去。

黃乾回到房中，砸碎了所有的杯盤花瓶，第二天酒醒過來，也不等人服侍，也不向父母打招呼，便獨個兒回宿舍去了。接著便緊鑼密鼓地辦理出國手續。他不能阻止這場戰爭，就唯有逃離。臨行前夜，黃坤和黃鐘姐妹來看他，一邊一個抱著胳膊依依地說：「大哥，你這一去，又不知什麼時候才能見得到？」

黃乾也是黯然，搖頭道：「連我自己也不知道。可是我沒辦法再待在國內，只要一想到小帝的死，想到可弟的嫁，我心裏就……」說著紅了眼圈。而黃鐘早已哭出聲來。黃坤嘆息，抱著妹妹的肩安慰說：「人死不能復生……頂多明年，你也要嫁出去了，我們兄弟姐妹幾個，就只留我一人在上海，也是無趣。」

黃鐘愈發大哭：「不，我不要嫁，我不要嫁……」

黃乾冷笑道：「我勸你不如早點嫁了，嫁得越遠越好。還有阿坤你也是一樣，離家裏也遠著點兒吧。爸爸這些年也不知害了多少人。聽碼頭上的人講，他的生意不簡單，好像同軍火也有點關係。日本人長不了，到時候，爸爸第一個脫不了干係。裏面外面，不知多少人想要他的命呢。你們倒是早做打算的好，免得將來做了替死鬼，自己還不知道呢。」

黃坤聽了，暗暗心驚。忖度幾回，覺得哥哥說的不錯。當夜回到家中，便把這番打算同陳言化說了，言化也道：「就是你不說呢，我也早想說了。你爸這些年財大勢大的，雖說家底兒原本就厚，可也沒見富得這樣快的，眼見著防彈汽車都買了三輛，一出門，保鏢跟前跟後，說得好聽是陣勢，說不好聽是心虛。既然現在連你親哥哥都這麼說了，八成這錢來得有些不乾淨的。我們光沒沾到多少，可不要白擔了虛名，惹出禍來。」

從此黃坤便同娘家疏了來往，除了逢年過節，難得有個走動。

黃家風新婚燕爾，並不留意這些個閒事。加之新近因為時時傷痛發作，可弟給他多打了幾次嗎啡，漸漸上了癮，而家業早已落在黃李氏手上，也是不由得他關心。黃李氏侍候了黃家風大半輩子眉高眼低，到今天才算真正把家中大權拿在手中，因此得意忘形地，不知道怎樣炫耀才好，兒女之事也並不放在心上。黃乾本就不是她親生的，在面前只有礙手礙腳，他要出國，於她是巴不得的一件好事。而黃坤疏於往來，她也只想著嫁出的女兒潑出的水，不曾留意。唯有黃鐘的婚事，如今是她心頭第一緊要大事。她掌家伊始，一心想張羅幾件大事來賣弄自己的治家手段，因此興興頭頭的，每天不是召裁縫，就是訂酒席，忙得見首不見尾。

無奈黃鐘因爲黃帝之死傷心過度，迎風痛哭了幾次，病倒了。每夜淌眼抹淚的，略好一點便往黃帝的屋子去徘徊留連，免不了又要再哭一場。因此病情時輕時重，總不見好，每每同她商議婚嫁大事，只會招得她更加痛哭流涕。黃李氏無法，只得請了護士來家侍針餵藥，只是這一次留了心，專門找那上年紀面貌平常的人進來，生怕再弄出第二個韓可弟來。

因此黃宅闔府上下，雖然較前冷清許多，打眼望去，卻並不覺得。只看到張燈結綵，歌舞昇平，似乎還可以平安熱鬧地過上幾十年。

然而，沒有人看到，復仇女神的翅膀已經張開，死亡的陰影籠蔽了整個黃府花園。

二十 原配

1

黃裳一遍遍地在玻璃窗的霜花上用手指劃著卓文的名字，然而冬去春來，窗上再也結不住霜了，卓文卻還是沒有回來。

留聲機裏白光一遍遍哀怨地唱著：「你爲什麼還不來，我要等你回來。我等呀等呀等呀，等你的人兒這麼心焦。我等著你回來，我想著你回來，你爲什麼還不來，我要等你回來……」

等啊等，卻只是等不回。「式微式微胡不歸」的祈盼變成了「青青子衿，悠悠我心，我縱不往，子寧不嗣音。」

可是音信也仍是沒有。

要求一點點降低，終於只是想聽到他的消息，知道他是不是平安，是否也想念著她。但是這也不能夠。他整個人，就好像從空氣中消失了一般，又似乎從來都沒有過，往日的恩愛種種，全都是夢。如今春暖花開，便夢隨雲散，花逐水流了。而通緝令已經發下來，貼滿了上海的大街小巷。

到了這時候，柯以也知道發生什麼事了，特意上門來探望黃裳。黃裳裹著被單到客廳裏來見他，臉黃黃的，黯然問：「柯老師，你還覺得卓文是漢奸嗎？」不等柯以回答，她又苦笑著說：「我知道，你又要說卓文這樣做只是表象，是爲了私情，而不是爲了主義。但是我只要你知道，他的確是做過一點好事的，這就夠了。」

家秀坐在一旁，生怕他們爭論起來，正逢崔媽送上茶來，趁機打岔說：「這是一個朋友前日剛送來的明前茶，你們嘗一嘗。我不是妙玉，也沒有什麼鬼臉青收了梅花上的雪來泡茶，可是這杯子倒是正宗的明代鈞窯出品，我也就不算俗了。」又臨時想起似的，開了櫃子取出一隻水晶盅來，假裝隨意地說，「這是一點桂花鹵，你好像說過最愛吃的，既然趕上了，就拿回去好了。」

金黃的桂花鹵盛在透明的水晶盅裏，未聞其香，先見其豔。柯以自然明白這絕非偶得，而是家秀上次聽說自己喜歡桂花鹵，特意製作了送他的。然而何以隔了這半年多才拿出來呢？顯然她自覺冒失，有意遷延，好使得自己的饋贈不顯得那麼刻意。這中間的種種深情曲意，實在難得。

柯以心裏由衷感激，卻怕太露形跡令家秀著惱，便只做出隨意的樣子順手收了，又低頭品一口茶，讚道：「果然佳茗。你得了多少，等下我回去的時候，也包一包給我帶上。」

家秀嗔道：「哪有這樣的人，吃了還要拿，真是皮厚。」

崔媽在一旁道：「這你可冤枉柯先生了。柯先生最斯文害羞的人，這是不見外才這樣說話。本來柯先生也就不是外人麼。」

柯以正用銀牙籤子往外挑茶葉沫子，聽到這話不由微微地一笑。

家秀紅了臉，向崔媽發嗔道：「這裏又有你什麼事？」正要再說，法國廚子來問：「柯先生來了，午飯是不是要添一個菜？柯先生最愛吃烤小牛肉的，就還是老樣子，五成熟，加鐵板？」柯以笑得更厲害了，不待家秀說話，早用流利的法語揚聲回答：「那敢情好，我好久沒吃史密斯先生的烤小牛肉和奶油湯了。」

崔媽雖然聽不懂他們說些什麼，但是看神情也猜到個八九不離十，笑著說：「這就對了。就是要這樣不見外才好。柯先生千萬別把自己當外人。」一邊嘮叨著，一邊收拾茶托便要避出去。

家秀紅著臉，瞪眼道：「這崔媽，越老越沒規矩，好不討厭。」柯以笑著說：「我倒覺得崔媽最好，最有人情味兒。」逗著嘴，忽然意識到說是來探黃裳的病，這半天卻冷落了她，待要補救，卻發現不知什麼時候黃裳已經進屋了，不由有些訕訕地，叫住崔媽道：「這些日子，可知你家小姐通常做什麼消遣？」

崔媽昂頭想一想，說：「小姐前日派我去買了一盒雪茄煙回來，一根根地點著了……」

家秀詫異：「阿裳什麼時候學會抽煙了？」

「小姐哪裡會抽煙？她就是點起來，聞那個味兒。每次吸氣點火，都被嗆得直咳嗽。偏那雪茄煙古怪得很，點著了，放一會兒不吸，就又自動滅了。小姐就掉眼淚——看樣子倒不像全是煙嗆出來的。」

家秀和柯以對視一眼，彼此嘆了口氣，都是半晌不說話。

崔媽端著茶托下去了，屋裏霎時靜下來，靜得可怕。柯以又嘆了一聲，道：「倒沒料到黃裳這樣癡心……當初，你怎麼竟會答應她嫁給那個蔡卓文呢？」

家秀聽他話中有埋怨之意，一時情急，脫口而出：「還不是為了你……」說了半句，自覺有失尊重，不由咽住。

柯以卻已全明白過來：「你是說那次蔡卓文所以答應救我出獄，就是因為你答應把黃裳嫁給他？這代價也太大了，你怎麼能這麼糊塗？」

家秀又急又愧，辯道：「我並沒有說把黃裳嫁給他，只是答應他們來往，怎麼會想到事情竟然發展到這一步……」想到無論如何，今日種種，畢竟是自己當日一場交易的結果，羞悔難當，不禁流下淚來。

柯以看著，心軟下來。想到家秀一直視黃裳如同明珠，卻為了自己做下傷害她一生的錯事，可見待自己的這一片心。一時情動於中，上前握住家秀的手說：「家秀，我……」

不料家秀卻像被電擊了似地，驚得猛退半步，眼中滿是悽楚無奈。柯以猛醒過來，家秀為他出賣了黃裳，後果至今仍在，當此之際，卻又讓她怎能接受自己的感情。他深深嘆息，真不明白上天為何如此捉弄於他。他們兩個，分分合合交往了半輩子，時而緊時而鬆的，卻只是不能如願。這其中，她若進得半步，又或者他著緊一時，或許便成了。然而他們兩個又都是內向含蓄的人，他看她，是春雲出岫，她看他，卻是秋水生煙。風一陣霧一陣的，總不見分明，中間又總是隔山隔海的，弄得個情天誰補，恨海難添，到底一場佳話成了虛話，也叫做無奈。

當下柯以惘惘然地，取過帽子來告辭。家秀心煩意亂，也不挽留，默聽著電梯一級級向下去，「空通」一聲落了地，門開了又關上，只得懨懨地起身來收拾茶杯茶碟，觸手溫存，茶還是熱的，可是人已經遠了。她忍不住復又跌坐下來，心頭惆悵萬分。偏這時法國廚子上來報說：「小姐，烤小牛肉做好了，這就開飯吧？」家秀更加落寞，哽著喉嚨說：「我有點不舒服，不想吃，你們自己吃了吧。」

廚子愕然：「怎麼柯先生走了麼？」轉念想到事不關己，遂又打住，樂得自端了美味下樓邀眾西崽大快朵頤去。

這裏柯以下了樓，並不就走，卻站在門首發了半晌的呆。這是一個晴天，雲淡風輕，略帶一絲寒意，卻只會更加清爽。他想著自己同家秀這幾年來的相處，同甘共苦，瞭解日深，卻為何總是情深緣淺，也同那天邊的雲相似，可望而不可及呢？

有燕子箭一般地自藍天劃過，不等他雙眼捕捉清楚，已經消逝無痕了。若干年後，他同家秀的這一份情，也是雁去無痕吧？

2

蔡卓文終於是又回到蔡家村了。

蒼天厚土，深水層山，漫山遍野只寫著一個「窮」字。在農村，窮是可以看得見的，無遮無攔，所有的自尊含蓄都剝落，荒涼觸目驚心。然而卓文看著這一切，卻只是痲木。

當年，他不曾瞭解什麼是繁華的時候，他渴望繁華，渴望離開山村，離開貧窮，離開粗鄙的耕漁生涯。他是多麼艱難才離了這個偏僻落後的蔡家村的呵，那是離開後連夢裏也不願回去的貧苦地方，荒涼，死寂，單調，辛苦，春要種，秋要收，夏要漁，冬要獵，一年四季忙到頭，卻只是為了「吃」「穿」兩個字，再高一點的要求，便是「性」。至於「愛」，那是奢侈的，故而是不潔的，羞於啓齒的。

一村子都姓蔡，沾著親連著根，從甲的眼睛深處可以看到乙的眼光，每一個人身上都藏著一個自己，每一次喪事都是埋葬一個自己，每一回接生也都不過是又多了一個自己。

他渴望走遠，從很小很小的小時候，從懂事起，他就想遠離這一切，到一個沒有人認得自己沒有人記得自己的地方去。一度他做到了，當他同黃裳泛舟西湖，相會酒店時，長江北岸貧苦村落的漁家生活離他已經很遙遠了。可是因為黃裳的一時之念，害人又救人，逼得他再次回到這村莊來，重新面對已經離了婚的妻子，和滿臉上寫著「到底報應了」的神情的幸災樂禍的村民，他的驕傲和激情被徹徹底底地打敗了。

早知今日，何必當初？

一切都回來了，打回頭從原地做起。

他坐在院子裏，懷念著他的汽車，他的寓所，他的可以並排躺下四個人的俄式鋼絲床，百年以上的窖藏紅酒，氣味清香的刮鬍水，還有雪茄煙……

說空就空了。

那麼這些年來掙扎煎熬、跌打滾爬都是為了什麼？為了什麼呢？

胡強和裴毅叫他「同志」，每天鼓勵他，給他講抗日救亡的大道理，描述革命的美好前景，並且同他討論馬克思主義。他並不以為然，但仍是願意聽，因為在這裏，他們是唯一可以同他對話的兩個人。

他們有時也會談起黃裳。胡強說：「依我說，你家嫂子（他是這樣稱呼秀美的）才是真正的賢妻良母，能生能養能幹活。像黃小姐，是寫戲的，自己也就像戲裏的人，打個轉兒就要回到戲裏去的，不長久。這樣的人，放到佛台上供著還差不多，娶回家做媳婦，想想也玄。」

裴毅卻不同意：「我倒覺得黃小姐很好，聰明、鎮靜、識大體，又端莊勇敢，有思想有魄力。做妻子就應該那樣，有共同語言，有交流，所謂神仙眷侶，就指的是黃小姐那樣神仙似的如花美眷了。」

不論褒也好貶也好，他們談起黃裳的態度是一樣的，都帶著敬畏和羨慕，可望而不可及的口吻，彷彿在談論雲端的一座神，而不是一個人。

卓文對此很滿意，頗為自矜。於是引著他們更多地談起她，彷彿這樣就可以離黃裳更近一些。但是傷癒之後，連他們也走了，說要去蘇北參加新四軍。卓文徹底地寂寞起來，整日面對著已經不是妻子了的妻子，感到雙重的難堪。

然而秀美卻夷然得很，她並不在乎卓文怎麼樣看她，只要他又回來了，生活在她身邊，她就很高興了。她想，或者是自己的許願成功了吧？她在菩薩面前磕了那麼多頭，磕得青磚也塌下去一塊，到底把個丈夫給磕回來了。這一回他大概不會再走了。雖然現在他對自己還不理不睬，但是只要自己侍候好婆婆，帶好兒子，總歸有一天，他會回心轉意的。

卓文亦不是沒有想過就這樣同秀美言歸於好，可是想到黃裳，心頭畢竟傷痛，不願自己負了她。自己已是負了秀美的了，不能再負了黃裳。一生之中，他總要至少對一個女人負責任。他想，如果今生今世回不了上海，就讓黃裳成爲自己心頭永遠的一根玫瑰刺吧。玫瑰的刺越利，扎得人越痛，那玫瑰就開得越鮮豔，香味也越濃郁。

想到動情處，他忍不住以草鞋擊地，和著《紅樓夢》裏賈寶玉紅豆詞的格調唱起來：

「夢不醒溫柔鄉裡情意重，
唱不完富貴叢中香氣濃，
舞不落楊柳枝上樓頭月，
說不了海誓與山盟。
飲不乾咖啡美酒醉春風，
畫不出紅袖欄杆十二重。
留不住的青山綠水，
惜不盡的暮鼓晨鐘。
呀，忽一似春夢易散隨雲散，
桃花飛逝月明中。」

他並不知道，當他這樣偉大地傷感著時，黃裳已經悄悄地來了。

3

自從和柯以一番談話之後，黃裳更加思念卓文。這時候，她已經不再盼望卓文回來，反而開始考慮自己去找他。

「我縱不往，子寧不嗣音」，子既不嗣音，便只有吾自往之了。

可是明知家秀和崔媽說什麼也不會放她獨自遠行，只得暗暗準備了起來，將幾件洗換衣裳打包收好，又將幾件值錢首飾包起來以備不時之需。

好容易等到黃帝百日，家秀攜了崔媽去掃墓，因黃裳病著，便不要她同行。然而家秀一走，黃裳便將欲藏的包裹取出來，到依凡面前磕了頭，流淚說：「媽，我這一去也不知道什麼時候能回來，現在時局不穩，如果我就此回不來，媽你一定要自己保重啊。」

依凡自從黃帝死後亦發呆了，平時話也難得多說一句，這會兒卻若有所悟，伸出手來撫摸著女兒的頭，嘴裏輕輕哼著歌兒，仍是那首「你是七層寶塔我是塔簷的風鈴」。

黃裳更加傷心，又重新磕了頭站起，再抱依凡一下，便轉身下了樓。幾個洋僕看見她離開，瞪著藍色眼珠子，嘀咕了幾句，卻照例不會多問。這便是洋僕人同中國傭人的不同，這要是擱在崔媽，是必定囉嗦個不休的。但是洋僕人卻懂得把雇傭只當成一份工作，只管幹自己的活，多一句話都不會多說。

這是黃裳第一次乘船。經過重慶時，江上起了風浪。黃裳本來已經暈得厲害，這時候更是吐得七葷八素，滿眼裏只見紅的綠的黃的藍的亂飛，滿耳聽到鐃呀鈸呀鑼呀磬呀亂響，滿嘴裏酸的苦的辣的鹹的滋味亂湧，趴在甲板上，恨不得把肝呀腸呀胃呀膽呀一齊嘔出。

好容易下得船來，三魂已是走了七魄，好歹沒有就此上了望夫台。一路打聽著來了蔡家村，開口剛剛提起蔡卓文，那拄著鋤頭站著眼神兒不錯盯著她看的半大小夥子已經「呀」的一聲，拔腳飛奔起來，被問的老者便露出一臉曖昧的笑，道：「這小矮腳虎，打兔兒栽栽的，倒是蠻靈光的，你跟著他走，不會錯的。」

黃裳於是便跟著那「小矮腳虎」走，經過一路的雞鴨鵝屎，蓬窗竹門，土牆泥垛，牛圈茅坑，迤邐地來在村尾一個獨門小院。院門敞開著，一目瞭然那院中稀落的幾叢菜蔬，兩棵果樹，一個男人打著赤腳蹲在樹底下就著泡菜喝稀飯，低著頭，「吸溜吸溜」地正酣暢，一隻大黃狗在他腳底下打著轉兒，希望間或能掉下一點殘渣來讓牠與主人同樂。

那「小矮腳虎」「碰」一聲，將本已開著的門再踹得開一點，揚起嗓門叫著：「鐲子叔，有個婆娘找你。」

「做啥子事嘛？」那被稱做「鐲子叔」的男人操著標準的鄉音困惑地抬起頭來，露出一臉的鬍渣，自下巴一直連到眉端去，頂著縱橫的幾條抬頭紋，彷彿是舞臺上緊鑼密鼓後的一亮相，燈光照處，萬籟俱寂，只襯著令人驚愕的一張臉──那，那是她的親人哪！如何竟落魄至此了？

黃裳震驚地望著，一時竟是無語。在上海時，他大氅西服的身形忽地閃現出來，面如古玉，鬢腳烏青，腳上一雙皮鞋光可鑒人。那個永遠衣冠楚楚的蔡卓文，那個出則汽車進則酒店的蔡先生，同這位打著赤腳的「鐲子叔」，果真是同一個人麼？

卓文看到黃裳，卻似乎並不驚訝，而只覺得漠然。「你怎麼來了？」他說。眼中是這樣地冷，冷得令人發抖。已經是春天，河裏的水也化了。可是他的眼神，卻仍然結冰。

「我來看你。」黃裳一陣惶惑，同時又深深地委屈，她沒想到見面會是這樣的，怎麼會這樣呢？她歷經了千難萬險來見他，好險沒死了，原以爲他會感動，會驚喜，可是，卻是這樣。

「我不能不知道你現在過得怎麼樣。我不放心。上海下了通緝令。我想知道你是不是安全。」她像一個做錯了事的女學生，在向老師解釋自己的錯誤，然而越描越黑，越描越黑，最終真的也成了假的，紅的也成了黑的。

「通緝令？」他嘿嘿地笑起來，聲音奇特而陰森。「通緝令……」他重複著，沒有什麼實在的意義，只是單純地重複。他的眼神，他的聲音，滲入這背景中，嚴絲合縫。他身後的長竹竿挑著幾件洗乾淨的舊衣裳，灰藍的，被太陽曬得薄而透亮，在風中依依地搖著，像一面旗。他身上也穿著一件同質地同色料的灰藍衣裳，前襟敞開，露出狹長的一道胸脯，也像一面旗。還有他腳下的石墩，青灰紫褐，陽面被磨得錚亮，而陰面結著青苔，都像是旗。這些旗子一起搖動著吶喊著，沒有聲音，可是殺氣騰騰。

黃裳呆呆地看著這一切，太陽暖暖地曬下來，可是她心裏有一種寒肅的感覺。她將手伸進隨身帶來的背包，取出一長條油紙包裹著的東西來：「我給你帶了這個。路上遇到風浪，不知道打濕了沒有。」

卓文並不起身，就蹲在石墩上接過來，一層層打開，如同一層層剝出她的心——那是一盒煙，大支的雪茄。他把它們放在鼻子下面嗅著，彷彿在猶疑下一步該做什麼。

雪茄煙熟悉的味道令他心酸，也益發覺得悲哀。悲哀在這樣的境地相逢。他原本想，她的心是比秋日長空那般爽朗清遠的，而他是劃過天空的一隻雁。雁飛得再高，終究要棲於野，那是天空不必知道的方向，天空只要記得雁曾經的鳴唳也就好了。

他轉身離開，他希望留給黃裳的，是一個英雄的背影，「風蕭蕭兮易水寒，壯士一去兮不回還」的一種蒼涼深刻。可是現在，她偏偏尋到了英雄的故鄉，雁落的泥潭。

她見到的，並不是一個落難的英雄，而只是一個還原的農民，這不能不讓他驚怒莫名。

這時候門簾一挑，從屋裏走出四個人來，打眼一看便知，是媳婦攙著婆婆，哥哥拉著弟弟，那種打死一窩爛死一塊的至親骨肉的味道，是十里外也聞得出來的。都穿著灰藍的衣裳，本色是淺的，補丁的地方略深一點——但也許補丁的顏色才是本色，日久洗得白了，因爲貼到身上的年代不同，所以深淺不同——四人見了黃裳都是一愣，做媳婦的先招呼起來：「孩子他爹，家裏是來了客了嗎？怎麼也不叫人坐下？」

做婆婆的到底老道些，不忙親熱，且打聽不速之客的來龍去脈：「喲，這是誰家的閨女，好齊整人兒。」

卓文這才站起來，將飯碗隨手擱在石墩上，那大黃狗立刻跳跳地往前湊。卓文只得又端起來，眼看著地咕噥說：「這是黃裳，就是那個我在上海娶的媳婦兒。」

「那個上海娶的媳婦兒」，這句話在語法上也許沒有什麼問題，可是在情感上，卻是大大地不合理。黃裳忽然感到恐懼，「上海娶的媳婦兒」，就只該待在上海吧？如何竟跑到酆都蔡家村來了？彷彿電影中的人物跑進現實裏來，如此地格格不入。蔡家村，顧名思義，住的都是蔡家的人，她，雖然嫁了蔡卓文，可她算得上是一個蔡家人嗎？況且，既然他要特地強調「那個上海娶的媳婦兒」，自然就該另有一位「這個」，有一位「村裏娶的媳婦兒」了。是面前這位扶老攜幼聲勢浩大的賢媳嗎？然而他不是離婚了麼？怎麼她還在這裏？還管他的媽叫媽，而他的孩子也管她叫媽？

尚未理清楚這些個人的關係，那老太太蔡婆婆已經喳呼起來：「喲，那是貴客了，還不快請進屋呢？」故意地把個「客」字咬得很重，支使著兒媳婦，「真是的，小家貧戶，也沒什麼可招待姑娘的，秀美，去洗幾個果子給黃姑娘嘗嘗。我這個媳婦什麼都好，就是沒眼價兒，也不知招呼客人。」又嗔著兩個孩子，「怎不叫人呢？叫呀，叫姨。這是你爸外邊娶的婆娘，擱在過去，你們應該管叫二娘的，現在不作興了，就叫姨吧。叫呀。」

黃裳只覺得老太太腦前腦後都是眼，渾身上下都是嘴，飛釘射箭地，令她全然難以招架，「外邊娶的婆娘」，「上海娶的媳婦兒」，在這裏她是沒有名字的，只是一個外來者，一個名不正言不順的「填房」。

忽然間，當年父親在煙榻上褒貶阮玲玉的話驀地兜上心來——「那陶季澤也不是什麼好東西，在老家原本有老婆的。這阮玲玉也是，鬧來鬧去，還是給人做小」——如今想起，分外刺心。她望著卓文：「你說你離了婚的。」軟弱地，彷彿求證。

「我沒有騙你，我的確離了婚，不過她不肯走。」便是這一句，再沒有其他的話。

這是實情。可是她的心仍然被刺痛，一陣陣地往下沉，直沉進不見底的深淵去，周圍一片漆黑，永遠沒有著落，誰來救她？她求助地望著卓文，然而他的眼中只是無情，只是難堪，只是疏淡遙遠。他的呼吸清晰可聞，甚至她能感覺得到她的髮絲拂著他的衣裳，但他們已是遠了，遠在天邊。

她伸出手，伸向虛空：「卓文，救救我。」

她以為是在高喊了，可是實際上沒有一絲聲音。她忽然意識到，自小她是痛恨繼室的，可是如今她自己也做了人家的繼室了，卻還沒有當年孫佩藍的威風，甚至不能真正得到人家人的承認。

她還想再喊，卻突然張開嘴，一口鮮血噴出，暈了過去。

二十一 秋扇之捐

1

黃裳醒來的時候，只見屋子裏塞滿了人，都像看怪物那樣地看著她。眼中只有驚奇嘲弄，沒有焦急關心。

在刹那間，她以爲回到了少女時代的「鬼屋」，那個無愛的空間。那些冷冷的眼睛，個個都像孫佩藍。但是轉眼看到卓文，她清醒過來，自己是在蔡家村，爲尋找丈夫而來。

然而蔡卓文，真的是她的丈夫嗎？

她看一看面前的秀美，那才是他結髮的妻哦，自己算是什麼呢？

卓文伸手在她額上探了一探，皺眉說：「你有些熱度，最好是去看醫生。不過，這裏沒有醫院，只有鎮上有一家小診所。吃過飯，我帶你去看看吧。」他煩惱而無奈地看著周圍，明知眾目睽睽議論紛紛會給黃裳多大的困擾難堪，可是無法阻止。

黃裳這樣一個人，來到蔡家村這樣一個地方，會引起怎樣的轟動是可想而知的。

蔡家村祖祖輩輩幾百年來，還從沒有親眼見過一個真正來自大上海的闊小姐呢。況且，她又是這樣的美麗、高貴、嬌弱無助。聞風而動的村民們像趕廟會那樣齊齊趕來，而村裏的規矩照例是大門敞開，任人進出的。

在蔡家村裏，只有道理，沒有禮貌，只有私情，沒有秘密。一切都是敞開的，要看就看，愛說便說，不必忌諱。

於是人們便說了。男人嘻嘴笑著，覺得蔡卓文的所作所爲都可以理解，這樣漂亮的婆娘，若能睡上一晚，殺頭也願意的。蔡家村祖祖輩輩，有誰睡過大上海的小姐了？只有他蔡鐲子有這福分。

男人們心照不宣地點著頭，說：「難怪，不過……」

女人們卻將頭湊在一起，互相撇著嘴：「也不怎麼樣，不過……」

「不過」和「不過」的意義雖然大相徑庭，結論卻都是差不多，都覺得這女子中看不中用，到底不是咱們蔡家村裏的媳婦，便娶了來，也是不能長久，不過霧裏看花罷了。

對於這一總的議論，卓文聽在耳中，只如針芒在背，可是他能堵上他們的嘴麼？他能攆他們出去不叫他們看他們說麼？他是寡婦家的兒子，靠吃百家飯長大的，村裏同姓長輩都是他的活命「恩人」。而他休妻的「壯舉」，卻一度使他成爲全村的「罪人」。如今「罪人」落魄了，受了報應了，回到這窮鄉僻壤裏來，「恩人」們不踐踏他已經是又一重深恩大德，他還有什麼資格響聲說話抬臉做人？

人家要說，只有憑人家說，他自己，卻是再也沒有脾性的了。看到黃裳暈倒，他也心疼，他也難過，可是同時他也更覺得她遠。到底是城裏的大小姐，動不動就暈倒，哪裡是做農家人媳婦的材料呢？

他並不後悔當年娶了她，可是此一時彼一時，那時他娶她是因爲他們都在上海，那個花柳繁華地人間富貴天裏，什麼樣的故事都可能發生，公主與貧兒相戀被稱之爲傳奇。可是現在，在這裏，長天大浪，黃地青山，是只有笑話沒有傳奇的，而且多半是毫無機智的黃色笑話。至於落難公主，更是笑話中的笑話，除了被人演繹玩笑，別無價值。他看著黃裳憔悴蒼白的臉，就在這一刻，暗暗下定了分手的決心。無論她怎樣地楚楚可憐，一往情深，他決意不要自己流露出一絲一毫的心軟來。他既決定了分手，就要分得乾乾脆脆。他們已經沒有了以後，那麼，也不必在乎今天了。

而他的母親何寡婦，難得看到家裏來了這麼多人，從那些村民的眼中，她看到了豔羨和驚異，不能不有幾分陶然。她的村婦的智慧告訴她，這是一次難得的揚眉吐氣的機會，但是她表現的方式絕非洋洋得意，相反地，人家越是稀奇，她就越要表現她的不在乎，她的骨氣，正氣，和傲氣。一邊招呼年老的鄉鄰坐下，一邊敲著人群中鑽來鑽去的小孩子的青腦殼：

「你這龜兒子，擠嘛擠？又不是看大戲。沒看過城裏的小姐是不是？好好讀書中狀元，趕明兒叫你娘也給你娶一個回來，放在炕頭天天守著看。可就是一條，城裏的媳婦兒紙糊的燈兒，外邊亮堂，肚裏咣噹，中看不中用。動不動就真暈假死的，你可孝敬不起。」

說得村民都笑了。並不覺得何寡婦的話有什麼不對。有位老者便問：「他何嬸子，你家堂客頂呱呱地靚咧，這開口錢少不得要多拿一些出來喲。」

「開口錢？我可不敢要黃姑娘開金口。」何寡婦剜了兒子一眼，道：「鐲子這耷耳朵（意即怕老婆）結婚時沒領媳婦讓我過眼，現在找上門來，我倒也輕易不敢讓人家叫娘。這話我早幾年就同他撂下了，他在外邊娶，管他在外邊娶，憑他娶個三房四妾呢，我可只認我們秀美。我當秀美自己親生閨女兒一樣，斷不容人欺負了她的。不過話說回來，黃姑娘是城裏的小姐，知書識禮，也不像那容不下人的人不是？再說人家遠來是客，也不會習慣我們這小地方，住不了幾天還得走的。這不，剛一來就暈了，這再要住上兩天，還不得鬧出人命來。所以我說，你們要看呢，就趕緊多看兩眼，過了這村沒這店，還不曉得有看第二眼的機會沒有呢？」

她的舌頭就彷彿是帶了鉤子的，幾十年的寡居生活令她比誰都刻薄，都惡毒。兒子是她的私有財產，也是她唯一的所有。凡同兒子有關的一切，也該都同她有關。可是黃裳卻是一個強盜，把兒子從她身邊搶走了一年之久，讓他生活在一個她看不見的地方，同一個她不承認的人在一起。她怎能不恨？如今總算得了機會，讓她好好地當面羞辱那個強盜女一頓，她焉能放掉這個機會？更何況，在她心目中，她並不是在報復，而是在保護，保護自己的媳婦、孫子、自己的家，她是爲了正義而戰。

所以黃裳越是尊貴，她就越要形容得她低賤，賤得如同她腳底下的泥，隨便踩踏。兒子娶一個大小姐來做婆娘算什麼？她把個大小姐來做灶頭丫環辱罵才叫痛快呢！

黃裳並不能全部聽懂何寡婦的話，但總也猜到個大概。她毫不反駁，只是看著卓文，看他面對他的娘如此羞辱她是否也覺得痛快。然而卓文的眼睛空空一片，並不帶絲毫感情。她撒目望去，見到的只是村民們貪婪驚奇嘲弄猥褻的目光。她心裏悲哀至極，眼睛卻毫不示弱，大大方方地回顧著眾人，將那些各種含義的目光一齊頂回去。

蔡家村人不習慣了。新來的婆娘客，怎麼好這麼明眉瞪眼地看人呢？她該是低頭含胸，被人看著的麼，哪裡有回望的道理？又是這麼犀利的眼神。

便有人招架不住，將眼光遊移開去打量四壁的陳設，又去注意那隻仍在搖著尾巴到處尋覓的黃狗，彷彿是第一次見到，也有人挑戰地充著大膽，用開玩笑來掩飾自己的窘態，大聲叫著：「秀美，你老公大婆娘來了，你咋不好好招待咧？」

秀美怯怯地，一邊招呼村裏人，一邊招呼黃裳：「黃姑娘，我倒杯水你喝吧。」

黃裳趕路趕得急了，一時氣怒攻心暈了過去，雖然很快醒過來，並無大礙，卻是頭昏昏地又渴又累，渾身上下無處不痛，看不見的千瘡百孔自裏向外疼出來，正想要一杯東西熱熱地提神，並不曾細想，只隨口說：「謝謝，請給我一杯熱咖啡。」

「喀……喀什麼？」秀美茫然。

黃裳忽然省悟，一個鄉下女人，哪裡知道什麼是咖啡呢。她苦笑：「算了，就是水好了。」

秀美如釋重負，謙卑地笑著，取過一個杯子，用抹布擦了又擦，抹了又抹，恭恭敬敬倒了一杯水過來。

黃裳未待接過，一股餿抹布的味兒已先撲鼻而來，真是打死也喝不下，端了半晌兒，還是放下了。

卓文看在眼中，不無憐惜。然而他又能如何呢？她早就該知道他是一個農人子弟，而不是什麼富家公子。在上海時，他風度翩翩，車進車出，可那是身分官位頂著的。如今打回從頭，不過是現在這個樣子，就像法海鉢下被迫現形的白蛇。

原來，她才是許仙，而他才是異類！

一時愧窘交加，他不禁有些惱羞成怒，沉聲說：「這裏原不是你來得的地方。」

黃裳低頭半晌，滿心委屈，哽著聲音說：「你是要我喝了這杯水才信我是真心？」

他恨她，他恨她，為什麼？他不是最懂得她的人麼？他說過不要她掉一滴的眼淚，可是如今他看著她受傷，看著她在蔡家的人群中孤立無援，眼中竟沒有一絲悲憫。

只為，他所有的悲憫與憐惜，都給了他自己。是誰令他走到今天這地步的呢？躲回村裏還要藏頭露尾，是她。他不能不有一點怨恨。而如今她來了，親眼看到他的落魄，顢頇，只有更使他怨恨，莫名地恨。曾經愛有多深，如今就恨有多深。她不該來，不該來的。不來，至少他們還有過去的回憶，來了，卻只能將一切打破。他怎麼肯讓她面對他今天的狼狽？那根心上永遠的玫瑰刺，如今扎得更痛更深了，可是再也開不出花來。

他冷冷地看著她，冷冷地回敬：「鄉下人的水，對你來說和砒霜差不多，你大小姐蜜罐裏泡大的人，哪裡喝得？」

黃裳被噎得一時說不出話來，氣不過，重新端起杯子來，一飲而盡，淚水隨之湧出，卻撐著不肯哭出聲來。

秀美一旁看著他們兩個說話，卻是一句也聽不懂，雖然每個字都清清楚楚地鑽進耳中，可是連在一起硬是不明白是什麼意思，忽然見黃裳取水喝了，又流了淚，她倒有些懂得了，忙忙說：「姑娘不願喝就別喝了，哭什麼？」又嗔著卓文：「孩子他爹，你也真是的，黃姑娘遠來是客，你不說好好接著，還氣著她。黃姑娘不喜歡喝水，你就不要逼她喝嘛，人家都說『牛不喝水強按頭』，說的可不就是你嗎?」

卓文看著秀美，又好氣又好笑，又憐惜她的無知，又惱她丟自己的臉，冷聲喝：「你不懂就不要胡說，做飯去吧。」轉念卻又阻止了，向黃裳道：「算了，做了飯你也是不吃的，還是我帶你去縣城吃吧。」

2

這是酆都縣城唯一的一家客棧，建在一個高坡上，也管吃，也管住，但吃也只有那幾樣小菜，住也只有那幾間客房，錢多錢少都是這些，一個完全消滅了階級的地方。

但是縣上的人畢竟已經比村民文明了許多，不會那麼直眉瞪眼地看人，穿著也相對整齊，至少都穿上鞋子了。小二胸前掛著棉布兜子，曾經也許是白色的，但如今卻不大容易確定，因爲或許是藍布褪白了也說不定。那烏亮的油點該是今天才濺上的，還有明顯的油暈，辣椒汁的豔紅也還新鮮，但是那一大坨黑還有那塊紫就不知道是什麼緣故，或者是蝦子醬麼?但並沒聽說本地盛產蝦醬。不過或者是去年的椒汁的沉澱吧?

店門口伸出個竹竿挑著幌子，照例寫著「李白遺風」四個字，倒有幾分「杏簾在望」的古意，然而也是髒兮兮的辨不清顏色。至於「金樽清酒斗十千，玉盤珍饈値萬錢」，更是無從論起。

擱在過去，這小店的骯髒是黃裳無法忍受的。但是經歷了剛才蔡家村那一役，酆都客棧已經是天堂了。

到了這稍微文明點的地方，蔡卓文便也比在村裏時和悅許多，體貼地問黃裳要吃什麼，辣子放多些還是少些，然而其實點不點都是一樣，不論你說什麼，店夥總之是照樣地端出那幾盤菜兩碗麵來。

黃裳無心吃飯，盯住了卓文問：「你如今打算怎樣安置我？」

卓文嘆一口長氣，明白地說：「我還能有什麼打算？你也看到了，這兒不是你來的地方，我們還是分手吧。」

「分手？」黃裳一驚，連碗裏的麵湯也潑灑出來，「你，你不要我了？」

「不是我不要你，是我要不起你。」

黃裳慘笑：「那你也照樣地給我寫一紙休書吧，反正這於你也是寫慣了的。」

卓文卻不再說話，只是低頭吃麵。

黃裳看著他，只覺得不認識，忍不住再一次懷疑，這個一門心思低頭吃麵彷彿永遠也吃不飽的漢子，果真是上海餐館裏同她一起品嘗新磨巴西咖啡的卓文麼？是那個給她送花寫卡片，說「我只想做一陣風，吹動那風鈴，吹拂那雪花，吹皺那海浪」的蔡卓文麼？他說過：「也許只是一回眸，也許可共一盞茶，但是夠了。我只希望這個。」如果真是那樣，未嘗不是一種美，一種情趣。可是她卻給予得太多，不僅僅是一回眸，更不只是一杯茶，而是給予了自己全部的情，傾心的愛。於是他無法承受了，他怕了，拒絕了，逃掉了，逃回到這貧苦的山村裏來。

「人生若只如初見，何事秋風悲畫扇。等閒變卻故人心，卻道故心人易變。」

不過是春天，她卻已經做了人家的秋扇。他不要她了。他竟不再要她，躲回這荒蠻之地，願一世不與她相見。

然而越是看見那樣的荒涼貧苦，她就越發覺得，蔡卓文實在是一個異數。能從這樣的境地裏掙扎出身，是幾輩子積德才可以賺來的殊榮吧？可是如今爲著她，他卻又不得不回來了，回到這荒涼貧苦之中。

現在她知道他到底都爲她做過些什麼了。都是爲了她。

「是我害了你。」她嘆息。

他吃麵的動作停頓了一下，但是不久便又接續下去。完了，用袖子使勁地橫著把嘴一擦。她現在發現，其實他可以不必這麼粗魯的，他這都是爲了做給她看，攆她走。她哭了，淚水滴落在一口也沒有動過的麵碗裏。

他看著，覺得心疼，同時卻又本能地想，那麵她一定是不吃的了，倒不如他拿來吃了。要知道，麵條在這裏可是奢侈品。當他這樣想著的時候，他便爲自己感到悲哀。他完了，已經徹底地完了，連感動也不懂得。他已經變回一個徹頭徹尾的農民，眼裏只有麵條，沒有眼淚。

吃過飯，他陪她取了客房鑰匙，將行李安頓了，又向櫃上要了火來把燈籠點著，便說要走了。

「我不得不回去。」他說，「我媽有話說，我總得打點一下。」

是的，那是他的家，家裏有媽，有老婆，還有兩個孩子，婆媳妻兒，滿滿堂堂的一大家子人，都是藍藍灰灰的，卻不知爲什麼，透出大紅大綠的色調來，整幅畫面雜亂的，嘈嚷的，彼此碰撞著，卻仍有一種奇異的擁擠的和諧，甚或還可以再多加進幾隻雞一條狗進去，但獨獨塞不下一個黃裳。

那是他的世界，卻不是她的。況且，她自問也實在沒有勇氣再去面對他的家人，尤其是他那個能言善道的媽。

她站在客棧門口看著他走遠，客棧在一個高坡上，可以把卓文的背影看得很仔細——微佝著身，穿著辨不清顏色的舊衣，同著一點猩紅的燈籠搖搖地走遠，搖搖地走遠，一直走出她的視線。剛才從家裏走的時候，她見他拎著一隻燈籠還覺得奇怪，以為是有什麼特殊講究的，她注意到村路兩邊零星地有幾座墳，或者紅燈籠是為了驅鬼，也許今天是農曆的什麼節日，這不是鬼國酆都麼，關於鬼的傳說和禮數一定很多。她那編劇家的想像力無限地發揮出來，即使在這樣混亂的時刻，也不由自主地下意識地想著，片刻間轉了無數個念頭。可是現在她知道，那不過是為了回去的時候走夜路方便。這本是最簡單不過的一個道理，但是於她，就有醍醐灌頂這樣的徹悟。

漸漸地，卓文拐了一個彎，那點猩紅的火看不到了。可是她仍然不離開，仍然癡癡地望著。

天上有一點月光，彎彎窄窄地一線，彷彿是有重量的，落在山道上又會清脆地彈跳回來似的，跟著卓文，清晰地照著他走進一個四邊都是玻璃的房子裏去，同他的妻兒老母在一起。

她看得見他，卻聽不到也摸不到，只像觀默劇樣，看他們張嘴說著笑著，玩著鬧著，有一種無聲的喧嘩。她想進去，但撞來撞去都撞在玻璃的牆上，冷而硬，她沒有辦法。沒有辦法。

夜空像水晶一樣地透明，月光卻已經漸漸地冷了。

3

這一夜黃裳並沒有睡。

在此之前，她原也知道卓文是來自鄉下的，但是鄉下生活究竟意味著什麼，於她卻是冷疏。在她心目中，卓文的出身地是一幅田園詩畫，清新俊逸，遺世獨立的，春是「細雨魚兒出，微風燕子斜」，冬是「孤舟蓑笠翁，獨釣寒江雪」，夏是「千里鶯啼綠映紅，水村山郭酒旗風」，秋是「無邊落木蕭蕭下，不盡長江滾滾來」。雨雪陰晴，皆可入畫，一年四季，都是文章。

然而如今她親身經歷了，卻發現全不是這樣。不是的。自然這裏也有燕子、也有魚、也有蕭蕭下的落葉木，滾滾來的長江水，甚至也有水村山郭，酒旗招搖，可那不是詩意，是夢囈。

她想著白天見到的秀美。秀美才該是這裏的人——秀是蔡家村的秀，美也是蔡家村的美，一切都打上了蔡家村的標誌：身材，神情，態度，舉止……標誌性的雙腳做八字併攏的站姿，標誌性的在衣襟上蹭手的動作，標誌性的謙卑的笑，標誌性的齙牙，標誌性的微張的唇，還有標誌性的臉紅——不是女兒窘迫特有的羞紅，不是胭脂水粉塗就的嫣紅，不是油膩過重形成的朱紅，卻是雨淋日曬又被風吹乾吹皺的褐紅，粗礪而觸目，帶著一種原始的悍然，明白地向黃裳擺著「臉色」，無聲而響亮地宣布，我才是蔡家村裏的「自己人」！

卓文當年也是有這樣的標誌的吧？只是慢慢地被上海薰軟香濃的風吹得淡了，漸漸遮沒在酒色燈影之後，然而如今重新經了風雨陽光，又固執地顯露出來，也在顴骨處醒目地帶著那樣兩坨紅，無言地拉開了同自己的距離。

要有多久才曬得出那樣的坨紅？要滾在土裏才能同他重新接近嗎？把一塊泥，捏一個你，搏一個我。將你我兩個，齊來打破，用水調和，再捏一個你，再捏一個我……是要這樣的麼？要這樣才能我中有你，你中有我麼？否則，便你是你，我是我，始終是走在兩條路曬在兩個太陽下的兩個人麼？

他們曾經一起出生入死，曾經海誓山盟，曾經自以爲水乳交融。到今日她才知道，水乳交融又如何？心心相印又如何？他同他結髮的妻，可是血脈相連，同根同氣的呀！她以爲她已經走進了他的心，可是她不知道，他卻是出自另一個女人的身。如今他要回去了，他已經回去了，她留不住他，留不住他了。

她怎樣留他呢？上海沒有他們的地方。酆都會有嗎？酆都或許是他的地方，然而卻不是她的。鄉下的女子，統統都是妻兼母職，成日拈著根針，「臨行密密縫，意恐遲遲歸」那種。那幾乎成爲一個固定的模式。可是她卻做不來，也想像不出她拈針穿線是一副什麼樣子，更不要說撒網打魚，揮鐮種地。她的手是握筆的，握不住鋤頭也撐不得船，她能做什麼？她只是他的拖累，是他身外的一個人，同他無論曾經怎樣的親密，然而終究是兩個世界裏的人，要回歸到兩個世界裏去。即使死了，也是塵歸塵，土歸土，各不相干。

不相干！

兩行清淚自腮邊流向枕畔，而天已經漸漸地亮了。

二十二 前世今生

1

黃裳想了整整一夜，也哭了整整一夜。

然而第二天早晨卓文來到旅店的時候，她終於睡著了。身子蜷成一個S形，身上蓋著薄毛毯子，在腰的部位深深陷下去，因爲看不真切，顯得格外細弱伶仃。即使是在夢中，也是不安穩的，蹙著眉，長睫毛不住地抖動。

卓文沒有驚動她，靜靜地在她對面坐下來。他認識黃裳這麼久，已經做了半年夫妻了，可是還從來沒有這麼盡興地仔細地看過她。

她真是美，美得像一個夢，淡淡的眉嬌豔的頰烏青的髮都像一個夢，連她的輕微的呼吸都像。

他簡直不相信這竟然是他的妻。

在現世中，是不可能有這麼清潔乾淨的一個人的，在亂世中，插下一雙腳去都已經要拚盡了全力，又如何擠進一個靈魂去？

可是她卻可以，她的靈魂似乎可以脫離肉體而存在，即使世界消亡了，太陽殞滅，她的愛卻仍然高高在上，單獨明亮地存在著。每個人都爲了活而活著，唯有她，卻單單只爲了愛而活著。

她愛他，他也愛她。然而，他如何承擔她的愛呢？

在上海，他們結了婚，卻沒有家，只得借飯店的包間相會；到了酆都，這裏是他的家了，卻不是她的，她們仍然只有在旅店見面。天下之大，竟然沒有一個地方可以容下一雙相愛的男女。

從相識的那一天起，他們就在離別。一次又一次地，不斷地離別。見面，也是爲了新的離別。

總覺得時間不多，總覺得緣分有限，追著搶著，要多見一面，多愛一點。

然而如今，終於已是到限了。再沒有將來。

舊事前塵一齊湧上心頭，他忽覺悲從中來，情不自禁，執住黃裳的手，將頭埋在她手中，將淚和吻一齊印在她手心，卻發現她的手心熱得燙人。

卓文吃了一驚，將手覆在黃裳額上一試，果然滾燙灼熱，這才猛省，難怪她雙頰嬌豔，壓賽桃花，竟是著涼生病了。他忙推醒她：「黃裳，醒醒，你覺得怎麼樣？」然而黃裳只是微微開啓雙目，目光迷離，略微地一輪，卻又安然睡去。卓文再叫，卻是怎麼也叫不醒了。

卓文只覺腦子「嗡」的一下，一顆心突突亂跳，大叫起來：「小二！小二！快請大夫來！」一路奔出門去，跑得急了，見不得門檻，結結實實絆了一跤，直將前額摔得紅腫起來，也顧不得疼，仍爬起來一徑地跑到櫃檯上去，與了小二幾張零鈔，令速速請鎮上最好的大夫前來。

小二得了賞錢，哪有辦事不利之理，很快便拉了一位穿長衫的白鬍子老中醫來了，雖然尚不知醫術如何，然而長眉白鬚，仙風道骨，光看相貌便是個半仙了。卓文心裏稍定，忙請至黃裳床前，那老中醫伸手出袖，方往黃裳腕上一搭，先自吃了一驚。卓文早已急不可耐：「大夫，她怎麼樣？」那老中醫卻不急不徐，重新端正了黃裳手腕凝神搭脈。卓文不敢催促，兩眼只盯著大夫臉上，要從他神情中看出個子午卯丑來。

大夫搭了半晌，又翻黃裳眼皮看了，問道：「倒不知尊夫人飲食如何？」

卓文答：「她昨天剛從外地過來，一天吃不下飯，又吐了口血，昏了一次，但是很快就醒了，便沒在意。」

大夫聽了，又搭一會兒脈，仰天吟哦片刻，方字斟句酌地說：「尊夫人脈象細弱，唇頰赤紅，舌乾苔白，亂夢少眠，骨蒸潮熱，形氣衰少，穀氣不勝，是爲陰虛。依在下之見，其患疾不在短日，當是來此之前，原已有疾在身，不待痊癒，便長途跋涉，勞倦過度，而內傷不足，備受風霜之苦，又染風寒之症，加之心情鬱結，虛火內攻，上焦不行，下脘不通，而胃氣熱，熱氣薰胸中，故內熱。凜凜惡寒，微微內熱，冷熱交替，至於不醒。」

卓文聽他囉嗦半晌，總不大懂，直到最後聽到「不醒」兩字，大吃一驚：「依你說，這病竟是不好的了？」

大夫搖頭：「那也未必。夫人雖然寒熱兩傷，然而勞者溫之，損者益之，補中升陽，對症下藥，頭痛加蔓荆，眩暈加天麻，心悸加黃芩，氣滯加陳皮……」

卓文哪裡有空聽他賣弄醫術，急得催道：「大夫，您就別賣關子了，快告訴我怎樣才能救醒她，等她好了，我給你掛匾鳴鑼，磕頭謝恩去。」

大夫微微一笑，起身施了一禮，有板有眼地道聲「不敢」，才又囉哩囉嗦地說下去：「我說未必，是說風寒本是小疾。只是尊夫人舊症未除，又添新病，身體本弱，精神不濟，心神兩虧，至於不醒。然而我這幾劑藥下去，內外同調，便未必不好。然則醫家包治百病，卻不能包好，唯有盡人力而聽天命可也。」

卓文聽他掉了半天書包，無非是敲竹槓的意思，又氣又急，只得道：「大夫只管開方救人，只要救好了我太太，要多少診金，聽憑大夫開口。」

那大夫卻又謙虛起來：「那裏那裏，大夫治病救人，原爲菩薩心腸，懸壺之心，豈可貪錢物哉？」一說個不了。

卓文耐著性子同他周旋半晌，方終於得了一張方子，便急急往藥店裏來。然而幾味草藥倒罷了，卻有一味藥引喚作「細辛」的竟不可得，只急得額上見汗。

開藥店的自然都略通醫術，店老闆便出主意說：「不妨以蒿本代之。」

卓文猶疑：「使得嗎？」

店老闆道：「怎麼不使得，細辛這味藥雖然價廉，卻最是難得，每每開到這一味，小店向是以蒿本代替，至今未見吃死了人。」

卓文聽在耳中，頗爲不悅，然也無他法可想，只得依言辦了。

回到店中，因不放心小二煎藥，親自守在火旁，細火溫功，三碗水煎成一碗藥，推醒黃裳，左手抱肩，右手端藥，親手餵她喝了。

黃裳雙頰赤紅，星眸半啓，勉強於他手上喝了，便又昏昏睡去。卓文守在床邊，握著她一隻手，久久地看著，不知不覺，流了一臉的淚。

2

黃裳睡睡醒醒一連昏沉了三天，到第四天早晨，她終於完全清醒了。

醒了。可是她沒有動，默默地注視著床前那個被痛苦和內疚折磨著的進退兩難的男人——卓文這三天裏，都是一直打地鋪睡在她的房裏，時時刻刻地守著她。

這是她生命中最親愛的人哦，如何竟負了她?!

他負了她。他說過會一生一世地愛她，永不離開她，可是他終究是負她！病中的黃裳格外軟弱，軟弱得甚至卸去了她所有的驕傲與剛強，她曾經問卓文：「不要拋棄我，告訴我，我錯在哪裡，我改。」

卓文心中大慟，卻仍然咬著牙回答：「你沒錯。」

她沒錯！唯其因爲無錯，更無從改過。

黃裳的淚再次流出來。她想起初識卓文的當兒，一日他們兩個在路上散步，遇上學生遊行，她一時熱血沸騰，便要加入其中。卓文卻一把將她拉住，眼中滿是苦澀難堪，說：「不要去，我不想明天到局裏保釋你。」她忽然惱怒，回頭問他：「有遊行就有鎮壓，就有逮捕和禁閉，然後是敲詐保金。你，也在其中分一杯羹吧？」

卓文看著她，眼睛忽然就冷了。他們的距離，也忽然地遠了。緊接著，便發生了家秀找她談話，要她同卓文斷絕往來的事，她便也順水推舟，就此分割。

如果真在那一次分了手再不往來，也許後來的一切悲劇都可以避免了。然而無奈，那樣的兩個人，既然相遇，便注定了會相愛。從見他那一天起，他便占據了她整個生命，不留餘地。

不是沒有人追求，聲名鵲起之初，她曾向家秀自嘲是色藝雙絕，兼之出身世家，上海灘黑白兩道的頂尖人物莫不以能與她同席為榮，她不愁釣不到金龜，養活她們兩個。

然而她認識了他，從此除了他，她眼中再看不到其他的人。她知道她會為他傷心流淚，從看到他第一天起就是這樣了，每次相逢總是淚濕紅綃，可這是她的命，縱然預知，無法回避。

她又想起新婚夜，他們泛舟西湖，他問她：「我若得罪了你，你會怎麼樣呢？」他又說：「你說過，要同我天上地下，生死與共；而我對你，也是水裏火裏，永不言悔。不論你想我為你做什麼，只要你一句話，我便是刀山火海，也必定笑著去了。」

她並不要他為她做什麼，她只要他不要拋棄她，竟然連這也不能夠。

他應允：「今生今世，我絕不會負你，也絕不教你為我流一滴眼淚。」

可是他終究是負她。

她為他流盡了淚，傷碎了心，他卻只是看不到。他負她，他終究是負她！他負了她！可是她能夠怎麼樣呢？

看著這負心的人，她的男人，她除了流淚，又能夠怎麼樣呢？

「我若得罪了你，你會怎麼樣呢？」

不，她不能怎樣。

她做不成「水漫金山、血洗全城」的白娘子，也做不成「剛烈執拗，有仇必報」的阿修羅，她甚至不能像她自己說的，「以一生一世的眼淚來懲罰，教你不安」。

即使他負她，她仍然是愛他，甚至不忍在他逃難的困境中再增加他的愁苦。

她想起那次他負了傷從南京回來，對他講起前警政部長李士群的事來，說他自己不知道什麼時候也會不明不白地死掉，當時嚇得她一個勁兒說：「你不會的，你不會的。」

但是現在她知道，未必不會。人在江湖，身不由己，卓文一生中有太多的不由自主，不知做錯多少事，現在日本人和汪政府都在抓他，可是重慶軍統對他也未必有好感，今天他雖然歸農，可是畢竟還是活著的，難保明天還可以再看見他。

她開始真心地疼惜起他來。時間無多，單是凝望和擁抱已不足夠，哪裡還有空閒抱怨？

她決定原恕他。一切都原恕。

只要她還愛他。而他，曾經愛過她。

她低下頭，將手深深插進他的頭髮，淚水滴落在他脖頸。

卓文也醒了，首先搶進眼中的，是黃裳流淚的臉。他的心忽然就軟弱了下來。清晨時分，正是一個人內心最真實最虛弱的時候，完全未經掩飾，這一刻，他想不到時局動盪，前途渺茫，也想不到重情薄義，明哲保身，只想生生世世和她在一起，永不分離。

一時間，他真情流露，上前抱住黃裳，軟弱地叫：「阿裳。」

黃裳哭著，環抱他的脖頸，艱難地說：「我知道你想我走，但是我想好好看看你，我再待幾天就走，一定走。」

卓文愣了一愣，完全清醒過來，她終於答應走了，答應分手了。幾天來，他最煩惱的就是怎樣才可以勸得她放手。沒想到，她終於不等他開口，便主動應承了。他只覺如釋重負，然而與此同時，他流下淚來：

「要走，也得等病好了再走，好叫我放心。等你病好了，我好好地陪你在鬼城裏玩一天。」

3

是個鬼城，他們兩個走在陰陽路上，他們也就成了兩隻鬼──如果真是鬼也就好了，可是他們還要回到那人世去。而人世間，是有著比鬼域更多的煩惱和苦悶在等著他們的，其阻礙，比人鬼殊途更加絕決。

一路上，卓文不停地講些有關鬼國酆都的傳說。其實那些黃裳在《西遊記》、《封神演義》，還有《聊齋》上都曾看到過的，可是仍然願意聽他說。走在陰陽路上重複那些傳說時，有一種陰森的親切，彷彿死了的人向活著的人敘說前生的事。

「相傳漢代時候有兩個道人，叫做陰長生和王方平的，在這平都山上得道成仙，白日飛升。後人把他兩人名字連讀，就叫『陰王』，而這個都城，便成了『陰曹地府』、『鬼國幽都』。城裏有奈何橋、玉皇殿、鬼門關、黃泉路、孟婆樓……」

「孟婆樓還有得孟婆湯賣沒有?」她問,「小時候,聽老輩人講得最多的就是這個。」

「講什麼?說喝了孟婆湯就渾忘前生、往事不記是不是?我以爲這倒是一件善事,人生在世,那麼多苦楚艱辛,這輩子已經難堪其苦,還要記到下輩子去,豈不更加辛苦?」

她看他一眼,沉吟不答。

已經是春天了,可是涼意還深,去冬的樹葉子落了下來,隨風淒涼地舞著,看在眼中,反有種蕭瑟的秋意。兩人一路走過奈何橋,經過鬼門關,踏過黃泉路,終於來在孟婆樓前——樓前果然有個婆子在賣茶,只不知是不是姓孟。

卓文端起嘗了一口,笑道:「原來這孟婆是北京人,賣的是大碗茶。」

他開玩笑,原是希望緩解一下離別的抑鬱氣氛,無奈黃裳並不領情,卻端起一碗茶來就地潑盡,道:「我不要喝這孟婆湯,也不要忘今世今生。果然有輪迴,我必然再記得你,仍然要找到你,重續今生緣。」

茶水做蛇狀蜿蜒地爬著,很快便鑽進地下去,鑽進黃泉裏,永世不得超生。

其實喝不喝有什麼分別呢?沒喝之前他已經打定主意要忘了。決定忘,便沒有忘不了的事。而不願意忘,就是喝盡了天下所有的孟婆湯,也還是忘不掉。

無奈她那樣聰明的一個人,卻偏偏不能明白這個世間最簡單的道理。

他長嘆,說:「我希望你能明白我。這些年來,我苦苦掙扎,從一個毫無背景的農民做到了政府的高官,我害過人,也救過人,被人暗殺過,也救過暗殺別人的人,到處追捕過人,如今又被人追捕，我累了。如今，我只想躲在這山村裏，沒有滿洲國，也沒有汪政府，只是安安靜靜簡簡單單地過日子。阿裳，我知道你對我好，可我現在是一個逃犯，不知道哪一天就變成了這黃泉路上一隻孤魂野鬼，我連自己也保不了，我拿什麼來承擔你？我只能求你將我忘記。」

她仍是不肯，看著他的眼睛，倔強地，清楚地，一字一句：「不，我不要喝孟婆湯。我不要忘記你。如果真有輪迴，有來世，我願意忘了我自己是誰，但是我不要忘記你，會從一落地開始就到處尋你，直到重新和你在一起。」她的聲音軟下來，帶著乞求，「只是，卓文，你一定要等著我，答應我，下次不要再急著和別的女人結婚，知道麼？」

卓文忍不住哭了。

浪跡江湖，他是每天提著腦袋走來走去的人，早已經視死如歸。可是黃裳剖心瀝膽的話卻讓他有一種切膚之痛。他何嘗不知道，今生今世，他不可能再遇到一個像她那樣無怨無悔愛著他的人，無奈在這亂世，他卻承擔不了她對他的愛。

她是這麼尊貴，至高無上，而他卻渺小污穢，是幾漂幾染的靛布，再也漂洗不清。同她在一起，只會給兩個人都帶來無法解決的痛苦，而離開她，卻至少可以解脫他自己。

他是不能再同她回上海的了，卻也無法想像她隨他守在鄉下，或者浪跡天涯。他們的愛情，需要有一座大觀園來承擔，來滋潤，而他能給她的，卻是一片貧瘠的土地，貧瘠狹隘到無立錐之地。他連自己也盛載不了，又如何盛載她的愛？

今生已矣，他唯有許她來世。

手中的茶，只喝了一半，亦是潑了，他道：「好，那就讓我們都不要忘記。喝下去的，是國恨家仇，潑出來的，卻是兩情相悅。下輩子再見你，我希望可以不要記得今世的戰爭與逃離，但是，我會記得你。」

這便是諾言了，是一個在今世許下卻要在來生實踐的諾言。

然而前塵，就此一刀兩斷了。

然而前塵，就此一刀兩斷了麼？

他們相擁著，繼續向前走，一時都不再說話。只聽得溪水潺潺，林濤陣陣，路忽然地窄了，而樹叢益發茂密。山中的綠樹是真正的綠樹，葉子一片片都厚實潔淨，反射著一點一點的太陽光，如玉如翠，亮得晃人的眼睛。還有鳥兒的鳴叫，也都像用泉水洗過，有一種透明的清澈。

然而在鬼域裏，山林是另一個世界的山林，陽光也是另一個世界的陽光。她一路地走著，聽到水聲，便不由要想這溪水是不是流入黃泉；看見小鳥，也不由想這鳥兒會不會便是一個早夭的少女的亡靈。總之事事物物，都是別離，也都是傷心。

又走一會兒，林梢頭露出一座樓的角來。

走近去，只見雕閣繡柱，門楣上寫著三個大字——「望鄉台」。

兩人攜了手拾級而上，樓上開著的窗裏飛出幾隻蝙蝠來，是地獄的使者，專程來接引兩個新到的鬼。可是這兒是兩個人，還沒有死，還有氣。於是牠們圍著打了兩個轉兒，便又飛走了。

然而牠們的妖魅的氣息卻留下，給樓上驀地加添了一重死亡的陰影，連陽光也忽然黯淡。

黃裳將手遮在頭上，向著東南的方向極目遠眺，道：「那裏便是上海了吧？或者，我應該望著北京才對……望鄉，望鄉，我卻不知道我的家鄉到底應該是哪裡。我們都是沒有根的人。」

她的話被風吹得依稀，髮絲拂在卓文的臉上。他看著她，彷彿是第一次見到，又彷彿是最後一次。這一刻，他又不後悔爲她所做的一切了。

人的一生那樣短暫，到底又可以做些什麼、獲取些什麼呢？傳說人死之後，輪迴之前，必得重返人間，將自己前世走過的腳印一點點重新拾起，全部收集起來，才可以轉世投胎，重新做人。從酆都到上海，他走了好遠的路，卻並沒有多少腳印是與她同行，現在他知道，那段日子就是他在人世最美的記憶了。有的夫妻可以白頭偕老，但是也許一天也沒有真正相愛過；也有的，像他們，統共在一起也沒有多少時間，但是已經情深萬斛，刻骨銘心。

他感慨：「我也沒有根，可是你卻是我的根。不論我將來到哪裡，天涯海角，或者幽明異路，你只要知道，我的心裏一直有你，就夠了。」

望鄉台，是亡靈對前生的最後一分留戀。離了這望鄉台，就從此水遠山高，魂飛魄散了。獨上高樓，望盡天涯路。天涯處，紅塵滾滾，俱成飛灰。

這是許願的地方，可是她發現自己心中了無怨恨，也無願望，她唯一牽掛擔憂的，仍然只是他。她回過頭，淒然低吟：「棄捐勿復道，努力加餐飯。」

他再也撐不住了，一轉身抱住了她，用盡渾身的力氣，用他整個的生命，擁抱著她：「原諒我，在遇到你之前未能一塵不染。但請相信，今生今世，你是我愛的最後一個女子，再無人可及你的一半。」

她說：「你卻是我愛的第一個，相信也是唯一。以後我會再婚，但卻不會再愛。就像我仍會活著，但不再快樂。」

這是兩個活著的人，也有愛，也有情，可是卻要在望鄉臺上做一場死別。永不再見，只爲再見的已不是你，不如記得從前。揮揮手不帶走一片雲彩？談何容易。縱不帶走，能不留下？留下的，卻是一顆破碎的心。

她想起母親的愛情，那是真正的死別，因爲死亡，故而永恆。

他們，也是一場永訣，可是因爲兩個人都活著，於是永恆的並不是愛，而是惆悵。

然而，也終於只得分別了。

她站在望鄉臺上，於風中斷續地唱起那首讖語般的舊歌：

「你是七層寶塔，我是塔簷的風鈴；
你是無邊白雪，我是雪上的鴻爪；
你是奔騰的海浪，我是岸邊的礁石，為你守候終生。」

歌聲被山風撕碎了，飄落在山澗中。

鈴聲喑啞。

雪化雲消。

海枯石爛。

二十三 復仇天使

1

黃鐘的婚期定在八月。

六月底，黃坤來給家秀和黃裳送帖子，可是她的臉上並沒有絲毫喜氣，背地裏偷偷對黃裳說：「帖子是送了，陣勢也擺下了，可黃鐘那樣子，到底能不能如心如意地出嫁……」說著嘆了口氣。

黃裳吃了一驚：「黃鐘怎的？」

黃坤嘆道：「人家說『樹倒猢猻散』，我們家卻是樹沒倒，猢猻倒已經快散光了。這半年來，我們兄弟姐妹幾個，死的死，走的走，嫁的嫁，剩下一個黃鐘，又病了。開始只當風寒，治了幾個月，倒越治越重起來，醫生說是肝氣鬱結，竟是不大好呢。我媽還一味兒地催她辦嫁妝，說沖沖喜也好——我看是催命還差不多。不是我說句自己咒自己的話，我看我們家的氣數，已是盡了，單只剩下個表面風光，只怕撐不了多久。」

話只說到此為止。但是黃裳已經明白，黃鐘這得的是心病，她同黃帝一場姐弟戀，就是黃帝活著也是沒有可能的，況且如今黃帝已死，更是絕滅。只是黃李氏是堅決不願意承認這件事的，故而越發要催促黃鐘成親來掩眾人的口。從做母親的角度出發，這樣做也許不錯，可是於黃鐘，卻未免太殘忍了些。

由黃鐘便不由地想起可弟來，因問道：「那韓小姐怎麼樣了？」

「怎麼樣？得意嘍！小家小戶的丫頭，一朝飛上枝頭變鳳凰，還不使盡狐媚子手段迷我爸呢！」

黃裳搖頭：「我相信她不是那樣的人。」

黃坤撇著嘴道：「她不是那樣的人？她是狐媚子的高手！怕青春美色還迷不住我爸，又藉口我爸舊傷發作勸著打上了嗎啡，她親自給打針，殷勤得很。我爸現在癮大著呢，一時半會兒不見了她就到處找。就跟當初二叔和二嬸娘一個樣兒。」她笑起來，「真是的，可見是親兄弟，以前還看著挺不同的兩個人，越到老兒越走到一處了，都是娶小妾抽大煙。幸虧我已經這麼大了，不至落在晚娘手裏，不然也要跟你當初似的，離家出走了。」

提起舊事，黃裳由不得一陣心酸，忙轉過話題問道：「你最近可聽到你爸爸說起卓文麼？」

黃坤怪同情地看著她：「我倒也想留心替你打聽著呢，可惜一絲風兒也沒聽見。這倒是好事，至少說明他們並不急著找他麻煩……你現在還是月月給他寄錢？」

黃裳悵然嘆息：「哪裡敢月月寄？就是隔幾個月寄一回，還要寫他娘的名字。除了收款人地址姓名，多一個字也不敢寫。怕露了風。他這麼久，也沒給我回過一個字。本來以為汪精衛死了，他應該回來了，可是……」

黃坤因看到桌上一堆攤開的草稿，便一邊隨手翻著，一邊道：「你這半年來，倒寫了四五部戲，雖說要賺錢，可也得顧著點身體。按說稿酬也不低了，難道還不夠用？」

黃裳怕她把草稿整亂了，忙站起身過去一一理起來，低著頭說：「哪裡能夠？媽媽看病要用錢，我自己應酬交際也要用錢，他一個人在鄉下，日子那麼苦，寄再多的錢也嫌少……你都不知道，他們那地方，連吃一碗麵條也是難的，要大老遠地跑到鎮上去，晚上點的還是油燈，不要說打火機了，連洋火也沒有，就用火鐮子打火，用索草捻子點著柴火燒飯。我從來沒想過窮人的日子原來是那樣的。」

然而，就是那樣的苦日子，也不知道他過得久過不久，說不定什麼時候風吹草動，他就又要去逃難。到那時，沒有一點錢傍身，又怎麼行呢？

兩個人一時都沉靜下來。只有鐘錶在嘀滴答嗒地走。

黃裳看著日曆，上面的時間是一九四五年六月十八日。

她同卓文離婚已經整整一年了。她不再是他的妻，可是他卻仍然是她的最愛，永生永世，不會改變。她一直記得新婚夜他對她說過的話，他說他們已經貼心，他說「如果將來有一天我們不得不暫時分開，但是我們的心還會在一起，彼此相印，密不可分。」

她知道他不會忘記她，就像她自己永遠也不可能忘記他一樣。可那是不夠的，她仍然想再見到他，不僅僅是心裏想著他這個人，更要親切地看到他，聽到他，觸摸到他，哪怕，只有一次。

她想念他，想得心如刀割。什麼時候？什麼時候她可以再見他一面，將他的面容與她心裏的形容彼此印證，讓她知道生命中確曾有過這樣一個人，她的至愛，她的丈夫。

鐘錶在嘀滴答嗒地走。走到哪裡去呢？

2

家秀雖然同大哥素來不睦，然後身爲姑姑，終究沒有道理同侄女過不去。因而到了週末，還是按習俗由崔媽陪著去給黃鐘道喜縫被面，並送賀禮。

黃李氏正在廂房看著下人清點嫁妝，念一樣記一樣，單是衣裳單子就占了整整三頁紙，看到家秀進來，忙起身相迎，家秀衝她擺擺手示意不必忙，站在一邊聽人繼續報單子，只聽到念：

「……旗袍三十六件，單絲、夾棉、襯絨、駝絨、短毛、長毛各六；料子四十八匹，印度綢、縐錦、提花緞、鐵機緞、軟緞、羅緞、平絨、立絨、天鵝絨、刻花絨、喬奇絨、喬奇紗、泡泡紗、華絲紗、葛絲紗、香雲紗各三；西裝九套……」接下來是皮鞋、首飾、帽子、甚至手帕、錢袋、司迪克……

家秀忍不住笑了：「手帕錢袋也都罷了，要那麼多手杖可做什麼？又不老又不小，成天拿著根手杖走路已經夠古怪，還要天天換樣子不成？」

黃李氏擰著眉：「誰說不是？可這是上海，同咱北京規矩不一樣，嫁妝都翻出新文章來了。你不見現在上海的哥兒們，人人一支手杖揮來揮去，咱不給新姑爺備上，不說咱沒這上海習慣，還只當咱土狍子窮酸——寧可禮多了拿去插在花園裏當樹種，不能讓人挑了眼去！這也不去說他了，其實現在戰亂時期，這些嫁妝已經少了不知多少，想當年我嫁進黃家的時候，呵，光是樟木箱子就堆了兩整間堂屋的……」

正說著，黃坤進來了，見到家秀，迎前叫一聲「姑姑」，臉上殊爲不樂。

家秀笑道：「原來你也在這裏，你現在是十足的『上海通』，倒可以給你娘做個好幫手……怎麼沒看見黃鐘？是不是就要做新娘子，害羞不理人了？」

黃坤怏怏地說：「她躺著呢，姑姑跟我一起看看去？」

家秀起先不解，待見了黃鐘，才發現她已經病得氣息都弱了，方知黃坤是爲妹妹擔心，倒嚇了一跳，說：「怎麼就病成這樣子了？」

黃鐘聽到聲音，懨懨地睜開眼來，躺在枕上向她行禮說：「姑姑，你來送我來了。」

家秀聽了，心裏大覺不祥，忙道：「姑姑來給你送親。」因忌諱那個「送」字，特意在「親」字上加重了語氣。

黃鐘無言，眼中卻滴下淚來。她的屋子裏，桌上地下，堆滿了零零散散的箱子盒子，都是這些日子裏採購的嫁妝禮品，預備結婚時用的。到處懸著紅，摞著請客帖子，可是眼裏看去，卻只覺得慘澹。

家秀坐到床邊，執著手問：「就要做新娘子了，可要快把身體養好起來呀……你這兩天覺得怎樣？」

黃鐘閉著眼，喘息著說：「姑姑，他們都不肯答應我，你可一定要幫我。」

家秀問：「你說吧，什麼事？姑姑能幫你的，就一定幫。」

黃鐘道：「我知道我是活不久的了，我只求一件事：我死了，把我葬在小帝的墳旁邊就好。」

一語未了，黃李氏大怒起來：「糊塗丫頭，滿嘴裏混說的什麼？死呀活呀的，這也是混說得的？你現在是咱們黃家的女兒，嫁到南京，就是畢家的人，死了也得死在畢家的祖墳裏，由得你說去哪裡哪裡的？」

家秀不忍心，攔在裏面說：「她小孩子不懂事，略不舒服，就以爲不好了。其實沒事的，只要你心裏別總想著這些事，就會好起來的。」

黃坤也怒道：「媽，你不看看都什麼時候了，還罵她？」

黃李氏賭氣走了。黃坤坐過來握著妹妹另一隻手說：「小妹，你的心事我都知道。可是做個女人，一生總得結一次婚，不然可到世間來走這一回爲的什麼呢？那畢家少爺我也相看過的，人品不錯，未必不合你的心。就算當真過不好，離婚就是了。報上說，上海平均每天有二十對夫妻辦離婚呢，有什麼？」

黃鐘卻只是搖著頭，一手握著家秀，一手握著黃坤，略略用力緊了一緊，說：「我自己的事，我自己清楚。姑姑，至少，你要答應我，我死了，你給我燒一張小帝的照片陪我。」

家秀再也忍不住，眼裏滴下淚來。黃坤哽著聲音，卻仍然樂觀地說：「好，好，姐姐都依你。只是，你千萬不要再想這樣的事，你才多大，就成天想著死呀死的，姐姐經了這麼多事還沒活夠呢，你這算什麼？都沒正經兒活過，怎麼捨得死？」

一時大家都沉靜下來，只顧著低頭飛針走線。崔媽看著場面實在淒涼，只覺不吉利，便動腦筋想隨便說些什麼話來打岔。因見被面上繡著一對鴛鴦，便隨口問：「我記得以前二奶奶唱過一首什麼歌，就是講繡鴛鴦的，姑奶奶會唱不？」

家秀問：「繡鴛鴦的歌多著呢，金嗓子周璇有一首《四季歌》，裏面也有『大姑娘窗前繡鴛鴦』什麼的，滿街都在唱，你指的可是這一個？」

崔媽笑著搖頭：「才不是呢，二奶奶從來不唱那些沒文化的歌。」

說得大家都笑了，氣氛活泛許多。黃坤便問：「你又知道什麼是有文化沒文化的？」

崔媽道：「我當然知道。我雖然沒文化，可是知道有文化的人該是怎麼唱歌怎麼說話的。比如咱們裳小姐，就最有文化了。」

黃坤心裏妒忌，嘴裏說：「那當然，天下最有文化就是你們家小姐、奶奶了。只是，你倒說說看，那到底是首什麼歌，文化這麼深的？」

崔媽仰著頭努力想了想，忽地一拍大腿：「想起來了，第一句是個『四張』。」

說得黃坤更笑起來：「還『二索』呢，『四張』，又不是打牌。」

家秀問：「是不是『四張機』？」

崔媽忙忙點頭：「就是這個，四張機，是講織布繡花的不是？」

家秀搖頭：「那是古曲子，詞牌名來著，我也記得好像依凡常唱的，挺好聽，只不記得歌詞。」

說說講講，時間倒也過得飛快。晚上回到家，崔媽又同家秀討論起白天的情形，撇著嘴說：「也不知鐘小姐能不能結得成婚，看她的樣子，倒是不好。」

家秀也是難過，搖頭嘆道：「我這幾個侄女……」說到一半，看看黃裳，嘆了口氣不再說下去。聽到依凡坐在一旁輕輕哼歌，起初沒在意，聽了幾句，忽然醒悟過來，正是那首崔嫣下午才提起的《四張機》，倒不由提起興趣，要好好聽聽歌詞。

只聽依凡唱著：

「四張機，
鴛鴦織就欲雙飛。
可憐未老頭先白，
春波碧草，曉寒深處，
相對浴紅衣。」

家秀聽著，起初只覺曲調悠揚，直至唱完了，才漸漸回味過來，歌詞竟是大爲不祥。「可憐未老頭先白」，那不是說心願未遂身先老嗎？心裏一震，不禁呆呆地出起神來。

3

被面褥裏一連縫了三天。

家秀眼看著黃鐘一日不濟一日，心裏暗自憂急。這日正忙著，黃鐘一旁睡得沉沉的，忽然睜開眼來，叫聲「姑姑」，說：「我想到後園走走，姑姑肯陪我麼？」

家秀嚇了一跳：「那可不成，你病成這樣子……」

黃鐘在枕上搖了搖頭，說：「就是因爲病成這樣子，才怕再不去園裏，以後都去不成了。這幾天，我一直想去來著，就是身子軟，起不來，睡了這會兒，覺得好些，就想出去走走。」

家秀便看著黃坤，黃坤說：「難得她精神好，穿多點，扶她走動走動，也許沒壞處。難不成一直讓她躺著，上花轎那天也抬著出門不成？」

崔媽便服侍黃鐘穿戴起來，同黃坤一邊一個扶她下了床，便一同到園裏去。走到角門口，黃鐘卻示意右拐，黃坤這才明白過來，黃鐘是想去黃帝的舊居看看，不禁心裏一酸，連忙勸阻：「好好的，又到那裏去做什麼？你身子弱，那裏不乾淨，小心招點什麼，回頭又該發燒了。」

黃鐘只是不肯，哽著聲音央求：「姐，你就讓我去看看吧，今天不去，以後還不知有的去沒的去……我不去看這一眼，便死了也不閉眼的。」

黃坤惱起來：「晴天白日的，好好兒的怎麼又死呀活呀起來？我告訴你，你眼裏要是有我這個姐姐，快別再跟我說這些不入耳的廢話。」嘴裏教訓著，卻到底拗不過妹妹，只得同崔媽扶了她到後花園來。

園子因爲一度傳言鬧鬼，自打黃帝死後就空了，這陣子總沒人住，又疏於打掃，野草漸長得比花還高，當初燒奠黃帝的紙錢也沒收拾，經了雨，褪得慘白的顏色，掛在樹梢上，像招魂的幡。雖然是六月天，又是大晴的太陽，可是看著仍讓人覺得心裏發冷。

一陣風過，樹葉紙錢嘩啦啦作響，黃坤忍不住打個寒顫，心裏大不自在，催促妹妹：「好了，你來也來了看也看了，還不快走呢？」

黃鐘卻只是搖頭，說：「我想去小帝的屋裏看看。」

及至推開門，一干人卻都驚得「呀」一聲叫出來，原來那屋裏倒是乾乾淨淨整整齊齊的，好像還有人住的樣子，甚至案上還供著一盆花，開得正鮮妍，依依地似向人打招呼。旁邊一本宋詞，猶翻在蘇東坡《雙城子》那一頁：十年生死兩茫茫，不思量，自難忘……

黃鐘身子一軟，就勢坐下了，便哭起來，叫著：「小帝，小帝，你在嗎?你是不是常回來?怎麼也不來看我？」心裏一陣陣地疼，想到物在人亡，今生今世已與小帝天人永隔，再不相見，只覺得悲痛的情緒就像黃河的水堵在厚厚的石壁後面，只沒個發洩處，恨不得用刀子在身上剜個透明窟窿才罷。

家秀崔媽也都傷起心來，卻顧不上哭，只是拉著黃鐘勸：「身子虛，不要太傷心了，回頭病了，這陣子不是白養著了嗎？」

正勸著，忽聽隔牆依稀傳來吵鬧聲，好像是黃李氏在罵人，中間還夾著一個女人的哭鬧聲，又有另一個女人的勸說聲。眾人大奇，崔媽便自告奮勇說：「我去看看出了什麼事，回來告訴你們。」

隔了一會兒，匆匆跑回來說：「是大奶奶和新娶的韓姨娘……」

黃坤一愣：「姓韓的敢跟我媽吵架?露出她狐狸尾巴來了！」

崔媽忙忙擺手：「不是她兩個吵，是她兩個同另外一個女人吵，韓姨娘倒是來給大奶奶幫腔的。」

黃坤更加好奇：「那是誰？」

「是個挺漂亮的女人，好面善的，穿金戴銀，臉上粉有一尺厚，說話動作像在戲臺子上一樣。」

黃鐘也忘了哭：「咱們家並沒有那樣妖妖調調的客人，會是誰呢？」由黃坤崔媽扶著站起，同家秀一起出得門來，繞過月洞門，果然看到黃李氏在同一個年輕女人對罵。

要說年輕，細看那女子倒也不算小了，可是燙得大捲髮，戴著黑眼鏡，旗袍又短又緊，手裏擒著珠灰錢袋子，打扮得十分新潮，像是只有二十歲的樣子。黃坤一看，先就輕輕「啊」了一聲，說：「原來是她。」

接著崔媽也想起什麼，跟著說一句：「原來是她。」

家秀倒笑了，問：「什麼大人物，怎麼你們兩個都認識？」

黃坤道：「她叫白海倫，是個女明星，是我爸的……」

話未說完，崔媽已經搶過說：「什麼明星，戲子罷了，以前跟咱們二老爺的，最愛打扮個女學生相，叫咱們二老爺出錢捧她做花國皇后呢。」

家秀已經明白了，倒饒有興趣打量起這白海倫來，看她有什麼樣的魅力可以同自己兩個哥哥都各有淵源。只聽那白海倫罵道：「他黃家風什麼東西？以前捧著我的時候三天兩頭地來報到，現在娶了新人了，竟然面都不見我！以為我稀罕哪？不就是幾萬塊錢嗎？同你借是瞧得起你，以為我白海倫果真翻不得身嗎？我告訴你們，等我改天得了勢，第一個就滅了你們黃家！」

聽得黃李氏惱怒起來，大叫：「你們都是聾子還是癱子，沒聽見這瘋婦撒潑嗎？還不把她給我打出去?!」

明擺著是敲詐不遂吃醋鬧事，而且畢竟是在黃家，黃李氏占著上風，四人便都不打算上前去勸，只躲在花叢後看熱鬧。

倒是那韓可弟，十分幫著黃李氏的樣子，原本十分溫柔沉默的一個人，如今嫁了人倒變得爽利起來，一手扶了黃李氏勸道：「奶奶犯不著同這樣的人生氣，沒的失了身分。」一手指著白海倫斥道：「你是什麼東西？敢到咱們黃府來撒野！我們奶奶千金之體，是你冒犯得的？」

家秀不禁暗讚，好個丫頭，如此精乖滑頭，竟然每一句話都扣在黃李氏心上，難怪大嫂那樣巴辣人物，竟會同意大哥娶了她。

黃坤卻在一旁蹙眉說：「不好，這韓可弟煽風點火，這樣豎敵，可不是什麼好事！」

果然那邊廂白海倫撒潑哭罵：「我叫你們在我面前逞能，我和黃老爺風流快活的時候，還不知你這小婊子在哪間醫院裏替人端屎擦尿呢！你在我面前招搖，我不要你們一家子好看我不叫了白海倫！」自知得不了好處去，一邊罵一邊回身便走，不忘了經過韓可弟身邊時下死勁吐了兩口唾沫。

可弟只是面容平靜，毫不在意。

家秀四人又看了一會兒，也就同回了黃鐘屋子，還不住議論：「沒想到這韓可弟同大嫂倒相處得好。」

黃坤不以爲然：「我總覺得這姓韓的不簡單，她會真心待我媽？我看她待我爸都是假的，不知安的什麼心呢？我倒要好好提醒我媽，多防著點這個狐狸精。」

話未說完，黃李氏已經進來了，一臉怒色：「坤兒，你來，我有話問你。」

家秀崔媽面面相覷，不知道這又唱的是哪一齣，難道同她爹生氣要找女兒撒氣不成？隔了一會兒，黃坤氣沖沖回來，收拾東西便要走，說：「以後都不再來了。妹妹，你忍得住他們，你跟著他們吧，我可是真怕了這一對爹媽。」

家秀忙拉住：「好好的，這是怎麼說？」

黃坤站下來，「呼呼」喘著氣，半晌說：「姑姑，你看我媽糊不糊塗，我還沒等勸她小心那韓可弟，她倒來問著我，說姓韓的告訴她，白海倫是我介紹給我爸的，問我是不是這麼回事，眼裏有沒有她這個當媽的。天知道，我的朋友多的是，三天兩頭來家裏耗著，一半個通過我認識了我爸，我能有什麼辦法？再說，白海倫又不是我爸搭的第一個女人，又沒什麼了不起的大事，不過生意場上應酬罷了，幾百年前的陳芝麻舊穀子，這時候倒同我算起賬來了。好像我巴不得她和爸離婚似的……」說著氣得哭起來。

家秀倒愣了，沒想到韓可弟果然心思縝密，顯然她明知道黃坤會向母親進言勸她防備自己，索性先下手爲強，倒在那兒備了案了。這樣看來，那韓可弟果然不簡單……

然而，這時候她們所擔憂的，還不過是黃鐘的病，以及黃李氏與韓可弟的戰爭，並不知道，後面還有更大的事件、整個社會的改革、翻天覆地的變化在等著她們。

二十四 新天地

1

日曆翻到了八月十五日。

無線電裏一段《君之代》的日本國歌播過之後，響起裕仁天皇沉痛蒼老的聲音來：「茲告爾等忠良臣民：朕已飭令帝國政府通告美、英、蘇、中四國政府，我帝國接受彼等聯合宣言各項條件……」

日本無條件投降了！

囂張一時、占領了中國東北、建立了僞滿洲國、還揚言要占領整個中國建立大東亞共榮圈的日本投降了！

上海人民因爲等待得太久，渴望得太切，一時幾乎不能相信。人們走上街頭遊行狂歡，鑼鼓喧天裏夾著鍋碗瓢盆的敲打聲，富人們開香檳，窮人們燒棉襖，各個階層的人用各種不同的方式表示著自己的狂喜之情。上海，這個用霓虹燈與歌舞飛揚造就起來的不夜城，今夜不夜，卻是因爲煙花和爆竹。這不是除夕，卻比每一年的新春更令人欣悅，更帶給人希望與新生！

比國民軍更早接受上海人民歡迎的，是開著B—29型的美國空軍和美國海軍陸戰部隊，他們穿著度身定作的筆挺軍裝走在上海街頭，熱情的上海百姓將鮮花和彩屑灑在他們頭上、身上，將水果和糕點塞在他們手裏、懷裏，把他們當上帝那樣膜拜，當親人那樣歡迎。

於是這些剛剛發現了上海之美的大兵們立刻愛上了這座城市，愛上了她的善良熱情，也愛上了她的華麗輕浮。他們雖然有著強國盟友的身分，有著抗日勝利的偉業，可是實際上也不過來自田納西或者緬因那些邊遠鄉區，從來沒有見識過真正的都市。南京路上閃爍陸離的霓虹燈和同樣閃爍陸離的上海姑娘讓他們目瞪口呆，眼花繚亂，他們不太能分得清上只角與下只角、上海小姐或者鹹水妹，只是迫不及待地和他們在上海最早結識的一位姑娘發展一段跨國戀情。

上海的繁榮與混亂盛極一時。

美國文化與中國文化進行了最直接最瘋狂的一次對接。可口可樂和駱駝牌香煙迅速走紅，戴雷朋太陽眼鏡和喝可口可樂成爲最新時尙，結婚的遊戲忽然空前地流行起來，所有的大酒店都在放著結婚進行曲，而教堂與牧師因爲空前緊缺，上海街頭不得不推出集體結婚的新玩意兒，一隊隊的白紗新娘挽著一隊隊的燕尾服新郎走在紅地毯上，居然沒有上錯花轎嫁錯郎，不能不令人嘆爲觀止。

然而在這樣舉世歡騰的日子裏，黃府之中卻是比任何時候都更淒涼空寂。

黃鐘的婆家——南京畢記本來對這件親事巴結得很，然而一聽到日本投降，心知黃家風脫不了干係，生怕受到牽連，立即致信上海要求解除婚約。那位戴眼鏡的準新郎畢少爺更是連聘禮也來不及要回，連夜就趕回南京去了，只留下一封短信，說是在滬期間多承照顧有事回鄉不及面謝云云，落款自稱世侄，再不提小婿字樣。

黃李氏氣得發昏，可是沒有辦法，因爲家裏並沒有人幫她做主——黃家風和韓可弟一聽到風聲就走遠了，去到哪裡，竟連她也不知道。下人也全部解散。偌大的黃府就只剩下她和黃鐘兩個人，一個已經是明明白白在等死，另一個也風燭殘年。

這日黃坤來同黃裳辭別，談起父親，納悶說：「連我也不告訴，說聲不見就不見了——也不知藏在什麼地方，難道還怕我知道了會告密不成？」

黃裳也感慨，終究黃家風也鬧到要逃難了。她不由又想起卓文來。他如今怎麼樣了呢？鄉下也是有無線電聽的吧？縱然沒有，這樣大的事，也不可能不知道。當年在吳淞口送他走的時候，胡強說過：「日本人的時間長不了，我們很快都會回來的，你放心好了。」如今日本人果然投降了，可是卓文，他回得來麼？如今全國上下都在抓漢奸，清算浪潮一陣高過一陣，川島芳子在北平公審的時候，憤怒的人潮將法院大樓擠得水泄不通，以至於不得不延期另審。蔡卓文在汪政府裏做了那麼久，保不定什麼帳被翻出來，就是好一番清算。國民政府到處搜捕汪政府的餘黨，他們的花名冊子上，也會有卓文吧？

黃坤見她久久不說話，推推她說：「喂，你怎麼回事，我要走了，以後也不知見得到見不到，你也不留我一留。」

黃裳如夢初醒，詫異道：「你要走？走到哪裡去？你又不屬於哪個黨派，又不幹政治，莫非也要去逃難？」

黃坤「呸」地一聲：「好端端咒我！」然而停一下，她嘆了口氣說，「要說其實也和逃難差不多，比逃難還慘！我跟你說，我決定去大連。」

「去大連？」黃裳大驚，只覺匪夷所思。「聽說這陣子大連亂得很，交通都不通了，這種時候去大連，那不是羊入虎口麼？」

然而黃坤說：「憑他天羅地網，發國難財的商人們總有辦法在亂世中找到好處，打仗，打仗也得吃飯呀，那些商人，一船船的糧食、彈藥走私過去牟取暴利，我就是要搭他們運糧的走私船偷渡到旅順口，已經都聯繫好了，就在這一兩天就要走的。」

黃裳倒不由佩服起來：「難爲你倒能搭通這條天地線……這件事，陳言化知道嗎？他怎麼說？」

「別提他！」黃坤眼中流露出厭惡，「我們就要離婚了。這個上海，我是待不下去了。」

「離婚？」黃裳又是大吃一驚，「你同陳言化不是過得好好的，難道他……」

「他沒什麼，沒有得絕症也沒有紅杏出牆。是我，我這方面出了問題——大連有消息來，說我死了的那個男人，一家子都是大漢奸，一家子都該槍斃。我公公已經是斃了，婆婆也病死了，小叔子入了獄，弟媳婦同他離了……這信就是我弟媳婦寫給我的，信寄到上海，被陳言化看見了，還不和我吵翻天？我不耐煩，索性告訴他離婚。什麼了不起？一個臭畫家罷了，現在不比當年，一切都是政治掛帥，月份牌美女早就不吃香了。記得上次的畫展吧？我畫了些速描，讓你幫我配了文字，效果好得不得了，把陳言化這個做主角的都蓋了。跟著他反正也是沒什麼大出息，被他捏了這個把柄，以後還會對我好？離就離了！」

她笑著，給自己打著氣，雖然說的是人生的悲歡離合，可是臉上毫無畏懼。她已經不年輕了，美豔中夾著一絲風塵氣，或者是滄桑感吧？抿起嘴角時，紋路裏都是倦怠淡漠，可是眼裏卻仍然燒著一團火，彷彿只要她願意，就可以隨時隨地毀滅什麼似的。

「你不用擔心。就算跟陳言化離了，我也一定會有辦法活下去，活得好好的。告訴你罷，我最近認識了一個美國空軍上校，他說有辦法帶我去美國呢。等我把大連的事辦完了，我就跟他走。就算不成功，我也總有辦法活下來。不出兩年，我一定會東山再起，又是一條好漢！」

這一點黃裳倒不懷疑。這個黃坤，就是把她扔到孤島上，也一定可以找到謀生的辦法，而且會讓自己活得依然多姿多彩。她同黃坤其實個性差異頗大，她最佩服黃坤的，是無論經歷過多少滄桑磨難，黃坤都有本事隨後忘記，不留下一點痕跡；她卻不行，自小到大的每一道傷痕都刻在心上，與日彌生，永不磨滅。

這些年來，黃坤同她交往，始終帶著點彼此利用的成分，她心裏很明白，但朋友難得，也只有遷就。然而這多年交往下來，倒也積澱了幾分真情，黃坤卻又要走了。她只覺滿心不捨得：「可是，爲什麼一定要去大連呢？冒這個險值得嗎？」

「爲什麼？爲我兒子。」

「你兒子？」這次，黃裳連吃驚的力氣都沒有了。這個黃坤，今晚帶給她的意外實在太多了。她到底還有多少秘密沒有說出來？她永遠燦爛地笑著的臉背後，到底埋藏了多少苦衷隱痛？

然而就在這個時候，黃坤的神情黯淡下來，彷彿倏然間蒼老許多。她說：「他還沒有取名字，小名就叫小寶，今年該有四歲了，應該學會喊『爸爸』、『媽媽』了。可惜，他沒有爸爸也沒有媽媽。」

這是黃坤第一次向黃裳提起她的兒子。她那總是精明地挑剔著的眼睛裏有著深深的悲哀。在這個月光淒冷的晚上，她終於想到了自己作爲一個母親的責任。她忽然發現，兒子其實是寶貴的，如果全世界遺棄了她，同她分隔，至少還有一樣東西那是分割不開的，就是血肉至親。

「大連的來信裏說，陶家的家產都抄沒了，四分五散，我知道得也不詳細。只知道我那個兒子，才四歲，總算沒什麼罪，給送進孤兒院了。我弟媳婦說，看在妯娌一場的份上，她把這個消息告訴我。如果我願意領呢，就領走。反正陶家的人已經快死絕了，不會再同我爭他。如果我不要他，也由得我。可是，可是我……」她哭了。

這是自第一任丈夫死後黃坤第一次哭，也是唯一的一次。從此以後，不論她又經過了多少悲歡離合，起落沉浮，她再也沒有哭過。而她與黃裳，也從此再沒見過面。許多年後，黃裳遠走海外，而她做了市長夫人，紅極一時，後來也做過走資派的臭老婆，披枷挨鬥，然而她都是笑著面對的。笑，便是她最後的女性武器了。

政治的時代或許容不得一個政治的投機者，更容不得一個不勞動的人，但總有例外，那就是一個年輕的，至少是看起來還很年輕的美女。

她抱著黃裳的枕頭，把它當成自己的兒子，臉貼著臉，把淚印在枕頭上，重新露出自信的、毫不驚惶的笑容來，說：「看著吧，兒子，媽媽才只有二十四歲，路還長著呢。」

黃裳不由得也笑了，她想起黃坤初到上海來找她的那個晚上來，那時，她也說自己是廿四歲。

永遠的廿四歲的黃坤哦！

2

北平庭審川島芳子的消息報導出來，最心驚膽顫的人要屬黃家風。

沒有人會想到，被追緝得最緊的漢奸要犯黃家風，竟然就躲在清算呼聲最高的北京城裏，國民政府的眼皮子底下。這隻狡猾的老狐狸，信奉著「最不安全的地方往往就是最安全的地方」的格言，早在「天皇玉音」剛剛響起的當日，就帶了韓可弟直奔北平而來。

那時，上海交通還來不及封鎖，有關部門也還不不及對他清算。而當「愛國影星」白海倫帶著國民軍開到黃府花園來抓人時，大宅院已經空了，只留下奄奄一息的黃李氏和黃鐘。

白海倫到底實踐了數月前在黃家發下的誓言，曾經一度，她因爲很久接不到片子又缺乏計算揮霍無度，以致山窮水盡，到黃府借貸，居然被黃李氏和韓可弟合夥羞辱，而當年同她信誓旦旦的黃家風則聽信寵妾挑唆，關起門來連面也不見，此仇此恨，沒有一天不記在心上，如今一個浪頭翻轉來，她又得勢了，搖身一變成爲第一批愛國影星，又攀上了新軍首長，揚眉吐氣。黃家風當年的漢奸行爲她多少是知道點的，這時候便來個總告發，第一件事就是引軍隊血洗黃府。可惜的是，黃家風和韓可弟居然都早已跑了，只剩下黃李氏和黃鐘兩個正經主子，一個已經油盡燈枯，一個則病得只有半條命，讓白海倫的威風耍得很不過癮，彷彿演了一齣好戲卻沒有觀眾欣賞似的。

而要犯黃家風，則早已安全抵達北平，交給守祠堂的孫佩藍一筆小錢，讓她打掃一間乾淨屋子出來，自己便神不知鬼不覺地同可弟住進黃家祠堂了。

車子經過法庭花園時，他親眼看到了那些失控的民眾是如何用拋擲石塊和臭雞蛋來宣洩他們的仇恨的，不禁深深慶幸——幸虧沒有逼黃乾同川島芳子的妹妹結婚，幸虧自己見機得快，幸虧逃了。

他握著可弟的手，一同跪在黃家列祖列宗的牌位桌前，虔誠地祈禱，正如可弟在上帝面前一樣：「黃家祖宗在上，不孝子黃家風在下。列位祖宗，家風今逢不幸，逃難至此，萬祈祖宗保佑，逃過此劫，家風必日日香火供奉，世代祭祀，永不忘恩。」

他望著可弟說：「阿弟，我當日娶你的時候，因爲身體不大好，沒有帶你回北平來拜祖宗，今天剛好補上。你來，拜了我們黃家的列祖列宗，你就真正是我們黃家的人了，讓祖宗也保佑你，必然能同我逃過這一劫，我們還有幾十年的好日子要過呢。」

可弟並不答話，只是順從地跪下來三叩九拜行了大禮，可是如果黃家的祖宗果真在天有靈，看得見的話，他們會發現她的眼睛中噴射著火一樣的憤怒和仇恨。

但是黃家風看不到這些，他環視著祠堂，咧嘴笑著。這裏是他的根，是他祖蔭之處。他們黃家的祖宗會保佑他躲過這一劫的。他想起在這裏發生的一幕幕輝煌的往事，想著他們黃家祖上的榮耀和將來加倍的發達，也許換了別人會覺得祠堂陰沉可怖，但是在他眼裏，這兒卻是最親切最安全最可靠最溫馨最有希望的地方。他對可弟說：

「阿弟，今天是我們來北平第一晚，今晚我們哪兒也不去，就住在這祠堂裏，跟祖宗們在一起，你說好不好？」

可弟平和地點頭：「你說怎樣就怎樣吧。」潛臺詞卻是：「你就快和祖宗們永遠在一起了。」可是表面上，她的態度是這樣地柔順，溫存，讓黃家風再想不到其他，只是很神秘很得意地把自己的心機和計畫賣弄給她聽：

「阿弟，你知不知道，我帶了多少錢過來？我雖然走得匆忙，可是這件事我早就做好準備的。狡兔三窟，我早就防著這一天了，家裏金銀細軟，大部分都被我換成銀票貼身藏著，如今我全帶了出來，足夠我們過一輩子的了。上海我是不會再回去的。我那個大老婆，一心只想我的財產，我就全讓給她，一座空房子，讓她守著死去吧。實錢可全都握在我手上呢。她以為我糊塗，只會打啡，什麼也不知道，哼，她輕瞧了我了，我信得過誰？」他「嘿嘿」地笑起來，在陰森的祠堂靈位前，令人毛骨悚然。

可弟仍然只是平靜地看著他，輕聲說：「你也累了，不如休息一會兒吧。」

他坐在躺椅上，而她坐在他右手的小凳上幫他輕輕按摩著。那鬆軟的油膩的肌膚讓她從心底感到厭惡，但是她忍住了，不露聲色。一切就要結束了。再忍過這幾天，她就要大仇得報了。

惡有惡報，善有善報，不是不報，時候未到。時辰一到，有仇必報。

而今，時候已經到了，她要復仇，她要替天行道，為黃帝討一份公平！她望向那些牌位，黃家的列祖列宗，你們看著吧，看著這個整天扛著祖宗牌位、滿口仁義道德的不孝之子，是怎樣死在黃家祠堂裏的！

夜徹底地黑了，黑暗中只有案桌上的香頭微微地明滅著，像一隻隻鬼眼。但是那些鬼眼與可弟的眼光對視的時候，便突然黯淡下來，接著「噗」一下滅了。

3

誰也不清楚趙依凡究竟是從哪一個早晨起突然失聲的。

依凡生平追求，無非「自由」與「浪漫」二事。嫁給黃家麒是自由戀愛，離婚也是選擇自由，一個人遠赴歐洲留學更是浪漫而自由的，與攝影師相戀是爲了浪漫，親自送他上戰場同樣是浪漫的爲自由而戰——更悲壯徹底的浪漫，因爲打了「爲自由而戰」的旗號，格外驚心動魄。

可是攝影師和他的攝影機一起在炮火中化爲灰燼，屍骨無存，趙依凡的浪漫也隨之破碎了。她的心從此深埋在荒原砂礫之下，先於肉體而死去。皮膚不再緊繃晶瑩，笑容不再明媚燦爛，連聲音也不再甜美清脆，而變得沙啞起來，後來就乾脆失了聲。

家秀和黃裳起初並沒有發現這一變化，她們久已習慣依凡的沉默，早就放棄同她交談的欲望了。直到有一天柯以來探望她們，崔媽照往常一樣扶了依凡出來，柯以才驚訝地說：「她聽不見我說話呢！」

黃裳一愣，淚水忽然不受控制地直流下來。她想起小時候，印象中，母親一向是最喜歡穿衣打扮的，又挑剔，雖然回國的時候不多，但總會抽出時間來指點女兒行走坐立的姿勢，取笑她英語發音的蹩腳，以及教訓她說話不要直瞪著人看，走路時兩腿不可分得太開，衣服是蔥綠配桃紅的好，豔不要緊，但不能俗，搭配是首要學問……可是現在這種種知識於她全派不上用場，趙依凡坐在那裏就像是一個蠟人，看不到半點過去的活色生香的痕跡。那遠去的風采都成了舊影，記憶中一個蒼涼的定格，也終將隨著日月流逝而漸漸淡去，屆時，誰又會記得趙女士的萬種風情呢？

家秀面如死灰，扶著依凡的肩呆呆站著，彷彿也已經死了一半。崔媽卻不放棄，仍然將一隻手指在依凡面前晃來晃去，連聲喚著：「二奶奶，二奶奶。」

依凡默然坐著，半晌，忽然咧開嘴枯澀地一笑，柯以頓覺毛骨悚然。他不能相信面前這標本一樣的女人真是自己認識的那個趙依凡。從相識那日起，依凡便不是一個多話的人，因爲美女從來不需要善談，只有外拙內慧的人才要藉口才伶俐彌補相貌上的先天不足。在依凡女士，明眸善睞已經是最好的措辭，服裝顏色也是一種語言風格，甚至舉手投足，一顰一笑，在在都是妙語如珠。

可是現在她失語了，不但是嘴巴不說話，連同眼睛、穿著、姿態，都一同沉默下來，罩著一層灰氣，全無生趣。以前只覺得美女老了最可悲，現在才知道，一個木美人才真正是悲劇中的悲劇，尤其姿色尙存而芬芳殆盡，就更加令人心悸。

柯以再坐不住，又撐一會兒便起身告辭了。

但是隔了幾天，他又來了，說是托歐洲的朋友打聽到，美國有一位很著名的精神科醫生，曾經治癒過不下三例依凡這樣的病人，建議黃裳陪依凡去美國就醫。

黃裳先是一喜，彷彿沙漠中遠遠地聽到了駝鈴，可是立刻又黯然道：「那筆費用一定很大……」

家秀也迅速地盤算了一回，躊躇道：「如果把手頭上的一點值錢東西一次出清，也未必湊不足這筆費用，只是明天我只好睡露天地。」

柯以正色道：「這種時候，正是用得著朋友的時候——你這裏出一半，我再幫你們籌一半，總要過了這個難關，再不會讓你無片瓦遮頭就是。只是這洋公寓自是再也住不得了，再說時局不穩，我們共產黨是一定會統一中國的，到時候公寓反正是住不得，不如趁早打算，在平民區裏買間屋子，不顯山不露水地住下來，賣掉些傢俱，把工人全辭了，再找份工作，這樣子，儉省點也就夠過了。就是以後劃成分，有了這點準備也便宜些。」

家秀黃裳聽他分析得頭頭是道，也都覺有理，家秀要求說：「可是，我要找一間窗戶臨街的房子。那種房頂又低、屋子又暗、終年不見陽光的弄堂屋子，我可受了不了。」

柯以笑：「知道你喜歡敞亮……寶昌路的石庫門房子同老石庫門不一樣，品質高得多，窗子也都臨街，不如就在那裏找。」

然而崔媽驚惶起來：「辭工人？那我怎麼辦？我去哪兒？」又懇求黃裳：「小姐，我是怎麼也不離開你的，我看著你從剛睜眼長到這麼大，你就讓我跟你一起走吧。你又不懂生活，怎麼照顧得了二奶奶呢？還是讓我去美國服侍你們吧，我情願不要工資。」

黃裳爲難：「崔媽媽，這麼多年來，你怎樣待我，我比誰都知道。我也捨不得崔媽媽你，可是出國是筆大費用，你也聽到了，連我們走也要柯老師資助呢，而且出去之後，什麼時候找得到工作也不一定，不如這樣，等我們出去安定了，我再接你去可好？」

崔媽大哭起來，抱著黃裳道：「小姐啊小姐，我活了一輩子，得你叫這一聲『崔媽媽』，死了也瞑目了！我這些年來，也積攢下一點錢，原準備防老的，如今情願全拿出來，托柯先生代我買一張船票，我說什麼也要跟了小姐去的哇。」

她說得如此懇切，連家秀和柯以都忍不住流了淚。柯以點頭嘆道：「忠僕啊！」轉念想到革命就是爲了消除階級，這主僕一說原當廢除，便又不說話了。

家秀勸：「既這樣，阿裳，就讓崔媽跟你一起走吧，好歹一家人有個照應。」

黃裳站起，扶崔媽在椅子上坐定了，忽然雙膝跪倒，磕下頭去。崔媽慌得連忙扶住，大驚之下，竟拽住一句詞兒來：「小姐，你可折煞我也！」家秀和柯以忍不住都笑了。

黃裳鄭重道：「崔媽媽，從今以後，你就是我第二個母親。我黃裳對天發誓，無論怎樣艱難困苦，只要我一口氣在，就一定待你如親媽一樣，爲你養老送終，絕不違言！」

崔媽激動得老淚縱橫，直從心底裏開出花來，抱住黃裳又哭又笑地說：「我值了！裳小姐，有你這幾句話，我就是明天『崩』一聲死了，也值了！」

這以後，崔媽果然一直跟隨著黃裳，越洋過海，榮辱與共，活得比趙依凡還要長。她唯一的遺憾，只是一直未能看到她的好小姐找到一個好歸宿，而且，沒有機會服侍黃家的第三代。

而柯以，也果然替家秀在寶昌路石庫門建築群找了一間窗戶臨街的房子，同她走動一直很密。到了一九四九年，中國歷史上俗稱「黎明前黑暗」的那段最恐怖的日子，國民黨瘋狂捕殺共產黨地下黨員，家秀還曾掩護他逃走。後來解放了，柯以重新回到上海，同家秀劫後重逢，悲喜交集，幾次試圖重續前緣。然而家秀總是遲疑，覺得自己以前風光的時候沒有嫁他，如今落魄了，反來相就，倒好像登高枝似的。再後來，組織上替柯以介紹了一位志同道合的革命戰友，他看著同家秀實在是沒有可能，便只得接受了安排。

柯以的第二次結婚，是採取新式的文明婚禮，只到政府部門登了個記，又請幾位相投契的朋友到家裏聚了聚，熱鬧一回也就算了。家秀沒有來，她那一天去了杭州，說要看一個要緊朋友。但是柯以知道她其實哪裡也沒有去，可是也不肯拆穿她。家秀在這件事上做得不大方，反而讓他有一絲酸澀的歡喜。至少，他知道她是在意他的，會爲了他的婚禮而不快。

他們後來做了一輩子的朋友，然而始終只是冰雪友誼，不涉私情。左傾、右傾、四清、文革，他都一直幫著她。她資本家小姐的歷史被掩飾了，檔案上，黃家秀只是一個清清白白的紗廠女工，住在石庫門的簡陋房子裏，一個標準的城市平民，平靜安寧地一直生活到老，一生沒有結婚。

而柯以，他對於當年那段姻緣的錯失交臂到底有多麼悵憾，從來不曾對人說過。但是一九七九年他患胃癌病危的時候，曾立下遺言：希望死的時候，可以佩戴那隻勞力士金表一同入葬。

沒有人知道，那隻表其實是黃家秀此生送他的唯一一件禮物。

二十五 沒有風的扇子

1

二戰後的上海空前地繁榮，空前地混亂，空前地動盪，空前地淒美。

劫後餘生的美國大兵們從昆明、從沖繩、從關島一批批地湧到上海來，他們犒慰自己的最好辦法就是尋找愛情。異鄉風味和戰爭經歷給他們塗上了浪漫的色彩和陽剛的意味，使他們成爲斯文柔弱的上海男人最強有力的競爭對手，毫不費力地俘獲了上海姑娘的心。

幾乎每天都有新的愛情故事上演，而其中大半是悲劇。嬰兒一批批地被生下來，這是世界和平的國際產物，是軍民友好的副產品。他們的國籍問題後來成了亙久爲難的一個疑點。但是在當時，狂歡的二戰勝利浪潮裏，年輕的心照例是想不到這些現實煩惱的。勝利的喜悅是催情劑，離亂的哀愁是生春藥，三個月，或者五個月，萍水聚散，雲雨歡情，上海大美電臺裏專門租著一個頻道用來播放美國流行歌曲，而機場和海港天天上演著生離死別的劇碼。美國大兵和上海姑娘當街擁吻成爲常設街景，連圍觀都引不起來的。

每天都有捨不得走的人不得不走。

每天都有想走的人被迫留下。

每天都有人為了走或者留而煩惱，而哭泣。

黃裳也不例外。

出國的事是早已經定下來，可是她總找著各種各樣的藉口拖延著。雖然手續一直在辦，卻總是不大上心，也總是不肯相信，真的就這樣與卓文告別了。一夜夜，夢魂無據，飛渡千里，可是山長水遠，她望不見卓文，找不到卓文。一張張匯款單長了翅膀飛向酆都，卻換不回片言隻字。而今，她要走了，自己也成了流浪之身，負債累累。她再也沒有能力接濟他，可是，又怎能放心就這樣離開？

直到有一日，在電影院，散場時，她隨著人流往外走，忽然有人碰了她的肩一下，扭轉頭，是個戴著黑色鴨舌帽的男人，態度很謹慎，可是眼中沒有惡意，迅速地塞她一張字條，說：「蔡先生要我交給你。」

她一愣，那人已經消失在人群中。事後很久她才想起，那大概就是她從黃家風手中救出的兩個抗日分子之一，可是分不清是胡強或者裴毅中的哪一位。應該是胡強吧，因為學生腔的裴毅估計沒有那麼快的身手。

她一直走出電影院很久才敢打開那字條，匆草的，只有幾行字。首先觸入眼簾的，不是內容，而是字體，熟悉得令人心痛。

「我走了，不必打聽我的下落，也不需要再給我寄錢。大概沒有機會再見面，但我說的每句話，都做數。」

沒有署名。

但她當然知道他是誰，也知道他說的什麼。如此隱晦，該是因爲害怕出意外，遺人以柄吧？他仍然這樣地替她著想。

她站在路邊的燈柱下哭了。

路邊的桂花被吹落了，落在雨中，卻仍然散發著依依的芬芳。

又是雨季。

她知道再也不會見他，這張字條，便是他們的最後一次接觸。是訣別了。

她忽然想起去年，在鬼城，卓文看到蝙蝠飛出望鄉樓，曾嘆息說：「有個故事，說蝙蝠非禽非獸，立場不穩，結果在禽獸大戰中，兩邊不討好，最後不得不躲起來，晝伏夜出，惶惶不可終日。我如今，也就好比是一隻蝙蝠，裏外不是人。日本人、汪精衛、國民黨、共產黨，不論誰得了勢，都不會放過我。我的逃難生涯，也不知什麼時候才能結束，我也不知什麼時候才能重新見得到光。」

每每想起他說這些話時臉上那種落寞無奈的憂戚，她的心就一陣陣地疼。然而她自己的處境，又何嘗不是一樣？她這短短的一生是矛盾的，也是曖昧的，救過漢奸，也救過共產黨，她不知道她在整個的社會革命中到底站在一個什麼立場上，歷史又會對她做出怎麼樣的評價。以前卓文尊稱汪精衛爲汪先生她覺得不屑，可是看到報上說汪精衛在南京梅花山的墓被挖開，鞭屍謝眾，她又覺得驚心。倒並不關立場的事，她有的只是人性本身最原始的喜惡取向。至於政治，她是完全不懂得也不關心的，可是卻逃離不開，捲在政治的漩渦裏，糊裏糊塗地被左右了一生。

以前她一直拒絕政治的，時世再動亂，她也有本事視而不見聽而不聞。可是現在不行了，戰後比戰時更加熱鬧，逼著她瞪大眼豎起耳來關心時政，為了風吹草動而心驚肉跳。

不久前，國民政府又把她請去問了通話，還是關於蔡卓文的下落。方式雖然不同，審問內容卻同日本人如出一轍。她以不變應萬變，照舊一問三不知，抵死不承認。然而小報上已經開始有記者含沙射影地罵她「通日」、「腳踏兩隻船」。當年阮玲玉感慨「人言可畏」，現在她懂得了。雖然柯以安慰她一切總會水落石出，可是她已經深深厭倦，不想澄清什麼，也不想解釋什麼，而只想遠離這一切。

可是，真說到走，她又有著千絲萬縷的不捨得。這是上海，是她與卓文相遇相識相親相愛的上海哦，怎忍心就這樣一揮手走了呢？而如今，她終於知道，就算留在上海，她也再見不到他。卓文大概已經先她一步離開中國了，他們空有一個來生的約會，然而今世，大概再也不會重逢。

她並不是沒有他不行，沒有了他，她一樣會活下去，可是她會活得不快樂，就好像扇子失去了風——扇子是生命，而風是扇子的魂。

失去卓文的愛，她便失了魂，從此再不是那個靈動如水的才女編劇。

上海已經再沒有她的位置，她終於決定要走了。

纏綿的雨裏，遲開的桂花愁怯怯地香著，為她送行。

它們是沒有明天的，此刻還高高在上，不染紅塵，可是不到天明，就將變成落了一地的殘骸，踩在泥裏，沾在鞋上，蹭掉甩脫還要被罵一句「討厭」。

有人將落花時的雨稱為「香雨」，落花的土地稱為「香塵」，可是踩在鞋底的殘花呢？可算香魂？

每一隻蝴蝶都是一朵花的鬼魂。可是踩在鞋底的花是變不成蝴蝶的。

這天晚上回到家裏，黃裳把自己關在屋子裏理東西，晚飯也沒有出來吃。忽然翻出一堆手稿，卻是當年關在「鬼屋」裏時寫給阮玲玉的悼念文章，開篇寫著：

她的一生雖然短暫卻滄桑而多彩——少年受盡折磨，忽然上帝將一個女子可以希祈得到的一切美好都堆放在她面前：美貌、盛名、財富、甚至愛情，如烈火烹油，鮮花著錦，可是其後又一樣樣抽走，換來加倍的辛酸苦楚，當她開至最美最豔的時候，也是她的路走到盡頭的時候，於是不得不選擇一死以避之——人生的悲劇莫過於此。

黃裳看著這段文字，只覺字字刺心，說的都是自己，忍不住用被角捂著嘴嗚嗚咽咽地哭起來，似乎想把一年來所有的委屈一同哭出來。一年來，她時刻擔心著卓文，思念著卓文，渴望著卓文。雖然也多次想過他們大概難得再見，可總是不死心。如今，一切終於塵埃落定了。他去了哪裡，她不知道；她將要去的地方，則無法通知他。即使有一天他重新想起她來，也再找不見她了。

哭聲細細地傳出門外，崔媽大為憂心，敲門問了幾次，裏面只是不應聲。崔媽急得也哭起來，勸著：「裳啊，你這幾天忙裏忙外的，有日子沒好好吃頓飯了，今兒我做了你最喜歡的合肥丸子，好歹看我面上吃幾個吧。我老了，手慢腳慢，也不知還做不做得出當年的口味來。」

黃裳聽著不忍，到底開了門，接過丸子來剛吃幾口，忽然電話鈴銳響起來。

崔媽奔過去接聽，聽到一半，大驚失色，抬起頭來，望著家秀和黃裳驚疑地說：「是大爺府上打來的——鐘小姐，沒了！」

黃裳只覺心裏一痛，「哇」地一聲，不但是剛剛吃下的丸子，就連昨夜的飯也一併吐了出來。

2

早晨，第一縷陽光射進北京黃家祠堂裏，黃家風便醒來了。

他並不是睡好了，而是癮犯了。從昨天來到黃家祠堂到現在，他還一針嗎啡也沒有打呢。昨天，他太累了，在可弟的按摩和勸慰下，坐在躺椅上就睡著了。此刻，他只覺渾身不舒服，只想馬上打一針來解乏，可是他醒來的時候，可弟卻不在身旁。他大聲叫：「可弟，可弟！」

沒有人回應，只有角落裏一隻正在結網的蜘蛛驚惶地竄去。空空的祠堂，彷彿有回聲似的，嗡嗡地，有種滲人的空洞。

黃家風大爲不悅，勉強站起來向外走，可是走到門前他才發現，祠堂的門竟從外面鎖上了，他不禁勃然大怒：「我還在這裏呢，就把門鎖了！可弟，可弟，你去哪裡了？」

他拉直了喉嚨，一連喊了十幾聲也沒有人回應。他怒了，搬起椅子來砸門，同時大罵起來。而且他越來越驚惶，怎麼會這樣呢？難道可弟把他一個人扔在這裏走掉了？她帶走了他的錢？他把手揣進懷裏，那厚厚的一疊銀票還在。那麼，她並不是捲款私逃。她一定就在這附近，或者是出去買菜了，很快就會回來的。她不是存心，只不過忘了他在祠堂裏。或者，是她忘記叮囑孫佩藍，是孫佩藍鎖的門。

想到這裏，他又大聲喊起孫佩藍的名字來，可是一樣沒有人回應。而他的毒癮發作起來，開始渾身難受，直像千百隻蟲子在咬噬一樣。太痛苦了！他從沒想到癮發是這樣痛苦的一件事。以往每次他略有一點癮頭，甚至還沒有來得及有癮頭，可弟已經很體貼地主動給他注射。可弟，可弟哪裡去了?!

太陽一寸一寸向西邊移動，天色漸漸暗下來。整整一天，可弟沒有出現過。

黃家風砸碎了屋子裏能砸碎的一切東西來洩憤，只除了祖宗牌位不敢妄動。

這一點自制他還是有的。什麼時候也不能忘了祖宗。

天徹底黑下來，他睡了一覺又醒來，毒癮發作得更厲害，厲害得他幾乎想咬死自己。可是這時候他聽到了一種聲音，熟悉的，卻又是奇怪的，是可弟的聲音。是可弟在背誦聖經：

「耶穌告誡眾門徒：

你們聽見有話說『以眼還眼，以牙還牙』，

只是我告訴你們，不要與惡人作對。

有人打你的右臉，連左臉也轉過來由他打；

有人想要告你，要拿走你的襯衣，連外衣也由他拿去……」

黃家風大喜，完全聽不清她在說些什麼，像狼一樣地撲到門上去，嘶啞地叫著：「可弟，是你嗎?快，快把門給我打開，快給我打針，我難受死了，快!快!」

可是可弟不聞不問，仍然平靜地背著經文：

「有人強迫你走一里，你就同他走二里；

有求你的，就給他；

有向你借貸的，不可推辭……」

黃家風拍門大叫著：「你在念些什麼鬼話?我叫你開門，你聽到沒有?你再不給我打針，我會掐死你!你等著，我出來後饒不了你!」他又大聲喊起孫佩藍來。

可弟嘲弄地望著他，一雙眼睛黑白分明，冷冷地說：「不要再叫了。孫孀子，我已經給了她一點錢，叫她另找地方住幾天。我答應她，只要這個禮拜她不來打擾我們，到時候我會給她一大筆錢。」

「你騙人!你哪裡有一大筆錢?」

「你有啊。等你死了，那筆錢不就都是她的了嗎?」

黃家風一身寒毛直豎起來，他這才知道，這柔柔弱弱的可弟竟是要他死呢!她要他的命，為什麼?昨天晚上，她不是還柔情蜜意地給他按摩，勸他休息嗎?

「有人打你的右臉，連左臉也轉過來由他打；有人想要告你，要拿走你的襯衣，連外衣也由他拿去。有人強迫你走一里，你就同他走二里。」

是的，這一年來，她予取予求，順從地給予他一切，他只要一針嗎啡，她可以給他打兩針，她給他所有的柔情，陪伴，服從，對他百依百順，言聽計從，讓他漸漸對她信任有加，毫不設防。原來，就是爲了今天！爲了反身過來給他這致命的一擊！她竟然如此城府深沉，安排縝密，甚至不忘了遣走孫佩藍。不，他一生梟雄，絕不能就毀在這樣一個黃毛丫頭手裏！

他號叫起來：「我要殺了你！我一定要殺了你！」可是等一下他卻又哀求起來，「放了我吧，可弟，枉我對你那麼好，把平生所有的積蓄都拿出來和你分享，你怎麼這麼忍心……天哪，你，你在做什麼？住手！你瘋了！你在做什麼？你住手！不，不要！不要……」

可弟打開針盒，取出一針一針的嗎啡針劑，晶亮的透明的玻璃針劑，在月光下泛著清冷的瑩光，她取過針管，輕輕一敲，就把它敲碎了。嗎啡流出來，灑在地上，滴滴都是救命的仙丹啊，她居然就這樣糟蹋了！

「不！不要！給我！給我！不要再敲了！快給我！給我打一針啊！我的嗎啡，我的嗎啡啊……」

黃家風嘶吼著，他簡直要瘋了，那些命根子一樣的針劑，被韓可弟一針一針地敲碎，殘忍地、平靜地、毫不吝惜地傾灑在泥土中，她怎麼可以?!他滾倒在地上，用頭撞著門，發出受傷的野獸一樣的嚎叫：「你到底爲什麼要這樣做，爲什麼要這樣對我啊？」

「爲了黃帝！」韓可弟一字一句地說，淚水從她臉上靜靜地流淌下來，像月光流過河床。「黃帝平生一無所有，唯一的企求就是愛。可是你逼死了他，拆散了我們。他死得太慘了，我要爲他報仇，爲我自己報仇，我要讓你死得比他慘上一千倍！」

時間一分鐘一分鐘地過去。太陽升起又落下。每一分每一秒對於黃家風來說都有如受刑，他身上一會兒熱如火燒，一會兒冷如冰凍，而陪伴他的，只有祠堂裏冷冷的祖宗靈位和門外韓可弟清晰的誦經聲：

「時候將到，那保護過你的手臂要發抖，本來強健的腿衰弱無力。

你的牙齒只剩下幾顆，難以咀嚼食物。

你的眼睛昏花，視線模糊不清。

你的耳朵聾了，聽不見街市上的吵鬧。

推磨或歌唱的聲音你聽不到。但麻雀一叫，你就醒來。

你怕高處，怕走路危險。

你的頭髮斑白，精力衰敗，性欲斷絕了，再也不能挽回……」

黃家風深深恐懼，忍不住發起抖來。這是什麼？是《聖經》的經文麼？如何聽起來竟像是撒旦的咒詛？

不是不報，時候未到。時辰一到，大仇得報。

他嚎叫著，痛哭著，咒罵著，哀求著，威嚇著，把自己的衣服撕碎了，臉撞得頭破血流，渾身上下到處都是傷痕累累。沒有人碰過他一根手指，可是他就像被千萬人毆打著一樣，翻滾哀叫。他要死了，下一分鐘就要死了。可是這一口氣為什麼還不斷？他懷疑他自己已經死了，他篤信的祖宗靈位竟然不肯救他，可是他們也還是要與他同在，毀滅在一起，腐爛在一起。天哪，這已經不是在人間，而是在煉獄！

牌位桌被撞倒了，祖先親人的靈位成堆地擁砸下來，他隨手拾起一塊，上面寫著黃家麒的名字。家麒，是家麒！他一向瞧不起家麒的，可是現在他的下場卻遠遠不如家麒。如果他就這樣死在這黃家的祠堂裏，家麒會嘲笑他，笑他死得比自己更難看！

不！他絕不能容忍自己比家麒落得更慘，比黃帝死得更慘。他是不相信報應的，即使真有報應，也不該如此慘烈！這是噩夢！不是真的！不是真的！

黃家麒在笑，他看到了，他看到了！二姨娘楚紅捧著一碗杏仁茶，那麼濃那麼濃的杏仁香啊。原來，他們已經重逢了。黃帝在黃浦江邊走。他不肯姓黃。不肯回黃家祠堂。可是黃浦江不也是姓黃麼？

黃家風慘笑起來。

門外，韓可弟還在祈禱：

「你們這僞善的文士和法利賽人有禍了！

因爲你們好像粉飾的墳墓，

外面好看，裏面卻裝滿了死人的骨頭和一切的污穢。

你們也是如此，

在人前，外面顯出公義來，裏面卻裝滿了僞善和不法的事……」

一星期後，當孫佩藍重新打開黃家祠堂的大門，她看到了黃家風七竅流血的面孔。

他已經死得透了，身邊是撕得粉碎的銀票和砸得稀爛的祖宗牌位。

而韓可弟，從那以後便失蹤了，有人說曾在黃帝墳邊見過她，一身白衣，哭得死去活來；也有人說她好像是去了國外，同黃乾在一起；但又有人出來指證說，那個不是韓可弟，是黃乾到底找了個長相同可弟一模一樣的女孩子做老婆。究竟哪種說法是真的，則誰也不知道了。

在人們的習慣中，向來能夠確定的是故事，不能確定的便是傳奇。而可弟，便成了上海灘新的傳奇了。

3

天下癡情儂是也。
寸斷柔腸，繫做相思結。
百結相思誰可解，幾回夢枕空啼血。
一闕未成淚早疊，
心字成灰，寄語樓心月。
月自團圓月自缺，伊人山水永隔絕。
——調寄《踏莎行》

黃鐘以病弱之身再受驚嚇，很快便撒手西去。當黃李氏早晨發現她的時候，屍體已經冷了，枕邊放著一闋詞。

黃李氏並看不懂這些，只有交給家秀，連同黃鐘的喪事，也一併交由家秀打理。

家秀便同黃裳商量，要依黃鐘生前遺願將她葬在黃帝墳旁。黃裳流淚說：「黃鐘姐太癡心了……所有規矩情理，對於生命來說賤如微芥。他們活著不能如願，只願死後可以瞑目。」

黃李氏卻仍然猶疑：「她們份屬姐弟，這樣做未免於理不合。不怕死了還要被人笑話嗎？」

家秀冷下臉來：「怕人笑話？咱們家怕人笑話的事兒還少嗎？大哥拋妻棄女不怕人笑話，黃帝同老子爭媳婦投江自盡不怕人笑話，黃鐘被人退婚不怕人笑話，死了埋在土裏倒怕人笑話了？」

黃李氏短短的日子裏，丈夫剛剛失蹤，女兒又已病逝，本已風燭殘年，幾番驚痛，忽然間如同又老了數十歲，個性再不如從前倔強。聽到家秀教訓，也不回言，只管裝聾作啞，一切聽憑家秀做主。

家秀看透了世態炎涼，葬禮並不曾通知一個人，只求柯以幫著在黃帝墳旁點了一處穴，便將黃鐘草草下葬了。

下葬那天，本來大晴的太陽，及至墳碑剛剛砸實，忽然下起雨來，頃刻便把新土澆得濕透。

黃裳仆倒在地，手捧新土，大哭起來：

「黃鐘姐，我知道你死得不甘心。你一輩子的癡情念頭，妹妹我明白的。可是生爲女兒身，又生在這樣的家庭裏，誤了你了！你同小帝，今生不能如願，只求來世結緣吧。那時候，願上蒼保佑你們不要再做兄妹，做夫妻吧！」

膝行幾步，移至黃帝墳前，又親手替弟弟整了墳，嗚咽著：「弟弟，雖然我不知道韓姑娘去了哪裡，但是有黃鐘姐陪著你也是好的，至少，你不會再那麼孤獨了。大伯一家子雖然對不起你，可是他的女兒死得這樣慘，你什麼恨也都可以平了。希望你能同堂姐在天之靈好好相處，彼此珍惜，不要再有傷害猜疑了。我這輩子，最恨自己的，就是沒有在你活著的時候對你好一點。現在再沒有機會補償了，那種痛苦真是無法形容。可是你在世之日，不是也一樣虧欠了黃鐘姐嗎？黃鐘姐對你一往情深，到死也不能如願，她也是一個可憐的女人呀。記得小時候，你問我女孩子爲什麼那麼容易哭。弟弟，黃鐘姐也不知爲你哭濕了多少條手絹，如今我們把她葬在你的墳旁，是希望她可以照顧你、陪伴你，也是希望你可以照顧她、陪伴她。你們都是孤單的傷心人，如果在天國重逢，請你不要再辜負她了。明天我和媽媽就要走了，以後未必再能回來看你。只願你和黃鐘姐的靈魂作伴，不至於太寂寞吧。」

第二天便起程了。

黃裳免不了同家秀一頓抱頭痛哭，崔媽也再四拜託柯先生多多照顧她們家「姑奶奶」。上船前的一刹，依凡忽然福至心靈，回眸對著家秀點頭笑了一笑。家秀心中大痛，叫道：「依凡！」依凡卻已由崔媽扶著掉頭離去，再不回應。家秀只有對著她的背影輕聲道：「保重。」

船起錨了。家秀哭得抬不起頭來，柯以只得說些閒話解她哀思，然而說著說著終不免說到黃鐘的喪事上去。家秀嘆息：「當年我同依凡聊天，說黃帝、黃鐘和韓可弟三個人好比是寶黛釵，不料如今林妹妹音信全無，寶姐姐倒魂歸離恨天，同黃帝做了一對陰世夫妻。」

柯以忙取笑道：「要說，你們黃家的女人個個都像是從大觀園裏走出來的——依凡是現成的貴妃賈元春，黃坤則活脫脫一個再世王熙鳳。」

家秀瞅他一眼，問：「那麼我呢？我可在十二釵之列？」問過了，自覺魯莽，又趕緊嘲笑，「只怕要算在另冊或者又副冊裏，歸入平襲鴛紫之流。」

「你又何必自謙太過？」柯以看著她：「不過你倒的確不像賈府裏的人，可也是生在大觀園裏的，該算是妙玉……對，就是妙玉，外表冰清玉潔，而內心火熱。」

家秀低頭吟哦，念及妙玉判詞裏有「欲潔何曾潔，雲空未必空」的句子，大爲多心，卻不便多說，只問：「黃裳呢？她又是元迎探惜裏的哪一春？」

柯以沉吟：「黃裳麼，倒是不好說。她的性格有好幾面，卻不大容易下結論。」但是過了一會兒，他望向江上，卻吟了一句：

「清明涕泣江邊望，千里東風一夢遙。」

家秀渾身一震，忽然想起有一句要緊的話要問黃裳，然而抬頭望去，江上暮色四合，煙波浩渺，黃裳的船已經去得遠了……

西望張愛玲之 那時煙花

作者：西嶺雪
出版者：風雲時代出版股份有限公司
出版所：風雲時代出版股份有限公司
地址：105台北市民生東路五段178號7樓之3
風雲書網：http://www.eastbooks.com.tw
官方部落格：http://eastbooks.pixnet.net/blog
信箱：h7560949@ms15.hinet.net
郵撥帳號：12043291
服務專線：(02)27560949
傳真專線：(02)27653799
執行主編：朱墨菲
美術編輯：芷姍

版權授權：劉愷怡
法律顧問：永然法律事務所　李永然律師
北辰著作權事務所　蕭雄淋律師

初版日期：2011年2月
ISBN ：978-986-146-738-2

總 經 銷：成信文化事業股份有限公司
地　　址：台北縣新店市中正路四維巷二弄2號4樓
電　　話：(02)2219-2080

行政院新聞局局版台業字第3595號 營利事業統一編號22759935

定價：280元

國家圖書館出版品預行編目資料

西望張愛玲之那時煙花 ／ 西嶺雪著； -- 初版 --
臺北市：風雲時代，2010.12　面；公分

ISBN 978-986-146-738-2 （平裝）

857.7　　99023477